辛玥

阅读极美丽
开卷好心情

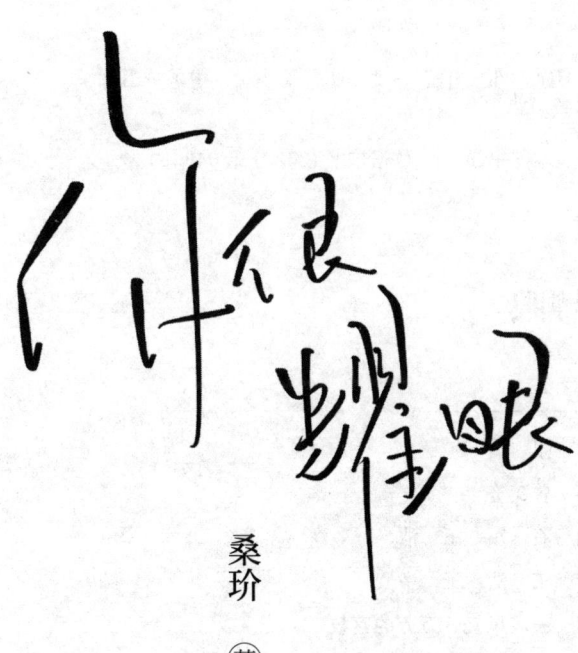

你很耀眼

桑玠

著

江苏凤凰文艺出版社

图书在版编目（CIP）数据

你很耀眼 / 桑玠著. -- 南京：江苏凤凰文艺出版社，2024.1
ISBN 978-7-5594-6710-2

Ⅰ.①你… Ⅱ.①桑… Ⅲ.①长篇小说-中国-当代 Ⅳ.① I247.5

中国版本图书馆 CIP 数据核字（2022）第 048481 号

你很耀眼

桑玠 著

责任编辑	张　倩
出版统筹	曾英姿
选题策划	石　颖　王　洁
特约编辑	王　洁　王　亭
插画绘制	云淡风轻　万万的荔枝
封面设计	白砚川
出版发行	江苏凤凰文艺出版社
	南京市中央路 165 号，邮编：210009
网　　址	http://www.jswenyi.com
印　　刷	长沙金鹰印务有限公司
开　　本	880mm×1230mm　1/32
印　　张	10.5
字　　数	363 千字
版　　次	2024 年 1 月第 1 版
印　　次	2024 年 1 月第 1 次印刷
书　　号	ISBN 978-7-5594-6710-2
定　　价	46.80 元

江苏凤凰文艺版图书凡印刷、装订错误，可向出版社调换，联系电话 025 - 83280257

目录

第一章	新婚快乐	·002
第二章	夫人难哄	·021
第三章	后院有我	·040
第四章	蓄谋已久	·060
第五章	心动晚安	·080
第六章	少女心事	·100
第七章	晚安故事	·119
第八章	向你奔跑	·138
第九章	新年期许	·158
第十章	我喜欢你	·177
第十一章	你很耀眼	·195

第十二章	冬日烛火	·213
第十三章	爱情美梦	·231
第十四章	不朽热爱	·251
第十五章	英雄归来	·261
尾声	我的白矮星	·276
番外一	怀孕记	·292
番外二	圆梦者	·299
番外三	小情歌	·305
番外四	小恒星	·308
番外五	圣诞节	·312
后记		·328

引言

你很耀眼,如夜幕流星,如朝日初升。
让我怦然心动,让我沾沾自喜。

第一章
新婚快乐

十一月。

长川这种南方城市的冬天，和北方截然不同，湿冷的空气能一直冷到你骨子里，把你冻得体无完肤。

高嘉羡从开着空调的车里出来，暴露在空气中的那一刻，毫不意外地打了一个大喷嚏。她立刻裹紧了身上的大衣，把脸埋在围巾里，一个健步蹿进了面前的建筑物里。

这个建筑物有个通俗易懂的名字——民政局。

现在是周一下午四点左右，民政局临近关门，里面没有太多人，她一进去就注意到了身穿黑色大衣正安静地坐在长椅上的男人。

高嘉羡陡然刹住脚步。

她的心跳开始急速地加快。算起来，她已经有好几年都没有和他见过面了。可是有谁能想到，今天她会和他一起来到这个地方呢？

命运总是那么爱捉弄人。

高嘉羡站在原地深呼吸了好几口气，才调整好情绪，朝男人大步走去。

她穿着高跟靴走路的声音又快又急，祝沉吟几乎是从她一进门，就已经猜到了来的人是她。

所以，当她刚走到他身边，还没有来得及开口说话，他就已经转过头朝她看了过来。

他那双眼睛生得极漂亮，浅浅的双眼皮，眸子黝黑而有神。且眼眸里面似乎总带着浅浅的光泽，让人觉得他似乎是个很温和的人，但看久了，又会觉得那层光泽下其实并没有多少真实的温度。

对她来说，这张脸只代表了五个字——欺骗性极强。

在来这里之前，高嘉羨一直对自己说，只要把他当成一棵青菜或萝卜就好，可一看到他的眼睛，她内心深处所有掩藏着的东西，又会忍不住汹涌而出。

因此，她克制了一下情绪，把视线偏开，往办理手续的工作人员那边瞥过去："你拿号了吗？"

祝沉吟从长椅上站起来："拿了，得先去拍照。"

"哦。"高嘉羨一听到那带磁性的声线，耳根就有点儿发热，于是她下意识地伸手揉了揉自己的耳垂，抬步往前走去。

他注意到了她的动作，敛了眸子里的笑，又问："带了吗？"

"带什么？"她步履生硬地往照相的房间那边走，头也不回。

祝沉吟缓步跟在她的身后说："身份证和户口本。"

高嘉羨猛地一个急刹车——她给忘了。

她今天清晨刚落地长川，没有补觉，把行李扔在家里就直接去单位报到了，然后忙活了一整天。她能记住和他约定的时间，赶来民政局，他就该烧高香了。

她的身份证和户口本都在家里。

就算现在让她爸妈送过来，等他们到了这儿，民政局也早就关门了。

看来，这证今天应该是领不成了。

"那要不……"高嘉羨的眼珠子滴溜溜地转了一圈，她假模假样地用遗憾的语气对他说，"咱俩今天就算了，改天再来吧？"

下一秒，她眼睁睁地看到面前的男人，竟然从他大衣内侧的口袋里，拿出了两本户口本和两张身份证。其中一张身份证上，印着把她拍成两百斤的大头照。

那是她的身份证！

高嘉羨盯着他，惊讶得差点把自己的舌头咬下来。

祝沉吟拿着那两套证件，冲她轻轻地晃了晃，不徐不疾地回了她四个字："不用改天。"

高嘉羨吞了一口口水，忍不住提高音量："你都拿上了，还问我干吗？不对，你这是从哪儿偷来的？！"

祝沉吟微微弯起的眼睛含着笑意："我猜测你可能会忘带，所以我来这里之前先去了一趟你家，让顾姨找给我的。"

"不用谢。"他又补上了一句。

003

行。祝沉吟，你可真牛。

面前这个英俊男人的脸上，露出人畜无害的温和神情，她意识到，除非她突然拥有瞬间移动或隐身的特异功能，不然在领完结婚证之前，她可能没法踏出这儿半步。

两人来到拍摄结婚证照片的房间，摄影师原本兴致缺缺地靠在椅子上等着下班，看到走进来这么一对俊男靓女，一下子就精神了，拿着照相机冲他们连连招手："来来来，快坐，我一定给你们照张最满意的照片。"

"谢谢您。"祝沉吟脱下大衣放在一边，露出了里面穿着的白色衬衣。年轻英俊的男人肤色本就白皙，鼻梁高挺，唇形柔和，俊朗的五官在灯光的照射下更是显得俊美无伦。

高嘉羡刚脱下大衣回过头，目光就不由自主地顿住了。她其实已经看了他很多很多年了。看他从稚气未脱，到如今这青年才俊的模样。

在她出国之前，她隔三岔五总能见到他。照理来说，她应该早已习惯了这人出众的相貌。

可真要命。他正儿八经地穿个白衬衣和黑西裤怎么能帅成这样？这就有点儿离谱了。

祝沉吟扣完袖扣，抬头朝她看过来时，恰巧撞上了她的目光。

高嘉羡顿时像被人当场抓包的小偷似的，赶紧别过脸，若无其事地把自己的大衣扔在了一边，转过身一屁股坐在椅子上。

他将目光在她的身上定了定，然后在她的身边坐了下来。

"好了，我准备开始了。"摄影师举着照相机，热情洋溢地说，"笑起来，开心笑啊！"

高嘉羡咧开嘴，露出一个她在外人面前的标志性笑容来。

摄影师举着相机拍了两张，忍不住探头道："这对小夫妻，你们俩能不能再靠近点儿？"

高嘉羡一听到"小夫妻"这三个字，头皮就有点儿发麻。

自从和祝沉吟定下这个荒唐的约定，回国前她几乎每天都在麻痹自己——和他结婚这件事不要夹带个人感情。

这只是一个形式，一张纸，并没有任何实质性的意义。

直到第一次真正听到别人这样称呼她和祝沉吟，她才突然意识到，这件事可能并没有她当初想象的那么简单。

可她现在反悔，好像已经来不及了。

那摄影师见她僵着没动静，索性和他们开玩笑道："先生，我看你长得一表人才，怎么你太太看上去有点儿怕你啊？"

祝沉吟察觉到她的异样，偏过头朝她看了过来。

他看了她几秒，而后忽然靠近她的耳边，开口低声唤她："羡羡。"

高嘉羡听到他这么亲昵地叫她，耳根一下子就红透了，张了张嘴，隔了好几秒，才粗声粗气地回答："干吗？"

他望着她，瞳孔的颜色在灯光下显得比平时浅一些："你怕我？"

她收紧了肩膀，条件反射地和他戗声："我为什么要怕你？你难道还能吃了我不成？"

这么说着，她立刻往他的身边挪了好几下，直到自己的肩膀紧紧地挨着他的肩膀。

祝沉吟转过脸，不动声色地勾了下嘴角。

从肩膀相接触的那个点开始，高嘉羡感觉到他身上的热量正源源不断地传过来。

在她的记忆里，除了小时候不懂事的那些玩闹，他们好像再也没有靠得这么近过。

她还能清晰地闻到他身上淡淡的医院消毒水的味道。不知道为什么，她竟然觉得这个味道还挺好闻的。

在她被这个诡异的想法惊到的时候，摄影师拿相机给他们抓拍了两张，然后满意地连连点头："好了，这回照得可好了！"

高嘉羡一听这话，松了一口气，从椅子上噌地站起身，想去旁边拿衣服穿上。

就在这时，她听到身边的祝沉吟声音不高不低地说了一句："谁知道。"

她一下子没听明白，有些狐疑地转头盯着他，见他并没有停顿，披上衣服，走到前面去取照片。

高嘉羡没把这事放在心上，和他取了照片去窗口办手续。工作人员收了他们的证件和照片，然后给他们递了表格和笔。

把表格填完递回去的时候，她感觉到祝沉吟在看她。

她心猛地一跳，侧过脸，就看到他漂亮的眼睛正静静地看着自己。

"你看着我干吗？"她的声音有些发紧，"我脸上有东西？"

他笑意淡淡的，低声说："我好几年没见过你了，在想你会不会有什么变化。"

这话怎么听怎么奇怪,尤其是从他的嘴里说出来。

高嘉羡天生伶牙俐齿,在他面前却似乎总有点儿发挥障碍,隔了几秒,她才说:"那还用说吗?变化自然是一年比一年更漂亮。"

他的目光一闪,轻轻抿了一下唇:"嗯。"

她听到这个字,大脑嗡的一声,脸颊立刻就开始升温。

这人以前说话也是这个风格吗?她怎么记得不是这样啊!

这时,工作人员将证件和两本鲜红的结婚证递过来,笑着说:"恭喜两位,祝你们新婚快乐。"

"谢谢。"祝沉吟自然地伸出手接过了证件和结婚证,从椅子上起身,然后将她的那套递给她。

高嘉羡仍沉浸在自己的思绪中,直到他将那亮眼的红本本递到手边时,她才回神,蒙蒙地接过。

翻开红本本,她就看到他们俩刚刚拍的照片。

红色的背景上,她身边的祝沉吟微微笑着,眉眼间漾着一抹浅浅的悦色。而她对外标志性的笑容配上酒窝,更显得甜美无比。

乍一看,他们还真像是一对幸福恩爱的新婚夫妇。

其实,在过去的好多年里,现在发生的一切是她最不为人知的梦想。

她在脑海中幻想过,在心中盼望过,向老天祈求过,很多很多次。

但她知道,那是不可能发生的。

每个人都有做梦的权利,但梦永远都是梦。

可今天,曾经只能在梦中经历的情景,在她的眼前真实地发生了。

但是,她并没有感到快乐。

走出民政局,冷风迎面扑来,将高嘉羡有些混沌的大脑吹了个清醒。

她深吸了一口气,将零零碎碎的思绪都暂时撒在了脑后,疏离又客套地对祝沉吟说:"行了,那咱俩的约定也算是圆满完成了,我先回去了。"

她刚转身想走,他却在身后叫住了她:"等等。"

高嘉羡回过头。

他望着她,温声问:"你现在是要回你自己家去?"

她傻看着他:"那不然我回哪儿去?"

祝沉吟神色不变,薄唇轻启,吐了两个字:"我家。"

高嘉羡脸上的表情从疑惑变成了惊恐。民政局前车水马龙,她站在长川繁华的街道旁,瞪大眼睛看着他:"你家?"

"准确来说,是我们的家。"

祝沉吟走下台阶,望着她:"如果你现在回你自己家去,你觉得高叔和顾姨会怎么想?"

高嘉羡蹙着眉:"怎么想?"

他不紧不慢地说:"他们会想,我们俩结婚了,却不住在一起,这不符合常理。"

她将他的话思考了一遍,顿时觉得窒息了。

今天她到家放行李的时候,顾宁就一直在问她,要不要直接带点儿换洗的衣服走,当时她急着出门去单位报到,完全没细想她妈妈为什么要这么说。

现在她可算是明白了。

她一直觉得他们俩"结婚",真的只是领一张结婚证,在需要的场合一起出现做个秀那么简单。

她完全没有去想,在外人眼中,两个人结婚之后,本该是什么样子的。比如,结婚了,就会顺理成章地住在一块儿。

要是她还在国外工作,还可以说是因为工作分隔两地,没法住在一起。但现在,她已经正式调职回了这座城市,并且短期内不会再离开了,她找不出任何理由不和他同居啊!

高嘉羡脑中天人交战了一会儿,语气僵硬地说:"没事,我今晚先去找个酒店住下来,反正我爸妈也不知道我不回家是住在哪儿。我们家还有一套房,我之后住过去,就跟爸妈说把那里当工作室用。"

祝沉吟没说话。

在她以为他已经默许了她的决定的时候,他却说:"这恐怕行不通。"

下一秒,他从裤子口袋里摸出了车钥匙,看了一眼手表:"高叔和顾姨应该还有一刻钟就要到我家了。"

高嘉羡直接傻眼了。

祝沉吟:"下午我去你家取你的证件的时候,他们说你早上出门匆忙,没带换洗衣服,所以他们会整理好你的衣服和生活必需品,送到我这边来。"

祝沉吟示意她往停车场的方向走,边走边意味不明地看着她:"顾姨还说,她买了婚床四件套,到时候给我们铺床。"

也不知道是不是她的错觉,"铺床"这两个字,他似乎咬得格外重。

高嘉羡只觉得眼前发黑。

她掐着自己的手心,在寒风里深吸了一口气,猛地停下脚步:"你为

007

什么不拒绝他们？！"

哪怕和他们说，缓两天，让她整理完东西再搬去他家也行啊！至少给她留点儿时间，想想怎么解决这件事。

祝沉吟这时用车钥匙开了锁，拉开了黑色越野车的副驾驶座车门，他转头看着她，不紧不慢地问："我为什么要拒绝他们？"

"儿女结婚，做父母的一定会想方设法跑过来帮忙。所以，你能躲第一天，躲得过之后的每一天吗？"

他的语调拖得长长的，带了点儿慵懒的意味，说出的话却有理有据。

看他这么镇定，高嘉羡也不甘示弱，咬牙切齿地看了他一会儿，一甩手，走过去钻进了副驾驶座。

等他上了另一边的驾驶座，她揉了揉突突跳的太阳穴，语气有点儿不善道："这和我们最开始说的是不是太不一样了？"

祝沉吟没有急着发动车，听到这话，侧过头看向她。

她能感觉到他在看自己，干脆一咬牙，也转过脸，直视着他的眼睛。

下一秒，他朝她靠过来，两人之间的距离越来越近，近到身上清冽的气息萦绕在她的鼻息间。

车内的空间本就封闭，所有感官被无限放大，高嘉羡看着他那双近在咫尺的眼睛，几不可见地吞咽了一下口水。

他低低地说了一句："哪儿不一样？"

高嘉羡刚想回答，却发现自己的喉咙发紧。在她的注视下，他的手朝她的脸颊伸了过来。

她的眼睫一颤，看着他骨节分明的手擦过她的脸颊，从她的耳后拉出了安全带，然后绕到她的身前，轻轻地插进了她身侧安全带的插销里。

搭扣插紧的那一瞬间，他敛着眸子，温声说："我以为这些你都已经提前想过了。"

他的意思是——我以为，你在正式同意这个"结婚"的约定前，已经将未来所有可能发生的情况，都深思熟虑过了。

他说话的语气虽然很温和，但高嘉羡总感觉他是在嘲讽自己。

当时他提出这个约定给她带来的冲击本就够大了，光是决定答应这个约定就已经耗费了她所有的心力，因此，她还真的没细想过这个约定背后更深层的内涵。

不过她是绝对不可能向他承认这一点的。

高嘉羡盯着他看了一会儿，说道："确实想过，但真没想到会这么快。"

我还以为,婚房得过好一段时间才能正式搬进去。"

凭借这么多年和各种不同的人周旋的经历,她虚张声势起来:"得先装修,装修完房子,还得晾着通通风,再加上搬家,前后加起来也得有个一年之久吧。"

为了让他相信她是真的思考过这个问题,她还表现出了遗憾的神色。

祝沉吟松开手,静静地看着她,笑了笑:"抱歉,那是我没和你说清楚。这套房子是我很早之前就购置好的精装修婚房,软装也都买好了,先前一直晾着。你回国之前,我刚找人过去大扫除过,也添置了所有的生活必需品。"

他慢慢地靠回驾驶座的椅背,平静地发动了车子:"所以,是随时可以住进去的。"

引擎声中,他又似笑非笑地补了一句:"不用等一年那么长。"

高嘉羡心中仿佛吞了一颗老鼠屎。

她憋了半天,皮笑肉不笑地回道:"那可真是太好了。"

到了小区,祝沉吟将车停进地下车库,和她一起坐电梯上楼。

一进他们那栋楼的大堂,高嘉羡就看到了坐在大堂沙发上的顾宁和高鸿。顾宁眼尖,发现他俩进来,立刻起身朝他们招手:"羡羡,沉吟!"

"妈。"高嘉羡心里五味杂陈,但面子上还得装作无事发生,"爸。"

"顾姨,高叔。"祝沉吟顺手拿过高鸿身边放着的两个大行李箱,带着他们往电梯那边走,"让你们久等了。"

"没事没事,我们也才刚到没多久。"顾宁笑眯眯地打量着祝沉吟和高嘉羡,挽着高嘉羡的手臂说,"羡羡啊,今天可是你为人妻子的第一天,和妈说说,有何感想?"

高嘉羡一听到"妻子"那两个字,差点儿没把自己的舌头给吞下去:"妈,你这也太离谱了!我是不是还得给你出个《新婚采访手记》?"

顾宁笑了好一阵:"我只是觉得,就你那单身那么多年都没人要的破脾气,沉吟竟然愿意把你给娶回家,这简直就是一朵鲜花插在牛粪上,妈到现在还感到惊奇。"

高嘉羡脸都抽住了:"妈你说清楚,到底谁是牛粪?"

祝沉吟偏过头,用手抵着唇低笑了一声。

听到他的笑声,她更来气了,冲他翻了一个白眼:"你乐个什么劲儿?"

电梯这时到了楼层,祝沉吟先让顾宁他们出电梯,自己最后一个缓步

009

走出来。

他一边摸钥匙,一边侧头看着她,乌黑的眼睛里闪动着淡淡的光泽:"我当然是高兴——我娶了一朵鲜花回家。"

高嘉羡的心一跳,忍不住多看了他几秒。她捏着手掌心转过头冲顾宁道:"妈,你听见了吗?"

顾宁耸了耸肩:"没点儿自知之明。人家给你面子,说你是鲜花,你还真当自己是鲜花了?"

高嘉羡转向高鸿:"爸,你老实说,我是不是和隔壁老张长得还挺像?我不是你俩亲生的吧?"

高鸿温和地拍了拍她的脑袋:"羡羡,你妈说得都对,你别问我。"

行。她在这个家里的地位,可能连坨牛粪都不如吧?

祝沉吟口中的这套婚房,确实很有婚房的样子。

设计风格和家具的色调都偏暖,看得出价值不菲,整个屋子亮堂又宽敞,家居摆设和电子设备也很有格调,透着生活气息。

还真是挺符合她心里对"家"的想象。

祝沉吟陪着顾宁、高鸿在屋子里转悠了一圈,还和他们耐心地讲解一些家居摆设的用意,老两口听得兴致盎然。

高嘉羡站在客厅里看着祝沉吟柔和的侧脸,觉得此刻眼前的一切似乎不太真实。

她的"先生"正在"他们俩"的新家里,陪着她的爸爸和妈妈。

就好像,她真的是这个家的女主人一样。

她看着看着,眼里的光却一点儿一点儿暗淡下来。

高嘉羡放下手里的包,去浴室洗了个手,而后站在镜子前,用冰凉的水拍了拍自己的脸颊。

她看着镜子中的自己,在心里对自己说——

高嘉羡,从现在开始,你要做一个最优秀、最敬业的演员。

你要善用你的如簧巧舌,你要比真正的演员都做得更好。

你要记住,从今往后,你就是祝沉吟的"太太"。

你想要骗过所有人,就先要骗过你自己。

可能祝沉吟也是这么想的吧。所以,从民政局看到他的那一刻开始,他就给她一种和以前全然不同的感觉。

毕竟从小到大,他在各个方面都出类拔萃,做什么都会做到最好——

哪怕是现在践行一个谎言。

而她，一点儿都不想做得比他差。

当她还在浴室里发愣的时候，浴室的门被轻轻地敲响。

高嘉羡轻轻地吸了一口气，关上水龙头，打开了门。

祝沉吟正站在门外，看到她的脸庞后，他的目光有一瞬凝滞，而后很快恢复如常："顾姨叫你过去。"

她点了点头，走进主卧，一眼就看到大床上那红得快把她眼睛都给闪瞎的床单。

她对着鲜红的四件套沉默了三秒，而后侧过头看向顾宁。

顾宁一脸"求表扬"的表情："怎么样？是不是超好看！我逛了半天呢，最后我和你爸都觉得这床最好看！艳红艳红的，你俩皮肤都白，多衬啊！"

高嘉羡张了张嘴，半天都没说出一个字来。

她想问，这被子又不像衣服，能穿出去显摆，需要怎么衬他俩的肤色啊？难道是要他们俩天天裹着这床被子出门吗？

一旁的高鸿连连摆手："哎，你俩别误会，你妈不是说要让你俩整天待在床上的意思啊！"

顾宁紧跟着点头："对对对！我绝对不是那个意思！"

高嘉羡感觉自己快要呼吸不过来的时候，身侧的祝沉吟开了口："好，我明白你们的意思了。"

他刚刚脱下大衣，挽起了衬衣的袖口，手臂上的线条利落分明，此刻，他俊朗的脸庞在卧室柔和的灯光下显得格外好看。

祝沉吟虽是对着顾宁、高鸿说的，眼睛却紧盯着高嘉羡。

你明白个鬼！高嘉羡在心里低低地咒骂了一句。

她觉得他应该很清楚自己的眼睛生得好，因此，会在各种场合加以利用。毕竟被这么一双眼睛看着，谈话时总能让对方，尤其是女孩子，产生些心猿意马的想法，从而阵脚大乱。

也不知道这个人凭着这双眼睛到底在医院里有意无意地招惹了多少桃花。她一想到这里，心里莫名其妙有些不爽。

下一秒，她忽然浅笑着看他："你明白什么了？"

祝沉吟还没有来得及开口回答，她又朝他凑过去一些，附在他的耳边，用只有他们俩才能听清楚的声音说："你觉得我爸妈的意思，是希望我们夫妻生活和谐，还是早生贵子啊？"

他听得眸色一暗，下意识地低头朝她看了过来。

她弯着嘴角，冲他眨了眨眼睛："我可没明白。"

点完火，她后退一步，转头对顾宁和高鸿说："爸，妈，时间不早了，行李我等会儿自己收拾，我先叫个车送你们回家。"

顾宁和高鸿想着这会儿把东西送过来了，床也铺好了，小两口新婚燕尔，他们在这儿叨扰太久也不好。老两口大手一挥，洒脱地说："行，那我们就先走了，你们早点儿休息。"

"早点儿休息"这几个字特别魔性，高嘉羡忍不住给她爸妈递了一个白眼。

顾宁和高鸿假装眼神不好，看不到。

旁边的祝沉吟掩去了眼底刚刚被撩拨起来的火苗，摸出裤子口袋里的车钥匙："顾姨，高叔，我开车送你们回去。"

"不用不用。"顾宁连连摆手，"我们打车很方便，你就别再出门一趟了。不是说让你俩早点儿休息吗？"

祝沉吟不经意地往高嘉羡那边瞥了一眼："去你们那儿来回一趟很快，羡羡应该等得及。"

顾宁听了这话，直接无视了高嘉羡的脸色，跟着祝沉吟往外走："好，好，她肯定等得及。她敢在你回来前睡着，我一定打断她的腿。"

高嘉羡：这帮人是不是都疯了？！

她妈妈满嘴跑火车是常事，可这位向来严谨、稳重的祝医生现在又是怎么回事儿？

他以前不是这种性子啊！

这还没完，到了门口，顾宁一边穿鞋，一边说："对了，沉吟，你怎么还在喊我们叔叔、阿姨啊？你和羡羡今天都领证了，不改口吗？"

高嘉羡原本在心里盘算趁祝沉吟把她爸妈送回家的时候，去附近的酒店暂住一晚，明天再想办法回家和顾宁他们周旋，拿另一套房子的钥匙。

一听到这话，她差点儿没被口水呛死："妈！"

"叫我干吗？"顾宁耸了耸肩，"我现在更想听沉吟这么叫我。"

高鸿在旁边直笑，一点儿都没有要阻止顾宁的意思。

祝沉吟侧头看了一眼涨红着脸的高嘉羡，而后转过脸，语气温和又客气地对着高鸿和顾宁说："爸，妈。"

温温柔柔的两个字，短促却有力。

"欸！"顾宁应得可高兴了，高鸿也笑着点头。

"这些话呢，我原本想在你们的婚礼上说的。不过既然你俩决定不办婚礼，那我在这儿说也一样。"顾宁伸出手拍拍祝沉吟的肩膀，"从今天起啊，你就是我们的儿子了！我们会将你视如己出。羡羡拥有的关心和爱护，你一样都不会少。"

祝沉吟嘴角原本噙着一抹淡淡的笑，当他听到顾宁说的话，再对上顾宁和高鸿真挚温柔的眼神时，脸上的笑容却有一瞬间的凝滞。

过了好几秒，他才敛住眼眸里的情绪，神色如常地说："谢谢顾……爸妈。"

站在后面的高嘉羡捏着手机的手微微发颤，心脏则一阵一阵地刺痛。

她爸妈现在看起来是真的很高兴。

他们应该是觉得她能够嫁给祝沉吟，是一件很幸福的事情吧。

他们应该是觉得有祝沉吟这样的女婿爱护他们的宝贝女儿，很放心吧。

可是，如果他们知道这桩婚事的真相，他们会有多么难过、失望。

她强忍住心里的酸涩和负罪感，若无其事地在家门口和爸妈告别。

等他们一走，她脸上刚刚还维持着的笑容顿时消失得无影无踪，她转身就去卧室里拿行李准备离开。

她拖着行李箱来到大门口，却发现怎么都打不开门。

她一开始以为是刚刚自己关门的时候误把大门给反锁了，但她转了好几圈门锁，发现她并没有从里面上锁。

焦急地尝试了一分钟后，她发现了一个惊人的真相——这门被人从外面上锁了。

很显然，全世界只有一个人可以做到这一点，就是这间房子的主人。

高嘉羡感觉自己的头顶开始冒火。

她蹙着眉把行李箱往柜子边一推，拿出手机就想给祝沉吟打电话，转念一想，他现在正在开车，她要是炮轰他，爸妈他们也会听到。

她忍了忍，只能憋着火咬牙切齿地给他发了一条微信过去。

嘉羡："你锁门是什么意思？"

这条消息在她和祝沉吟的对话框里躺了十五分钟都没有收到回复。

就在高嘉羡快要把门口的地毯走穿的时候，他的消息才跳了出来。

沉吟："顾姨说怕你一个人在家危险。"

高嘉羡差点儿破口大骂。

她从小胆儿肥，自理能力又强，顾宁、高鸿工作忙，她一个人在家是常有的事,还经常出去参加各种夏令营和集训,大学一毕业又一个人去国外工作,那么多年了,她就从没听爸妈说过一句"怕她危险"。

她用鼻子猜都知道,这门绝对是某人出门的时候,故意锁了不让她趁机溜走的。就在她想方设法要报复这个焉儿坏的人的时候,大门处传来了一阵钥匙转动的声音。下一秒,他神态自若地出现在了大门外。

高嘉羡立刻抬起头,一副"你今天要是敢不让我走,我就和你没完"的神情。

祝沉吟目光轻轻地越过战斗状态的她和她身边的行李箱,无比自然地反手关上了大门,脱下鞋就往客厅里走。

擦肩而过的瞬间,她听到他低声说:"我们先谈谈。"

这轻轻巧巧的五个字,让高嘉羡感觉自己蓄了很久的力,却一拳头打在棉花上,瓦解了。

她闭了闭眼,在原地缓了几秒才转身走回客厅,"唰"地拉开了餐桌边的椅子坐下来:"你要谈什么?谈怎么做戏做全套吗?"

她说话的语气冲,他也不生气,不慌不忙地坐在她对面的椅子上。

满室寂静,他看着她,一字一顿地说:"刚刚改口叫顾姨、高叔他们,是不希望他们失落。"

她冷笑道:"是不希望他们失落,还是怕麻烦,不想露出破绽引起他们的怀疑?"

她话里根根刺儿往外冒,他统统都受着,顿了一秒,才温声回道:"你要听实话,那就是都有。"

高嘉羡勾了一下嘴角:"我发现从小到大,你好像一直不怎么爱撒谎。"

他摇了摇头。

"我现在不就是在撒一个性质极其恶劣的弥天大谎吗?"温暖的灯光下,她看到他的瞳孔里泛着淡淡的光泽,"甚至还要拉上你一起。"

她一怔,抿了一下唇,没吭声。

屋子里有几分钟静得连一点儿声音都没有,当高嘉羡有些走神的时候,她突然听到他说:"我还是想当面再对你说一次。"

她猛地抬起头。

"抱歉,把你牵扯进了这么荒唐的事情里。"他说话的语调总是这么不紧不慢,仿佛遇上再慌乱的事情都不会自乱阵脚。

目光撞进他的眼睛里,她看到了一大片晦暗不明,像无边无际的深蓝的海,但那里并没有心疼和难受——至少她没有看到。

这就是他啊,她心想。

这就是她暗恋了那么多年的男人,永远温和有礼,永远镇定自若,永远真心难辨,寡淡疏离。

其实他应该向她道歉的,何止是将她卷进这荒唐的婚约里?

她搭进去的不仅仅是时间、精力、名誉和一年后离异的婚姻状况,还有对家人、朋友的欺瞒,最重要的,也是他永远都不会知道的,是她在用自己的真心陪他荒唐。

她垂下眼眸,一手架在椅背上,面无表情地说:"冠冕堂皇的话就少说点儿吧,我平时已经听别人讲得够多了。

"以我的工作强度,我原本也没打算这几年结婚。这次跟你约定结婚,不仅能让我有个正式理由调职回国多陪陪我爸妈,也能让他们安心点儿,毕竟他们一直都以为我是不婚主义者,各种旁敲侧击地为我担心。

"当然,现在国内有很好的机会,可以让我在事业上大展身手,做我想做的事情。已婚的身份也对组织传达了一种稳定性。"

她看向他:"反正,这桩生意要是真的太亏,我也不会同意的。"

言下之意是,他也不用往自己脸上贴金,觉得她好像是为他做了多么伟大的牺牲似的。

祝沉吟是何等聪明的人,怎么可能会不明白她的意思?

他静静地看了她一会儿,才慢慢开口道:"你真的不愿意住在这里?"

他微微侧过身,指了指卧室的方向:"我原本的计划是,你睡主卧,我睡次卧。我平时在医院值班,回家的时间少,基本不会打扰到你。"

高嘉羡听到这话,迟疑了一下。

说句实话,她很喜欢这套房子的装修格调。而且很重要的一点是,离她工作的地方特别近,比她自己家的两套房子都近得多,她早上还能争分夺秒多睡个半小时,这委实诱人。

但一想到要是她住下了,从此就得和他待在同一屋檐下长达一年,抬头不见低头见的,她硬气地说道:"对,我不想,我可以先去酒店住几天,然后想办法找我爸妈去拿另一套房子的钥匙。我可以编出千百种理由,成功说服我爸妈。"

"那今晚你还是先住下来吧,行李搬来搬去的,不方便。"他的语气听上去没有什么异样,"后续的可以明天再慢慢计划。"

就在她准备再次开口拒绝的时候,祝沉吟忽然不愠不火地说了一句:

"别辜负顾姨他们铺这床红被子的好意。"

高嘉羡听完这句话,差点儿以为自己的耳朵是不是出问题了。

你是不是在逗我?她心想。

就算她妈妈铺了二十床红被子,也跟他没关系。难不成他还想假戏真做,今晚和她一起盖上这床红被子在同一张床上睡觉啊?

她从椅子上大剌剌地起身,摆了摆手:"要睡你自己去睡吧。"

身后的祝沉吟没有再多说什么,目送着她拉起一旁的行李箱,在门口弯腰换鞋。

就在她快要推门离开的那一刻,她忽然听到他开口道:"对了。"

她狐疑地回过头,他微微朝后仰了一下,倚靠在椅背上,语气格外云淡风轻:"我给了顾姨一把家里的备用钥匙。"

高嘉羡开门的手猛地顿住了:"你说什么?!"

祝沉吟一脸无辜:"顾姨说我们工作忙,有时候可能顾不上吃饭和打扫家里,她有空想多过来帮帮忙。"他不急不缓地说,"因为我无法确定我每天在家的时间,所以就给了她一把钥匙,让她来去方便一些。"

他顿了顿,像是在思考什么:"我觉得,她明早说不定会来查房。"

高嘉羡一听这话,感觉自己眼前一阵发黑,手一松,行李箱因为惯性的缘故,直接往前滑去,啪啦一声撞在了鞋柜上。

下一秒,高嘉羡脱下鞋,直接从玄关蹿进了客厅。

要是搁以前,她压根不会担心顾宁过来串门,她人不在两老身边,山高皇帝远,而且以前的顾宁也不是那种有闲心,会成天来盯她梢的人。

但是现在不一样了,顾宁退休了!退了休的人有富足的时间,可以把她从头到脚都盯个三千遍,把从前没盯上的都给补回来。

再加上顾宁又那么喜欢祝沉吟,哪个丈母娘不想找机会来多看女婿几眼呢?

而且,这位小老太太向来横行霸道,思维也天马行空,查房这种事儿,顾宁可能还真的干得出来,连高鸿都阻止不了。

祝沉吟给出这把钥匙也就意味着,她可能今天,甚至之后的每一天,都得住在这间屋子里,才能在她妈妈突袭检查的时候,及时到岗,不露馅。

她又炸毛了:"祝沉吟,你是不是故意的啊?!"

他的语气不带半点儿慌张:"顾姨的好意,我不好意思推拒。况且,我并没有想到你会不愿意住在这儿。"

她都给气笑了,指着自己的鼻子道:"你这是在怪我?!"

他说:"我认为同居是最不容易引起怀疑并减少麻烦的办法。"

"麻烦和怀疑是减少了。"她抱着手臂看着他,"但你想过一对没有任何关系的独身男女生活在同一屋檐下会有什么不妥和不便吗?"

"不对。"她冷笑了一声,"我是独身,你是不是独身我可不知道。"

说完,她才后知后觉地发现,这句话又不可避免地带上了她心底最真实的情绪。

只是,说出去的话就覆水难收,祝沉吟听得一清二楚,望向她的目光也随之变深了一些。

大约十多秒后,祝沉吟从椅子上起身了。

之前她站,他坐,好像在气势上压他一筹,但当他也站起来的时候,她刚刚的优势似乎瞬间就消失了。

气场确实是一种很神奇的东西。

有的人哪怕看上去人畜无害、温和有礼,却远比外表看上去张牙舞爪的人更深不可测。

他在客厅的灯光下垂眸看着她,而后说:"我是不是独身,你感觉不到吗?"

高嘉羡的心跳一下子乱了一拍。

虽然一点儿都不想承认,但这确实是她想听又不敢听的答案。

这几年,她只能通过顾宁的嘴或者他的朋友圈动态了解他的生活,他又不是那种喜欢发朋友圈的人,所以他的个人生活究竟是什么情况,她几乎不知道。

顾宁虽然没提起过他身边有女孩子,但她觉得,以他的性格,他要是真的有对象,绝对能把所有人都瞒得好好的,不透出半点儿风声。

不过,如果他真的有对象,他也不可能大费周章找她来结婚,和她领证,最后还要和她同居。

就他的工作性质而言,他应该也没精力玩那么大。

高嘉羡悄悄捏了捏自己的手心,语气硬邦邦地说:"不管你说的是真话还是假话,反正如果我真住在这儿,你别给我带女人回家。"

祝沉吟状似思考了两秒:"这种情况要发生,也确实有点儿困难。"

他一露出这种带着点儿逗乐的表情,她的心跳就会忍不住开始加速。

"至于单身男女同居的不便,"他又轻巧地补充了一句,"我还是有君子的自觉的。"

我能信你就有鬼了！她没忍住翻了个白眼。

刚刚是哪位君子在红被子这个话题上反复横跳？！

他忽然双手撑着餐桌，身体微微往她的方向倾过去一些，望着她。

"所以……"他的瞳色在灯光下看上去和平日里有些许不同，带了几分魅惑，"你要不要再考虑一下？"

要不要脸？这不是在靠美色作弊吗？！

呸！胜之不武！

高嘉羡觉得自己的喉头有些发紧，她张了张嘴，看着他近在咫尺的俊脸，一时之间觉得有些头昏脑涨。

"行了。"半晌，她才匆忙别开视线，"我再考虑考虑吧，先回房间了。"

她觉得这同居来得有点儿措手不及，但从减少麻烦的角度来看，她这一年暂住在这儿，也不是一个不能接受的选择。

就当是跟人合租了。她最开始在国外也曾和同事合租过一阵，唯一的区别是这次和她"合租"的对象着实有些棘手。

就在她准备拖着行李箱进主卧的时候，她突然想起了什么，转过头对他说："我下班回家通常都很晚了，也就把这儿当作个睡觉的地儿。不管怎么说，真要住下来，我还是得付你房租。"

他望着她，轻轻摇了一下头："就当作是我偿还的一部分。"

他这句话的意思她懂——因为觉得亏欠她，所以尽可能想在方方面面给她补偿，但这话让她心里莫名其妙发堵。

沉默了一会儿，她背过身，语气轻飘飘地说："你觉得你欠我的，用这些东西就能还清吗？"

没等他回答，她就直接大步走进卧室，反手重重地关上了门。

高嘉羡气呼呼地从箱子里拿出顾宁他们给她带来的换洗衣服，进浴室洗澡去了。

浴室里早已摆放好了她所需要的日常用品，甚至连洗发水和沐浴乳的品牌都恰好是她喜欢的小众品牌。

她暗暗翻了个白眼。

应该是他哪位女性朋友或者女同事给他推荐的吧？

等洗完澡出来，她看到手机上他发来的一条微信："洗发水和沐浴乳是我平时用的品牌，你不喜欢的话，我重新去买。"

闻言，她心里的淤堵没出息地消散了一点儿，回道："虽不是很喜欢，但不讨厌，就别浪费钱了。"

等她把自己的东西都整理完,已经将近十二点了。

听不到客厅有任何动静,某人应该已经回房休息了,高嘉羡托着脑门想了想,还是象征性地走过去锁了一下卧室的门——毕竟他们俩是假夫妻,真室友。

她长得也挺漂亮的,还是个黄花大闺女,稍微谨慎点儿,也没错吧?

做完这些,她躺在了床上,伸手按灭大灯,只余下一盏散发着浅浅光亮的小夜灯。

她有轻度的夜盲,也怕黑,睡觉的时候需要开着夜灯。

也不知道是不是爸妈提前告诉过祝沉吟,她一进来就看到床边插着一只长得像小章鱼一样的夜灯。

闭上眼睛,高嘉羡感觉自己都快要散架了。

这一天于她而言,的确是前所未有地漫长、梦幻。

她结束了辗转异国他乡多年的工作,回到了自己土生土长的城市。

她还和自己暗恋多年的男人领了结婚证,并住进了他的家里。

现在,她一个人躺在一床红色的喜庆床单上,而她的"先生",睡在她斜对面,隔着一条走廊的房间里。

她的身体其实是极其疲惫的,但是大脑里思绪万千,在床上翻来覆去了很久,每每感觉快要睡着了,但其实一直都没有真正入睡。

不知道什么时候,她忽然听到卧室的门被人从外面轻轻地敲了敲。她以为是自己太困,从而产生了幻听,没想到隔了几秒,敲门声又响了起来。

大半夜的,这人到底想干吗?

高嘉羡揉了揉眼睛,从旁边拿了件外套裹在身上,打开大灯去开门。

门打开之后,她警惕地打量了几眼站在门外的祝沉吟。他身上穿着外衣,似乎是准备要出门的模样。

她眯了眯眼:"你这是……"

他看着她的脸庞,低声说:"有台紧急手术需要我过去帮忙。"

高嘉羡心想"有事你就直接走呗,半夜三更敲门把我吵醒干什么?"嘴上还是应了声:"哦,那你路上小心。"

他点了点头,话题忽然一转:"没睡着?"

见她愣愣地看着自己,他又说:"你一直在翻身。"

高嘉羡怒道:"你家这是什么隔音效果?!"

隔着一条走廊、两道房门他还能听到她在床上翻身,这是不是太离谱了？他难道是千里耳？！

他看着她怒目圆睁的样子，忍不住弯了一下嘴角："我一直没睡，在看文献，每回出来倒水，经过你房间的时候，都能听到你在里面翻身。"

她抚了抚额头，一时语塞了。

难道她是熊吗？翻个身动静那么大，隔着门都能听见？

"所以我才来敲门问问你的情况。"他的语调不徐不疾的，"我记得你以前告诉我，你有点儿夜盲，所以我准备了小夜灯，或者你有点儿认床？"

她看着祝沉吟那张清俊的脸，一时之间有些晃神。

也许是因为这一天发生了太多事，也许是因为夜深了，人的思绪总会混乱，敢做出些在白日思绪清明时不敢做的事，下一秒，她竟然脱口而出道："没人陪睡，所以才睡不着。"

借着卧室的光，她清清楚楚地看到对面的人眸色微微闪了闪。

高嘉羡想要咬掉自己的舌头。

她又没喝酒，现在到底是在发什么酒疯？！

空气中凝滞了几秒钟，她甚至很想把时间永远暂停在这一刻。

救命。你能不能就当作什么都没有听到？！

她看着祝沉吟微妙的神色，决定一鼓作气直接把门拍在他脸上。

就在他的脸快要被门盖住的时候，他忽然伸出手，轻轻地挡住了门。

她的眼神透着惊恐，他淡定地望着她，低声开口道："很遗憾，今天陪不了了。"

他一手抵着门，似笑非笑地看着她："但是，我怕我今天陪了，你更睡不着了。"

祝沉吟："毕竟今天应该是我们的洞房花烛夜。"

第二章
夫人难哄

　　夜深人静，高嘉羡瞪大眼睛看着他，简直不敢相信自己的耳朵。
　　你听听，这是人能说出来的话？！
　　这几年到底发生了些什么？他还是她记忆里的那个正经男人吗？
　　见招拆招还不算什么，这随口说出来的话，恐怕连亲妈都不认识了吧！
　　她一个吃开口饭的人，比说这种话她怎么能认输？但还没等她开口反击，他就已经松开了手，仿佛刚刚什么话都没有说过，低声说："走了。"然后他转了身朝着玄关的方向大步走去。
　　高嘉羡的脸色红白交替，她抱着手臂靠在卧室门上，对着他俊逸的背影咬牙切齿，还用口型"呸"了一声。
　　快要关门离开时，祝沉吟的步子忽然顿了一下，而后他回过头对她说："现在家里没人了，你应该能好好睡了。"
　　言下之意是，他觉得是因为他们在同一屋檐下，所以她才睡不好觉的。她扯了扯嘴角，没好气地回："知道！你还不赶紧走？"
　　"这是家里的钥匙。"他将一把钥匙放在了玄关的柜子上，然后对她说，"快睡吧，明天一早还要上班。"
　　她望着他的背影渐渐消失，说不出心里到底是高兴还是失落。
　　等家里重新归于安静，高嘉羡关上灯躺回到床上，原本就零星的困意消失得无影无踪了。
　　她想着某人在卧室门口对她说的话，越想越上头，最后伸手将床头柜上的手机拿了过来，打开了自己最常用的社交软件。
　　这个社交软件的个人主页除了基本信息，还可以编辑自己的情感状况。

高嘉羡在夜灯浅浅的光亮下面无表情地用手指滑动着屏幕，目光依次掠过单身、订婚、已婚、交往中等各种选项，手指落在了最后一个选项上，毫不犹豫地轻轻点了一下。

做完这件事，她才满意地将手机扔回到床头柜上，钻进了被子里。

她觉得她终于可以睡个好觉了。

同一时刻，祝沉吟开车回到了仁晨医院。

停完车上了楼，他将车钥匙放进大衣口袋里，车钥匙撞在口袋里另一把其实根本没有给出去的备用钥匙上，发出了"叮当"的清脆声响。

他收回手，一路走进值班室。

今晚值班的人是顾瀛，顾瀛此时靠在椅背上，似乎是快要睡着了。听到开门的动静，他一个激灵，差点儿从椅子上翻下来。

顾瀛抓了抓乱糟糟的头发，从椅子上跳了起来："你怎么来了？你不是今天和咱嫂子领证吗？大好的洞房花烛夜，你来医院陪我一起孤寡干吗？！"

祝沉吟关上门，脱下大衣挂起来："我被你嫂子赶出家门了。"

顾瀛大惊："为什么？"

祝沉吟换了衣服，在值班室的床上躺下来，闭着眼睛说："我在她睡不着。"

今晚根本就没有什么所谓的紧急手术需要他帮忙。他只是觉得，只要他待在那间屋子里，就会在无形之中给她造成心理压力，会让她睡不好觉。

毕竟，这是这场约定婚姻的第一天，今晚难免会让人心绪难安。

不仅仅是她，他其实也一样，不然就不会翻那么久的文献。

谁知道顾瀛听了他的话，却完全想岔了。此刻，他整个人都精神了，一拍大腿冲到床边，手指颤抖地指着他的脸，怒吼道："祝沉吟，你还要不要脸了？！"

祝沉吟疑惑地睁开了眼睛。

顾瀛气得脸红脖子粗："大可不必向我炫耀你的床上功夫有多厉害，闹得嫂子睡不着觉！"

祝沉吟沉默地看了他几秒，再次闭上了眼睛："你要这样理解也行。"

高嘉羡确实有点儿认床。这一晚谈不上睡得好，但好歹也算是在这个陌生又微妙的地方合眼睡了一晚。

心里担心着顾宁会来查房，她定了个闹钟早早爬起来，在家里风驰电掣地伪装了一下，以示她和祝沉吟"新婚生活"的第一晚过得十分"滋润"。

等她好不容易忙活完，顾宁却连个影子都没有出现。

她这才后知后觉地发现似乎哪里不太对劲。说给了顾宁备用钥匙的人是祝沉吟，说顾宁有可能会来查房的人也是他。她被他牵着鼻子走，一点儿都没考虑到这些说不定只是他虚晃一枪用来误导她，企图让她在这间屋子里长久地待下去，方便帮他打掩护的小伎俩。

高嘉羡站在客厅里，捂着额头，觉得脑壳疼。看来她还得想办法去找顾宁拿另一套房子的钥匙。

厨房的冰箱里虽然摆放着不少新鲜食材，但天气太冷，加之起得太早，她实在是懒得弄，便想着去办公室楼下随便买点儿吃的应付一下。

她出门的时候，祝沉吟还没有回来。

从祝沉吟这儿到她单位，步行只要十分钟。高嘉羡一路走，一路在脑子里盘算着之后怎么和祝沉吟斗智斗勇。

谁知道，人刚到办公室，连屁股都没坐着椅子，就被直接叫到了大领导卢主任的办公室里。

昨天她来报到的时候，卢主任恰好外出办事不在，她本来想着能躲过这一劫可真是太好了，但没想到终究是"躲得过初一，躲不过十五"。

卢主任人是很不错，就是话实在是太多。昨天听同组的同事说，但凡谁被逮着，就得被他拉进办公室唠叨不止一小时。

高嘉羡进卢主任办公室的那一刻，在心里扎了一个名叫"祝沉吟"的小人一千次。

要不是被他搞得头昏脑涨，她怎么会放松警惕被逮到？

进了办公室之后，卢主任先是重重表扬了她作为外联发言人这几年在海外各国工作所做出的杰出贡献，随后对她回国之后的工作发展做了一番展望。

她保持着得体的微笑听完这一通激情洋溢的发言，在内心总结了一下——好好干，首席公关官的职位就在朝你招手。

不得不说，她对未来虽然满怀期待和憧憬，但又无比担忧她的发量。

当了这么多年的外联部发言人，她对这个体系实在是再熟悉不过了。

别人看着风光无限，只有圈内人才知道他们每天累成狗。哪怕在办公室里坐着都要干一堆文职工作，就更别提出外勤，在异国他乡外派工作的时候还得和不同的人各种磨嘴皮子，搞各种头脑风暴。

天知道她每天为了她的发际线要做出多少倔强的努力，抹多少稀奇古怪的玩意儿上去。

卢主任叨叨完，听到她"我一定好好做人，天天向上，努力工作"的宣言，才终于满意地放她出去觅食。

高嘉羡差点儿饿晕过去。谁知道，刚出来还没喘口气，手机上又来了一通电话。她低头一看来电显示……好家伙，是菱画。

现在那边是晚间时间，她估计应该是瞿溪昂在忙，这位姐一个人在家带孩子，闲得没事儿干，所以来骚扰她了。

毕竟是来自友人的越洋电话，不得不接。

高嘉羡叹了口气，暂时打消了去楼下的便利店里买早饭的念头，随便找了间没有人的会议室，关上门，接通了电话。

"羡羡。"电话接通，那头立刻传来了菱画活力十足的声音。

高嘉羡背靠在会议室的门上，对着空气翻了个大白眼："这位朋友，我记得我上飞机前，才刚到你家帮你带了大半天孩子，怎么现在隔着太平洋了，你还不肯放过我？"

菱画说："你看看你这话说得，多见外啊！这不是知道你落地了，我特意致电问候你是否一切安好吗！"

高嘉羡冷笑道："我很好，而且我已经落地整整二十四个小时了，你关心得未免太及时了吧？"

菱画："咱俩这关系，那肯定得及时的。你可别忘了，昨天你和祝医生领证的时候，我可是凌晨从床上一跃而起给你发'新婚快乐'祝福的啊！"

闻言，高嘉羡的太阳穴下意识地抽搐了一下。

一听到和"结婚"有关的字眼，她就脑壳疼，连话都不想说了。

那边的菱画见她没吱声，贼笑了一声，继续说："实不相瞒，我是看到了些有趣的东西，才特意来骚扰你的。"

她耐着性子问："什么有趣的东西？"

菱画讶异道："你自己发的，你自己心里怎么都没点儿数？"

听到这话，高嘉羡先是沉默了两秒，随后立刻在心里暗骂了自己一声。

她昨晚睡觉前，一时冲动干的好事。她还以为没有人会发现的。

她深呼吸了一口气，道："菱画小姐，你怎么连这都能发现？你是有多闲？你不关心国家大事，反而来关心我这种小老百姓的家长里短？"

"高嘉羡，"菱画在那边放肆大笑，"你可太牛了！你就不怕祝医生看到你发出来的情感状况，来揍你吗？"

她嗤之以鼻:"就他那小身板,还想揍我?"

菱画:"你怎么知道人家是小身板?你已经看过他的肉体了?"

高嘉羡冷哼一声:"我对他的肉体没有兴趣。他看着那么瘦,不是小身板是什么?"

菱画振振有词:"你不知道有些人是看着瘦,实则脱了衣服身材很精壮吗?我猜测,祝医生就是这个类型。"

高嘉羡:"菱画,你家那位煞神要是知道你这么认真地意淫着别的男人的肉体,你猜他会怎么收拾你?"

电话那头隐隐约约传来了钥匙开门的声音,下一秒,菱画干脆利落地按下了电话:"瞿小心眼儿回来了,我先撤了。"

下一秒,耳边传来了"嘟嘟"的忙音。高嘉羡已经对这个女人的此种行为习以为常,她无语地捏着手机走出会议室,想着一堆要干的活,决定还是叫个外卖算了。

她在椅子上坐下,打开手机刚准备点外卖,忽然听到有人在叫她。

她抬起头,发现是部门的同事宋瑜,便打了声招呼:"宋姐。"

宋瑜是他们这儿的资深前辈,在外联部干了好多年了,资历摆在那儿,看人喜欢眼珠子朝上,对卢主任那些领导各种溜须拍马,对下面的人就不怎么爱搭理。她昨天刚来就发现几个资历浅的看到宋瑜都怕得很。

"嘉羡。"宋瑜估计是听闻过她之前的工作经历,并没有像对其他新人那样刁难和轻视她,"这么早就来啦?刚刚老卢是不是给你上课了?"

高嘉羡笑了笑:"是,叨得我头晕,本来就没吃早饭,这下感觉快要低血糖了。"

她心里觉得宋瑜来找她肯定有目的,果然,对方和她随便闲扯了两句,终于切入了八卦的主题:"对了嘉羡,昨天还没机会问你,你有对象不?咱们这儿的姑娘啊,整天忙着工作,全都是单身狗。不过,你长得这么漂亮,而且见多识广,应该早就已经名花有主了吧?"

高嘉羡其实还挺烦宋瑜这种人的,她垂了下一眼眸,然后冲着宋瑜特别平静地说道:"我吗?我是寡妇。"

办公室里现在人还不多,很安静,高嘉羡那个"寡妇"说出来,宋瑜的眼珠子差点儿没掉出来,说话的声音都发颤了:"你是什么?!"

高嘉羡:"你没听错,我先生已经归西了。"

宋瑜来找她的时候,可能做梦都没想过自己会听到这样的回答,一时呆住了，张着嘴木愣愣地瞪着她。

"您别那么惊讶。"高嘉羡托着下巴，吸了吸鼻子，张口就给自己加戏，"我虽然年纪不大，但我结婚早啊。本来觉得英年早婚可幸福了，可谁知道，刚结婚没多久我老公就……"

毕竟她上大学的时候，可是整个外交学院的"影后"。

可想而知，她要是糊弄起人来，可以夸张到什么地步——简直可以颠倒黑白。

高嘉羡表演得起劲，他们部门另一位年轻同事小吴突然快步往她的桌子边走过来。

小吴越走越快，走到她的桌边才猛地刹住车，语气里透着点儿兴奋："嘉羡姐，前台有人找你。"

"找我？"高嘉羡一愣，"谁啊？"

小吴语速飞快："我不知道，是刚刚前台打电话我让我喊你出去的。她说前面打你电话好几次你人都不在座位上，说客人等了你好久了，是个超级大帅哥来着！"

"超级大帅哥？"高嘉羡更蒙了。

大清早的，哪里突然来个超级大帅哥找她？

虽说满脑门问号，但她还是从座位上起来，朝门外走去。

被她"英年丧偶"消息惊到的宋瑜，八卦雷达转得比谁都快，眼珠子一转，立刻跟上。小吴也有点儿抵挡不住八卦之心，悄悄摸摸地跟在她后面。

高嘉羡穿过办公室的长廊，走到会客区，身后还跟着两条小尾巴。当她看到沙发上坐着的人时，脚步一下子就顿住了。

沙发上坐着的年轻男人，听闻脚步声，抬头朝她这儿看过来。

祝沉吟这个男人天生就是个名副其实的衣架子，他身穿白色毛衣和黑色长裤，围着咖啡色围巾，手臂上挽着灰色大衣，随随便便往那儿一坐，就坐出了男模的气度。

同一时间，她听到了身后宋瑜和小吴倒抽气的声音。下一秒，他在她的瞪视下，不慌不忙地从沙发上起身走到了她的跟前。

高嘉羡其实并不想让同事过多了解她的私生活，毕竟她和祝沉吟的关系绝非寻常，她想让这段假婚姻安安静静地开始和结束，尽量减少对她生活可能造成的冲击和影响。所以，她不太想让他在这里表明他的身份。

然而，没等她递出警示的眼神，祝沉吟就已经对她身后表情丰富的宋瑜和小吴微微一笑："你们好，我姓祝，我就是嘉羡那位已经归西的先生。"

高嘉羡的脸都绿了。她连当场掐死他的心都有。

他是有顺风耳吗？为什么她刚刚对宋瑜编的瞎话他都能听到？？

她真的很想问一句——你现在到底是人是鬼？！

场面十分尴尬。宋瑜在她和祝沉吟之间来回打量了一圈，还有点儿摸不着头脑。小吴本来就不知道"寡妇"这个梗，直接傻乎乎地愣在了当场。

祝沉吟又说："让你们见笑了。我惹我太太不高兴的时候，她总是喜欢拿我开涮。"

听到"我太太"那三个字时，高嘉羡没出息地立刻心跳加速了好几倍。

高嘉羡十分唾弃自己。哪怕是逢场作戏的假话，她都产生了想要把这句话给录下来的念头。原来被他称作"我太太"，是这样的感觉。她好像真的没有办法不对这样的话感到心动。

小吴虽然依旧没怎么理解祝沉吟这两句话的意思，但不知道为什么，感觉自己被狠狠塞了一大口狗粮，不用吃早饭就饱了。

祝沉吟又慢条斯理补充道："她刚回来，还需要时间慢慢适应和学习，以后还得麻烦你们多多照顾她了。"

祝沉吟长得招人喜欢，说话又谦逊有礼，声音还好听，别提小吴了，就连宋瑜这种不易相处的也被他当场摆平了。

"祝先生，你客气了。"宋瑜没在意高嘉羡那绿油油的脸色，权当刚刚她那些瞎话都只是小夫妻之间闹着玩的情趣罢了，"嘉羡很优秀，我们还要向她多多学习才是。"

寒暄了两句，宋瑜和小吴也不好意思再戳在这儿继续近距离八卦，先行一步回了办公室。

她们走后，高嘉羡特意往旁边走了几步，背对着前台姑娘热切又八卦的眼神，垮下脸压低声音问道："你来这儿干吗？"

她从没告诉过他她的工作地址，他能摸到这儿来，大概率又是顾宁他们叛变了。

他看着她警惕的神色，不由得失笑："听说我结婚后的第一天，我太太就守寡了，我能不过来看看吗？"

听到"我太太"那个称呼，她刚刚好不容易平复的心又忍不住开始膨胀起来。

这个男人现在真的太离谱了。

那么多年以来，他和她讲话的语气都像是一个大哥哥。虽然她知道他的坏水一向都藏在肚子里，但是表面上他从来没有一星半点儿的逾越。

她都怀疑他这几年里是不是被人把脑子打坏了，还是说，领了结婚证，他开始在她的面前暴露出不为人知的一面了？

后面这种可能性她完全不敢深想，怕纯粹是她在自作多情。

她沉默了一会儿，语气不善地回道："现在没外人，你用不着再做戏了。"没等祝沉吟回应，她又说，"你到底是来干吗的？我很忙，要去工作了。"

他没说话，转身从沙发上将一个保温袋拎了过来，轻轻地递到了她的手边："我值完班回家做早餐的时候做了两份，想着你可能没时间吃，就给你送了一份过来。"

高嘉羡愣住了。她完全没有预料到他特意跑到她单位来，竟然是为了给她送早餐，而且还是他自己亲手做的早餐。

在此之前，她真的以为他只是单纯过来找碴儿，让她在她的同事面前出糗，好看她笑话。

此时此刻，高嘉羡盯着这袋热乎乎的早餐，心里百味杂陈。

她应该是感到高兴和温暖的，不是吗？

她最喜欢的人亲手做了早餐给她送过来，这是她做梦都不敢去奢望的事。但是她发现，自己此刻根本没有办法感到纯粹的开心，感谢他对她的"好"。他现在对她的每一分好和照顾，并不是出于真心，只是因为他想要补偿自己对他的帮助而已。

"谢谢。"她忍住心中的酸涩，语气生硬地朝他道了谢，伸手接过了那袋早餐，"医院事情很多，以后别这样特意跑过来了，我不想耽误你宝贵的时间。"

祝沉吟看着她："那也总比让你饿着肚子上班要好。"

高嘉羡面无表情地回道："我有手有脚，不做饭也会自己叫外卖的，不劳你多费心。"

说罢，她转身就想回办公室，下一秒，却听到他说："不可能的。"

她一怔，回过头望向他。他语气平静，仿佛只是在叙述一件再平常不过的事："不可能不对你多费心。"

说完这句，他便朝她点了点头，算作是告别，随后拿起大衣慢步离开了。

高嘉羡拿着早餐，看着他的背影渐渐消失在了玻璃门后，不自觉地咬了咬唇。

她思绪万千地拎着保温袋回到座位上坐下,慢吞吞地拿出了袋子里的牛奶和保温盒,打开一看,干净的保温盒里放着香喷喷的烧卖、馒头和鸡蛋,还有一些新鲜水果,看着就让人很有食欲。

好像从小到大,除了她父母,从没有其他人这样亲手给她做过早餐。

她拿起筷子,夹起一个烧卖递到嘴边咬了一口,忍不住暗叹一声好吃。

就在这时,坐在不远处的小吴悄悄摸摸地探了个脑袋过来,一脸憧憬地指了指保温盒:"嘉羡姐,姐夫对你也太好了吧!还特地给你送爱心早餐过来。"

高嘉羡咬着烧卖,含混不清地回了一句:"就还行吧。"

"而且姐夫长得也太帅了吧!"小吴压低嗓子说,"刚刚宋姐都看蒙了。她说原本以为你是那种不需要爱情的事业型女强人,没想到竟然那么早就金屋藏娇了。她还说你是我们这群剩女的榜样,让我们向你好好学习。

"还有,姐夫讲话的语气也太宠溺了!被这样的大帅哥宠着,嘉羡姐你真是世界上最幸福的人啊!"

小朋友一口一个"姐夫",满心满眼的羡慕,高嘉羡边吃早餐边适当地应和几句。

说句实话,虽然她现在对祝沉吟抱有非常复杂的情感和态度,但她不得不承认自己被他刚刚的行为搞得有一点儿飘飘然。

女人啊,真的是永远都改不掉这个臭毛病——是那么要面子,爱慕虚荣。

与此同时,她也心软了那么一点儿。毕竟他今天完全可以不来,也不用大费周章地在她的同事面前彰显他"好丈夫"的人设。

如果真的只是做戏,其实也没有必要做到这种程度。他是个大忙人,她实在是想不出,他特地来这一趟,除了是真的关心她的身体外,是否还有任何对他自己有好处的地方。

但心软,也只持续了那么一丁点儿的时间。

当她吃完早餐打开手机,看到社交软件里弹出的一系列新评论通知,并点进去之后,这点儿心软就瞬间荡然无存。

在她那条"丧偶"的情感状况更新下,祝沉吟在凌晨时分留了言。他写的是:"难为你年纪轻轻就成了寡妇,但估计你要改嫁有点儿困难。"

这还不算完,下面还有一连串的留言。

为首的第一条就是菱画落井下石,无比嚣张的一排"哈哈哈",要是没有字数限制,她估计这家伙可能可以打上一百个"哈"都不止。

菱画"哈"完在下面说:"祝医生,这才结婚第一天,你老婆竟然就想让你进棺材了,最毒妇人心啊!"

祝沉吟回复菱画道:"是我没有让她满意。"

更惊悚的是,连日理万机的菱画先生——瞿溪昂都出现了:"是哪方面没有让她满意?"

祝沉吟回复:"你觉得呢?"

高嘉羡看着这帮闲人在下面旁若无人地闲聊,觉得自己快要被气得心脏骤停。

看来她还是太年轻了。她竟然会因为祝某人的一点儿小恩小惠就感到膨胀和心软,她真的无比唾弃自己。

等着瞧吧!她心想。她高嘉羡从今天开始,一定要教他重新做人!

虽说高嘉羡很想立刻给某人一点儿颜色瞧瞧,但作为一个敬业的搬砖人,目前最重要的还是先解决公事。

等手头的工作暂时告一段落,时间已经接近傍晚,高嘉羡看了一眼窗外,终于得空又想到了自己的住处问题,便拿出手机去外面给顾宁打电话。

顾宁的声音非常愉悦:"今晚要不要妈来给你和沉吟做晚饭吃?"

"别。"她想都不想,赶忙阻止,"我要加班,祝……他可能也要值班,晚饭我们都在单位里自己解决就行。"

"工作归工作,饭还是要吃的呀!"顾宁说,"你老是嘴上这样说,实际上一天三顿并一顿糊弄我,别以为我不知道。"

高嘉羡立刻开始讲顾宁爱听的话:"那是以前独身的时候。我现在可是有家室的人了,得爱惜自己的身体,我不会再这样了。"

顾宁眉开眼笑:"这还差不多。"

高嘉羡其实很想试探一下祝沉吟到底有没有给顾宁家里的备用钥匙,但是她又怕祝沉吟真的给了钥匙,原本顾宁没想着要经常来查岗,她这么一提,反倒是挑起了顾宁要当侦察兵的兴致。

思虑再三,她还是把备用钥匙的事情给吞回了肚子里。

两人聊了一会儿家常,她才假装不经意地问顾宁道:"妈,咱们在新意苑那套房子的钥匙你放哪儿了?"

顾宁一愣:"你问那套房子的钥匙干吗?"

高嘉羡将早就想好的说辞娓娓道来:"就是我之前在国外买了好多书和文献资料什么的,这会儿都在运过来的路上。加上我的衣服,有十几箱,东西实在有点儿多,我这边可能放不下,堆太多也影响房子的整洁度。所以就想放一部分到新意苑那边去,把那儿当工作室用来着。"

顾宁了然道:"那你放到我和你爸这边来就行了,新意苑那套现在放不了了。"

这回轮到高嘉羡愣住了:"啊?为什么?"

顾宁说:"是这样的,新意苑那套房子原本是要留给你住的,但是你现在和沉吟结婚了,也住到他那儿去了。我和你爸就想着暂时把这套房子租出去两年,以后等你和沉吟有了宝宝,重新装修一下给你们用。"

高嘉羡傻眼了。她完全没有想到剧情会这样发展。

沉默几秒后,她努力地调整了一下自己的呼吸,而后干巴巴地说:"已经租出去了?"

"是啊!"顾宁说,"说来也巧,我们前两天刚挂的牌,今天早上就已经被租掉了。而且那个租客人特别爽快,都没来看房子,光看了照片就直接把定金给交了,合同也给签了。"

高嘉羡原本担心顾宁会不同意把这套房子给她做工作室用,却没想到房子已经租给别人了。

都到了这个地步,她也不可能再让顾宁硬把房子给要回来,那样就实在是太奇怪了。

她原本想好的、最方便的这条退路,就这么断了。

现在,无论是出去找酒店式公寓,还是自己租房子,都需要时间、精力和金钱,且必定会给她已经繁忙不堪的生活添麻烦,怎么看都不是一个明智的决定。

祝沉吟可能还会觉得她太摆架子,太小题大做,觉得她心里真藏了什么不可告人的秘密似的。

所以,事已至此,她真的要和他生活在同一屋檐下整整一年吗?

高嘉羡装作无所谓地挂了电话,捂着额头靠在外面的走廊上叹气。

虽然她知道和他住在一起,在很多事情上都能够减少麻烦。比如,地理位置会给她的工作带来便利。

但是,这个要和她同居一年的人,毕竟不是别人,而是他——是一个不费吹灰之力,就占据了她整个青春和少女时代的人;也是她成年后,独自在异国他乡无论生活多久,遇到多少人,都没有办法轻易忘却的人;更是会让她义无反顾就申请调职回国,陪他一起荒唐的人。

她一边谨小慎微地和他相处,像只刺猬一样满怀防备,处处和他作对;

另一边又不可避免地期待着他超越界限的言语和行为，为此反复揣测他的用意，心跳不止。

她真的很怕长期这样下去，终有一天，她会在他的面前把自己的小心思全部都暴露出来。

毕竟，她已经藏了好多好多年，连她自己都快要忘记——她其实还是那么喜欢他。

在办公室工作到晚上八点左右，高嘉羡才感受到了饥肠辘辘。

小吴她们早就已经点了外卖，当时喊她一起的时候，她以不饿为由拒绝了，这会儿也不可能再加入，于是她果断决定回去随便弄点儿吃的。

祝沉吟把冰箱都塞满了，不帮着他一起消灭一点儿，怎么对得起他？

高嘉羡可能把技能都用在了其他方面，在厨艺这一块儿简直是糟糕到不忍直视。

别人做的东西再差也勉强能够下咽，到了她这里，连下咽都很困难。

她在厨房里捣鼓了半天，最后才搞出了一大盘看上去像烤焦的爆米花渣那样的蛋炒饭。她捂着头坐在客厅里，用勺子勉强往嘴里塞了两口，差点儿全部吐出来。

这也太难吃了，简直连猪食都不如！高嘉羡垂眸盯着这一大盘"爆米花渣"，脑子里突然冒出了一个念头。

五分钟后，她手里拎着一个看上去非常体面的保温袋，穿上大衣出门下楼。从这儿到仁晨医院的直线距离，和到她单位差不多，她跟着导航走了十分钟左右，就看到了仁晨医院的门牌。

高嘉羡一路走进医院大门，然后猛地停住了脚步。

等等。他人在哪里来着？这个问题瞬间难倒了她。她发现自己竟然不知道祝沉吟的具体工作职责，只知道他在仁晨医院里工作。

之前顾宁好像和她提过一嘴，她当时记得很牢，但后来某天又赌气似的想要忘记，然后就真的搞不清楚了。

完了，他到底是在心血管科、神经外科，还是别的科室？

每个科室晚上的工作安排都不一样，有的医生在病房里值班，有的医生负责急诊，连所在的大楼可能都不一样。

于是，她像个傻子一样站在医院大厅。

冲动是魔鬼——她刚刚在家里，面对自己搞出来的"猪食"，再想到他那句"你改嫁有点儿困难"，一拍脑袋就决定带着"猪食"来让他体验一下有"太太"的"快乐"。结果,还没达到出其不意和震撼人心的效果,她就把自己整蒙了。

怎么任何事情只要一和他沾上边,她处理时就好像没带脑子似的?

大约是她一个人在大厅里傻愣愣地站了太久,有位护士实在是看不下去了,朝她走过来,和她搭话:"你好,女士,请问你是想挂急诊吗?"

高嘉羡回过神:"我不是来看病的,我是来探望家属的,但是我不知道他人在哪里。"

护士问:"病人吗?"

高嘉羡顿了一下:"不是,是医生,祝沉吟医生。"

下一秒,她从这位护士的脸上捕捉到了一丝非常微妙的表情。长期和各式各样的人打交道,高嘉羡对别人微表情的掌控已经到了炉火纯青的地步,再加之女人福尔摩斯般的第六感,她绝对确信自己的直觉没错。

果然,那护士上下打量了她几眼,语气里带着令人不适的怀疑:"你确定你是祝医生的家属?"

高嘉羡的战斗欲望立刻被挑了起来,她一副皇上来民间微服私访的表情:"对啊!我是他的太太。"

她其实根本没想到要来他的地盘上撒野,虽然早上他刚大摇大摆地去她地盘上插了一面旗子,但这不代表她有必要以牙还牙。

因为她觉得他不愿意在医院里大肆宣扬自己的私生活,尤其是他们这桩婚姻情况又特殊,他应该更不想让人知道。

她到底还是不忍心让他为难。

谁知道她一进医院似乎就遇上了他的"女粉丝",她这种好胜心极强,每场仗都要打赢的人,又怎么可能低头且低调?

高嘉羡看着那名护士,勾了一下嘴角:"怎么?我看着不像吗?"

护士似乎没料到她这么刚,一时被堵得有些语塞。过了几秒,护士脸上的表情彻底冷了下来:"如果你真的是祝医生的太太,怎么会不知道他人在哪里?"

高嘉羡还是笑吟吟的,嘴里却来枪带炮:"因为我工作很忙,一般没时间来医院找他,就算我要来,他也不舍得我跑来跑去那么辛苦,都是让我在家里等他的。今天我来是想给他个惊喜,所以我不知道他人在哪里,不是一件很正常的事情吗?"

高嘉羡自信要比打嘴炮,一般人未必能打过她。果然,那护士被她这一波夹带着狗粮的回击恶心得脸都绿了,想开口撑回来,又没底气。

三秒后,护士冷漠地说:"抱歉,我并不知道祝医生人在哪里。"

"是吗?"她回望着护士,"那能麻烦你帮我问一下知情者,或者我可以自己去问知情者他今晚在哪里值班吗?"

护士冷眼看她:"我这里又不是问讯处,医院也不是商场,你以为别人都很闲吗?"

就在这时,一个穿着白大褂的女医生从正对着他们的电梯里走了出来。

护士似乎是认识那女医生,立刻笑着冲女医生挥了挥手,还特意转过头瞪了她一眼,那一眼甚至带着耀武扬威的意味。

那位女医生身材瘦高,长相温婉可人,浑身上下都透露着一股知性美。她慢步走到两人身边,对护士说:"雯雯,怎么了?"

叫雯雯的护士阴阳怪气地开口道:"晗姐,这位女士说她是祝医生的太太,但是她都不知道祝医生人在哪里。"

听到"太太"那两个字,女医生的表情也有了细微的变化。她转向高嘉羡,语气虽温和,但也很明显透着怀疑:"冒昧地问一句,您真是祝医生的太太吗?"

高嘉羡抱着手臂,饶有兴味地看着她们:"我发现你们一个两个都挺有意思的。怎么,我是不是一定要在脑门上贴一张我和祝沉吟的结婚证,你们才能相信我是他的太太?"

今晚来科室看急诊的病人比平时要多一些,祝沉吟整个晚上都待在科室里没有出来过。

时间将近九点半的时候,他才送走一位老奶奶,想借此机会喘口气,给高嘉羡发个微信,问问她有没有吃晚饭。

顾宁昨晚在车上和他闲聊时说起,高嘉羡工作之后,不知道怎么养成的坏习惯,吃饭的时间一直不着调,经常是有了上顿没下顿,肠胃也变得不太好。

早上回家后,他发现满冰箱的食材都没动过,她居然直接空着肚子去上班。所以,他才赶在上班前做了早餐,特意给这位祖宗送到单位里去。

祝沉吟刚刚从抽屉里拿出手机,科室的门就被"唰"的一下打开了,只见顾瀛像一颗炮弹一样冲过来,抓着门把手,呼哧呼哧地冲着他大喘气儿。没等他开口问顾瀛发生什么事情了,顾瀛兴奋地冲着他大喝一声:"嫂子!修罗场!"

兴许是和顾瀛相处的时间长了,他竟然仅凭这毫无关联的两个词,就推出了顾瀛想要表达的意思。

握着手机的手一顿,祝沉吟从椅子上站了起来,不急不缓地问:"你嫂子来了,还和人干起来了?"

顾瀛惊得差点儿把自己的舌头给咬掉:"这你都能猜得出来?!祝沉吟,你脑子是怎么长的?"

祝沉吟没应这蠢话,直接大步朝门外走去:"谁告诉你的?"

"我自己看到的啊!"

顾瀛一边跟着他往电梯的方向走,一边激动地用手比画:"我刚刚下楼买喝的去了,一回来就看到沈晗还有那个总想找你聊天的护士雯雯在大厅里围着一个小姐姐。我怎么看都觉得那小姐姐有点儿眼熟,又想起你给我看过嫂子的照片,就发现这不是嫂子吗!"

祝沉吟走到电梯前按下下行按钮,瞥了他一眼:"整个仁晨就数你最闲,什么事儿都能被你撞上。"

"你!"顾瀛气得吹胡子瞪眼,"祝沉吟你别不识好歹啊!要不是被我撞上了,我一路跑成狗上来给你通风报信,指不定一会儿嫂子要被她们给欺负成啥样呢!"

一听这话,祝沉吟下意识地偏过头笑了一声。

顾瀛傻眼了:"你……你老婆被人欺负,你怎么还笑呢你?"

祝沉吟进了电梯,嘴角的笑意依然还没散去:"我觉得你把主语和宾语说反了。"

了解高嘉羡的人都知道,她的脾气和"好"绝对没有半毛钱关系,再加上饿着肚子被人没完没了地堵在这儿盘问,她那最后一点儿耐心也彻底耗尽。

她望着沈晗和雯雯,脸上的笑容已经消失了:"所以,你们俩今天是准备在这儿站岗一整晚?"

沈晗看着她,对她说:"仁晨医院的治安管理一向很严格,不是病人来看病,就要做专门的登记或者请医者亲自过来带人。倘若每个医者的家属都这么擅自跑来医院随便乱逛,又无法证明自己的身份,万一到时候出了点儿事,谁来负责?"

高嘉羡都被气笑了:"我一个手无寸铁的人,过来找我先生,怎么在你这儿感觉我都已经犯法了呢?"

因为有人撑腰了,雯雯的态度变得更加趾高气扬了:"祝医生在我们

035

医院很有名,大家都很欣赏他、仰慕他,所以不排除有对他心怀不轨的人想过来骚扰他。作为他的同事,我们当然得保护他。"

"这样啊……"高嘉羡冲着雯雯抬了抬下巴,"心怀不轨的人,你是在说你自己吗?"

"你!"雯雯被激得整张脸都涨红了,用手指着她的脸,"你别胡说八道啊!"

高嘉羡冷着脸将雯雯的手指推开:"女孩子家家的,动口不动手。"

大厅里原本没什么人,但因为她们这边的声音越来越大,已经有不少人在不远处围观了。

就在这个剑拔弩张的时刻,高嘉羡抬眼看到了一道熟悉的、穿着白大褂的俊逸身影从电梯里走了出来。四目相对的那一刻,不知道为什么,她竟然感觉祝沉吟此时的心情还挺好的。

雯雯和沈晗估计没料到他会来,一时都有些怔愣,看着他越走越近。

祝沉吟走到高嘉羡的身边站定,什么话都没说,先微微躬身接过了她手里的保温袋。

这个无声的举动,让对面的沈晗和雯雯瞬间脸色大变。高嘉羡的心立刻就着了地。虽然他没出现的时候,她一个人也不惧怕别人找事,但是他出现后,她才发现,她还是希望这种时候,他能够站在她的身边的。

沈晗似乎还是有点儿不敢相信,一双眼睛瞪得圆圆的,一直保持淡定、得体的表情也终于绷不住了:"沉吟,这位是?"

祝沉吟站在高嘉羡面前,他的动作在无形中呈现出保护者的姿态。

他微微侧过头看了高嘉羡一眼,而后转头对沈晗和雯雯说:"我太太来给我送饭,是我看诊看得忘记了时间,没及时下来接她。"

雯雯的脸色根本没眼看了,祝沉吟这几句轻描淡写的话,仿佛几个大耳刮子狠狠地拍在了她的脸上,连高嘉羡都替她感到脸疼。

这还没完——

祝沉吟不徐不疾地对沈晗说:"我晚点儿去替她补登记,也会去跟安保和管理处道歉。她以后再来的时候如果遇上你们,直接把她带到我这儿来就好。"

高嘉羡在心里替沈晗喊了一声"真疼"。

沈晗到底是年纪比雯雯要大一些,城府也深,闻言,她调整好脸上的表情,将眼圈通红的雯雯拉到了身后。随后,她冲祝沉吟笑了笑,语气里却带上了一丝委屈:"我们之前完全没听你说起过你结婚了,所以今天才产生了误会,绝对没有针对你太太的意思。"

祝沉吟淡淡地回道:"没关系,现在你们知道了。之前没说,是因为我们昨天刚领的证。"

沈晗哑口无言。

高嘉羡心里暗爽不已,拍了拍祝沉吟的手臂,从他身后探出半个脑袋:"看来你今天没拿大喇叭在整栋楼里宣传一遍你结婚了,还是你的不对了。"

眼看着沈晗的脸又要变绿了,她拽了拽他的手,大刺刺地准备转身走人:"我饿。"

祝沉吟看了她一眼,忍着笑对沈晗和雯雯说:"我先带我太太上去了。她肚子饿的时候如果不哄好她,我会遭殃的。"

沈晗和雯雯站在原地,脸色比烧焦的锅底都要难看。

高嘉羡跟着祝沉吟一路进电梯上楼。一进科室,她也没留意关没关门,张口就道:"哪个是你前女友?还是两个都是?"

科室里一片寂静。她说完才感觉到哪里不太对劲,转头一看,发现自己身后还站着个人。那人长着一张白白净净的秀气书生脸,一对笑眼,此时正咧着嘴冲着她一顿傻笑。

高嘉羡心想,"这傻帽是谁?",然后就听到"傻帽"自己开了口:"嫂子好,我叫顾瀛,你也可以喊我顾蛋,我是祝沉吟的同事兼基友。"

祝沉吟把保温袋放在桌子上拆开,头也没抬:"把最后两个字去了。"

"嫂子,报告,这个问题我能替他回答。"顾瀛关上门,笑得像只偷了大米的老鼠,"两个都不是,沉吟平时都不搭理她们。"

高嘉羡心里顿时更舒坦了,她看着顾瀛又问:"那个女医生真不是?"

"天地可鉴,绝对不是!"顾瀛差点儿替祝沉吟发誓了,"沈晗跟我俩是同学,她从大学开始就在追沉吟了,还到处和人说自己是沉吟的女朋友,沉吟可烦她了。"

高嘉羡点了点头:"看着就像是她会做出来的事情。"

顾瀛愤慨地握了握拳:"这叫什么来着?绿茶!龙井!"

"你倒挺懂,是不是以前碰上过?"高嘉羡觉得这"傻帽"很有意思,索性抱着手臂和他聊了起来。

"别提了。"顾瀛抓了抓自己的脑袋,感觉下一秒就要哭出声来,"我以前年少无知的时候,被这种姑娘骗过钱,骗过感情……差点儿人也被骗没了。自那以后,我只要看到这种姑娘,五百米开外就逃。"

高嘉羡忍不住开始哈哈大笑，顾瀛见她笑，表情更难过了："嫂子，你怎么还笑我？我都已经很可怜了，这段黑历史被我同学公开处刑过三万次都不止……"

"没事，你要这样想，"高嘉羡伸手轻拍了一下他的肩膀，"以前被骗过，现在就不会被骗了。要是你长这么大了还被骗，岂不是被别人笑话得更厉害？"

顾瀛张了张嘴："你说的有道理啊！"

"顾瀛。"就在这时，一道不高不低的男声突然从他们的身后冒了出来。

高嘉羡转过身，就看到祝沉吟风轻云淡地对着顾瀛说："09号病房的病人你去看过了？"

顾瀛低咒一句，转身就要开溜，出门之前，他又回过头中气十足地对着高嘉羡大喊道："嫂子，你放心，就算整个医院的姑娘都垂涎祝沉吟，他的眼里也没有她们！"

高嘉羡的心头一跳。科室里再次恢复安静，她刚刚还没觉得有什么，但现在四下无人，只剩他们两个人的时候，她才恍然发现自己好像又说了不该说的话。

她那两句询问，显得她似乎真把自己当成他太太在兴师问罪。

而事实上，她哪有资格过问？

"坐。"没等她想好开场白，祝沉吟已经将桌子旁的椅子轻轻地抽了出来。

高嘉羡咬了咬牙，若无其事地端坐下来，就听到他轻飘飘地来了一句："查岗查得还满意吗？"

轰隆，高嘉羡听到自己的脑袋中炸起了一朵蘑菇云。

她瞪圆了眼睛，脸颊上飘起了淡淡的红晕："我查鬼的岗？"

祝沉吟垂眸，修长的手指轻轻地打开保温盒，嘴角带着一抹淡淡的笑："亲临视察加证人的证词，应该能彻底证明我的清白了吧？"

这话是真的妙，一是再度给她吃了粒定心丸，说明他不会带人回家，让她安心在家住着，二又挑明了他确实是独身的情感状态。

高嘉羡语气硬邦邦地回："这证词的含金量我都不清楚，谁知道他是不是收了你的贿赂。"

他抬了抬眼眸："我根本不介意让任何人知道我们结婚了。"

她听到这话，一下子愣住了。怎么可能？他怎么会不介意呢？

其实高嘉羡这时特别想问他一句为什么。他们就这么一年的露水婚姻，他告知天下，最后收场的时候对他毫无好处——不管是在事业上，还是在个人生活上。但她又好怕问出来的答案，不是她想要听到的。

见她不吭声，祝沉吟似笑非笑地说："要不要现在带你去整栋楼遛一圈做个真人直播？"

"滚！别以为我不知道你只是想拿我当挡箭牌，好让那些你不感兴趣的女孩子自动退散。"她生硬地转了话题，指了指他面前的保温盒，"吃你的饭。"

他动了动唇似乎想要说句什么，但最终垂眸看了看保温盒里那一堆黑乎乎的，面目全非的玩意儿，抬头望她："我刚刚就想问了，这是饭？"

她面无表情地说："你想死？"

他弯了一下嘴角："你想得倒挺周到，把这个送到医院来让我吃，吃完了我也好直接就地医治。"

她面红耳赤地拍案而起："我没给你烧点儿纸就不错了，这还是给活人吃的东西呢！"

他拿起勺子，竟然真的挖了一口那团黑乎乎的东西，递到自己的嘴边："是，我感激涕零。"

高嘉羡眼睁睁地看着他将那勺"猪食"塞进嘴里，慢慢地咀嚼，她想要从他的脸上找到一丝痛苦的表情，结果他连眉头都没有皱一下，咀嚼后居然完整地咽了下去。

她张了张嘴："你……你还真吃啊？"

"不然呢？"他垂了下眼眸，"这可是你亲手做的。"

第三章
后院有我

安静的科室里,高嘉羡觉得自己的心脏都要跳出嗓子眼了。

之后的几分钟里,祝沉吟一句话都没有说。但他在她的注视下,一口一口,竟然将这碗"猪食"硬生生地吃去三分之一。

她起先还有点儿蒙,想着他是不是味觉系统出故障了,竟然能毫无芥蒂地吃下这种玩意儿。但到后来,她发现他默默地把手边的大半瓶水全喝完了。所以,他明明知道她是故意来找碴儿,看他笑话的,却还是纵容她,配合她——哪怕是要把那么难吃的东西吃下去?如果只是为了弥补她,他真的有必要做到这个分上吗?连命都不要了?

"行了,你别吃了。"她心里又酸又涩,一把夺过他手里的勺子,扔进保温盒里,而后重重地把保温盒盖子盖上。

"这玩意儿,我自己都吃不下去,你就别糟蹋你的胃了。"她语速飞快,"不然明天你胃痛请病假,你的病人都要来找我算账,我怎么办?"

祝沉吟没说话,只是静静地望着她。

"祝医生,你刚刚不是跟那两位烦人的女同事说我肚子饿的时候如果不哄好我,你会遭殃吗?"她把保温盒塞回袋子里,直直地对上他的视线,"我现在肚子快饿瘪了,请问你有没有空带我去吃点儿东西?"

这应该是她从昨天回来到现在,对他说过的最不带刺,最不刻薄的一句话了。

祝沉吟的眼眸闪烁了两秒,他毫不犹豫地点了一下头,从椅子上起身:"我去跟顾瀛说,让他来替我半个小时,再久可能不太行。"

高嘉羡:"半个小时足够了,我现在五分钟就可以吃完一头牛。"

他笑了一声，走到门口时又回过头："半个小时能让你吃饱的地方，这附近似乎只有麦当劳和便利店。"

高嘉羡："我果断选麦当劳，麦乐鸡永远的神。"

祝沉吟："垃圾食品，对身体不好。"

高嘉羡耸了耸肩："你不让我吃，我就这样饿着肚子回家睡觉。"

祝沉吟低低地叹息了一声。

高嘉羡看着他无奈地出门去找顾瀛，心情一下子出奇地好。

两人坐进麦当劳后，祝沉吟去柜台那边点餐。

等他端着盘子回来，高嘉羡发现盘子里只有一杯咖啡是属于他的。她指了指那杯咖啡："你是要修仙吗？"

他取出咖啡，将盘子轻轻地推到她的面前："我在食堂里吃过晚饭了，而且，后面还有你送来的加餐。"

听到"加餐"二字，高嘉羡忍不住翻了个白眼。

他忍着笑："快吃吧。"

高嘉羡也不跟他客气，接过盘子就开始大口朵颐。

祝沉吟慢慢地喝着咖啡，就这么看着她吃。过了一会儿，他才开口说："你吃饭倒是还和以前一样，让人看着就很有食欲。"

高嘉羡差点儿把自己呛死，她咬着鸡块抬起头，目光如炬地盯着他："你是在说我吃起来像猪吗？"

他抿了抿唇："这话可不是我说的。"

她想怼他两句，但想了想又愤恨地低下头去："这顿饭是你请客，吃人家嘴软。"

他悄悄地弯了一下嘴角。

等她终于吃完，刚喘了口气，就听到他在对面风轻云淡地说："考虑好了吗？住在哪里？"

高嘉羡心一跳，她语气拖沓地说："我妈说，我家另外那套房子租出去了。"

祝沉吟的脸上没有丝毫惊讶的表情："嗯。"

她装作不情不愿的样子："再找房子实在是太麻烦了，那我就只能暂时先住在这儿了。"

他点了点头："好。"

虽说她只是在向他陈述她的决定，但她还是有点儿别扭："不过房租那些，我还是要……"

他垂了下眼眸,忽而低声唤她:"羡羡。"

她一怔:"啊?"

"你昨天说,你帮我的忙,我无论怎么样都是还不清的。"他说,"但我想,还不清就先欠着,以后慢慢还。"

她听到这话,心里仿佛被人用手指轻轻挠了一下,语气也跟着低了一些:"那你打算还多久?"

他们的协议一共就只有一年,到了那一天,这段错误又荒谬的关系就会彻底宣告结束。

到时候,难道他还要继续这么偿还下去?他要以什么身份这样做呢?

他淡声回道:"只要你没说还清,那就一直还。"

高嘉羡咬了一下牙:"我没法心安理得地受着。"

祝沉吟:"你受得起。"

高嘉羡心里五味杂陈,她望着他:"我受不受得起是一回事,我想不想受又是另外一回事。就这样,每个月的房租我按这套房子的市场租赁价给你三分之一,家里的水电等杂费都我来缴,这件事不用再议。"

这一瞬间,她藏得好好的私心和念想彻底暴露了。

她完全可以心安理得地吃他的,住他的,用他的,各种麻烦他——因为她帮了他那么大的忙,这一年里无论他怎么样补偿她,都算是应该的。

虽然这些顶多是物质上的弥补,对比精神上的巨大输出,根本只是九牛一毛,但她要是真受着,等一年结束,他们在形式上就两清了。

所以,从今天起,她要让他意识到他欠她更多了。本来欠十分,现在欠十五分。欠得越多,他就越无法全身而退,他们之间的纠葛就会越来越深。

就算笑她是在自欺欺人,她也还是想要伸手去够一够。哪怕她知道,成功的可能性微乎其微。

他似乎没有料到她会是这个反应,过了好一会儿,他才慢慢开口道:"这样会让你开心吗?"

她斩钉截铁:"会,我不仅开心,我还很舒坦。"

他一时没说话,漂亮的眸子在灯光下显得有些黯淡。

过了半晌,他才说:"那就按你说的来。"

"同居协议"就这样基本达成,两人从麦当劳离开,一起步行回到仁晨医院的门口。

高嘉羡冲他摆了摆手:"谢谢款待,我回去了。"

他在夜色中望着她,忽然从裤子口袋里将车钥匙拿出来,递到她的面前:"开我的车回去,昨晚顾姨把你的驾照放我车里了。"

她仰了仰头,一脸嫌弃:"我从这儿走回家就十分钟,走快一点儿五六分钟就到了,我有病吧,还特意绕一圈到你医院的停车场去?"

祝沉吟温声说:"现在都快十一点了,本来应该是我送你的,但我担心顾瀛在上面兜不住。"

高嘉羡皱了皱眉头:"我在国外那么多年都是一个人生活的,白天黑夜去哪里我都一个人,难不成你以为天天都有个保镖在后面跟着我吗?"

他看着她:"那时候我不在。"

高嘉羡:"所以呢?"

祝沉吟:"现在情况不一样,我早上说过。"

他早上说,他不可能不对她费心。也就是说,在他的心里,这并不是一段丧偶式婚姻。

她的心跳陡然加快,转身就走:"我没公主病,再见。"

走了两步,发现身后并没有脚步声跟上来,她咬了咬牙,悄悄回头一看,发现他人已经不见了。

说得好听——想送她回家,担心她一个人走夜路危险,到头来不都是虚晃一枪吗?

高嘉羡虽然谈不上生气,但心里还是有那么一点点儿说不清道不明的失落感。

说好的没有公主病呢?你这是一看到祝沉吟就会自动犯公主病吗?她在心里暗暗地鄙视自己。

大约又走了一分钟,她忽然感觉到有一辆车开到了她的身边。

虽然这辆车没有发出任何声音,也没有开闪灯,但她还是第一时间就感觉到了。她侧过头一看,黑色越野车驾驶座的窗户慢慢摇了下来,露出了祝沉吟的脸。

她的心一跳,猛地停住脚步:"咦?"

他缓缓停下车,开了车锁:"上来。"

她什么话都没说,敏捷地开车坐上副驾驶座。

等关上车门,系上安全带,她目光直视前方,尽量不让他察觉到自己声音里的喜悦:"顾蛋兜得住?"

"难得的情况,兜不住也得兜。"他稳稳地打着方向盘,"他迟早要当主治,要独当一面。"

她听了这话,装作不经意地用手支棱着下巴,微微侧过头去看他。

月华如水，他的侧脸被镀上了一层柔和的光，将他整个人衬得更为俊朗夺目。

他的额头上有一层淡淡的薄汗。不仔细看，几乎看不到。应该是刚刚怕她走远，急着跑去停车场开车来送她吧。

她觉得自己的心跳又开始加快了。

至少这一年，这个人是她的丈夫——哪怕只是名义上的。

为了避免被他抓包，哪怕她再想看，目光也只逗留了几秒就转了回来。

"对了，万一你们主任过来发现你人不在，你要怎么解释啊？"她忽然想到了这点。

他说："诚心认错，解释说有不得不抽身一会儿的突发情况。"

高嘉羡挑了挑眉："你这算是什么突发情况？"

他的眼底藏了三分笑意："太太来查岗，查完岗得护送太太安全回府？"

夜色中，她的脸一下子就红了。

他在沈晗她们面前叫她"太太"，她知道是情境使然，也没太大的感觉，可现在就他们两个人，他竟然还这么称呼她，图啥呢？

听不到，听不到。她对自己说。大概就是顺口罢了，不要太当真。

没过几分钟，小区的大门出现在了眼前。

祝沉吟将车稳稳地停在了他们那栋楼的楼下，而后对她说："晚安，谢谢你今天来给我送饭。"

高嘉羡听到这话，噎了一下："你怎么不说我是来送你上路的？"

他的眼尾微微往上挑了挑："可能你那饭的威力还没到发挥的时候？"

她忍着笑，开门下车。

"对了，"她一只脚刚刚踩下去，就听到他在身后说，"有件事要询问你的意见。"

"什么？"她回过头。

"明天晚上我爸妈和家里人想请你吃顿饭，说是为了庆祝我们结婚。"他说，"不知道你明晚有没有空。"

一听这话，刚刚心情还算愉悦的她，顿时像被人兜头泼了一盆冷水一般透心凉。

原来是这样。

给她送早餐，耐心吃下她送过来的黑暗料理，请她吃晚饭，说好听的话，坚持要送她回家……全部都是因为明天需要她出场陪他回去交差啊。

见她没说话,他又温和地补充道"你工作忙,如果明天不行,改天……"

"行啊。"她这时两只脚都落了地,半侧着身,没什么表情地回道,"怎么不行?"

"这是我应尽的义务不是?"没等他回话,高嘉羡抬手"砰"的一声关上了车门,"你以后只需要直接告诉我,需要我配合你做什么就行了。我当初答应过你的,我就会尽力去做到。"

"不需要这样大费周章。"她说。

楼下很安静,除了夜风吹过树上的叶子发出沙沙的声响,没有任何其他声音。

祝沉吟看着站在车外的她,微微地蹙起了眉头。

"本来我一回来就应该去看望他们的,我妈今天早上也提了这事。"她通过打开的车窗看着车里的他,"明天我会尽量早点下班去买点儿东西,然后直接过去,你记得把地址发给我。"

她一副公事公办的疏离模样,刚刚对他显露出来的松弛和熟稔仿佛根本没存在过,是他一个人的臆想一般。

祝沉吟沉默了一会儿,望着她说:"羡羡,我觉得你误会了。"

"我误会什么了?"下一秒,她就面无表情地冲着他摆了摆手,似乎连多看他一眼都不愿意,"是我自己太得意忘形了。不说了,我好困。"

他还没来得及解释,她已经抬手刷了卡,消失在了大楼的玻璃门后。

祝沉吟目送着她的背影拐入电梯间,捂了捂额头,有些挫败地叹息了一声。

等他回到科室,正巧看到顾瀛满头大汗地送走一位来看急诊的病人。

见到他,顾瀛仿佛看到了救世主般迎了上来:"大哥,你可算是回来了!你还知道回来啊!说好的就顶半个小时呢!结了婚的男人,真的靠不住啊!"

祝沉吟有些疲惫地脱下外衣,换上白大褂,没有应顾瀛的话。

顾瀛虽然中二又傻帽,但是基本的眼力见还是有的。他盯着祝沉吟看了一会儿,试探性地问:"咋了?你和嫂子吵架了?"

祝沉吟走到桌边,扯开了椅子,没点头,也没摇头。

"刚出去吃饭的时候不是还好好的吗?"顾瀛跟到桌前,挠了挠头,"你来找我顶班的时候,我看你心情还不错的样子,怎么吃顿饭的工夫就把嫂子给惹毛了呢?"

祝沉吟垂下眸子，终于开口低声道："我好像总是很容易就能把她惹毛。"

"啊？开玩笑吧？我跟你认识这么多年了，就没见过有你搞不定的人啊！"顾瀛大惊失色，"男女老少，不管多难搞的人都很喜欢你。"

顾瀛接着说："就说上次那位病人，把主任骂得狗血淋头，根本不买任何人的账，结果你一进病房，老太太立马就消停了。就你这样，怎么可能会搞不定嫂子呢？虽然嫂子看着就感觉是个狠角色。"

他也是亲眼见识到了高嘉羡是怎么对付沈晗她们的，他原本以为祝沉吟的太太会是个温婉可人的女子，却没想到是一位如此彪悍的冲锋小辣椒。

祝沉吟轻轻地叹息了一声："偏偏就是没办法。"

他们现在离彼此那么近，说得好听点儿就是近水楼台，有着得天独厚的地理优势。有时候，他都觉得自己已经让她的心敞开了一些，可以让她稍稍放下防备，展露出最真实的她。可是，往往他的下一句话、下一个无心的举动，就能瞬间让她翻脸。

毫无理由，毫无征兆，就可能踩到她的尾巴。她对除了他以外的人，都不是这样的。

他们俩都还在念书那会儿，她也不是这样的。她虽然时常口是心非、傲娇善变，但还是愿意和他说话聊天，甚至亲近他的。

不知道从什么时候开始，她对他的态度就变得和以前不一样了。

她和他说话时变得非常拘谨、疏离，她再也不会跟在他的身后喊他"沉吟哥"，也再也不会一边用手拍他的肩膀一边捧腹大笑。

她在他的面前几乎都不太笑了。每次见面，她也不和他深聊，只是说一些客套的场面话。

后来她就出国工作了。除了偶尔从顾宁口中听到她当时在哪个国家工作，可以说，他们之间几乎再无交集。

他有好几次想在微信上问候她，了解一下她的近况，甚至问她一句为什么要刻意疏远他，他是不是有什么行为让她产生了讨厌和抵触的心理。但是后来他又觉得，或许这个问题永远都不会得到回答。

顾瀛看着这位总被别人夸奖，任何时候都游刃有余的男人，忽然觉得他此刻是真情实感地在烦恼。

中二的顾蛋同学顿时想高歌一曲。这个世界上，哪怕再厉害的人，好像都逃不过为情所困。

"嘻！"顾瀛叉着腰，认真地对祝沉吟说，"我突然发现我更喜欢你了,咋办?!"

顾瀛:"就是觉得你现在这样,还挺像个普通人的。"

祝沉吟都不知道该如何吐槽他这句话:"我本来就是个普通人。"

"不,你不是。"顾瀛冲他眨了眨眼睛,"你是天上来的神仙。"

祝沉吟懒得理他,把目光落在病历上:"你可以出去了。"

快要出门前,顾瀛突然别过头,贼兮兮地来了一句:"嫂子那么难哄,她是什么星座的啊?"

祝沉吟想了想:"她的生日是6月7日。"

"双子座啊!"顾瀛一拍脑门,"我也是双子座,难道我谈了恋爱也会这么难哄吗?!"

祝沉吟:"谁要哄你?"

顾瀛:"嘤嘤嘤。"

高嘉羡晚餐吃得有些多,等回到家洗完澡,躺上床,她有点儿睡不着。当然,睡不着还有别的原因。

她躺在床上看了一会儿天花板,摸出手机拨了一个电话给菱画。

菱画那边是早上,她因为要工作,又要照看孩子,所以一般都会起得比较早。果然,电话刚响了没几声,就被接了起来。

电话那头传来孩子咿咿呀呀的声音,菱画就在这样的背景音里问她:"姐妹,新婚生活怎么样啊?"

高嘉羡面无表情地说:"守寡呢。"

菱画扑哧一笑:"咱们祝医生人呢?"

高嘉羡:"值班。"

菱画和她是多年的姐妹,光听说话的态度就知道对方在想什么。于是下一秒,菱画就收起了玩笑话:"羡羡,不开心吗?"

高嘉羡没吭声。

菱画叹了一口气:"我之前和你聊过多少次,你每一次都告诉我,这是你想要的。"

高嘉羡闭着眼睛说:"这确实是我想要的。"

菱画:"那你为什么还会不开心?"

是啊。

如果这真的是她想要的,那为什么她现在会是这样的心情?

菱画又说:"羡羡,我一直没问你,祝医生到底为什么要和你约定结婚一年？"

高嘉羡抬起手捂住眼睛，沉默一会儿才说："他没说具体的，只说他有一个必须要在这一年结婚的理由。"

接到他微信语音的那天晚上，她刚接待完一群宾客，正走在回家的途中。看到他的微信语音通话请求的时候，她一度以为自己是不是累得头晕眼花，出现了幻觉。

要知道，他们已经好几年没有在微信里好好说过话了，更别提是语音通话这种比起文字交流更为亲密的形式。

她坐在车上捏着手机缓了好一会儿，才将电话接起来贴在耳边。

略显生硬的几句寒暄之后，她便听到他说："我想请你帮我一个忙。"

高嘉羡闻言，有些迟疑地说："我能帮你什么？"

他们相隔那么远，虽然有着从小到大的发小情分，但这几年的关系实在是分外疏离。

虽然她对他怀有不为人知的心思，但那终究只是她一个人的事情。他想要找人帮忙，也绝对不应该头一个想到她。

况且，他们身处全然不同的领域，她完全想不到她能帮他些什么。

当时车子刚好行驶到她的公寓楼下。异国他乡的夜晚并没有长川那么喧闹熙攘，她下了车，站在寂静无人的公寓楼门口，仰头望向万里无云的夜空。

下一秒，她听到他低哑磁性的嗓音传来："我想请你和我约定结婚一年。"她张了张嘴，手一松，手里的手机差点儿摔落在地。

高嘉羡当然知道，他这个时间点突然打来电话，一定是有些不寻常的事情要跟她说，但是她怎么也想不到会是这样的事。

祝沉吟："这一年里，我想麻烦你在法律意义上做我的太太，让我在认识我的人面前拥有已婚的身份。"

"我知道这件事任谁听了都会觉得很荒唐，非常不可思议，甚至觉得我是不是疯了。"他的语气虽然听着镇定从容，但隐隐透着一股紧张，"但是，我没疯，这确实是我深思熟虑后的决定。"

祝沉吟："抱歉，羡羡，突然开口对你提这么荒诞的事，我感到非常无地自容，但是我依然希望你能认真考虑我的请求。"

高嘉羡的大脑在迅速地运转，她站在原地，觉得自己的心脏就仿佛在耳朵边跳动一样，跳得好大声。

她始终沉默不语，他在电话结束前，一字一顿地对她说："你可以慢慢考虑，因为你是我唯一的选择。"

　　如果不是此刻公寓楼里有一个人正推开门走出来，她真的会以为自己在做梦。

　　晚上和外宾们一起吃饭聊天，那些人谈到电影和电视剧时说，太多的艺术表现方式都来源于生活。

　　有些事，你没有遇到，不代表没有在生活中真实地发生过。

　　生活可以创造的戏剧，真的远远超出你的想象。

　　高嘉羡还是没有应声，她仿若游魂般地挂了电话，捏着手机上楼。

　　然后她在客厅的沙发上，发了很久很久呆。

　　虽然他自始至终绝口不提他提出这个请求的理由，但不知道为什么，就算隔着太平洋，那么久没有联系，她也能从他一如既往的温柔的语气里，听出他的心情不好，而且是非常不好。

　　他究竟是遇到了什么事，心情才那么糟糕，才会下定决心去做那么荒唐的事？

　　他又为什么会选择来找她，提出这个请求？

　　一整个晚上，她躺在床上翻来覆去，怎么样都睡不着。

　　第二天顶着两个巨大的黑眼圈去上班，她在午休的间隙，终于下定决心拿出手机给祝沉吟发消息。

　　她打了很长的一段文字，又统统删除，这样反反复复，编辑了半个小时，最后只留下了一个字："好。"

　　无论你的理由是什么，我都答应你。

　　高嘉羡的思绪飘到了很远，最终是被菱画的话给拉了回来。

　　菱画在电话那头说："羡羡，我知道生活不易，这个世界上谁都有难处。但只是因为他难，所以你也得跟着难吗？我不想你过得这么委屈。"

　　高嘉羡闭了闭眼："你知道，当他对我提出这个结婚的请求的时候，我的第一反应是什么吗？"

　　"除了蒙，我竟然觉得很高兴。因为我没想到他提出结婚的对象，竟然会是我。"

　　她相信，只要他想，他其实还有其他选择——哪怕这件事再荒唐。

　　但是他说，她是他唯一的选择。

　　虽然听起来很可笑，这从某种意义上来说，却足够让她欣喜若狂。

　　菱画叹了口气："羡羡，在处理这件事上，你真的一点儿都不像你。"

性格使然，高嘉羡做事向来果决又自信，从来不优柔寡断，都是直达目的。

她一向是站在胜利位置的那一个人，她不会向任何人低头，或者让自己处于被动的劣势。

她是他们眼中的常胜将军。

但也有例外——当面对祝沉吟的时候，她不但会惊疑不定，消极多虑，还不像平日里那么自信。

但是谁能因为这一点去责备她？

她是先喜欢上对方的那个人，在没有收到同等的回应前，她就像是茫茫荒原上一个孤独的守望者。

"我暗恋了他十四年。"过了半晌，高嘉羡轻声说，"从最开始我就已经一败涂地，也从没想过要赢。"

菱画听得心疼，一时噤了声。

"你应该觉得我可悲又可笑吧？"高嘉羡弯了弯嘴角，"人家把我当工具人，我却还乐此不疲地给他数钱。"

那头的菱画沉默了一会儿，忽然轻飘飘地开口道："你以为我当初又比你好到哪里去了？

"你知道的，被瞿溪昂当棋子的那段日子，我纵使是心甘情愿的，整颗心也被磨得支离破碎，用了好几年的时间才修补回来。

"所以，我哪里有资格来评判你的感情？"

高嘉羡看着天花板，深深地呼吸了一口气，而后说："算了，小花，你要这样想，你和老瞿历尽磨难，现在不是有了一个幸福圆满的结局吗？"

"我虽然不会有你这样的结局，但至少有这一年的时间。"她自嘲道，"就当作是给我的幻想做个模拟演练吧。"

"生活就是这样，再不开心也得咬着牙继续下去，这毕竟是我自己选的路。"她抬手关上了床头灯，"准备睡了，明天晚上还要和他的家人一起吃饭。"

"祝医生的家人吗？"菱画突然问道，"是只有他父母，还是有别的亲戚？"

高嘉羡："听他的意思是好像还有别的亲戚，怎么了？"

菱画的语气突然不太好："那你有可能会碰到静静的后妈那一家子极品了。"

"祝静的家人？"高嘉羡一愣。

祝静是菱画的好友，和她的关系也很好，后来她在无意中发现，祝静竟然是祝沉吟的堂妹。更巧的是，这一对堂兄妹还都是救死扶伤的医生。

祝静虽然天生性子比较冷，但其实人特别好。现在她和她的先生孟方言一起在伦敦生活，育有一个可爱的儿子。

虽然没怎么听祝静正面提起过，但高嘉羡知道祝静从小到大一直都在伦敦上学、生活，几乎不回长川，就是因为家人。这也是她之前在长川从来都没有见过祝静的原因。

"静静的爸爸祝敬国是二婚，静静是他和发妻的女儿。静静妈妈早年去世，他和第二个太太又生了个女儿叫祝容融。结果有一天，祝容融趁静静不在，使了下三烂的手段把静静当时的男朋友给睡了，和男方结婚后，还反过来骂静静嫉妒她的幸福。"

"更可怕的是什么，你知道吗？后来祝敬国得癌症去世了，这一家子人竟然伸手来问静静要钱，只因为静静分配到的遗产比他们多一点儿。"

光是听着，都觉得头皮发麻。

要不是菱画提起，她还真没想到明天自己有可能会见到这些人。

"虽然祝敬国去世了，但我猜祝医生的爸妈应该会觉得亲弟弟的遗孀和祝容融很可怜，想着要多照应他们一些。"

"可怜个屁。"高嘉羡闭着眼睛骂了一声，"你别再说了，再说我怕我明晚在饭桌上直接开口骂人。"

菱画说："希望明天这一家子都有事别来吧。"

昨天晚上睡前和菱画的这一通电话，让高嘉羡第二天一整天都有点儿心神不宁。

因为还没给祝沉吟的父母买礼物，她和领导打了个招呼，准备提前下班先去一趟商场。

她拿着包下了楼，就看到单位大门外停了一辆熟悉的黑色越野车。

不会吧？

她一边往外走，一边用眼睛去瞄这辆车的车牌，希望这辆车的主人不是她脑子里想的那个人。

结果，还没等她瞄到，副驾驶座的车门就被人从里面打开了。坐在驾驶座的祝沉吟看了一眼手表，抬头对她说："和我预估的时间差不多。"

高嘉羡站在车外，面无表情地看着他。

他们昨晚不欢而散的场景还历历在目，这人怎么就能这样泰然地跑到她单位里来?

车里的人见她一副抵死不从的模样,淡定地冲着她微微一笑:"今天天气挺冷的。"

她就当作没听到,继续抱着手臂在车外站着:"冷吗?还行吧,我年轻,身强体壮不畏寒。"

他也不着急,就这么淡定地和她大眼瞪小眼:"现在这个点,我觉得应该打不到车。"

"坐地铁的人也很多。"

"吃饭的地方在国金附近,走路的话还得过两个天桥。"

……

见她依旧纹丝不动,他将自己毛衣的袖管微微卷起,漂亮的眼眸微微一闪:"车上挺热。"

高嘉羡咬牙切齿地在原地和资本主义的诱惑抗争,抗争到后面,冷风一阵接一阵,吹得她浑身直打哆嗦,她实在是没办法,只好臭着脸悻悻地钻进车。

早知道,今天就不穿连衣裙和连裤袜了!

系上安全带,她搓了搓手,没好气地说:"我要去复成路上的商场。"

"如果你是要去给我爸妈买东西的话,"他将车内的暖气开得更足了一些,指了指车后座,"我都已经买好了。"

她惊讶地转过头一看,好几个包装精致的袋子摆成一排,整整齐齐地码在车后座上,其中还有一些价格不菲的高奢品牌。

高嘉羡收回视线:"祝姨现在喜欢用这些牌子吗?"

"我妈没那么多讲究,那些品牌的礼物都是给我婶婶他们的。"他不徐不疾地说,"我婶婶他们比较注重商品的价值,所以我买得多一点儿。"

"你婶婶是……"高嘉羡立刻抓取了关键信息,"静静的后妈?"

祝沉吟微微侧目看了她一眼,嗯了一声。

高嘉羡的脸顿时变得更难看了:"他们还真的要来啊?!"

难怪祝沉吟今天替她买礼物的时候会这么大手笔,因为那几个拜金的极品等会儿也会出现。

她今天祈祷了一天别让她看到那几个会让她折寿的人,结果,真是怕什么来什么。

"原本我和我爸妈说我们四个人吃就行,但我爸坚持要叫上我婶婶他们。"祝沉吟说,"我爸觉得他是祝家的一家之主,得关照到所有人。毕竟这是我们第一次以夫妻的形式回我家,他可不能失了面子。"

虽然他的表情看上去没太大异样,她却隐约感觉到他说这话的语气并不像平时那样温和。

她在心里打了个问号,然后对他说:"那我先把丑话说在前头,这几个人如此伤害静静,对着他们几个,我可能给不出太好看的脸色。"

"你不需要给他们好脸。"他接过话来,"因为我也不会给。"

高嘉羡一怔,侧过头看了他一眼,发现他的神色很淡。

不过也正常,他和祝静关系很好,不喜欢那家人也很正常。

她换了个话题,拿出手机点开他的微信:"先不管人有多恶心吧,你给他们买的这些礼物,你报个总价,我给你转钱。"

他目视前方,语气无奈:"所以你非要把每一笔账都跟我算得这么清清楚楚是吗?"

高嘉羡转账的手一顿:"做生意不都是这样的吗?咱俩还非亲非故,亲兄弟都要明算账呢!"

他都给气笑了:"那照你这么说,你是不是每回坐我的车,还得付我一半的路费和油费?"

她头也不抬,掰着手指头算了算:"哦,你提醒我了,确实得付,我已经坐你的车三次了。"

车子这时刚好开到路口,红灯亮起,祝沉吟轻轻地踩了刹车。

高嘉羡捏着手机正在算钱,没注意到他的动静。下一秒,她就看到一只修长白皙的手从旁边伸过来,直接把她的手机从她的手里轻轻地抽走了。

她张了张嘴,愣愣地侧过脸。

他将她的手机搁在自己那边车门上的空格里,语调轻轻的:"在车上别玩手机。"

高嘉羡不解道:"我又没开车!为什么不能玩手机?"

祝沉吟:"你没听说过乘客在车上玩手机被司机绑架的社会新闻吗?"

她把这句话在脑子里转了一圈,脸有点儿发热,嘴硬道:"你难道会绑架我?"

他打着方向盘,眼底含着一抹淡淡的笑:"你再气我,可就说不定了。"

高嘉羡看着他俊朗的侧脸,顿时觉得脸更热了。

她靠回副驾驶座椅背上,别过脸看着窗外,嘴里小声念叨:"到底谁气谁啊……"

他把她的嘟囔声听得清清楚楚:"你说呢?"

053

高嘉羡瞬间被惹恼了。他是有健忘症吗？昨晚他才把她气得头顶冒烟，今天居然还反咬一口？

于是她不甘示弱地转过脸，指了指自己的眼睛下方："没看到本姑奶奶的黑眼圈都出来了吗？"

在这种时候，打赢口舌战是第一要义，高小姐完全忘记了不应该在他面前暴露出自己——昨晚是因为觉得他对自己的好都是别有目的，所以才生气。

一听这话，祝沉吟不动声色地勾起嘴角，顺着她的话说了下去："那个确实是我的错，所以我这不是赶着来哄你了？"

她愣住了。

比这么快打赢这场口舌战更让她惊讶的是，他竟然低头认了错，还说了"哄你"这两个字。

难怪他今天提早离开医院去替她买东西，还特意赶来她单位接她。

他难道真的知道她昨晚为什么不开心吗？

高嘉羡陷入了沉思。

祝沉吟看她总算是消停了下来，不紧不慢说道："如果你以后什么都要给我转账，从此你的手机我就替你保管了。"

她一下子拉回思绪，咬了咬唇："我从来不喜欢欠别人的。"

他回答："我也是认真的。"

他没有再说什么，车里安安静静的，高嘉羡没了手机，只能看着车窗外的车水马龙，在脑海里继续思考他刚刚说的话。

不知道为什么，她虽然很横，但如果他正儿八经地做了些什么，她就不会再跟他继续刚着了。

怎么说呢？

从小到大，虽然祝沉吟这个人一向看着很温和，没什么脾气，但他要是真动起气来，绝对骇人，一个眼神就会让人感到忌惮、害怕。

这也是为什么她每回招惹完他，都会找个借口立刻开溜。

三十六计，保命要紧。

在心里盘算了一会儿，高嘉羡决定今天不再招惹他，暂时不再提给他转钱的事了。

他们晚上吃饭的餐厅在城中的国金中心里，十五分钟后，祝沉吟把车稳稳地停进地下车库里，高嘉羡松开安全带准备下车。

"等等。"祝沉吟熄了火,突然开口叫住她。

高嘉羡回过头,看到他拿起她的手机递向她。她刚要接住手机,就见他拿着手机的手微微一抬。接了个空,她一脸不忿地盯着他。

因为车子已经熄了火,车内有点儿暗,她眼看着他那双漂亮的瞳孔静静地望着自己,而后就听到他低声开口道:"我叫什么名字?"

高嘉羡愣了一下,硬生生把嘴边那句"你是不是有毛病"憋了回去:"祝沉吟啊!"

这人是开了个车开傻了吗?连自己的名字都不知道了?

"嗯。"他这才满意地将手机轻轻地放到她的手心里,"我不叫别人。"

高嘉羡捏着手机愣了几秒,直到他已经开门下了车,才反应过来他是什么意思。

她刚刚说她不喜欢欠别人。他说他的名字不叫别人。他的意思是——她可以不欠别人,但可以欠他。

高嘉羡下了车后,直接把身上的大衣脱了下来。

祝沉吟从车后座将那些礼物提下来拎在手上,见她手里挽着大衣,便提醒她道:"地库里还是挺冷的。"

"你管我。"她快步走到他前头,不让他看到自己绯红的脸,"我热。"

等两人上楼到了餐厅,其他人已经到齐了。

祝文军正好在门口和服务员对菜单,见他们进来,便转过脸冲着他们点了点头:"来了。"

"祝……"她一个"祝叔"尚未说出口,就听到旁边的祝沉吟干脆利落地喊了一声"爸"。

于是,她赶紧刹车,跟着喊了声:"爸。"

祝文军的性格比较老派古板,在高嘉羡的记忆里,他一直都很严肃,成天拉着脸,几乎不怎么笑。高嘉羡虽然不怕他,但也的确没法和这样的长辈亲近。

毕竟她家那两位长辈成天跟小年轻似的,不仅能和她在微信里发网络用语、刷表情图,还能双十一一起拼手速偷蚂蚁森林能量,出去玩的时候各种门路比她还精通。她从小亲子关系一直都和睦融洽得像朋友一样,自然不太习惯祝沉吟父亲这样类型的家长。

不过,祝沉吟的妈妈她还是挺喜欢的。

原本坐在椅子上的龚莉一听到他们的声音,立刻起身迎了上来:"羡羡来啦？感觉都好久没见你了，真的是越来越漂亮了。"

高嘉羡真情实感地笑道："不好意思来得晚了一些，你们饿不饿？"

龚莉拉着她的手，怎么看她怎么喜欢，忍不住笑道："不饿不饿，就等着你和沉吟呢。你们俩工作都那么辛苦，等会儿多吃点儿。"

"好。"高嘉羡从祝沉吟的手里接过袋子，将礼物递给龚莉，"妈，这是给您和爸买的礼物。"

"都一家人了，那么客气干什么？"旁边的祝文军这时低头看了一眼袋子，"以后别买这些了，破费。"

龚莉说："是呀，赚钱多辛苦，钱你留着自己用，买你自己喜欢吃的和穿的。"

"不破费。"高嘉羡笑了笑，"买给你们那是应该的。"

祝文军虽然嘴上那么说，但将礼物收起来时的神情还是比较松弛的。高嘉羡暗暗观察着他，心里想着，要是她今天真的什么都不买，空手过来，或许祝文军还会在心里认为她不懂礼节。

祝沉吟这时不动声色地将她手里的外套挂在了一旁的衣架上，然后低低地叫了她一声："羡羡。"

她回过头，一看他的眼神就懂了。果不其然，下一秒，祝文军就示意她和祝沉吟一起去和坐在里面的那几位打招呼。

"这位是婶婶。"祝文军指着那位穿着雍容华贵，浑身上下都是高奢品牌的中年女士说，"你叔叔前几年去世了，你婶婶一个人操持家里很不容易。"

过得不容易还能穿成这样？

高嘉羡差点儿把昨晚吃的麦当劳都给呕出来。

听着这个介绍，浓妆艳抹的管芯就差在眼睛下面抹两滴眼药水了，她看向高嘉羡，一副楚楚可怜的模样和她打招呼，就好像别人都会吃了她一样："侄媳，你好呀。"

高嘉羡忍着反胃："婶婶，您叫我高嘉羡就行。"

祝文军又指着管芯旁边那两位年轻男女说："这两位是你婶婶的女儿祝容融和女婿周易祺，等于是你和沉吟的堂妹和堂妹夫。他们俩的女儿零零今年四岁，今天因为身体不舒服，所以没过来。"

"哟，沉吟哥的老婆原来长这样呀！"祝容融从管芯身后探出了一个头，她长着一张人畜无害的娃娃脸，说出来的话却像有毒，"我之前一直以为沉吟哥会找个小可爱的类型，毕竟沉吟哥那么成熟稳重！"

高嘉羡冲着祝容融淡淡一笑:"那可真是让你失望了,我和'可爱'这两个字还真没有半点儿关系。"

祝沉吟听了这话,不动声色地偏过脸勾了一下嘴角。

周易祺的长相确实还不错,看上去斯斯文文的,但在高嘉羡这儿,他的相貌就是一张画皮——毕竟她知道当年周易祺背着祝静和祝容融上床这事,就算他长得跟神仙一样,她都觉得恶心。

令人窒息的寒暄过后,高嘉羡将礼物递给了他们三人。

管芯一边嘴上说着"你怎么这么客气啊",一边兴致勃勃地拆包装:"这是不是最新款的那个?哎呀,这个很贵的呀!"

祝容融和她亲妈简直是一个模子里刻出来的:"谢谢嫂子啦!这个新色号我之前一直就想买呢,你给我省钱了。"

周易祺话不多,只是在旁边帮着祝容融一起拆包装,在祝容融问他好不好看的时候,配合着说两句。

高嘉羡生怕自己和这家子再多说几句话,等会儿连晚饭都要吃不下去了,于是她强忍着不耐转过头对祝沉吟小声说:"我饿了。"

祝沉吟什么话都没说,直接走到一边,在龚莉的身旁替她抽出了椅子。

等所有人都入席之后,服务生也将早已准备好的冷菜全都端了上来。

祝文军坐在主位,举起酒杯对着高嘉羡和祝沉吟说:"我代表咱们祝家一家人,祝贺沉吟和羡羡新婚快乐。希望你们百年好合,长长久久,幸福美满。在未来的生活中,你们俩要互帮互助,相互体谅宽容,荣辱与共。"

"谢谢爸。"祝沉吟表情淡淡地举起了酒杯。

高嘉羡一听"百年好合"就开始走神,感觉到她身边的祝沉吟用没有拿酒杯的那只手轻轻地碰了一下她的小拇指。

他手上的温度通过那蜻蜓点水的触碰蔓延开来,一下子就让她回过了神来。她跟着举起酒杯:"好的,谢谢爸爸。"

"祝贺沉吟哥和嫂子呀!"祝容融也举着酒杯微笑着说,"祝你俩早生贵子噢!"

高嘉羡心想,这姑娘说出来的每句话感觉都是在给别人挖坑,要是搁古代,她准把这姑娘浸猪笼里。

果不其然,祝文军听了这话很受用:"容融说得对,我确实挺想快点儿抱孙子。"

一旁的龚莉赶忙替他们打圆场:"哎呀!文军,他们俩才刚结婚几天啊,你就开始催生了!让他们俩多过段时间二人世界吧。"

057

"你懂什么？"祝文军蹙着眉反驳，"结婚不就是为了生孩子吗？要不然结婚干什么，谈恋爱不也一样？"

龚莉张了张嘴，满脸尴尬的神色。

管芯这时在旁边笑吟吟地说："嫂子，你看咱们容融和易祺，一结婚就把宝宝给生了，现在宝宝都上幼儿园了，他俩都还年轻着。早点儿生，不是对沉吟他们自己好吗？沉吟结婚本来就不算早的了，得抓紧呀。"

高嘉羡听他们前面说的那些话就听得一肚子火，再听到龚莉和祝沉吟被内涵，心里更加不爽。她刚要撑出去，就看到祝沉吟用公筷给她和龚莉都夹了点儿菜。

他慢条斯理地放下公筷，转移话题道："容融他们这样挺好的，但结婚的意义绝对不是为了生孩子。大家都动筷子吧，今天开席稍微晚了一些，应该都饿了。"

高嘉羡听得心里一动，忍不住侧过头去看了他一眼。他英俊的脸庞在包厢温暖明亮的灯光下，显得更为俊朗夺目。但是她能看得出来，他的嘴角明显是微微往下撇的。很显然，他听了那些话，也不太高兴。

祝沉吟这么一说，其他人都不说话了，但没想到祝文军不愿消停。

吃了一会儿冷菜，祝文军又开口问道："羡羡，你现在工作忙吗？"

高嘉羡回："忙，我这工作就没有清闲的时候。"

"忙是好事，毕竟你在外联部的这份工作非常体面。"祝文军说，"但是既然你现在和沉吟结婚了，也要多注重维护家庭关系。沉吟在医院里经常需要值班，日夜颠倒，你作为太太，还是要抽出时间多照顾他一点儿。"

高嘉羡笑了笑："嗯，我知道的。"

祝文军："之前你在国外工作的时候，我就一直和你爸妈说，让你尽快调职回国。首席公关官虽然能积累人脉和经验、见识，但你一个女孩子，老是一个人在外面四处跑，总不是那么好。"

"女孩子嘛，不求能够取得多大的成就和人生价值——这是男人的活儿。女孩子求的是安稳，相夫教子不就是女孩子最大的成就吗？"

在祝文军说前面那段话的时候，高嘉羡其实已经不太舒服了。

她决定做首席公关官之后，顾宁和高鸿一直都是百分百地支持她，哪怕她在外奔波工作再苦，再累，他们都会说这是她宝贵的人生经历，他们为她的努力和成就而感到骄傲。

祝文军居然说，女孩子没必要获得个人成就，实现自我价值是男人的特权。

开什么玩笑？他还活在封建社会里吗？

一旁的管芯这时也没闲着，立刻给自己家的孩子找存在感："大哥说得是啊！像咱们家容融主内，易祺主外，两人配合得当，生活过得多么幸福完满！"

高嘉羡放下了筷子，笑眯眯地说："没错，像容融这样，每一天只要尽心维护好先生和孩子的生活，的确令人羡慕不已。

"不过，我的好朋友菱画可以独当一面，帮忙分析、判断企业层面的决策；她的妹妹菱沐是长川最优秀的电视台主持人；还有祝静，她和沉吟一样是一名优秀的医生，她虽然热爱她的家庭，但是她也同样热爱她的事业，没有什么能够阻止她救治病人。

"我从事公关行业这些年，无比热爱我的工作。我回国不仅是为了和祝沉吟结婚，更是因为我在国外已经积累了足够多的经验，觉得是时候回国更好地为国内企业效力了。

"我认为像我和我朋友们这样的女性，靠自己的努力获得人生成就，也同样活得很精彩。每一种女性的生活方式都有价值，不应由外人来评判、规定好或者不好的。"

高嘉羡的这段发言结束，一桌子的人神色各异。

祝容融一开始听这段话还没觉得有什么，当听到"祝静"的名字后，她的脸色就变了——因为经过高嘉羡这么一对比，她这优越又安逸的人生在她最痛恨又嫉妒的姐姐祝静面前显得一文不值。

而她的先生周易祺，听到"祝静"这个名字的反应比她更大，他直接停下了筷子，眼神里透出她从未见过的悲伤情绪。

祝文军显然没料到她竟然敢在餐桌上当众反驳自己，整张脸都冻住了。但因为高嘉羡是刚过门的儿媳妇，一时不知道该怎么去教训她。

于是，他只能将矛头转向自己的儿子，期望儿子能帮自己挽回一点儿颜面："沉吟，你认为呢？"

"我吗？"祝沉吟的眸色淡淡的，"我觉得您应该不会想听我的看法。"

祝文军皱了皱眉。

"我和羡羡结婚，不是为了生子，也不是为了让她将来在家里相夫教子。"祝沉吟向祝文军表明自己的立场，但是眼睛看着高嘉羡，"我很骄傲她之前能在海外轮值，我也希望她可以一直尽情地做她自己想做的事。后院有我。"

第四章
蓄谋已久

听完祝沉吟的话,高嘉羡放在桌子上的手轻轻地颤了颤。

祝沉吟望过来的目光清澈又明亮,没有掺杂任何杂质。

她一直都觉得自己很难触碰到他的真心,一方面是因为他向来都表现得无懈可击、深不可测,另一方面则是因为她对他怀有无法说出口的秘恋情感,没有办法用平常心去揣测他。

但是,这一刻,她觉得自己好像触碰到了一点儿他内心深处的东西。

因为他根本没有必要在他的父亲面前讨好她,且在这么多人面前顶撞他父亲,于他而言绝无益处。

他大可以顺着他父亲的意思——毕竟他们俩的这桩婚姻本来就是约定,想怎样表明他的婚姻观都可以。反正过了这一年,他们俩就毫无关系了。

但是他并没有这样做。

他说他为她骄傲,也希望她能尽情做自己想做的事情。

这是她对未来丈夫的婚姻态度最美好的憧憬和想象,而今天,他将之变成了现实。

就算这只是一段场面话,她也永远不会忘记。

哪怕一年后他们就要分道扬镳,她也会记得他今天是怎么维护她、支持她的。

祝文军刚刚发表言论的时候,根本没有想到会被高嘉羡和祝沉吟如此不留情面地接连反驳。

他瞪大着眼睛望着他们,有一瞬间,高嘉羡都觉得他想要一掌拍上桌子来发泄自己的怒气。

"这顿饭能和平收场吗？"高嘉羡微微偏过头，用只有她和祝沉吟才能听到的声音问他。

"能。"他也低声回她的话，"面子最大。"

要不是此刻的气氛不允许，高嘉羡差一定会笑出声来。

"文军，这就是代沟呀！"龚莉又做了那个打破沉默的和事佬，"你之前还一直不相信。我们和沉吟、羡羡的看法怎么会一样呢？咱们相差了那么多岁，生活的环境又那么不同，现在的姑娘家都可厉害啦！"

"你不是也一直都跟我说，静静和羡羡都是你眼中很优秀的年轻姑娘吗？"龚莉边说，边往祝文军的盘子里夹了好几次菜，"别光拉着他们聊天了，先吃饭。"

祝文军却不是那种会顺着台阶下的人。

就算已经被驳了两次，就算饭桌上的气氛一团糟，他还是想要找回自己的场子。

他夹了一筷子菜，沉着脸望向他们："还有，你们俩确定不办婚礼？"

"嗯。"祝沉吟不慌不忙地说，"我之前跟您解释过原因。"

"祝家又不是没头没脸的人家，你看容融他们当时的婚礼搞得多热闹、多大气，来了那么多宾客。先不提我下面有那么多人，我平时打交道的那些大人物听说你结婚了，都想来参加你的婚礼。"祝文军看着祝沉吟，"虽说你和羡羡由于工作的关系，私生活要低调一些，但是办一场不那么铺张、高调的婚礼总没太大问题吧？"

"还是别了。"祝沉吟淡淡地说，"我不希望我的婚礼变成您演讲和拉拢人脉的场所。"

"祝沉吟！"祝文军啪的一声把筷子拍在了桌子上，"你的规矩都去哪里了！结了婚翅膀硬了是吗！"

高嘉羡侧过头，看到祝沉吟脸上已经连半点儿笑容都没有了。

虽然她知道最好不要掺和进他的家事，但是她还是不忍看到他因为维护她而被这样斥责。

"爸。"她看着盛怒的祝文军，开口说，"我爸妈那边其实也有不少亲戚、同事想参加我们的婚礼，但是我爸妈说，还是以我们俩的意见为主。他们之后会私下请那些亲戚、同事吃顿饭，发一下喜糖作为表示。如果您愿意的话，可以把您那边的宾客人数报给我，我去订一个大气体面的餐厅，再安排好喜糖到场分发。"

"羡羡这个办法挺好的啊。"龚莉轻轻地拍了拍祝文军的手臂，"他们俩结婚,是应该以他们俩的意见为主,办婚礼也很累……"

"你儿子都是因为你这样纵容,才会变得越来越不像话!"祝文军置若罔闻,狠狠甩开了龚莉的手。

"哗——"因为动作幅度太大,他这一甩,直接将龚莉面前刚上的汤碗给打翻了,滚烫的海参汤洒了一大半到龚莉的身上,龚莉惊叫一声,仓皇地扔下了筷子。

高嘉羡和祝沉吟见状立刻起身,将龚莉从椅子上扶了起来。

"妈,烫到没有?"祝沉吟的脸庞紧绷着,他小心地扶着龚莉,认真检查她腹部有没有被烫伤。

"没有没有,没烫到我……"龚莉脸色苍白地摆了摆手,"还好我今天衣服穿得厚,沉吟,别看了,没事的……"

为了方便祝沉吟检查,龚莉的身体是背对着餐桌,单单只面向他和高嘉羡的。

高嘉羡发现,祝沉吟在拉开龚莉衣服的时候,不知为何,脸突然绷得更紧了。

他的眼神冰冷又锐利,平日里的温柔与平和一瞬间消失得荡然无存。

服务生及时拿来了毛巾,她接过毛巾,去帮龚莉擦衣服和裤子的时候,目光也顿住了。

她隐隐约约看到龚莉的腰际这一块有几道鲜明的疤痕。

这些疤痕,有的已经结痂了,有的却还是崭新的……看形状,都像是被人用什么东西打出来的。

她微微蹙起了眉头。

龚莉注意到他们俩的脸色,立刻颤抖着手握住了祝沉吟的手,将被他卷起来的衣服下摆一点点儿地拉了下来。

"我去洗手间把外衣脱下来,我里面还穿了打底衫的。"龚莉红着眼睛,强颜欢笑地将他们俩往座位这边推。

高嘉羡担心地看着她:"妈,我陪你一起去吧。"

龚莉脚步飞快:"不用!你们先吃,妈马上回来。"

祝沉吟将手里的毛巾递给一旁的服务生,随后他抬眸望向祝文军,脸色像覆了一层霜。

而祝文军这个始作俑者,在打翻了汤碗后,自始至终都没有过来关心龚莉一句。见龚莉去了洗手间,他看了一眼服务生正在收拾的一片狼藉的餐桌,将腿上的餐布往桌上一扔,板着脸摸出裤子口袋里的烟,从座位上起身出去了。

而管芯那一家子极品全程没说过一句话,连假仁假义的关心都没有,脸上都挂着看戏的表情。

包厢里重新归于寂静。

高嘉羡蹙着眉头拉开椅子,一抬眸,就看到对面的祝容融正用一种意味深长的眼神盯着她。

"嫂子,"祝容融脸上的笑容有些扭曲,声音尖锐又刺耳,"我觉得你可真低调啊!我还真没见过像你这样既不想穿婚纱、办婚礼,结了婚又连婚戒都不戴的新娘子。"

她听了祝容融的话,怔了一下,视线下意识往下一瞥,看到了自己空空如也的左手无名指。

糟糕,她完全没想到这一茬。

下一秒,她条件反射地往身边的祝沉吟的左手看过去。结果,她发现,他修长的左手无名指上竟然戴着一枚低调却精致的玫瑰金婚戒。

为什么他的手上会有婚戒?!

她一脑门的问号,又不能当着祝容融的面显露出惊讶的样子去询问祝沉吟,这边祝容融还在等着她翻车呢。

"你嫂子的婚戒尺寸有些不合适,昨天拿回店里去微调了。"祝沉吟不咸不淡地开口了。

高嘉羡松了一口气,在椅子上坐下来,不免在心中感叹这人的临场反应之快。

祝容融歪了歪头:"难道婚戒不是你们一起当场试的吗?为什么还会不合适?"

你是"十万个为什么"吗?哪来那么多问题?

高嘉羡这次回撑得很快:"婚戒是你哥在我回国前买的,我人又不在现场,没法试戴,他估摸一个大概的尺寸,有出入不是很正常吗?"

"这样啊!"祝容融一手托着腮帮,一手用吸管搅拌着杯子里的果汁,"哥,你就不怕嫂子故意伪装成单身,在外面给你戴绿帽子吗?"

"容融,你怎么能这么说话呢?"管芯在旁边假模假样地推了一下祝容融的手,"开玩笑也要有个度。"

"容融。"周易祺也轻轻地拍了拍她的肩膀。

高嘉羡的战斗模式已经完全开启,她面无表情地看着祝容融,心想,她今天不把这姑娘撑哭,她就不姓高。

结果,没想到有人先她一步。

只见她左手边的祝沉吟淡定地从桌上拿起果汁瓶,往她空了一半的杯子里倒了一些。

"不怕。"祝沉吟放下果汁瓶,抬了抬眼眸,"因为她不会,也不想。"

"这种事,光靠拦是拦不住的。"他的目光在祝容融和周易祺的身上分别顿了顿,薄唇轻启,"如果心里真的住着别的人,哪怕整天用绳子把对方捆在自己身边,对方终究还是会离开的。"

高嘉羡能很明显地感觉到他此刻的气场和平日完全不同,更确切地说,是他现在心情不好。

连她都知道,不要惹祝沉吟生气。

很显然,对面这一家子人都没眼力见儿。

祝沉吟最后说了一句:"这话是静静以前说的。"

一枪击毙。

祝容融的脸色霎时变得惨白。

啪嗒。她身边,周易祺手里的筷子掉了下来。

高嘉羡深呼吸了一口气,差点儿当场给身边这位鼓起掌来。

她觉得吃完这顿鸿门宴,她甚至都愿意和他休战了。

对面的祝容融脸上的趾高气扬和幸灾乐祸消失无踪。她的脸庞由白变红,在看到周易祺恍惚的神色时又变成了惨淡的灰色。

有什么比自己的丈夫心里一直惦记着自己的姐姐更让人痛苦的?

这是她从姐姐手里抢来的丈夫,也是她一生都得背下去的债。

高嘉羡看着祝容融泛红的眼眶,想着等会儿一定要把这段精彩的对话告诉菱画和祝静。

而管芯看到女儿这么失魂落魄,心里自然不是滋味。

这位中年女士看着高嘉羡,陡然生硬地开口道:"我听你爸说你和沉吟是发小,你们俩既然从小就认识,为什么之前一直都没有听说过你俩在谈恋爱,现在突然就结婚了?而且你一直在国外工作,都不怎么回国,婶婶很好奇,你们俩究竟是什么时候瞒着大家暗渡陈仓的啊?"

管芯嘴上说着"好奇",眼里却透出不怀好意的窥探意味。

高嘉羡看着她,很想回一句"长舌妇,关你什么事",但这话显然不能在台面上说。

她毫不犹豫地给出了一个无懈可击的回答:"我们俩都不是那种喜欢把自己的私生活弄得人尽皆知的人,两个人的感情只要彼此知晓就足够了。

鉴于我们两家人的关系，在没正式稳定之前，我们觉得也没必要告诉双方父母，让他们徒增担心。

"何况，我在国外并不影响我们通讯和发展感情，我们决定结婚也并不突然。"

"另外，"她话音刚落，就听到身边传来了一道低哑的声音，"我们不是暗渡陈仓，是蓄谋已久。"

祝沉吟说完这句话，高嘉羡整颗心仿佛被泡在了蜜罐里。

他说话的时候，目光始终礼貌又克制地落在她的脸颊上，反而有一种若即若离的暧昧意味。

她不是很明白他为什么要专门去更正管芯的用词，既然她都已经给出了解释，他们所谓的"感情和婚姻"的发展就不必再强调了。

况且，他们两个之间，怎么会是蓄谋已久呢？

难道不是因为他走投无路，才会抓住她这个唯一和他知根知底的发小当救命稻草吗？

还是说，他已经看出来她暗恋他许久，于是影射她？高嘉羡大脑有些混乱，不过，她现在暂时没有时间去深想这句话的含义。

她觉得她已经无药可救了。

哪怕她昨晚还那么不开心。

哪怕她昨晚还觉得他所做的一切无论多么周到，所说的话无论多么好听，都只是为了要利用她来把这个谎言变得更真实一点儿罢了。

但她今天还是会为了他的这句话而感到心动不已。

她该如何是好？

她沉溺在这个他们一起编织起来的梦境里，像个醉翁一般，不可避免地越陷越深。

管芯原本想帮着祝容融为难高嘉羡，却没想到被高嘉羡和祝沉吟四两拨千斤地就撑了回来，还被顺手塞了一把甜得齁人的狗粮。

而祝容融和周易祺自从听到祝静的名字后，脸色就没好转过。于是，这一家子极品暂时再也没劲儿继续兴风作浪了。

恰好这时龚莉和祝文军从包厢外回来了，服务生收拾完了餐桌，上了一圈热菜，所有人都开始低头认真吃饭。

祝文军带着浓浓的烟味回来之后，没有再试图挑起任何可能会引起争执的话题。

很长一段时间,他都在看手机回消息,或者去外面接电话,脸上依旧是不苟言笑。

高嘉羡还发现,祝沉吟整顿饭也没有再开过口。

他时不时给她和龚莉夹些菜,添些果汁和茶,全程和祝文军以及管芯他们没有任何目光和言语上的交流。

她真的很少看到他这样。

应该说,从少时认识他到现在,无论是说话还是行为,她几乎没看到过他表现得像今晚这样,浑身透着冷冽和不耐。

上完甜品,祝文军从餐桌旁起身去拿大衣的时候,高嘉羡差点儿发出一声欢呼。

她发誓,这是她这辈子吃过的最窒息的一顿饭。毫不夸张地说,这次吃饭简直比坐牢都难受。

要不是她刚才抽空和祝静聊了一会儿微信,被祝静和孟方言夸奖她和祝沉吟是"撑人世界冠军",她估计她得被这顿饭噎死。

见祝文军起身,其他人也都放下了手里的餐具,分别去拿自己的大衣和包。

龚莉原本穿着的毛衣上面满是汤汁,无法再穿回身上,祝沉吟细心地让服务生送来了袋子,让她把湿衣服装进袋子里拎回去。

趁着祝沉吟在帮她装衣服,龚莉悄悄地拉着高嘉羡的手走到了一边。

刚刚在餐桌上没机会看得太仔细,此刻挨得近,高嘉羡才清清楚楚地看到了龚莉鬓角的白发和眼周的细纹及眼袋。

不知道是不是她的错觉,她总觉得龚莉这几年好像突然老了很多。

要是她没记错的话,龚莉和顾宁是同一年生,可她家那位直到现在看着还是很年轻,她们俩一块儿出门都有人说她们俩是姐妹。

看到这样早衰的龚莉,再联想到她腰间的疤痕,高嘉羡很难不对她的生活和境遇做出一些不太好的猜测。

"妈,"高嘉羡侧头看了一眼已经走出包厢的祝文军,对着龚莉低声说,"你有什么不开心或者难受的事,尽管来找我和沉吟,发微信、打电话都行,我们一定会抽出时间过来看你的。"

龚莉笑了笑:"你们都很忙的,照顾自己都不容易,我怎么能让你们俩再为我瞎操心?"

"你的事情不是瞎操心。"她说,"是做儿女的应该要记挂在心上的。"

龚莉没应声,只是轻轻点了点头,转而目光深切地望着她:"羡羡,你知道吗?我是真的很高兴沉吟选择的伴侣是你。你一直都是我最喜欢的小姑娘，我从前不止一次地想过，要是你能做我的儿媳妇该多好。"

听到这话，高嘉羡感觉自己的鼻尖有点儿发酸。

她咬了咬唇，刚想对着龚莉笑一笑，龚莉就伸出手重重地抱住了她，在她的耳边轻声说："你的身上有我非常喜欢和羡慕的特质，如果有下辈子，妈也想像你这样活着。"

说完这句话，龚莉就松开了她，转身接过了祝沉吟递过来的袋子。

侧身的那瞬间，她看到了龚莉眼角一闪而过的光亮。她深呼吸了一口气，觉得自己的心脏像被人用手揉成了一团，又涩又疼。

祝沉吟在旁边，将她们两个人的互动尽收眼底。

随后，他便陪着龚莉一起并肩往外走，他不时地低声和她说些什么，神态又恢复成了平日里的模样，甚至比平日里更温柔。

祝容融在晚餐的后半段和周易祺有了轻微的口角，所以那一家人都没和他们打招呼就已经不知所踪了。高嘉羡和祝沉吟站在商场的门口和祝文军以及龚莉道了别。

祝文军在上车前，生硬地对她说了一句："有空回家里吃饭。"

高嘉羡看了一眼龚莉，应了一声："好的，爸。"

直到他们的车彻底离开视线，她才终于如释重负地长舒了一口气。

下一秒，她突然感觉到有一只手轻轻地掠过了她的头顶。

她的心一跳，猛地抬起头，就看到祝沉吟收回了刚落在她发上的手。

"对不起，羡羡。"因为他侧着脸，所以她无法看到他整张脸的表情，他说，"让你经历了一次这么不愉快的晚餐。"

发丝上似乎还残留着他手掌上的余温，她的脸庞在黑夜里迅速地开始升温。

幸好夜色替她打了掩护。

祝沉吟将手收回大衣口袋，想要返回商场去停车场，却听到她在身后说："去滨江散散步吗？"

他的脚步顿了一下，而后转过身望向她。

"后半段没聊天，我光吃饭了，吃得有点儿饱，想消消食。"她耸了耸肩，将视线撇开，"你要是医院里有事的话，你就先走吧。"

他的眼眸轻轻闪烁了一下，毫不犹豫地朝她走回来："我今晚没事。"

从国金商场往前步行一段就是滨江，滨江大道上有休息的长椅和酒吧、餐厅，游人不少，到了这个点依然很热闹。

两人在江边肩并着肩走了一段，高嘉羡想了想，开口道："确实，我来之前还真没想过这顿饭能吃成这样。"

她起初担心的都是管芯、祝容融那一家人会不会在饭桌上闹事儿，但没有想到，这顿饭最大的引爆点竟然是祝文军。

祝沉吟原本似乎在想什么事情，听到这话，他淡笑了一声："我想过不会很愉快，但也没想到会那么不愉快。"

他顿了顿，又说："我爸还一度想叫你爸妈一起过来吃。"

她一怔："真的假的？"

"我告诉他，他们人不在长川。"他说，"我会避免让顾姨和高叔吃到那么糟心的饭。"

高嘉羡看着他："你避免一次，避免得了之后的每一次？"

他们俩现在结了婚，两家人总要聚餐，其实她妈昨天还在电话里说，想两家人一起吃顿饭，被她暂时给糊弄了过去。

他垂下了眼睑："就算两家人真要聚，也得找个大家都有空的时间，我们俩的时间都比较难凑。偶尔吃一顿饭，还不至于一下子暴露出那么多问题。毕竟两家人是亲家，可是就算关系再好，顾姨和高叔也不姓祝。"

她立刻就明白了他的意思。

正是因为今天饭桌上都是祝家的人，所以祝文军才会毫不掩饰自己的脾性，想发作就发作，甚至都没给她这个刚进门的"儿媳妇"多少面子。

"不过，如果两家人真的要聚餐，你也不用太担心。"他的目光虚虚落在前方，"除非他把矛头对着你，不然我到时候任他说就是了。"

听到这话，她心里一暖，他今天顶撞了祝文军好几次，把祝文军都惹毛了，全都是为了要护着她，帮着她。

她又想到龚莉表现出来的憋屈和避让，忍不住问："祝叔的脾气怎么变成现在这样了？"

在她的印象里，从前的祝文军虽然古板又严厉，喜欢说教，强势又大男子主义，但还没有到这种随时随地都能爆发的地步。

至少，她年少时好像没怎么看到过祝文军当着他们小辈的面这么不收敛地发脾气。

而现在，仿佛龚莉和祝沉吟根本不能反驳他任何一句话，但凡不顺着他的意思，他就会立刻大发雷霆。

而最直接的受害者，就是龚莉。

因为是夜晚，所以祝沉吟此刻的脸庞上看不出太多的神态变化。

过了几秒,他才淡声回道:"他其实一直都是这样,只是之前你都没有看到过而已。"

她咬了一下牙:"我有点儿担心龚姨,她……"

这一回,他沉默的时间有些长。

直到他们走到滨江大道转角的路灯下,他才低声开了口:"谢谢你关心她。"

然后他便没有再说什么了。

高嘉羡直觉这一话题似乎是一个雷区,她不应该再继续深入探讨下去。而且,她能够很明显地感觉到祝沉吟不想多谈。

两人走到另一条人少一些的道上,祝沉吟让她在长凳上稍等片刻,去旁边的便利店买了两杯热饮。

很快,他折返回来,将其中一杯热饮递给了她。

高嘉羡接过杯子,目光落到了他左手无名指的婚戒上。

见鬼,她差点儿都忘了这个突然就出现在他手上的神秘婚戒,他好歹得给她这位"祝夫人"一个解释吧?

于是,祝沉吟喝了一口热饮,刚低下头,就看到她用手指着自己的无名指,一双杏眼一眨不眨地盯着自己。

他原本的不快瞬间被搅散了一点儿,心下觉得有些好笑,嘴角也勾了起来:"怎么样?好看吗?"

作为一个直男,他的审美不得不说确实还挺优秀。

这个婚戒虽然不是很繁复,但上面刻着几缕精细又不拥挤的花纹,镶着一颗小小的钻石,美得干净又很利落,一眼就能看出价值不菲,但又不会显得过于高调、铺张。

为了不让他太膨胀,她撇了撇嘴,违心地说了一句:"还行吧……重点是,你这个婚戒是从哪儿弄来的?"

他在她的身边轻轻坐了下来,而后将手里的热饮放在一边:"在你回国前就已经买好的。"

高嘉羡没想到事实还真的和她刚刚糊弄祝容融时说的一模一样,迟疑地问道:"买了一个?"

他没说话,却伸手从自己大衣内侧的口袋里摸出了一个深红色的盒子。

她张了张嘴,就看到他那只漂亮的手轻轻推开了盒子边缘的搭扣,将盒子打开了。

只见盒子里面有两个凹槽,其中一个凹槽是空着的,另一个凹槽里静静地躺着一枚婚戒,和他手上的那枚一模一样,只是比他的那枚要小上那么一圈。

"家有祝夫人，"他握着盒子，语气轻得像梦中的呓语，"我怎么可能只买一个？"

高嘉羡觉得一阵头晕目眩。

在某个瞬间，她甚至怀疑自己是不是出现了幻觉。

他刚刚是叫了她祝夫人吧？

此时此刻，在夜晚的滨江大道长椅上只有他们两个人，根本没有第三个人存在。

那么，这个称呼，他是想叫给谁听？

"我挑了很久，前后看了大概有一个多月吧。"见她没说话，他静静地看着她，又说，"怕花纹样式太复杂的，你不喜欢，又担心太简朴的不够精致。最后只能将挑选出来的几款拍了照片，远程咨询了静静和方言。"

她将"祝夫人"暂时放在脑后，佯装镇定地接话："静静和战神的眼光还是值得信赖的。"

话一出口，她发现自己还是没有办法掩饰嗓音里的低哑："不过，你为什么不来咨询我本人的意见？"

那样的话，她便能直接给他一个精准的无名指指围，也免得他再去店里调尺寸了。

这一回，他给了一个模棱两可的回答："你在国外工作很忙，我不想耽误你的时间。"

高嘉羡摸了摸自己的发尾，小声嘀咕道："挑个戒指的时间我还是有的。而且，你为什么不早点儿把戒指给我？"

"我跟祝容融说的不是谎话。"他手里托着盒子，不动声色地换了话题，"我昨天确实把你这枚戒指送回店里调尺寸去了，来接你之前才刚拿回来。"

高嘉羡："为什么要调尺寸？"

祝沉吟："因为我觉得你比我前几年见你的时候瘦了一点儿。"

高嘉羡听到自己的心跳如雷，她瞪圆眼睛看着他，声音都有点儿发紧了："你怎么知道我瘦了？！"

他轻阖了一下眼眸，弯着嘴角道："你说呢？"

她比前几年瘦，他究竟是怎么知道的，自然只有一个答案——用眼睛看出来的。

高嘉羡从来没想过这辈子能从这个男人嘴里听到这样的话。

饶是她这样整天乱打嘴炮的火车侠，都有点儿抵挡不住了。

不过，在这短短几天相处中，她明显感觉到他早就不是她以前认识的那个男人了。

应该说,这才是她之前从未见到过的,更为真实的他——一肚子的墨水,一肚子的黑水,还深不见底。

但是他和其他人相处的时候,都还是以前那副只可远观而不可亵玩的模样。为什么他独独对她那么丧心病狂?

和他大眼瞪小眼对视了片刻,她很想张嘴给他回一句:"你眼睛往哪儿看的?"后来她转念一想,觉得这还不够有冲击力。

你以为只有你一个人会说这种话是吗?

于是,高小姐一拍脑门,直接来了一句:"光用眼睛看有什么用?你怎么不摸摸看?"

这下,轮到祝沉吟愣住了。

"之前我人不在也就算了,现在我人都坐在你的面前了。"她乘胜追击,"你难道不知道直接测量吗?"

他定定地看了她几秒,瞳色慢慢变深了一些。

此刻,她的心跳得很快,但是装纸老虎向来是她最在行的活儿。

他们的面前有行人嬉笑着走过,有小孩子手里拿着会发光的玩具边跑边笑,然而种种繁杂的背景音,似乎都没有办法侵扰到他们两人间的氛围。

过了半晌,祝沉吟目光低垂,伸手从那个深红色的盒子里取出了那枚属于她的戒指。而后,他将盒子放在长椅上,捏着那枚戒指转回来认真地看着她:"可以吗?"

刚刚想要和他一决"骚"下的时候,高嘉羡其实并没有想那么多。她只是单纯地想要赢他罢了,却没有想到,道高一尺,魔高一丈,只要她敢说,某人真的什么都敢接。

高嘉羡的脸庞迅速变红了,为了转移他的视线,她二话不说,朝他伸出了自己的左手。

祝沉吟眼眸微垂,轻轻地用左手托住了她的左手。

他的手因为刚才握过热饮,还残留着杯子的余温,触碰到她的时候,让她在冬日的夜晚里感觉到了一丝温暖。

手与手贴近的那个瞬间,她看到自己的手在发颤。

她忍不住去看他额前碎发下鸦羽般的睫毛,高挺的鼻梁和薄薄的嘴唇,以及他专注的神情——她感觉自己的心脏都快要从胸口跳出来了。

在参加菱画和瞿溪昂的婚礼时,她曾目睹过他们在誓言环节交换戒指的模样。

她觉得那个环节是一场婚礼核心的内容。

既是浪漫的，又是郑重的。

婚戒是最重要的婚姻信物，代表着两个人从此缔结一生的爱情盟约。

她从未曾想象过哪一天谁会为她戴上婚戒。那是太久远的未来，她没法想，也不敢用她暗恋已久的那个人去做假想。

谁能想到此时此刻，她暗恋的人将婚戒轻轻地从她左手无名指的前端慢慢地往后推，最后定格在了她无名指的末端。

戴戒指的过程其实并不长，却因为她此刻心跳如鼓，被拉得无限漫长。

怎么办呢？

她这辈子都没有办法忘却的画面，从此以后又多了一个。

即便戴戒指的动作和意义，与菱画他们的截然不同，但是那也足够了，足够她铭记很长很长的时间。

戴完戒指，祝沉吟依然托着她的左手，并没有马上松开。

他深深地看了一眼她手指上的戒指，而后才抬起头看向她。

她忍住鼻尖一瞬间泛起来的酸，伪装在观察手上的戒指，然后从他的手中将自己的手轻轻抽了出来："大小好像差不多，要是你不调尺寸，戴着可能真的会松。"

他的目光静静地落在她的脸颊上，不高不低地"嗯"了一声。

"谢谢了。"她又说，"不过，你调完尺寸应该在车上就把戒指给我的，那样刚才在吃饭的时候我就可以戴着，免得祝容融有机会作妖。"

祝沉吟沉默了两秒："我不想勉强你戴。"

"不勉强啊！"她故作洒脱地笑了笑，"你花了那么多钱，还请了军师帮你精心挑选，我肯定得戴啊，不然不是暴殄天物吗？

"你做得面面俱到，滴水不漏，我也不能给你丢脸不是？"她咧着嘴笑，"外交学院的影后还是具备优秀演员的专业素养的。"

他没说话，眸色变浅了一些。

随后，她当着他的面将这枚戒指从手上摘了下来，放进了长椅上的小锦盒里："我就先不戴了，等下次有需要的时候我再戴。你放在客厅的柜子里，我到时候会记得戴上的。"

说完这句话，她便等着他也把手上的婚戒给摘下来。

等了好一会儿，他都没有动静，最后，她看到他伸出戴着婚戒的左手直接将这个红色的盒子给合上了，然后他将盒子轻轻地推到了她这边，脸上看不出什么表情："放在你这儿就好。"

高嘉羡有点儿没弄明白，指了指他的手："你不摘下来吗？"

他点了点头，拿着热饮从长椅上起了身。

见他丝毫没有要脱戒指的想法，高嘉羡只能将那个红盒子放进自己的包里，跟着起身。

"你明天还要回去见你爸妈吗？"她跟在他的身后，有些犹疑地问。

他在前面淡声回答："不用。"

高嘉羡："那是还要去其他必须彰显你已婚身份的场合？"

祝沉吟："没有。"

她傻眼了。

她绞尽脑汁都想不出他不摘下婚戒的理由。如果不是要去见他父母和祝容融他们，他应该也没有必要戴着戒指。在医院里工作时，他上手术台前也要把戒指摘下来，这样摘来戴去的多麻烦。

还是说，得知他结婚的消息后，医院里很多崇拜、喜欢他的姑娘都不肯死心，所以他必须用这个信物来让那些姑娘知难而退？

想了半天都没想明白，高嘉羡觉得脑壳疼，决定放弃。

两人从滨江沿着来时的路走回商场，进地下车库，然后上车回家。等上了车后，高嘉羡才觉得累得不行，这顿饭仿佛榨干了她全身的力气。

她瘫在副驾驶座上，想着等会儿回家后要好好洗个澡，敷个面膜，缓解一下一晚上高度紧绷的神经。

快到家的时候，她忽然听到身边开着车的祝沉吟低低开了口："羡羡。"

她转过脸："嗯？"

"你还记得我昨天跟你说的话吗？"他打着方向盘，神色沉静。

高嘉羡："哪句？"

他们昨天说了那么多话，她怎么知道他指的是哪句？

"我根本不介意让任何人知道我们结婚了。"月华如水，淡淡的月光从车窗外投射进来，落在他俊逸的脸颊上，"这句话的意思是，我甚至希望别人知道我和你结婚了，且这些人并不限于我必须要告诉的那些人，而是所有人。"

高嘉羡觉得自己的语文白学了。

这段话，她每一个字都能理解，但是放在一起，从他的嘴里说出来，她理解不了。

还有之前的那句"家有祝夫人"。

这题超纲了,严重超纲,她最后可能得交张白卷。

她愣了好一会儿,直到车停进了他们家楼下的车位,才慢吞吞地回了一句:"行。"

祝沉吟见她这个反应,将车熄了火:"没听明白?"

她眼神游移,嗓门儿倒不小:"你是当我傻吗?!"

吼完这一嗓子,她便低头松开了安全带。

搭扣松开的那一瞬间,她感觉到自己的额头被一根屈着的手指轻轻地弹了一下。

她脸一热,惊慌地抬起头,看到他微微抬着手,那张英俊的脸陡然与她离得很近。

在封闭的车内,他们之间的距离已经超出了她的心理承受范围。

但如果她这个时候仓皇落逃,又显得她心里有鬼似的。于是,高嘉羡抬手揉了揉被他用手指弹过的地方,僵着脖子瞪着他:"你就是这么对你的救命恩人的?你还想不想把债还清了?小心我讹你啊!"

他听了这话,心情似乎比刚才愉悦了一点儿。

他弯了一下嘴角说:"债多不压身。"

高嘉羡无语。

从没见过这种人,背着债还得意上了?

祝沉吟又自顾自地接了一句:"没事,我身体力行地还。"

虽然刚刚那道题她答不上来,但是这道题她理解。

身体力行,简而言之也就是肉偿的意思?

高嘉羡做完阅读理解,在心里暗骂了一句"不要脸",而后涨红着脸,气势汹汹地说道:"呸,谁要你身体力行地还?"

见状,他竟然一副松了一口气的模样,语气轻飘飘的:"嗯,那就不还了吧。"

高嘉羡愣住了:"啊?"

他单手支着下巴,静静地看着她,半是开玩笑半是认真地说:"既然我欠你的债那么多,怎么样都还不清,那就不还了吧。"

她没想到剧情会如此展开。前两天这人还对她说,欠她的债要是还不清就慢慢还,总有一天会还清的,今天居然说不还了?

她张了张嘴,刚要骂他无耻又无赖,他的语调比刚才又低了一些:"不然你总觉得我做什么都是因为想要还债。"

她的内心深处怦然一动,在她的胸膛里闹出了很大的动静。

这句话她也听懂了,但是她又觉得自己是不是疯了。因为只有这样才能解释为什么会听懂。

高嘉羡的脸迅速地涨红了,她的第一反应就是要开车门下车。

结果按了两下把手,车门纹丝不动,因为祝沉吟压根没按开锁键。

他似乎是被她的反应逗笑了,气定神闲地坐在驾驶座上看着她:"你是要赶着去报警起诉吗?"

她不想让他看到自己脸上的表情,便半侧着脸,没好气地回道:"是啊,你怕吗?欠债不还的老赖可是要坐牢的。"

"不怕。"他慢条斯理地说,"清官难断家务事,我们国家的司法机关有更重要的事情要决断,咱们就别去为难他们了。

"你行行好,尊敬的公关官大人?"他的语气谈不上戏谑轻佻,调子还是温温柔柔的,说出的话却让她的心脏越跳越快。

这个"公关官大人",几乎是一击致命,准确地砸在了她心口的正中央,砸得她连一丝喘息的余地都没有。

有一瞬间,高嘉羡都想在手机上留一条"祝医生不拿手术刀救人,却靠言语杀人"的遗言,告诉其他人究竟是谁今晚想要她的命。

过了半晌她才转过脸,双眼炯炯有神地盯着他:"你今晚喝的果汁里是掺了伏特加吗?"

祝沉吟:"没有。"

那你现在是在发什么酒疯?

高嘉羡不觉得,思绪清明的祝某人,会当着她的面开口说出这些话。

祝沉吟这时按了开锁键,然后越过她身前,伸手替她开了她那边的车门:"我没有喝酒,也没有醉酒,只是不想让你的误会加深。"

高嘉羡顿了一下,才反应过来,他指的是他们昨晚不欢而散的事。

昨晚气氛正好的时候,他提了一句今晚要家庭聚餐的事,她就把之前他所有的言语和行为,都归结于是他想要达成自己的目的才做的,然后给他甩了张臭脸。

但这也不能怪她吧?

毕竟他们俩是"签订"了这样的口头协议,她只能往那方面想。

谁能料到他今晚却绕了一大圈来暗示她,希望她以后不要再这样想了。

那她应该怎么想?她该怎样去判别,他的哪些行为是要履行他们的协议,哪些行为又是出自他的本意?

整天光琢磨他的行为,她干脆什么事都别干了,直接进精神病院得了。

过了半响,她深呼吸了一口气,推开车门下车,轻飘飘地留下一句:"让我考虑考虑吧。"

她下车的动作很快,所以他应该没有看到她推车门的手在微微发颤。

祝沉吟拿了外套下车,合上车门,不紧不慢地跟在她的身后上楼。

两人回到家中,高嘉羡拿着包一刻不停地往卧室里走去。

等回到卧室,关上门,她打开灯,第一件事就是从包里将那个深红色的盒子取了出来。

她打开盒子,静静地看着那枚漂亮的婚戒,手指无意识地摩挲着光滑亮丽的指环。

不久之前,这枚婚戒才被他亲手戴在她的左手无名指上。直到现在,一想到那一幕,她的心依然会狂跳不止。

她又不禁想到他戴着那枚婚戒的模样,以及他不知缘由,始终没有摘下婚戒的行为。

有一瞬间,她有一丝冲动,想要把这枚婚戒取出来戴在自己的手上。

这是他精心挑选的婚戒,专属于她,不属于其他任何人。

如果不去考虑他买这对婚戒的用意,这一切都很美好。

犹疑一会儿,高嘉羡最终还是叹了一口气,合上了盒子,把盒子小心地放进床头柜的第一层,然后轻轻地关上了抽屉。

假的终归是假的,她心想。

哪怕看上去再真,也是假的。哪怕她多么希望这是真的。

祝沉吟回到次卧,脱下大衣,洗了手后,去查看手机上之前没时间看的消息。其中有一条,来自婚戒店的销售总监:"祝先生,打扰了,请问调节过后的婚戒尺寸,是否适合您的太太?"

他给对面回道:"合适,谢谢你。"然后他放下手机,透过没有关严实的次卧门去看对面紧闭着的主卧房门。

他想起对门那位祖宗之前在江边问他,为什么不直接询问当事人的指围。天知道,在她回国前,有多少次,他都已经把婚戒的图片打包好,想要给她发过去让她挑选,但最终还是取消了发送的动作。

他担心她不想和他一起佩戴婚戒。他更担心,她在回国前知道他去买婚戒的举动,会对他们这段假婚姻产生抵触,从而拒绝他的协议,取消回国的计划。

试问,有哪个女孩子不想和自己心爱的男人交换婚戒?又怎么会愿意把如此郑重的信物当作是演戏的凭证？

所以，如果今晚祝容融不提，她后来不问，他甚至都不会把他早已准备好的婚戒拿出来。

他其实很想告诉她，他买下这对婚戒，和他们的协议无关，更不是为了在别人面前证明他们的婚姻关系。但是这些话，他觉得她是不会相信的。

她最终果然没有戴上婚戒。他不能再逼得更紧了。

他今晚已经把话说到这个地步，再往前走一步，他怕她会转身就跑。无论如何，那都是他不愿意看到的。

调职回国的事情，高嘉羡其实并没有告诉很多人。

除了菱画、瞿溪昂夫妇，祝静、孟方言夫妇以及顾宁，祝沉吟和他的家人以及她工作单位的这些同事，她只告诉了菱沐和苑星。

菱沐是菱画的堂妹，苑星则是菱家姐妹的表亲，巧合的是，和她又是初中同学。几个姑娘从很早以前一直玩到现在，那么多年了，感情依旧深厚又可靠。

女孩之间的友情有时候脆弱得仿佛一张纸，但是坚硬起来又堪比磐石。

虽然这些年她和菱沐、苑星一直不在同一个地方，对她们的情感故事却都了如指掌。菱沐和曾经的长川首富的儿子沈嘉宁纠葛几年后终于修成正果；苑星则因为初恋情伤，终日醉生梦死，做一个不相信爱情的"海后"。

她和祝沉吟的婚姻内情，菱沐和苑星自然也都知晓，但是知道归知道，她们也不会过多地去干涉和评价。

这是闺密之间独有的默契。

高嘉羡忙到下午，在去洗手间的路上，抽空在她们四姐妹的群里发了一个表情图。

苑星几乎是秒回："给羡羡接风，晚上一梦七年见？"

嘉羡："不愧是我肚子里的蛔虫。"

菱沐："沈嘉宁今天去蜀镇见主厨了，我是自由人。"

菱画："我奶孩子，到时候视频我，就当我也在现场蹦了。"

苑星："你是奶孩子还是奶瞿大帝？"

菱画："你怎么还没被抓起来？"

她这么多年来几乎没去过酒吧，一是实在是没时间，二是她对闹哄哄的地方没兴趣。这次好不容易回国扎根，难得想和好姐妹们放纵一下，抚慰前几天被祝沉吟搞得七上八下的小心脏。

077

但是她低头看了看自己身上工工整整的职业装,发现了一个问题——她总不能穿着这身衣服去浪吧?

看来今晚去酒吧之前,她还得回家换身衣服。

那么问题来了,她并不确定今晚祝沉吟到底回不回家,几点回家,不知道她回去换衣服的时候会不会碰到他。

苑星显然是坏事干多了,这时候在群里艾特她:"我刚想了一下,你刚结完婚没多久就去浪,你老公能同意吗?"

菱沐:"说得是啊,祝医生一看就是个正经人。"

可拉倒吧。

高嘉羡在洗手间的镜子前翻了个白眼。他正经个屁,这家伙和"正经人"这三个字能搭上半毛钱的关系吗?

她洗完手,然后抽了张纸巾,在群里飞快地打字:"管他同不同意,我又不是他真老婆,他管得着吗?"

苑星:"那要是他行使丈夫的权利禁止你出去呢?"

嘉羡:"那还不简单?给他下安眠药啊!"

苑星、菱沐、菱画:什么?!

菱画震惊得都直接发语音了:"高嘉羡,你为了出去玩,竟然理直气壮地提出要给自己新婚的老公下安眠药,你还是人吗?!"

高嘉羡镇定自若地回复:"菱画,你跟着老瞿什么大场面没见过?安眠药又不是敌敌畏,请你镇定一点儿。"

说起来,她包里还真的有安眠药。她之前在海外工作,有时候事情实在太多,晚上休息时也一直在想白天的公事,睡眠质量实在是糟糕透顶。针对这种情况,她会根据医嘱偶尔借助小剂量的安眠药入睡。

最后还是苑星弱弱地回了一句:"高嘉羡你知道吗?《葫芦娃》里的蝎子精都没有你毒。"

高嘉羡二话不说给她回了一个"谢谢称赞"的表情。

晚上八点左右,高嘉羡总算是把一天的工作清了个大概。

打车回家的一路上,她别的什么都没干,只在做一件事——在心里默默祈祷祝沉吟今晚不要在家。

前几天她几乎都看不到他人,每天早上起床,只能看到桌子上用罩子罩着的早餐,家里干净得仿佛只有她一个人住似的。

也不知道他是怎么做到的,她一个字都没有对他提起过,他却能在给她做早餐的过程中渐渐摸索出她喜欢吃的东西,让她天天吃上自己爱吃的食物。

虽然她心里对他天天做早餐给她吃这一点很感动，但是她依然不希望他今晚出现在家里，阻挡她去寻欢作乐的脚步。

可老天并没有听到她的祈祷。

她用钥匙打开门，迎面就看到客厅的沙发上坐着一个人。

那人身上穿着舒适的家居服，正低着头在安静地看书，像是已经回来了一段时间，且不再打算出门的模样。

高嘉羡苦大仇深地看着面前英俊的"丈夫"，怀疑他是不是黑了自己的手机，要不然他怎么就能算准今天在家里守株待兔！

听到她开门的声音，祝沉吟抬起头朝她望了过来："回来了。"

高嘉羡一动不动地站在门口，用尽全身力气才掩饰住了看到他时的泄气和沮丧。然后她进屋，关上门，极其敷衍地"嗯"了一声。

"吃饭了吗？"他这时放下了手里的书，从沙发上起了身。

高嘉羡把包往柜子上一放，不咸不淡地说："我说没吃，难道你要去给我做吗？"

祝沉吟听罢，温声回道："你想吃什么？"

她一怔，抬头朝他望过去，却见他神色淡定如常，一点儿都不像在开玩笑的样子。

她沉默两秒，咬了咬牙："我想吃面。"

他点了一下头，竟然二话不说转身就进了厨房。

高嘉羡其实只是随口一说，想要顺势抬杠，却没想到他竟然还真的去为她做晚餐了。

他说让她别认为他做什么都是在还债，那他现在难道是在立什么真正的好丈夫人设吗？

她在厨房门口站了一会儿，心情复杂地把包放回到卧室，脱下外套挂起，洗了个手，轻手轻脚地走回厨房门口。

厨房的装修是简单的暖白色系，此时里面开着灯，配合着锅子上升腾着的蒸汽，感觉整个空间都很暖和、明亮。

祝沉吟正站在灶台边熟练地下着面条，英俊的侧脸也被镀上了一层柔和的光。

这个应该是俗世间最最平常又动人的一幕了。

她一动不动地靠在墙上，通过半开着的门看着厨房里的情景，有一瞬间有一种恍然如梦的感觉——好像自从回来见到他的那一刻起，她就在现实和梦境中沉浮。

第五章
心动晚安

祝沉吟将面条挑出来盛进碗里,余光似乎瞥到了她在注视着自己。

他暂时停下了手里的动作,侧过头望向她,说:"马上就好了,你先去餐桌边坐一会儿。"

似乎是知道她性子急,担心她饿,他又低声补了一句:"很快。"

高嘉羡听罢,立刻将视线收回来,利落地转过了身。她大步走到餐桌边,深呼吸了几口气。

她觉得刚才自己不太对劲。怎么说呢?虽然已经好几天没见面,但一见到他的时候,他的一举一动又立刻搅乱着她的内心。

所以,她只能依靠着残余的理智拉拽着自己,警示着自己——这所有的一切,就算不是徒有虚表的形式主义,也最多只是发小兼同居室友出于道义、同情等产生的行为。

应该不可能带有其他的私人情感因素吧?

至于她,该狠心的还是要狠,该下的药还是要下。

高嘉羡再给自己洗了一遍脑,拿起祝沉吟递过来的筷子,道了声谢,低头开始吃面。

面条只是极其简单的阳春面,口感却很好,是她最爱吃的那种有弹性的面条,一点儿都不烂,还特别香。

最近吃了那么多天他做的早餐,她发现了这人做饭的手艺竟然很不错。和她这种黑暗料理猪食大师相比,完全是一个天一个地的水平差距。

祝沉吟垂眸看她吃着吃着就变得开心了,眼底不动声色地闪过了一丝笑意,他拉开了餐桌边的椅子坐下来:"今天工作忙吗?"

"还行吧。"她咬着面条,吐字有些含混不清,"跟在国外的时候差不多,已经习惯了。"

他似乎并没有想就此结束对话的意思,还有更多的兴致问下去:"你之前在海外,去过哪些国家工作?"

高嘉羡觉得吃人家嘴软,半句屁话不回也不太礼貌,只能耐着性子回复他的问题。

他又问:"那么你最喜欢其中哪个国家?"

她想了想:"没有特别喜欢的,每个国家都有自己的优势和劣势,哪怕待再久也无法真正喜欢上一个没有归属感的地方。我最喜欢的肯定是我们中国啊!我在国外的每一天都在想麻辣烫、小龙虾、火锅和烧烤,想得睡不着觉。"

祝沉吟发现,只有说到美食的时候,她才会在不经意间流露出自己的真性情和俏皮的一面,而不是竖起浑身的刺,刻意表现出疏离与淡漠。

他单手托着下巴,问了一句:"那你最喜欢吃什么?"

闻言,她脱口而出道:"火锅吧,这世界上有谁能抵抗住火锅的诱惑?"

他又问:"喜欢吃火锅里的什么食材?"

高嘉羡掰着手指头,滔滔不绝:"手打牛肉丸、毛肚、虾滑、莴笋、蛋饺……"

说到最后,她才发现自己有些兴奋过了头:"不行,再说下去我现在就要出门去火锅店了。"

高嘉羡发现自己竟然对着他表现出了不应该有的放松,于是立刻像变脸一样地将表情迅速收敛了。

她埋头吃完了碗里的最后几根面条,放下筷子,然后用纸巾擦了擦嘴,装作不经意地扯开了话题:"你今晚不去医院值班了吗?"

祝沉吟伸手将碗筷收起来,从餐桌边起身:"暂时没有要过去的计划。"

救命。她感觉自己的呼吸都要停止了。

她简直想冲着他大吼一声:你倒是快去呀,医院和病人都需要你啊!伟大的祝医生!

趁着祝沉吟去厨房洗碗的工夫,她回到了卧室,在落地镜前来回踱步。

怎么办?

眼看着马上就要到和苑星她们约定的时间了,她人竟然还在家里。

看样子,这位兄台今晚应该是不会出门了。同在一个屋檐下,她穿成妖艳的样子出门,于情于理他都会过问一声。毕竟从前他对她而言就如同兄长,她有预感,但凡被他知道,她可能就去不了了。

以他超高的情商,他必然会用几句轻描淡写的话,诸如"这么晚了,女孩子出门不安全""酒吧里不怀好意的人太多""你明天早上还要上班"之类,把她劝退。

高嘉羡咬牙将自己的包拿了过来,从包的夹层里翻出了一瓶安眠药。

机不可失,时不再来。

人在江湖,身不由己,是他先挡的道,这真怪不得她!

厨房的水声还未停止,她蹑手蹑脚地出了卧室,做贼似的在门框边左顾右盼了几秒,随后飞速地将茶几上他喝水的杯子拿进了自己的房间。

她将杯子里剩余的水倒在浴室,给他泡了一杯泡腾片水。

接着她抖着手从药瓶里取出了一片安眠药,掰了一小半,融进了泡腾片水里。做完这些,她感觉到自己的后背已经被汗浸湿了。

厨房的水声已经停下了。高嘉羡抬手抹了一下自己的额头,将药瓶往包里一扔,拿着他的水杯就出了卧室。

她一脚刚踏出房门,就看到祝沉吟正从厨房里走出来,她握着杯子的手抖了一下,杯子里的水都差点儿洒出来。

祝沉吟将她惊慌失措的样子尽收眼底,不动声色地看着她。

"我给你泡了一杯泡腾片水。"她对他扯出了一个职业微笑,"你工作辛苦了,每天那么忙,早上还要抽时间给我做早餐,回家还给我下面条,这是我的心意。"

她一边说着"礼尚往来",一边飞速将他的水杯递到了他的手边,仿佛多拿一秒这个杯子就要爆炸似的。

她都被自己虚伪又谄媚的态度给恶心到了,但是,为了自由,这些都是无足轻重的!

祝沉吟用那双漂亮的眸子看了她和那个水杯几秒,而后才伸出手接过了水杯。

在她的注视下,他说了一句"谢谢",便拿着水杯回到了沙发边。然后,他将那个水杯放到茶几上,拿起一旁的书继续翻看,完全没有要喝那杯泡腾片水的意思。

高嘉羡僵在原地几秒,强耐着性子问了一句:"你不喝吗?"

这可是本姑娘亲手给你泡的泡腾片水,你难道不应该谢主隆恩,然后立刻牛饮下去吗?!

祝沉吟将视线从书本上抬起来了几秒，礼貌地说："等会儿喝。"

高嘉羡咬了咬牙，为了不打草惊蛇，只能选择先回卧室去。

她关上房门，在床上一坐，翻出手机给在群里语音轰炸她的苑星和菱沐回了条消息："保险起见，我还要迟到四十五分钟左右，你们先浪。"

苑星："你怎么回事？拉肚子了？"

嘉羡："被害对象没那么好糊弄。"

菱沐："你真给祝医生下药了？！"

菱画："高嘉羡，我真是小看你了，你可真的太狗了。"

高嘉羡叹了口气，放下手机，打算先去做出门的准备。

等换好裙子，化了个浓妆，在裙子外面裹上了居家服的外套后，她悄悄地将卧室门打开了一条缝。

某人应该已经睡着了吧？她现在打车过去，应该还能比预想的时间早到几分钟。她暗自想着，朝沙发边看了过去，然后她就傻眼了。这和剧本的发展完全不一样啊！

三十分钟过去了，某人竟然还和刚才她关门前一模一样，就跟雕像似的，连根头发丝都没动过。

而那杯泡腾片水，他到现在连一口都没喝过！

高嘉羡此刻简直心急如焚。他到现在还没喝，那她今晚到底要几时才能出门？等她赶到那儿，苑星她们早就已经散场了吧！简直是天要亡她！

可能是门后的那道怨愤的视线实在是太过炙热，祝沉吟感觉到了，他侧过头朝她看了过来。

他修长的手指轻轻地翻了一页书，看着从门里探出一个脑袋的她，似笑非笑说："大晚上的，怎么化了个那么浓的妆？"

像被老师突袭检查作业的学生一样，高嘉羡的心一紧，面上却故作镇定地撑了回去："我高兴，我乐意，我在家参加选秀，不行吗？"

祝沉吟一开始没说话，顿了几秒，忽然冷不丁地说："你来查岗？"

高嘉羡："啊？"

"查我有没有喝你的心意。"他放下书本，拿起了桌上的那杯泡腾片水，慢条斯理地晃了晃，"抱歉，之前看书看忘了，我现在喝。"

她张了张嘴，眼睁睁地看着他将杯子递到嘴边，似乎下一秒真的要喝下去。

虽然这是她想要看到的事态发展，但不知道为什么，当目睹他真的要把这玩意儿喝下去的时候,她心里又堵得慌。

就在祝沉吟仰着头,露出漂亮的脖颈线,准备将杯子微微抬起一些的时候,她以迅雷不及掩耳之势从房间里蹿出来,一把夺过了他手里的杯子。

因为她动作幅度太大,杯子里的水洒了一些在地板上。

祝沉吟被她突如其来的操作给弄怔住了,诧异地看向她。

高嘉羡将那个杯子啪的一声放回到茶几上,自暴自弃道:"算了,你别喝了。"

祝沉吟气笑了:"前面鬼鬼祟祟地查岗,恨不得将水灌进我嘴里的是你,现在拼死不让我喝的也是你。"

高嘉羡张了张嘴,还没来得及说话,就听到他又说:"怎么,难道水里下药了?"

一听到"下药"这两个字,她瞬间头皮发麻。

虽然她一点儿也不想表现出来,但是她脸上没绷住,还是露出了一副"你怎么知道"的表情。

祝沉吟观察着她的表情,嘴角弧度更深:"真下了?"

她咬了下牙,涨红着脸抬手一指:"祝沉吟,你可别血口喷人啊!我能给你下什么药啊?"

祝沉吟换了一个姿势,身体朝后,背靠在沙发上,长臂一展,浑身上下都透着一股子慵懒的味道:"不知道。"

顿了几秒,他又用低沉的嗓音接了一句:"春药?"

这是人说的话吗?

这下,高嘉羡的脸是彻底没眼看了。

她就像一只快要冲炸的气球一样,刚想开口和他拼个鱼死网破,就听到自己的手机响了起来。

她气呼呼地从兜里掏出手机,一看是苑星的电话,本想挂断,情急之下却一手直接给划开了,而且,还开了免提。

这人哪,真的不能干坏事。一干坏事,老天爷都不想让你好过。

下一秒,苑星那高亢的声音,伴随着酒吧震天响的音效声,在整个客厅里响了起来:"高嘉羡,你到底来不来啊?"

没等她接话,那边又机关枪似的加了一句:"母鸡都下蛋了,你怎么下个安眠药下半天还没下成?"

她现在想杀人。

大型"社死"现场——高嘉羡觉得自己人生最窘迫不堪的丑态全暴露

在这个男人眼前了。

在苑星喊完那两嗓子以后,客厅便陷入了死一般的沉寂。

高嘉羡发誓,她这一辈子都没那么尴尬过。

她前脚刚斩钉截铁地跟被害人说她没下药,后脚她所有的破事全在人家面前被抖了个精光,连渣都不剩。

她坚信,按照祝沉吟的智商,仅凭苑星这两句话,他应该就能把今晚发生的事情理出一个大概了。

三十秒后,她从牙缝里挤出一句"你死定了",便将这通死亡电话给挂断了。

高嘉羡不知道自己现在的脸色究竟有多么精彩,但她知道,祝沉吟那张英俊逼人的脸上,此刻明晃晃地写着"你可真牛"这四个大字了。

她深呼吸了一口气,决定先发制人:"你别说话。"

祝沉吟抿了抿唇,而后低头看了一眼自己的手表,从沙发上起了身。

眼看着他要朝自己走过来,高嘉羡下意识地往后退了一步,警觉地看着他:"你想干吗?君子动口不动手。就算我给你下药了,那我也是情有可原,罪不至死。而且我还及时制止了你,你应该感谢我,不能恩将仇报去报警!"

祝沉吟的嘴角又微微勾了起来:"放心,我不动手,也不报警。"

他在她防备的瞪视下,从她的身边擦肩而过,而后从她身后的柜子上拿了车钥匙。

"稍等我一下。"他捏着车钥匙,往他的房间走去。

高嘉羡站在原地,有些摸不着头脑,不知道他在搞哪一出。没等她想明白,他就已经换了一身外出的衣服出来了。

"走吧。"他拿起衣架上的外套,"我送你过去。"

高嘉羡:"去哪儿?"

祝沉吟:"你朋友所在的酒吧。"

她张了张嘴,简直怀疑自己的耳朵是不是出了问题:"啊?"

"她们不是已经等你很久了吗?"他嘴上淡淡地说着,人已经在玄关穿鞋了。

"你为什么要送我过去?"

她都怀疑他脑子是不是坏了——他非但不生气,不批评、阻止她大晚上的出去玩，竟然还要亲自开车送她过去。

"毕竟你处心积虑地给我下药耽误太长时间了。"他穿好鞋直起身，"我还挺过意不去的。"

鬼才会信你过意不去。

高嘉羡盯着他咬牙切齿地看了一会儿，随后脱下身上的家居服外套往旁边的椅子上一挂，也抬步朝玄关走去。

好你个祝沉吟。你以为你给我来这一套，我还会怕你不成？

她并没有注意到的是，祝沉吟的目光在她身上那条露肩的小裙子上停留了好几秒，漂亮的眼眸一瞬间暗了暗。

两人就这么一路下楼上车，高嘉羡坐上副驾驶座后在群里发了条消息：

"苑小姐，感谢你那两嗓子，我今晚所有的计划都给你兜出来了，你应该庆幸自己现在不是在去派出所捞我的路上。"

苑星秒回："哈哈哈，祝医生都听到了？"

嘉羡："他现在在送我过去的路上。"

菱沐："真的假的？"

嘉羡："我觉得他可能有斯德哥尔摩综合征。"

差点儿被下药，还要送她去玩，她觉得这位祝医生明天上班前可能要先请同事查查他自己的脑子是不是有问题。

从他们家到酒吧其实并不太远，开车也就一刻钟左右。

此刻车上的气氛有些说不出来的古怪，祝沉吟安静地开车，她在旁边和苑星她们用微信热烈地聊天，仿佛网约车司机和乘客一样。

快要到酒吧的时候，他低沉好听的声音在耳边响起："你哪儿来的安眠药？"

她愣了一下，从手机上抬起头："在国外的时候买的啊。"

祝沉吟："你之前一直吃这个？"

她不知道他为什么突然会问这个问题，便随口答道："有时候实在睡不着，就会遵照着医嘱吃。"

他沉默了几秒："不管怎么说，这都不是什么助眠的神药，不能产生依赖。"

高嘉羡刚听到这话的时候没觉得有什么，但过了一会儿，她在脑子里细品了一下他说话时的语气，忽然感觉到哪里不太对劲。

她悄悄地侧过脸看向坐在她身边的男人，发现他的脸色有些沉。

不知道是不是她的错觉，她感觉他似乎不太高兴。

他没有再多说什么，与此同时，车已经行驶到了酒吧外头的停车场。

等车停稳之后，高嘉羡本想虚情假意地和他道个谢，然后立刻飞身下车。可谁知道，她刚一转头，就看到他解了安全带，还把车熄了火。

她松安全带的手顿住了："你也要下车？"

他不置可否。

搞什么鬼？

高嘉羡的脸瞬间变得比苦瓜还难看，她眼看着他抬步就要往一梦七年走去，连忙紧随其后："你不是明天一大早还要去医院的吗？这种夜生活不适合你！"

祝沉吟迈着大长腿，侧过头，不咸不淡地看向她："那就适合你这样天天加班加点的人了？"

她被撑了一下，立刻伸长了脖子反击："我这种天天醉心于工作，从来不出来玩的人，今天千年难得小姐妹给我接风洗尘，你那是什么？"

他一只脚跨进了酒吧的门，淡声说："我千年难得地来体验夜生活。"

祝沉吟个子高，人长得又显眼，高嘉羡还没发现苑星她们的时候，苑星她们已经先发现了祝沉吟。

"祝医生，你好你好！"苑星这个一秒钟就能跟上到八十岁，下到三岁的人聊起来的话痨，立刻自来熟地迎了上来，"我是羡羡的闺密苑星。"

"你好。"他温和地朝她点了点头，然后转向了菱沐，"这位是著名主持人菱沐吧？"

文静的菱沐被帅哥夸奖，咧着嘴角笑道："不敢当，不敢当。"

"时间有点儿晚了，所以我陪羡羡一起过来。"他在卡座的边角位坐了下来，对她们说，"你们去玩，我在这儿等着就好。"

高嘉羡抱着双臂，看着他眯了眯眼。

她一晚上根本没弄明白这位爷到底想干什么，一会儿给她当厨师，一会儿给她当车夫，一会儿又给她当保镖，最重要的是，她根本没要求他做这些。

他还真把自己当她老公来义务劳动了？

没等她去问个明白，苑星和菱沐已经朝祝沉吟齐齐应了声"好"，一左一右直接把她从卡座边架去了舞池。

在震耳欲聋的背景音乐声中，苑星一边拉着她扭，一边扯着嗓子在她耳边喊："高嘉羡，你是走了什么狗屎运碰上这种男人的？你在哪儿踩的狗屎？我也要去踩一下！"

她刚翻了个白眼，就听到菱沐在她另一个耳朵边上吼："我觉得他是真的在意你，不是在我们面前逢场作戏的那种。"

苑星又说："你说他跟你提的假结婚？我不信，这已经真得不能再真了！他就差在他脑门上写明他是你老公了好吗？"

"得了吧！"高嘉羡吼回去，"别把他想得太好了，他也就是看我为了出来玩才敢给他下药，来监视我到底是怎么玩的罢了。他怕我玩脱了给他丢脸，毕竟我俩现在法律意义上捆绑着。"

谁知道，在舞池蹦了不到十分钟，高嘉羡就觉得头痛了。

之前想方设法过来，可当真的来了，发现也就那样。长时间超负荷工作的身体在叫嚣着疲惫，她忽然觉得在这儿群魔乱舞还不如回家睡觉来得香。况且，卡座那边还有一尊大佛守着，她也蹦得心慌。

"我去休息一会儿。"她拍拍苑星和菱沐，往卡座那边走。

苑星和菱沐在她背后交换了一个微妙的眼神。

穿过喧闹的人群回到卡座，高嘉羡刚巧看到两个身材火辣的姑娘悻悻地从她们的卡座边离开，看样子是跟大佛搭讪无果。于是她三步并作两步走到祝沉吟面前，居高临下地看着他，语气上扬："哟，才多久，这是来的第几拨了？"

祝沉吟拿着一瓶在酒吧里显得格格不入的矿泉水，抬眼看着她，回了一句完全扯不上边的话："你冷不冷？"

她怔了一下："不冷啊。"

他忽然抬手脱下了身上的外套递给她："我热。"

高嘉羡匪夷所思地盯着他："你热把衣服给我干什么？"

"我觉得你冷。"他平静地回了一句。

她还没反应过来，就看到他从卡座上起了身，然后把外套轻轻地披到了她的肩膀上。

男士外衣宽大而柔软，将她整个人都好好地包裹在里头，一时间别提她那曼妙的身材，就连她穿的是什么样子的裙子别人也看不到了。

高嘉羡没料到他竟然还有这种操作，一时僵立在了原地。他的大衣上有着他身上独有的清冽香气，一瞬间在各种繁杂的气味中脱颖而出，钻入了她的鼻腔。

她不自在地呼吸了一口，发现自己的脸莫名有点儿发热。

就在这时，她感觉到自己的手机振了振。

苑星:"那个啥,我先去度春宵了!刚打野成功寻到了一个小奶狗!"

菱沐:"我也回去了,沈狗竟然提前回来了!"

苑星:"你和祝医生也赶紧回家吧,你就不怕再把他在卡座上晾一会儿,他就被这里饥饿的姑娘们给饿狼扑食了吗?!"

高嘉羡收起手机,抬起头幽怨地看向祝沉吟:"散了,回家了。"

他从不远处的舞池收回目光,眼底飞快地闪过了一丝笑意:"嗯。"

全程没超过半个小时的"夜生活"至此草草收场。

高嘉羡靠在副驾驶座上,满脑门都写着"无语"。

早知道今晚会是这个样子,她用得着花那么大力气,冒着差点儿进局子的风险和祝沉吟斗智斗勇吗?而且谁知道苑星和菱沐那两个重色轻友的家伙会有始无终?

罢了罢了,以后她还是安安心心地当个加班狗吧。

她在这边垂头丧气,驾驶座上开车的人却在回程的路上放起了温柔的英语歌。

这人喜怒不形于色,高嘉羡从来就摸不透他的心思,只是隐约感觉他现在的心情好像比来时要好。祝沉吟的心,海底针。

车子行驶了一会儿,她忽然想到自己身上还披着他的大衣。

高嘉羡刚想将大衣脱下来,就听到他在旁边说:"披着吧。"

她挑了挑眉:"车里不冷啊,不还开着空调吗?我再披着都得出汗了。"

他的目光虚虚地往她的领口方向瞟了瞟,又克制地收回来,意味深长地说:"如果你不披着的话……"

祝沉吟说:"出汗的可能就是我了,还不是热出来的汗。"

高嘉羡的脑袋"嗡"地一响,整张脸顿时变得通红一片。

虽然他很多时候和她说话都像在玩文字游戏,但是这句话她竟然该死地又听懂了。

她下意识地低下头去看自己里面那条小裙子的领口,虽然不算特别低,但要是在近处从上往下看,隐隐约约能看到雪白的弧度。

难怪刚才在酒吧里,他硬要脱下大衣给她穿上。

高嘉羡想通了来龙去脉,立刻咬牙切齿地将他那件大衣裹得更严实了一点儿,直到把脖子以下全部都包了进去,不露出一点儿缝隙,才瞪圆了眼睛看着他:"祝沉吟,有没有人说过你耍流氓非常娴熟?!"

一会儿春药,一会儿出汗,开车开得快变成航空母舰了。

祝沉吟："以前没有。"

顿了顿，他又慢悠悠地补上一句："但是今天有了。"

他的意思是，她是第一个说他会耍流氓的人。

也就是说，以前他从来没有和其他任何女性如此亲近过，从未和对方这样说过话吗？

高嘉羡越想越觉得脸热，干脆把脸完全转向了车窗的方向。

她越来越觉得，她向来引以为傲的嘴炮水平，到了他这里，竟然败在了下风！

作为一名专业的公关人员，她对自己打嘴炮竟然被人压制这一点感到非常不满。

祝沉吟这人实在是黑，她应该少和他说话！

只是，他衣服上的味道源源不断地钻入她的鼻息——就好像是他在拥抱着她一样。

这件大衣，她脱也不是，不脱也不是，十几分钟的车程搞得她如坐针毡。

她没有看到的是，旁边的祝沉吟嘴角微微勾起，全程都没有落下来过。

等到了家后，高嘉羡立刻将身上披着的大衣脱下来，递还给了他。

可能是披的时间长了，就算脱去，她好像都能闻到他衣服上的香气，这让她心里的别扭劲儿更严重了。

"今晚给你下药，对不住了。还有，谢谢你送我过去。"她站在客厅里，好不容易从嘴里憋出这两句话，转身就要回房去。

"等一下。"他在她的身后轻声开了口。

高嘉羡不自在地回过头："干吗？"

他一时没说话，只是轻轻地朝她伸出了一只手。

她看着他那只漂亮白皙、骨节分明的手，轻轻地咽了咽口水。

半晌，她语气十分紧绷地说："你是要敲诈我吗？"

高嘉羡："祝沉吟，名义上，我们俩夫妻一场，希望你留点儿情面。我要钱没有，要命也没有。"

这姑娘的脑回路真的是令人叹为观止。

祝沉吟觉得自己的逻辑流在这位每次出招都能让他无语凝噎的姑娘面前，真的行不通。

他拿她一点儿办法都没有。

他暂时忍住了笑，沉默了一会儿，才不紧不慢地说："我不要你的钱，也不要你的命。"

高嘉羡一脸警惕:"那你要什么?你要带我去派出所自首吗?"

"祝沉吟,我不该给你下药,但我及时阻止了你喝下去,我还能拥有一次改过自新的机会吗?"说着说着,她的表情就变得痛心疾首起来,"每个人都应该得到一次被原谅的机会,生而为人,岂有不犯错之理?"

祝沉吟转身将大衣挂上一旁的衣架,终于忍不住偏过头低笑了一声。

还真演起来了,演得像模像样。

在她的瞪视下,祝沉吟慢步走回到她面前,在温暖的灯光下望着她:"你既然觉得对我抱歉,那是不是该赔礼?"

高嘉羡戒备地盯着他:"什么赔礼?"

他温声说:"药。"

她一怔,过了几秒才反应过来,他说的赔礼,是让她把安眠药交给他。

有谁索赔是问人家要安眠药的?

虽然依旧一脸蒙,但她还是先回卧室把那瓶安眠药拿出来递到了他的手里。

祝沉吟握住药瓶,眼眸中闪动着淡淡的光泽:"你想和朋友出去玩,不用这样费劲。你是个成年人,有自我保护意识,拥有充分的自由,不需要别人的监护和允准。"

顿了一秒,他又慢悠悠地补了一句:"还是说,在你心里,我是个无法沟通的可怕魔鬼?"

高嘉羡听到这话,扯了扯嘴角:"我这不是还停留在小时候对你的印象里吗?"

小时候的他对她来说,就是个"别人家的小孩",做什么都是她的榜样。

顾宁他们经常会让他来辅导她功课,或者是教导她该怎么为人处世,他就像是半个家长,对她而言,具有一定的威慑力和压制感。

顾宁他们觉得他的想法和做法都是正确的,自然也希望她以他为标杆。

祝沉吟不会去夜店酒吧玩,祝沉吟不会酗酒赌博,祝沉吟不会沾染一切不好的陋习,祝沉吟自律严谨,那么她也应该是这样的。

先不谈他们的婚姻关系,他也算是她正儿八经的发小,所以她潜意识里觉得他一定会出声反对她大晚上出去玩。毕竟在一个家里,又不是陌生人,对方的行为也不可能当作完全看不到。

"如果下次你还想去,"他望着她,忽然半是认真半是开玩笑地说,"可以带上我一起。"

"等到了那边，我还是会像今天这样在旁边等你。"

高嘉羡被噎了一下，瞬间涨红了脸："谁要带你去？！我才不去蹦迪呢！从今往后，我都不会再去了……"

开什么玩笑！把这尊大佛带去蹦迪，眼看着他被饿狼扑食，不到半个小时就打道回府，她是吃撑了吗？！

他的眼睛微微弯了弯："其实，比起你和朋友去蹦迪，我可能更介意你用安眠药助眠。"

她听了这话，愣了一下，咬着唇看向他："为什么？"

"因为这世界上没有百分之百没有副作用的药物。"他说，"药物总会伤害到你的身体，所以如果可以的话，尽可能地少使用药物。如果顾姨他们知道你一直在用药物助眠，他们会很担心、很难过的。"

高嘉羡的心口有些发涩，她一时有些不知道该说什么。

他这算是真的在关心她吧？

虽然她想给他找一个理由来说明他并不是出于关心，但是她发现，如果他真的是虚情假意，那他压根没必要没收她的安眠药，任由她自生自灭不就得了？

还是说，他最近开始不再想还债，而是沉浸于"大哥哥"的角色扮演里，出于对顾宁他们的尊重，在同一屋檐下施舍给她一些力所能及的照料？

想到这里，她心里刚刚泛起的欣喜，又如同涟漪一般消失在波澜不惊的水面上。

她已经是一个成年人了，懂得不抱希望就不会有失望。

面前的男人仿佛有读心术似的，再次开口："收了你的药，不是站在比你大几岁的发小的立场上，也不是看在顾姨他们的情面上。"

她的手一颤："那是为什么？"

祝沉吟："是因为我本人担心你。"

说罢，他便微微俯身，将那瓶安眠药收进了家里的药箱里。

高嘉羡看着他，心跳如雷。她张了张嘴，突然冷不丁地开口道："祝沉吟，那我以后睡不着的时候怎么办？"

祝沉吟的手一顿。

"我没乱用过药，自己能睡着我肯定不会吃，但是有时候是真的睡不着。"她抬起眼眸，直直地看向他，"现在你把我的药收了，以后睡不着难道你负责？"

他直起身，然后转过脸看向她。

高嘉羡虽然有点儿紧张，但表面上看着还是虎得不行。

客厅里的气氛有些说不出的微妙，他的目光静静地落在她的脸庞上，一时看不出深浅。

不知道过了多久，就在她以为他不会回答的时候，他低声开了口："嗯，我负责。"

没等她开口，他又意味深长地补了一句："放心，暂时不是陪睡。"

高嘉羡到底没把他那句"我负责"太当真。

说真的，除了用药和陪睡，她实在想不出他能有什么正经的好法子可以助她入眠。

等回到房间卸完妆，洗完澡，她终于舒舒服服地躺到了床上。

她在这个家里待了不少天了，习惯成自然。比起头两天的那股紧张劲儿，她已经放松了不少，光是这么躺着，就已经有了睡意。

高嘉羡打了个哈欠，伸手关了大灯，盖上了被子。

下一秒，她忽然听到床头柜上的手机振了两下。

生怕是有什么重要的工作通知，她赶紧睁开眼睛把手机摸了过来。

点开一看，她愣住了。

因为给她发消息的人，此刻就在她斜对面的房间里。

她不敢置信地瞪大了眼睛，在夜灯下再次看了一遍自己的手机屏幕——没错，确实是祝沉吟发来的，而且还是一段语音。

一段长达六十秒的语音！

她的睡意瞬间就没了。

他有什么事不能明天当面说，非得现在发语音？而且这事得多复杂，还得发一条整整六十秒的语音才能说清楚？

高嘉羡翻了个身，忐忑地点开了这条语音。

最开始是两秒的沉默，而后，一道低沉好听又熟悉的声音在她的房间里响起。

"小老鼠和小鳄鱼在一片一望无际的海面上，小老鼠问小鳄鱼晚上睡觉会不会做噩梦，小鳄鱼说，我会啊，我做过一个噩梦，在梦里，我在海上迷失了方向。

"小老鼠担忧地说，我们现在就在海上迷失了方向，你不害怕吗？

"小鳄鱼说，我不怕。"

最开始，她还有点儿蒙，完全没明白他究竟在搞什么鬼。

听着听着,她就慢慢地理解了他的用意。

这应该是一个睡前小故事。

他的声音本来磁性而悦耳,通过手机电波传达过来,又和当面听的时候不太一样,格外地低沉、诱人,惹得人忍不住想听更久。

"小老鼠问,为什么?

"小鳄鱼说,因为在噩梦里我是一个人,但是现在有你在,和你在一起时我就无所畏惧,而且我们还有比萨可以吃,这简直是美梦成真了。

"就在这时,海面上咕噜咕噜地冒起了气泡,小鲸鱼忽然出现了。

"小鲸鱼说,我听到有人说有比萨吃。这样吧,我送你们回家,你们只要分我一块披萨就好。

"小鳄鱼说,当然好,成交。"

这个温暖可爱的小故事接近尾声时,她的心也跟着一点点儿地软了下来。她刚刚还在警示自己,她是个成年人,不应该抱有无谓的希望,奢求自己得不到的东西。

时隔多年再次相见后,她不得不承认,他现在对她的态度,和从前相比已经有了很大的不同,但她还是不敢往那个方面多想。

她已经不是小孩子了,不会给两块糖就觉得对方是真心在对自己好,就义无反顾地靠过去,不怕受伤,不怕失望。

可这个夜晚,他突然用这种大人哄小孩的睡前小故事,让她感觉自己可以去依赖他。

听完整个小故事,她盯着与他的聊天界面看了一会儿,又没出息地再点开了这条语音。

等听完第二遍,她发现,他发了一条新的五秒的语音过来。

高嘉羡的眼睫微微发颤,她抖着手轻轻点开。

"我负责,以后每天都有,无论你能不能靠自己睡着。"

高嘉羡侧躺在被窝里,觉得自己整个人都快烧起来了。

他这句话的意思是,今天他没收了她的药,以后的每一天,无论她能否靠自己自然入睡,他都会给她说一段睡前小故事,负责哄她睡觉。

她捧着手机,明显感觉到自己的脸一下子红到了耳根。

她翻了个身,在对话框里飞速地打字:"你当我三岁吗?每天听听睡前小故事就能睡着?那我还不如自己去拿一本童话书过来看呢。"

他应该也是拿着手机,所以很快就回了消息过来。

祝沉吟:"看书肯定不如听故事困得快。"

嘉羨:"那要是我听一个故事还睡不着呢?"

祝沉吟:"那我就去找第二个来讲给你听。"

祝沉吟:"讲到你能睡着为止。"

高嘉羨看着这两行字,默默地把被子往上拉了拉,盖住了自己越发涨红的脸。

说实话,此时此刻,她真的有点儿疑惑了。

无论是"假丈夫"还是"发小哥哥",他真的有必要做到这种程度吗?

这真不能怪她想太多,他这样的举动,已经明显超出他们的协议范围了吧?

那么,她要不要开口问问他,这到底算是什么意思?

不,还是算了。

过了两秒,她摇了摇头。

她大概是疯了才会去问他,万一到最后他给她来一句,"我是把你当妹妹,当小孩那样照顾,这些都是出于亲情和友情",她不得羞愤得去跳楼啊?

见她没了声音,那边的祝沉吟又发来了一条消息:"晚安,好梦。"

她咬了咬牙,飞快地回了一个"晚安"。

高嘉羨盯着他那两段语音和文字,心跳就、快得不行。于是她干脆把手机锁屏,直接把手机放回了床头。

睡觉睡觉。

梦里什么都有。

起先她脑子里还一直在想他念晚安小故事的事情,他念故事的声音已经牢牢地印在了她的脑海里。她想着想着,竟然真的抱着被子沉入了梦乡。

自从回国和祝沉吟同居之后,这是高嘉羨第一次睡着后做梦。

与其说是梦,不如说是她回想起了一段她一直放在内心深处不敢去触碰的往事。

梦里,她一下子回到了自己十五六岁的时候。

那个时候她在长川市拔尖的初中念书。她长得出挑,性格也好,又是班委,还担任升旗仪式的主持人,学校里几乎人人都认识她。

再加上她和苑星、菱画她们混在一块,几个漂亮姑娘走到哪儿都是一道靓丽的风景线,几乎每天都有小男生跑到她们班上献殷勤、送零食。

她把所有的示好者统统都给拒了。

菱画曾经调笑她说：姐妹，你是要当圣女贞德吗？还是要进尼姑庵？

高嘉羡一贯大大咧咧，当时却死活没敢把自己的小心思讲给好友们听。因为她觉得她喜欢的人，和学校里的这些小男生都太不一样了。他太好，太优秀，太闪耀，以至于她不敢轻易提起他。

她记得，初三上半学期的一天，她一整天都心神不宁的，不但上课开小差，中午吃饭的时候还把饭盒给打翻了，种种奇怪的行径差点儿让菱画她们看出端倪来。

等放了学，她还特意编了个正儿八经的理由翘了班委会议。这一切，都是为了可以早一点儿见到祝沉吟——他那天同父母一起来他们家做客吃晚饭。

他那时候已经以全校第一的成绩提前被全国最好的大学的医学院录取，她几乎每天都能听到顾宁夸他有多优秀，希望她也能考进他就读的那所高中。

高嘉羡一路飞奔回家，从玄关冲进来的时候，都差点儿忘了和祝文军、龚莉打招呼，惹得顾宁一顿唠叨。

扔下书包环视一圈，她才发现祝沉吟不在，正纳闷着，顾宁把她叫去了厨房，将手里的水果盘塞给她，说祝沉吟在书房里写作业，让她去给他送点儿餐前水果。

来到书房门口，她感觉到心脏都要提到嗓子眼儿了。于是，她停下脚步，好好地调整了一下呼吸。

祝沉吟之前一直在忙着准备录取事宜，当时，他们差不多已经有半年没见过面了。

因为书房门是虚掩着的，她都没多想就直接伸手将门推开了。

她嘴边带着高高扬起的笑，想和他打个招呼，结果书桌前空荡荡的，只放着卷子和纸笔，而他人正背对着门站在窗边和人打电话。

她一看到他的背影，刚刚好不容易暂时按捺下去的心跳又急速加快。

其实她根本就没想偷听他打电话，看到他在忙，她只想将水果盘放在书桌上就走的。

但她刚往书桌的方向走了一步时，就听到他对着电话那头说："抱歉，无论你说多少次，我还是不会改变我的想法。"

"我现在乃至今后很长的一段时间，可能都不会想要谈恋爱。"

"嗯，进了大学之后也一样。"

她的笑容顿时凝固在了嘴角，人也愣在来原地。

"无论是谁来告白,我都是这个答案,没有例外。"

那是她从来没有和任何人提起过的少女心事。

她仰慕一个和她一起长大的发小哥哥。他是她见过的最优秀的人,没有人可以与他比肩。

她在每一个见不到他的夜晚,都会闭上眼睛去回想他的模样。

她知道他们之间存在着距离,不仅仅是三岁的年龄差以及两人在成长阅历上的差距,最重要的是,自己其实从来没有真正了解过他。

他们跟着父母也算时常见面,她觉得他展现出来的也只是他想给所有人看的表象罢了。

她对他的了解,仅限于他想给她看的表象——一个温柔平和、成熟稳重的大哥哥。

她对他真正的喜好与习惯一无所知,更不知道他喜欢什么样的女孩,有没有心仪的女孩。

即便如此,她也一直在对自己说,她每天都要变得更好一点儿,跑得更快一点儿,努力成为那个可以追赶上他,骄傲地站在他身边的人。

如果未来的某一天,他能喜欢上自己,那就真的太好了。

而这所有的幻想和憧憬,都在她年少时的那个黄昏破灭了。

她手上的水果盘差一点点儿就要脱手掉落下来,她及时回过神来,但盘子里原本摆着的苹果和橘子片还是滚落了一些。

祝沉吟挂电话时,也听到了身后的动静。

他转过身看到她的时候,神情有一瞬的凝滞。但是他很快就回过神来,神色如常地朝她走过来:"羡羡。"

"我……我妈让我来送水果。"

她将水果盘放在书桌上,神色仓皇地往后退了一步,赶紧弯下腰抽了纸巾去捡掉在地上的水果。

因为不想让他看到自己脸上的表情,她低着头。

祝沉吟没有说什么,也跟着半蹲下来帮她一起捡地上的水果。

书房里安静得连半点儿声音都没有,透过虚掩着的门能听到客厅里顾宁他们谈笑聊天的声音。

掉在地上的水果都捡起来后,她站起身,把那些弄脏了的水果都包了纸巾里。

"擦擦手。"祝沉吟从一旁抽了纸巾过来,递给她。

"不用了。"她看着他递过来的纸巾,没接,垂眸闷声说道,"我等会儿出去洗个手,有点儿黏,纸巾擦不干净。"

"今天放学比平时早?"他将纸巾放在一边,望着她,"我听顾姨说,你平时一般都要六点才能到家。"

"嗯。"她应了一声,始终没有抬头和他对视,"考完试了,老师今天大发慈悲,让我们早点儿回家休息。"

祝沉吟:"学习上都还顺利吧?"

高嘉羡:"没什么难的。"

祝沉吟:"刚听顾姨说,你的第一志愿是二附中,我觉得你没问题。"

二附中就是他就读的高中,位列长川的"四大金刚"高中之首。

想着自己毫不犹豫就填下的第一志愿,她说:"要是考进第二志愿也行,前三个志愿我其实都还挺喜欢,都挺好。"

他点了点头:"如果有什么不会做的题,尽管拍下来微信发给我,跟之前一样。"

她听到这话,终于慢慢地抬起了头。

胸口和鼻腔其实已经堵得不行,这些对话之所以能顺利地进行下来,几乎是靠她的理智和意志力在支撑。

不能哭,不能表现出一点儿异样,不能让他发觉。

一遍一遍,她不断地在脑海中这么催眠着自己。

她对上他的目光,佯装轻松地开口:"现在我不会做的题目已经很少啦,几乎没有。别忘了,我可是我们学校的年级第一。"

"所以,"她顿了顿,"以后应该不会再麻烦你了。你上了大学之后应该会变得更加忙碌吧?"

他说:"没事,看题、解题的时间还是有的。"

她笑了笑,没接这句话。

"沉吟哥,"过了一会儿,她忽然轻飘飘地开了口,"我刚刚不小心听到你打电话了,你拒绝一个女孩子了?"

他一怔,轻轻地点了点头。

很久很久以后,祝沉吟才意识到,那是她最后一次当面叫他"沉吟哥"。

高嘉羡又装作不经意地问:"你说无论是现在还是将来上了大学,无论哪个女孩子对你告白,你都会拒绝是吗?"

祝沉吟看着她,目光暗了暗:"应该差不多是这样,没有那个心思。"

"这样啊……"她的脸色又苍白了一些,但嘴角依然挂着笑,"未来救死扶伤的祝医生果然不一般,不像那些小男生,整天只想着情情爱爱。

有一瞬间，祝沉吟似乎察觉到哪里不太对劲，但他一时又说不上来哪里有问题。

高嘉羡拿着纸巾包着的脏水果，转身准备离开书房。

"不打扰你继续写作业了。"她冲着他摆了摆手，状似步履轻快地往外走，"我的书包里还躺着几十份卷子呢！"

阖上书房的门后，她神色平静地走过客厅，去厨房将脏水果扔进垃圾桶，然后走进了一旁的卫生间。她关上门，上了锁，打开了水龙头洗手。

手上的黏腻感，在经过清水冲洗后，已经消失了，但是她依然没有关上水龙头。

她身上穿着因为要见他，前一晚特意熨烫得整整齐齐的校服裙子，头发蓬松地扎着，还特别了可爱的发夹。

她长得本来就好看，身材修长，亭亭玉立，在同龄人里是很出挑。

她尽力展现一个十六岁的小姑娘最靓丽、最耀眼的模样。

在安静的卫生间里，她洗了一会儿手，突然将水龙头的水开到了最大。

水花溅出来，很快就打湿了她纯白色的衣襟。然她将湿漉漉的双手撑在了洗手台的两侧，任由眼泪大颗大颗地滚落下来。

眼泪与水花瞬间融为了一体，再也找不到踪迹。

第六章
少女心事

高嘉羡记得非常清楚，长这么大，她从来没有这么大声地近乎宣泄般地哭过。

摔疼了、考砸了、被批评了……遇到不开心的事情，她都不会哭，因为她相信自己一定能够克服这些。

而此时此刻的她突然觉得，原来这个世界上也有她无法克服的难题。

这道难题叫祝沉吟。

她甚至都没有开口将自己的小心思告诉他，她就已经知道，他一定不会接受。

因为和他同岁的女孩子仰慕他，他都视而不见，听而不闻，就更别提一直被他当成妹妹的她了。

他甚至亲口对她说，他很长一段时间都不会想谈恋爱，任何女生来告白都一样。

但凡他对她有一丝丝超越发小的好感，他又怎么可能会当着她的面给她和电话里给其他女生一样的答案？

其实，她一直都很迫切地想要长大。

当别的女孩子还在当小甜心、小可爱的时候，她就已经在刻意营造出一种成熟的形象。无论是穿衣风格，还是说话的语气……因为她觉得，祝沉吟会喜欢这样的女生。

然而，她的所有努力、所有的小心思，他统统都看不到，或许根本就不想看到。

那她又何必再那么急切地想要长大？

就算她长大了，就算未来考进他所在的大学，她也没有办法真正地追上他。

他也永远不会为她回头、停留。

直到晚饭的时间快到了，高嘉羡才勉强抑制住了自己的情绪，抹去了眼泪。

她在洗手台前，洗了三次脸，而后回房间戴上了眼镜来遮挡自己通红的眼眶。

当她回到客厅，看到坐在餐桌边的祝沉吟时，她的心里已经做了一个很重要的决定。

她再也不会奢求将来的某一天可以站到他的身边去了。

她再也不会奢求终有一天会被他看到。

她要离开这个有他的地方，忘却这件事。

就让她的美梦，她的少女心事，都永远地停留在她的十六岁吧。

这一觉高嘉羡睡得很沉很沉，这个梦仿佛让她重新回到了当时的情景，以至于早上醒过来，她一摸自己的脸，便摸到了满满一脸泪渍。

她躺在床上，看着房间的天花板，发了好一会儿愣。

她与爱情相关的记忆，似乎就这么停留在了过去。

此后，她一直没有谈过恋爱，没有喜欢上过任何人，也从来没有忘记过他。

现在回想起来，就像是小孩子在过家家似的——她又是哭，又是背井离乡的那么多年，把自己活生生演成了悲情女主角，结果男主角从头到尾什么都不知道，最后还把她叫回来做协议夫妻，用各种手段逗弄她、撩拨她。

她怎么想，都觉得很不爽。

高嘉羡眯了眯眼，摸过手机一看，发现时间还不到六点。

因为突然想明白一些困扰了她那么多年的事，她一时之间再无睡意。干脆从床上爬起来，打算早点儿出门去单位。

等她洗漱完，穿好衣服，打开卧室门，迎面就看到祝沉吟正将一盘刚做好的早餐放到桌子上。

看到她起来得那么早，他似乎颇有些意外，放盘子的手都顿了顿："怎么已经起了？"

高嘉羡看到他，不自觉地想到了昨晚的晚安小故事，于是她下意识地眨了眨眼睛，语气飘忽地说："我也不能每天都当贪睡的猪吧？"

他忍不住笑了一声，注意到了她微微红肿的眼角。

祝沉吟望着她走到餐桌边，柔声问她："昨晚睡得好吗？"

高嘉羡拉开椅子的手一顿："还可以吧。"

祝沉吟收回目光，转身从厨房拿了他的那份早餐和筷子过来，在她对面落座："说明晚安小故事还有点儿用？"

高嘉羡忍不住翻了个白眼。虽然这确实是她无法反驳的事实，但她绝对不会告诉他，晚安小故事的后劲还很大，直接让她梦回了十多年前。

说起来，这还是他们同居之后，两个人第一次安安静静地坐在客厅的餐桌边一起吃早餐。

气氛有些和谐，高嘉羡吃了两口，忍不住抬头朝他望了过去。

对面的人身上穿着灰白相间的毛衣，衬得肤色更为白皙。他低垂着眼眸，她能够清清楚楚地看到他的眼睫毛比她的还要长。

好好一个大男人，长得那么好看做什么？

她盯着他看了几秒，刚想低头继续吃饭，他抬起头，两人的视线撞了个正着。

高嘉羡原本想别开视线，但是见他一点儿都不避讳地看着自己，顿时也不想避让了。

从梦境和回忆中脱离出来的那一刻，她对他们之间的关系，突然有了一些新的，大胆的，狂妄的，她自己一时有点儿无法接受的想法。

祝沉吟目光温和地看着她："羡羡，我这段时间会比较忙。"

高嘉羡一怔，点了点头："嗯，我知道啊。"

顾宁同志昨天早上在电话里和她说起，祝沉吟现在已经是主治医师，好像马上就要升副主任医师。以他的年纪和资历，在三甲医院晋升得这样快，可能在整个行业里都屈指可数。因此，他最近会变得比以前更忙，要她多多照顾、关心他。

说完这些，顾宁又照例，将他夸了一通，最后还不忘踩高嘉羡一脚，说她真是走了狗屎运才会被这么一个大好青年看上娶回家。

她真是想不明白了，她是不是顾宁从垃圾桶捡回来的？

祝沉吟了然地笑了："你和顾姨真是无话不说，消息总是那么灵通。"

她撇了撇嘴，心里想着，你不知道，我妈是把你当亲儿子，把我当捡来的，每次打电话主要都是在谈你。

高嘉羡用勺子搅拌了一下碗里的豆浆："我妈这会儿退休了，比以前更能唠叨了，我爸和我，她逮着一个都能说半天。"

他思虑两秒，点了点头："顾姨确实话比以前多。"

高嘉羡叹了口气："以前在国外有时差，我又忙，一个星期能和他们打一次视频电话就不错了。很多生活的细枝末节，是没有办法在视频电话里了解清楚的。他们虽然不说，但是我能感觉到他们特别想问我每一天过得好不好。现在他们年纪大了，我人也回来了，唠叨就唠叨吧，只要他们俩开心就好。"

"上次送他们回去的路上，我能够明显感觉到，你回来了他们很开心。"祝沉吟说着，不动声色地将自己盘子里的那个烧卖夹到了她的盘子里。

"你真把我当猪吗？"高嘉羡忍不住瞪了他一眼。

"你不是喜欢吃烧卖？"他的语气又轻又温柔，"今天这个还是蛋黄馅的。"

吃货的心思被戳了个正着，高嘉羡也不想再推三阻四地和他客气，说了声"谢谢"，就把他刚夹过来的那个烧卖往嘴里塞。

见她吃得开心，他嘴角的笑意更浓了。

"说起来，顾姨和高叔是我见过的心态最年轻、教育方式最豁达开明、和子女关系处得最好的家长。"他放下筷子，拿起了盛着咖啡的杯子。

高嘉羡咽下了嘴里的烧卖："可不是？毕竟我妈可是那种为了跟我争偶像剧里男一、男二哪个更帅，会真的和我大打出手的人。

"啊，还有上次看的那个选秀节目，她喜欢第二名那个Vocal（声乐担当），我喜欢第一名那个舞担。我给舞担打投多少，她就给那个Vocal（声乐担当）多打投一倍，决赛那周还天天在朋友圈拉票，甚至以断绝母女之情威胁我，让我停止给舞担打投。

"老高更夸张，上次看部爱情悬疑韩剧，看得哭成红眼兔子，还半夜三点给我打电话，喊我一块看。"

……

谈到顾宁和高鸿，她有不少话想要说。

一个人唯一无法选择的可能就是原生家庭。因此，一直以来她最深感幸运的就是拥有这样亦师亦友的父母。

她这人话本来就多，谈到自己感兴趣的话题更是，说着说着就容易得意忘形。

等她回过神来，才发现对面的祝沉吟不知什么时候已经把杯子里的咖啡全都喝完了，正静静地靠在椅子上，抱着手臂听着她讲话。

虽然他的脸庞上还是挂着笑容，但是比起刚才已经淡了不少。不知道是不是因为想到了一些别的什么,他的眉宇间有一丝阴郁。

她望着他,略为迟疑地开了口:"你是想到了什么病人的事吗?"

一听她这么说,他几乎下一秒就掩去了异样的神色:"那倒是没有。"

"我只是在想,"他伸出手将她面前的空盘子收过来,叠在了自己的空盘子上,低声说,"能做顾姨和高叔的孩子很幸福。"

然后,他低垂下眼帘,捧着空盘子和空杯子,从椅子上起了身。

"我很羡慕你,羡羡。"说完这句话,他便转身走向了厨房。

高嘉羡怔住了。

她望着他的背影,觉得心口有点儿发堵。

她从来没有想过,有一天竟然会从他的口中听到这样的话——因为在她眼里,他近乎完美。他站得那么高,拥有常人望尘莫及的一切。其他人羡慕他还来不及,他怎么还有羡慕别人的时候?

可是他刚刚偏偏就是这么说了。

他说羡慕她,应该是羡慕她能拥有顾宁和高鸿这样的父母吧?

想到上次和他家人吃饭时的情景,她的心沉了下来。

高嘉羡忽然觉得,也许在十多年前,当她还是那个只能在背后仰望着他,因为无疾而终的感情偷偷在卫生间里崩溃大哭的小姑娘时,她决不会从他的嘴里听到这样的话。

但是她今天听到了。

那是不是说明,她确实已经不能再用从前的经验来度量他们的现在和未来了?

等祝沉吟从厨房里洗了碗出来,高嘉羡也化完了妆,拎上包和文件准备出门。

他拿上外套和车钥匙,对她说:"我送你。"

她一反常态地没有拧巴,点了一下头,跟着他一起在玄关换鞋出门。

天才蒙蒙亮,整座城市像是刚从沉睡中清醒过来,一点点儿地恢复生机。等到了单位门口,高嘉羡轻轻地松开了安全带。

"自己多注意休息。"她听到身边的人说,"三餐都要按时吃,哪怕再忙,也要记得多喝水。"

说完,祝沉吟微微侧过身,从车后座拎起了一大袋东西递给她。

她接过袋子,定睛一看,里面是各种她喜欢吃的零食。

他侧目看着她:"实在忙的时候,吃点儿这些垫垫,总比不吃好。"

高嘉羡垂眸看着这一大包零食,冷不丁地开口说:"祝沉吟,你是想当我二爹吗?"

他一怔。过了几秒,他才抬起了右手,屈起手指轻轻敲了敲她的眉心。

"我可不和顾叔争。"他的眼眸里仿佛装着一汪春水,"爸爸是爸爸,丈夫是丈夫。"

高嘉羡不知道这人百忙之中是什么时候抽了空,去给她搞来了这么一大袋零食。里面有她喜欢吃的饼干、坚果,还有果冻,等等。连每一样食品挑选出来的口味,都正合她意。

顾宁说让她多体恤、关怀他,哪想到他倒是先关怀上了自己。

由于他前两次的解释,再加上她早上梦醒后醍醐灌顶一般地想明白了一些事情,她没有再像之前那样,觉得他无事献殷勤非奸即盗,也没有当即退回这袋零食。

耳边回放着那句"丈夫是丈夫",她眨巴了两下眼睛,转过头看着他,朝他认认真真地道了谢:"谢谢你,这位丈夫。"

她今天一反常态,态度温顺,还接了他的话茬,他似乎是对此有点儿意外,就这么静静地看着她没作声。

"零食我就先收下了,放心,我不会给你转钱。"她说,"我会尽量按时吃饭。你也是,手术连轴转下来,一定得赶紧吃东西、休息,相信你会比我更自觉。"

祝沉吟的眼眸轻轻一闪:"好,我会的。"

她点了点头,伸手打开了车门。

"对了,"她又回过头看向他,"我想跟你说,其实你用不着羡慕我的。你自己都说了,你现在是我的丈夫,那我的爸妈不就是你的爸妈吗?"

晨光下,她的眼睛显得格外晶亮:"你忘了?我爸妈在我们俩领证的那天就说过,他们会把你当亲儿子那样看待,我有的,你也一定有。

"我这人气量比较大,不介意我是充话费送的。所以,你尽管高高兴兴、心安理得地把他们认作是你的第二个爸爸妈妈,我愿意和你分享他们的爱。"

"顺带替我分担一下顾宁同志的唠叨,陪高鸿同志多聊聊他爱看的韩剧,分散一下炮火。"她说到这儿,顿了顿,"哪怕只有一年的时间,你也可以当他们的时限一年的亲儿子。"

虽然此时他脸上看不出明显的神情变化,但是因为离得近,高嘉羡能够看到他漂亮的眼睫几不可见地颤了颤。

像蜻蜓点水，稍纵即逝，但确实真实地存在过。

这一次，车内沉默的时间有点儿久。
直到阳光破开云海，天光大亮的时候，祝沉吟才轻声开了口。
他郑重地对她说："好，我知道了。"
高嘉羡冲他摆了摆手，拎着零食袋和包下了车。
她合上车门，站在车外头，突然伸出手，轻轻地敲了敲车窗。
祝沉吟见状，立刻将车窗降了下来。
"还有，"她看着车内英俊的男人，歪了歪头，"就算好几天看不到我，你也别太想我了。"
"太想我容易得病，相思病是很难医治的。"
"所以，亲爱的祝医生，为了你的病人，你可不能轻易倒下。"
她说完这几句话，头也不回地进了单位的大门。
祝沉吟坐在车内发愣。
"我应该没听错吧？"他用食指轻轻抹了一下自己的嘴角，一动不动地看着那道靓丽的身影彻底消失在玻璃门后，微微眯了一下眼睛。
这只要一见到他就要竖起尖刺的小刺猬，今天到底是怎么了？
他怎么有一种被以其人之道还治其人之身的感觉？
高嘉羡看似镇定自若地闪进大楼之后，猛地一个急转弯，靠到了墙面上。她背靠着墙，缓和着呼吸，背撞疼了也浑然不觉，只觉得自己的心快要蹦出来了。
高嘉羡，你今天出息了。
她摸了摸滚烫的脸颊，在心里给自己悄悄竖起了一个大拇指。
顺着祝某人的话，当面来了个调戏的大反杀，这搁在以前，她做梦都不敢这么做。
这一切可能都要归功于今天早上她梦醒后，突然对十多年的情感有了一种茅塞顿开的感悟。
她以前是谨小慎微，后来是避之不及。即便如此，在他提出假结婚的请求时，她还是眼也不眨地答应下来。
无论是过去还是现在，她一直都被他吃得死死的。
由于少女时代的那次对话，在和他的关系里，她一直都不自信，一直觉得他不会喜欢上任何人，包括她自己。哪怕和他有了这样微妙的夫妻关系后，她也依然这么认为。

但是，这段时间，在和他相处的过程中，他似乎屡屡伸出手想要接近她，甚至说一些话，做一些会引人误会的事情。

她想不明白他为什么突然会这样，更不明白他之前为什么会那样斩钉截铁地抗拒恋爱。而现在，她觉得自己似乎开始了解他，所以她终于下定了决心，想要去主动弄明白。

她再也不想在他靠近她的时候，惶恐地背过身去了。

他逗弄她，她也要逗弄回去。

他说一些容易让人误会的话，做一些超出了协议范围的事，她为什么不能还回去？

他让她心绪起伏，她为什么不能让他也如此？

即便只有一年的时间，就算最后他们还是会回归原点，她还是想在这一年的时间里，做一个不再那么胆怯的人。

她已经不再是那个不敢问，不敢上前，觉得他是遥不可及的天边的梦的小女孩了。

他现在已经走到了她的面前。所以，没什么丢不起人的，大不了一年后老死不相往来，最差也不过是这样了。

既然从没想过要赢，那又有什么输不起的？

她高嘉羡突然就不想再做爱情里的胆小鬼了。

当她平复好心跳，提着零食袋进办公室的时候，办公室里已经有人了。

小吴脸上挂着两个巨大的黑眼圈，站在工位桌边喝咖啡，一眼就瞄到了她手里拎着的零食袋，立刻放下咖啡蹿了过来："羡姐，这是姐夫给你买的吗？"

高嘉羡点了点头，将零食袋放在了自己的工位桌下面。

"姐夫真的是世界第一好男人，呜呜呜！"小吴双手合十，"我要是能找个这样的老公……不，只要有姐夫十分之一的美貌，我都已经知足了！"

高嘉羡觉得有点儿好笑，抿着唇从零食袋里抽了一包饼干出来递给小吴："你姐夫送你的，感谢你夸奖他。"

小吴双手捧着饼干，开心地说道："谢谢姐夫的大恩大德！"

"对了，"小吴又说，"D国佬又日常抽风了，凌晨搁那儿说了一堆胡话。"

高嘉羡点了点头："嗯，我知道。我等会儿就跟卢主任一起去记者会。"

"每回能看到萍姐站在台上把D国搞事儿的人一通生撑，我就觉得心里特别舒爽。"小吴说，"萍姐真的是外联部永远的神。"

小吴口中的萍姐全名叫温玉萍，是企业现任的外联部发言人。

如果说，祝沉吟是她的梦想，那么温玉萍就是她的理想，是她选择踏入这一行，认真工作，努力想要成为的人。

D国某些企业经常抽风，发表一些不当言论，这次挑起的事端性质相当恶劣。

今天凌晨，他们的发言人发表了一段演说，大意是说我司没有人权，缺乏民主，还诬陷我司缺乏诚信，基于以上这些原因，要对我方在外贸通道上实施限制。

高嘉羡站在发言台右侧的幕后，看着台下乌泱泱的记者和不停歇的闪光灯，心里想着等温玉萍上去发言，轻描淡写的几句话就能一语破的。

正这么快意地想着，放在内侧口袋的手机振了振。

她摸出手机低头一看，发现是一条来自祝沉吟的微信消息。

她心一跳，立刻点开了消息。

祝沉吟："刚刚忘了说，相思病其实是可以医治的。"

一看这句话，她又想到了早上自己无比猖狂的言行，她的脸迅速涨红。

她咬了咬唇，想看看他能说出什么花来。

嘉羡："怎么治？"

她看到对话框的顶端那条"对方正在输入"，心脏怦怦地跳。

祝沉吟："见上面就能治了，我会尽量早点儿回家。"

祝沉吟："希望祝夫人也是。"

她看着那两条绿色的小尾巴，差点儿把手机摔到地上。

所以现在他们是在较量谁能说得过谁是吗？

"嘉羡。"就在这时，她突然听到身后传来了一声温润的女声。

她回过头，一名身穿黑色西装，留着干净利落的短发的中年女士正冲着她微笑。

"萍姐。"高嘉羡的眼睛一亮，赶紧把手机塞回兜里，迎了上去。

早年她在新加坡轮值的时候，温玉萍是她的顶头上司。那段时间，但凡有空，她就会去找温玉萍聊天，温玉萍教了她非常多关于企业外联的知识，传递了宝贵的人生经验，那些是她会珍藏一生的宝藏。

温玉萍也非常喜欢她，她后来的那一任职位，就是温玉萍帮她举荐的。

她虽然没有正儿八经地拜过师，但是温玉萍对她来说就是她的良师兼益友。

"回来感觉怎么样？"温玉萍和蔼地看着她。

"好得不行。"她笑吟吟地说，"这世界上哪有什么地方比家好啊？"

温玉萍："老卢说你适应得特别快，他布置给你的工作你做得又快又好，职责之外的也能顾上，说你是这些年他看到的孩子里头最拔尖儿的。"

高嘉羡被夸得有点儿不好意思："没有，还差得远呢。"

温玉萍拍了拍她的肩膀："加油，好好干，我还等着你接我的班呢。"

高嘉羡："我一定好好努力，谢谢萍姐。"

记者会即将开始，温玉萍在后面淡定地看着手中的发言稿，时不时地会咳嗽一声。

高嘉羡担心场内的空调开得太低，赶紧让同事去帮忙调了一下空调，然后去接了一杯热水回来递给温玉萍。

温玉萍接过水杯，向她道了谢，而后又语带揶揄地说："结了婚的姑娘就是不一样，更加贴心、细心了。"

高嘉羡听了这话，差点儿喷出来一口老血。她确信自己没在微信里和温玉萍提过这事，最近几年她们因为各自的工作也没能见上面，那这位大佬姐姐又是怎么知道的？

温玉萍看她眼睛瞪得圆溜溜的，笑意更浓："你知道，圈子里但凡有一个人知道，整个圈子就都知道了。刚碰到老卢的时候他告诉我的。"

宋瑜和小吴这两张嘴，她可真是服了，没几天就能给她泄露到卢主任那儿去了。

"不过。"顿了顿，温玉萍又说，"就算他不说，我也能看得出来。"

高嘉羡愣了一下："啊？"

"就刚刚。"温玉萍一手拿着发言稿，另一手用指从自己的嘴角轻轻地滑到了耳侧，"你看着手机上的消息，笑得嘴角都快咧到耳朵根去了。"

有那么夸张吗？

高嘉羡下意识地抬手揉了揉自己的腮帮子，在心里暗暗地想。

刚刚看到祝某人发来的那几条消息时，她好像真的笑了。

温玉萍见她那副模样，一边咳嗽一边笑，最后又忍不住说："两个人感情这么甜蜜可真是太好了。"

高嘉羡有点儿不好意思地摸了摸自己的脑袋："萍姐，我才羡慕您和您先生。"

温玉萍温柔地说:"我先生确实好,但我还是想感叹一句年轻真好。"

顿了顿,温玉萍又问:"嘉羡,你先生的职业是什么?"

高嘉羡说:"啊,他是一名医生。"

温玉萍听到这话,眼睛顿时亮了亮:"医生好啊!我听宋瑜说,他不仅为人谦和有礼,对你专一,还长得特别帅气。这么好的小伙子可真是打着灯笼也难找着。"

高嘉羡听到不在现场的某人竟然无端被夸成这个样子,觉得又好气又好笑,忍不住在心里骂他是个行走江湖的大骗子,竟然能仅凭表面功夫就远程把她的女神都给蒙骗住了。

"嗯。"高嘉羡抬头看了看天花板,"可能我是开直升机找到的他吧。"

到了点,记者会准时开始。温玉萍大步走上台,虽然她还是一副温柔、和蔼的样子,但是目光已经和刚才在幕后时完全不同。

面对台下记者犀利的提问,温玉萍选取几个问题回答后,目光锐利地看着台下:"D国企业的发言,完全是无中生有、谎话连篇,实际上他们真正的目的只是想要借机从内部破坏我司的安定,司马昭之心路人皆知。"

高嘉羡和身边的同事交换了眼神,刚刚扬起嘴角,却忽然留意到温玉萍的额上有一层薄薄的汗。

这层汗不仔细看几乎看不到,但因为她站在幕后离温玉萍最近的地方,所以她看得比谁都清楚。

温玉萍是不是身体不太舒服?

温玉萍:"我方正式通知D国企业,我们不是能被你们随意干涉的。我司光明磊落、坦坦荡荡,事实与真相将会戳穿所有针对我司的谎言。"

虽然台上的温玉萍站得笔挺,但是高嘉羡发现她的脸色变得愈加苍白,心里不免担心起来。

她觉得今天的温玉萍身体状态看上去真的不太好。

记者会最终在温玉萍无懈可击的发言中结束,温玉萍回到后台,高嘉羡立刻捧着水杯迎了上去。

温玉萍接过水杯喝了一大半,而后从自己的包里拿出了一个小药瓶打开,取了药片咽下。

"萍姐,"高嘉羡望着她,低声问,"你是不是身体不太舒服?去医院看过了吗?"

"嗯,去看过了,小事。"温玉萍收好药瓶,轻轻抬手拍了拍她的肩膀,"谢谢嘉羡的关心。"

温玉萍这样说,高嘉羡也不好再继续询问下去,点点头跟着温玉萍一起去找卢主任他们开会了。

仁晨医院。

顾瀛从病房回到科室,正好看到祝沉吟从一台长时间的手术上下来。

"你要不要吃点儿东西?"顾瀛抬手看了一眼手表,"我的妈呀,午饭时间都过去多久了?你赶紧去食堂吧。反正食堂阿姨也喜欢你,过了点都能分分钟给你端出一碗大排面来。"

"没事。"祝沉吟洗过手,第一件事情就是从柜子里拿出手机来,"我不饿,早饭吃得挺饱。"

顾瀛观察着他的神色,然后接连"啧啧"了好几声。

祝沉吟漂亮的手捏着手机在打字,头也不抬:"喉咙痛去挂耳鼻喉科,别戳在这儿。"

顾瀛不怀好意地靠近他:"看看我们的祝医生,以前一天都不会碰一下手机,常年微信失联。可谁知道,自从有了嫂子,从忙碌的工作中得空,第一件事就是去摸手机!哎,结了婚的男人啊!陷入爱情的男人啊!"

祝沉吟继续无视他。

顾瀛不死心,偷瞄他的手机屏幕:"哎?为啥你在搜暖心睡前小故事?这不是讲给小孩子听的吗?难道是嫂子有了?!这么快!祝沉吟你真可以啊!可是,现在做胎教也太早了吧?不对,我要不要先去买点儿小孩的衣服?对了,是男孩还是女孩?"

这戏精要是没人阻止,估计可以一个人折腾出一场大戏都不带喘的。

祝沉吟实在是脑壳痛,终于忍不住抬起手,轻轻地在他的脑门上敲了一下。然后,他薄唇轻启,惜字如金地说:"第一,你嫂子暂时还没有;第二,你可以滚了。"

顾瀛摸了摸脑袋:"暂时还没有?以后总会有的!我明天休息,先去买点儿孩子衣服得了!男孩、女孩的都买点儿,万一是对龙凤胎呢!"

祝沉吟都被这脑回路给气笑了,冲着他连连抱拳表示佩服。

顾瀛嘻嘻一笑,刚想再说点儿什么,就听到科室的铃响了,门外也传来了护士的呼叫声。

有一位叫吴奶奶的病人突然病危了。

祝沉吟的眼睛一眯,立刻在手机上轻轻点了点,然后将手机放回到柜

111

子里锁好。

"我先去上手术。"他一边换衣服,一边对顾瀛说,"我刚把你嫂子的微信推给你了,要是我过了晚饭的点还没出来,你替我给她发条消息,提醒她别忘记吃晚饭。"

顾瀛夸张地回道:"小的保证完成任务。"

记者会结束之后,高嘉羡跟着温玉萍和卢主任他们开了很长时间的会,主要讨论后续应对 D 国企业的公关措施。

会议结束前,卢主任当着所有人的面宣布,往后她除了目前的工作内容,还要跟温玉萍对接工作。

其实,这是一次不那么高调的升职,卢主任的话等同于在间接地向所有人宣布,她将是温玉萍的接班人。

很多同事听说过她在国外时的履历和成绩,非常崇拜她,也有小部分人心有不服和不满,觉得她太年轻,资历还不够,却受到领导的偏爱。

当然,大家都是成年人了,也不会把这些阴暗的情绪明显地表现在脸上,而是选择把小心思都藏在心里。

高嘉羡也没表现得有多高兴,全程低调地隐在人群里,尽量降低自己的存在感。

多说无益,无论有多少人不服她,她都会用实际的成绩来证明自己。

等会议结束后,她回办公室又加了一会儿班。

九点多的时候,她终于感觉肚子有点儿饿了。她想了想,伸手从桌子下面的零食袋里拿了一包小蛋糕出来。

松软的小蛋糕入口即化,她吃了两口,把一下午都没时间看的手机从抽屉里拿出来打开。

微信上有许多未读的消息,有朋友发的,也有同事发的。她一条消息都没看,直接把列表往下拉到底,就看到祝沉吟和她的对话框停在了那句"希望祝夫人也是"。

她捏着手机,一边咽下小蛋糕,一边点开他那有一只咖啡色猫猫背影的头像,将他的对话框置顶。

这样的话……以后他给她发消息,她就能第一时间知道了。

她说服自己这是为了预防家里有什么急事,她好及时处理。

然后,她拍了一张被她吃掉一半的蛋糕照片发给了他。

那边过了五分钟都没有回消息,她知道他肯定在忙,也不着急,退出来之后发现有一条新的好友申请。

点开一看,头像是一只扎着哪吒头的杰尼龟,昵称是蛋,验证消息是:"嫂子加我,我是顾蛋!"

高嘉羡点了接受,心里想着,就算他不做自我介绍,仅凭他的头像和昵称,她一秒就能猜到是顾瀛。

加上顾瀛的微信后,那边秒甩了三个杰尼龟和小刘鸭的表情包过来。

嘉羡:"我真感觉你是整个仁晨医院最闲的人。"

蛋:"你俩还真不愧是夫妻!你老公上次也这么说我!"

她一看这话,嘴角忍不住向上翘了翘。

蛋:"嫂子!我是应你老公的要求来提醒你吃晚饭的,他还在一台紧急手术上一直没下来呢。"

高嘉羡抿了抿唇,心下一暖。

嘉羡:"我知道,我会吃的。"

蛋:"嫂子!报告!下午我还看到沉吟在手机上搜暖心睡前小故事,你肚子里还没有呢,他怎么就开始做胎教了!他可太着急了吧!那么想当爹吗!"

高嘉羡看到这条消息,差点儿把刚塞进嘴里的小蛋糕给喷出来。

她想到昨晚那个六十秒的晚安小故事,心里既感动又觉得很好笑。

原来某人言出必行,真的把哄她睡觉当作了一门功课,认认真真地在做,还会提前备课呢。

嘉羡:"你不用管,他这叫提前预演。"

接着,她给祝沉吟留了言,让他下手术台跟她说一声,然后打算先把工作收个尾,再去单位旁边的餐馆吃点儿东西——虽然这已经不能算是晚餐了,但她还是听他的话吃东西了。

就在这个时候,苑星给她打来了一通语音电话。

她接起来,就听到对面的苑星一反平时的高亢欢乐,声音听起来十分低落:"羡羡,你现在有空吗?"

高嘉羡:"星星,你怎么了?"

苑星:"我不想打扰你和祝医生的新婚生活,但是沐沐今天和沈嘉宁出去旅行了,我实在找不到人陪我说话。"

高嘉羡:"没事,我和祝沉吟都还在各自的工作岗位上奋斗,你开车来我单位吧,顺便陪我一起吃个夜宵,我把地址发你。"

苑星一口答应下来。

半个多小时后,高嘉羡把工作资料和明天的计划都整理完了,然后拎着包下楼等苑星。

就在苑星给她发消息说已经到路口的时候,顾瀛忽然给她打来了一个语音电话。

她有些狐疑,接起来将手机贴在耳边,发现顾瀛的声音听起来急得不行,都磕磕巴巴了:"嫂……嫂子,不好意思打扰你了!我想来想去还是觉得要告诉你!"

高嘉羡心下一紧:"怎么了?出什么事了?"

顾瀛:"沉吟……有人要动手打沉吟!"

其实,在接到顾瀛电话的那一刻,高嘉羡心里已经有了不太好的预感。

顾瀛这人虽然中二又傻帽,但不是那种没有轻重,随意乱开玩笑的人。

他知道她工作忙碌,却还是直接打来了语音电话,必然是有什么十万火急,不容耽搁的大事。

所以,当她听到那句"有人要动手打沉吟"的时候,大脑嗡地一响。

她咬着牙,用指甲掐着自己的手心,尽量让自己的声音听起来冷静一些:"为什么有人要打他?"

顾瀛语速飞快:"一位 ICU 的老奶奶刚刚抢救无效走了,之前病危的时候家属看也不来看,什么也不管,都是沉吟花心思用心照顾的。谁知道今天人一没了,家属跟疯了似的全拥到医院来了,说沉吟不好好抢救病人,本来人不应该走什么的,想要讹钱……"

只是听顾瀛说了一个大概,她就差不多推出整件事情的来龙去脉了。

她看了一眼手表,对顾瀛说:"我现在就过来,等一会儿麻烦你来大门处接一下我。"

挂了电话,苑星的车也刚好开到了她的面前。她打开车门,站在车外头对苑星说:"星星,我可能要失约了。我现在得立刻赶去仁晨医院一趟,今晚不能陪你吃夜宵、聊天了。"

苑星素面朝天,一张巴掌大的小脸无精打采的,嘴里说出来的话却还是和平常一样干脆果决:"没关系,来,赶紧上车,我陪你一块儿过去。"

都是这么多年的闺密了,高嘉羡也没说什么客气话,直接利落地上车关门。

"怎么了?"苑星一边把车开得飞快,一边说,"是祝医生出什么事了吗?"

高嘉羡捏着手机，目光定定地落在前方，声音紧绷："他刚做完一台手术，老人家没救回来，就碰上家属闹事了。"

一听这话，苑星这暴脾气立刻就上来了："有毒吧，这些人！人家白衣天使辛辛苦苦地给他们救人，他们能不能懂得点儿感恩？就不能尊重一下医生吗？谁不想把人救活啊？生死这种事，很多时候都是命定的，走了就走了，逝者已逝，活着的时候怎么不想着对老人家好点儿？"

高嘉羡叹了口气："也不是每位患者家属都能想得这么通透的。"

素质高、善良、懂得感恩的患者家属固然不少，有的还和医生成为要好的朋友，一直记着医生的帮助。但是也不排除有一些极端的患者和患者家属，总会用狭隘之心去揣度别人，总觉得自己是被迫害的那一方。

她知道祝沉吟一向和病人处得很好，但是有时候就是这样，哪怕自己光明磊落，也架不住别人强行来碰瓷。

想到他现在的处境，她不由自主地咬住了自己的嘴唇。

苑星侧头看了她一眼，拍拍她的手："别担心，祝医生虽然看着斯文温柔，但也不是那种会任人宰割的，你别慌。"

从她单位到仁晨医院本来就近，苑星开得又快，很快她们就已经看到了医院的招牌。

苑星把车停在医院对面的露天停车场，和她一起下车快步往医院走去。

隔着一条马路，高嘉羡看到穿着白大褂的顾瀛一边抓着头发，一边在大门口来来回回地踱步，可能再晚一会儿，他都要把自己的头发薅没了。

"顾蛋。"高嘉羡带着苑星穿过马路走向医院大门，叫了顾瀛一声。

"哎！"顾瀛一听到她的声音，立刻抬起头，"嫂子你来了！"

顾瀛叫完人才发现不太对劲，视线一移，发现高嘉羡身边还站着一个又高又瘦，大冬天穿着超短裙和连裤袜的辣妹。

这辣妹身材好得不行，凹凸有致，两条大长腿生得笔直，脸长得又精致，就连素颜都闪闪发光。

鲜少亲近女色的顾瀛同学，平时哪里有机会见到这种等级的大美人，一瞬间眼珠子都看直了。

高嘉羡注意到了他的眼神，忍着笑帮他们俩介绍了一下："这位是我的闺密苑星。苑星，这位是祝沉吟的同事兼好友顾瀛。"

苑星一双桃花眼微微上翘："你好，顾医生。"

这声"顾医生"差点儿把顾瀛的骨头叫酥了，他在原地缓了两秒，才涨红着脸磕磕巴巴地回了一句："你……你好。"

"走，走吧。我赶紧带你们上去，老祝还被堵着呢。"

可能是害怕自己再多看几眼苑星会喷鼻血，顾瀛转过身就匆匆忙忙地往电梯的方向走去。

三人一路到了五楼，一出电梯，高嘉羡就听到了走廊里传来的喧闹声和哭喊声。

高嘉羡不由得加快步伐，她在走廊上拐了个弯，视线中便出现了祝沉吟的身影。

他人高，站在人群中非常显眼，在他和另一位男医生的对面，正站着一排七八个病患家属，有男有女，有的手里还牵着孩子。

此时此刻，他们所有人的矛头都直直地对着祝沉吟。

一位穿着皱巴巴衣服的中年男人用手指着祝沉吟的鼻子，大声道："前几天人还正常，现在你跟我说人没了？你们这几天到底给她输了什么药液？是不是动了什么手脚？刚刚在手术台上到底有没有好好抢救？"

祝沉吟平静地望着他，眼睛里并没有太多的情绪："一周前我们就已经通知过你们，吴奶奶的病情已经开始恶化，随时可能有危险，但你们没人过来探望过。如果我没有记错，你们上次过来看她，已经是三个星期之前的事情了。病情的变化速度不是以星期为单位的，而是以秒为单位。"

"你还有理了你！"中年男人暴跳如雷，"你们是医生还是我们是医生？我们光来看就能把她的病给看好啊？那还要你们有什么用啊？"

祝沉吟身边那位年纪稍长一些的男医生耐着性子开口道："你们把吴奶奶送进来的时候，我们就跟你们说过，吴奶奶这病长则半年，短则三个月。我们祝医生天天帮着照顾吴奶奶，尽心尽力，吴奶奶对他比对亲儿子还亲。今天距离她进来那天都已经九个月了，你们怎么能说我们没有尽力？"

"什么亲儿子！"中年男人旁边一位胖胖的中年女人说，"照顾她不是你们的义务和职责啊？！平时做得再好有什么用？做戏做给谁看啊？现在人没了就是没了，就是怪你们！"

"赔钱！赔钱！"后面的其他家属也跟着喊了起来。

高嘉羡旁边的苑星面无表情地撸起了袖管，高嘉羡一看就知道她想干架。这姑娘学生时代的时候就是如此，愤愤不平时二话不说，就只想动手，能打架解决的问题绝对不屑开口。

高嘉羡果断拉过顾瀛："你帮我看着星星。"

然后，她把包放在一边的椅子上，大步朝祝沉吟那边走去。

祝沉吟原本神色淡漠地看着面前这帮歇斯底里的人，压根不想开口和他们说话。吴奶奶抢救无效去世后，他一下手术台就被围堵到现在，无论说什么对方都是一副老赖模样，他便决定不再解释。

　　但当那道熟悉的身影出现在他的视线里时，他的眸子一下子就亮了。

　　就像阳光一样，照射在这条长长的走廊上，便能瞬间驱散浓雾。

　　高嘉羡见他朝自己看过来，冲着他笑了笑，而后站到了他的身边，面对着那帮闹事的家属。

　　"你们当医院是菜市场吗？"高嘉羡心里憋着火，嘴上也不留情面，"大晚上的，其他病人都要休息，你们这样吵闹，影响到其他病人的身心健康，你们打算赔别人多少钱？"

　　那帮人看到生面孔，都安静了一瞬。而后那中年男人不耐烦地说道："你是谁啊你？"

　　"我是谁不重要。"高嘉羡望着他们，"从吴奶奶来医院接受治疗到去世，每一天的治疗和用药情况都有记录。她是因为病情恶化去世的，和医生的抢救并不挂钩。无论是医疗鉴定，还是司法鉴定，都必须遵循因果原则，即病人的死亡与医生的医疗行为究竟有没有明显的联系。"

　　"既然你们口口声声地说要医院赔钱，那就请你们直接请律师打正规的医疗官司，医院没有义务为医闹和不属实的指责买单。同时，请记住，法院判决后，如果医院无责，医院还可以起诉你们赔偿名誉损失和经济损失。"她每说一句话，患者家属的脸就变白一分。

　　祝沉吟身边的男医生和护士，围观的病人都朝她投来了赞许的目光，还有人对那些家属说："她说得对啊，你们分明就是故意在讹医院钱，你们丢不丢人啊？"

　　"打个官司得花不少钱的，输了得赔更多钱呢。"高嘉羡微微一笑，眼底却没有半点儿真实的笑意，"你们应该还着急盘算怎么分吴奶奶的遗产吧？想来想去，起诉医院都不是一桩划算的买卖啊！"

　　刚刚还趾高气扬的中年男人被她撑得连半句话都回不上来，脸连带着脖子红得像猪肝似的，其他几个见他的气势都弱了下来，干脆全退到后面不吱声了。

　　高嘉羡："医生救治病人是他们的职责，但尊重医生是患者以及患者家属最起码的素养。他们的时间和精力十分宝贵，由不得你们在这儿添乱。有时间在这儿闹还不如回家好好想想，为什么祝医生一个外人对吴奶奶都比你们这些血缘至亲要上心，吴奶奶去世，你们心里究竟有没有半点儿真正的难过和自责。"

祝沉吟身边的男医生这时说："祝医生需要休息，你们在这儿已经给其他病人和医院的秩序都带来了很大的困扰，麻烦你们和我一起去办理吴奶奶的后续手续吧。"

高嘉羡不再看那些人一眼，她侧过身看着祝沉吟，低声对他说："我们走吧。"

祝沉吟微微点了点头。

他们刚转身走了几步，那个中年男人似乎被激得恼羞成怒了，一下子朝他们冲过来，抬手就要去推搡高嘉羡："瞎说一堆有的没的，你算什么东西啊你？"

就在中年男人的手快要碰到高嘉羡的肩膀时，她身边的祝沉吟仿佛背后长了眼睛似的，抬起左手就拽住了中年男人的手腕。

"啊！"中年男人的手被他这么一拽，以一个扭曲的姿势悬在了半空中，疼得他满头大汗。

高嘉羡讶异地回过头，看到祝沉吟绷着脸，给人一种山雨欲来的感觉。

他的眼神冰冷如霜。

安静的走廊里，祝沉吟盯着那人，一字一顿地说："你今天要是敢碰她，这件事就没完了。"

第七章
晚安故事

  高嘉羡望着身边这个浑身上下都散发着戾气的男人，一瞬间紧张得心脏怦怦直跳。
  她倒不是怕那个患者家属打她，这里毕竟是医院，有那么多双眼睛看着，楼下还有保安，泱泱大国，法治社会，无论从哪个方面看，她都不担心自己会在公共场所被伤害。
  虽然她武力值还没达到苑星那个级别，但是挡两下还是绰绰有余的，更何况她身边还有祝沉吟和其他人。
  她怕的是，祝沉吟真会跟人动手。
  在上次的家宴上，她已经见识过他生气时的模样了。但是那天的他和此时此刻的他比起来，还是有微妙的区别。
  那天的他，硬要来形容的话，是冷淡而焦躁的，因为对龚莉的感情，当时他在明面上多少还克制着对于祝文军和祝容融一家的态度。
  今天的他，在面对这个无理滋事，甚至还想动手的患者家属时，却露出了冰冷无情的一面。
  光是这么在旁边看着他，她都能感受到他浑身上下不断在往外冒冷气。
  那一刻，她终于相信——他是太担心对方会伤害到她，所以才会那么生气，为了保护她，他甚至会不惜和别人动手。
  高嘉羡的心里浪潮汹涌，她看着他毫无表情的脸，下意识地伸出手拽住了他那只垂在身边的手。
  她靠近他，在他的耳边低声说："我没事，你千万别和他动手。"
  与此同时，原本一直在一旁搂着苑星，不让她冲上来揍人的顾瀛，几个健步蹿上来，张开双臂挡在了祝沉吟和那个中年男人之间。

他冲着那个中年男人说："我们保安已经带着警察上来了，你要是敢对医生和医生家属动手，你就真的别想好过了！这么多双眼睛都在这儿看着呢，你就不怕被人拍下来，分分钟将你送上热搜？"

"动手前先看看你的孩子！"顾瀛又指了指中年男人身后已经害怕得大哭的小姑娘，"小姑娘有什么错？就因为你们大人贪婪蛮横，她就得跟着你一起受罪吗？"

祝沉吟见中年男人被他拧得脸色发白，身上的气势也迅速弱了下去，这才面无表情地松开了紧拽着中年男人的手。

旁边的男医生和护士立刻围上来，将中年男人拽到了一边。顾瀛冲祝沉吟做了个"你快走"的手势，像只老母鸡一样挡住了那些患者家属。

高嘉羡转过头去看和顾瀛站在一起的苑星，苑星抱着手臂，朝她悄悄地努了努嘴，示意她赶紧跟着祝沉吟一起离开。

祝沉吟收回视线，缓和了一下骇人的神色，而后反手牵过了高嘉羡刚刚拉着他的手，往电梯那边大步走去。

高嘉羡在他松开中年男人的同时，就已经松开了握着他的手。她做梦也没有想到，那只刚刚她情急之下才敢去拉的手，这时竟然光明正大地反过来抓住了她的手。

她亦步亦趋地跟在他的身后，脸一下子就红了起来。

走向电梯的这段路，她一会儿侧目偷偷看一看身边的他，一会儿又有些欲言又止地看他们彼此牵着的手。

他们两个现在……竟然牵着手。

就算是年少时一起玩游戏的时候，他们好像都从来没有牵过手。

可是现在，他们两个成年人，竟然在意识清醒的情况下，旁若无人地牵手了，还是十指紧扣的那种。

两只手交叠在一块儿，手指相缠，带来亲昵感。肌肤相触交换的热度，统统化成了暧昧的小气泡。

高嘉羡听着自己胸膛里剧烈的心跳声，怎么想，都觉得这件事已经超出了"协议夫妻"的行为范畴。

他的晚安小故事与此时此刻的牵手相比，就显得不值一提了。

由于刚才发生过不太好的事情，他浑身还是透着低气压。她觉得，万一他是心情不好，只想拉着她的手缓和一下心情呢？她若现在指出他是不是对自己心怀不轨，会显得特别无情吧？

哎，高嘉羡心想，我可真是个心软的好人。

都被人吃豆腐了，竟然还在帮他想合理的理由开脱！

走到电梯前，他的手还是没有松开。

他还来不及按电梯的下行键，电梯门就自己打开了，沈晗神色慌张地从电梯里跑了出来。

她看到正对面站着的祝沉吟，不管三七二十一，直接抓住了他的手臂："沉吟，你没事吧？我听他们说你差点儿和病患家属打起来，你有没有受伤啊？"

祝沉吟什么话都没说，硬生生地将自己的手臂从她的双手中抽了出来。然后，他拉着高嘉羡，大步从沈晗的身边擦肩而过。

沈晗张了张嘴，愣愣地看着他们俩进了电梯。

电梯门合上前，高嘉羡冲着沈晗微微点了点头："谢谢你关心我先生，他没事。"

而祝沉吟甚至连走过场的招呼都没跟沈晗打。

电梯门缓缓合上，沈晗僵立在原地，面如死灰。

等到了祝沉吟的科室，高嘉羡跟着他一起进了房间，反手关上了门。

科室里静悄悄的，祝沉吟拉着她来到椅子前，示意她跟着自己一起坐下来。

高嘉羡在椅子上坐定，实在是有点儿忍不住了，指了指他依然紧紧扣着自己的手。

祝沉吟顺着她的视线垂下眸子，而后又拉着她起了身："带你去洗手。"

他难道觉得她的意思是她想洗手吗？！

到底是谁的理解出了问题？

等他们俩都洗过手，祝沉吟换了身衣服，略显疲惫地坐在了椅子上。

他今天从早到晚做了一台又一台手术，一天就和她吃了那么一顿早餐，之后就再也没有吃过东西。工作忙碌是常态，病患家属令人心寒的言行才是真正让他感到身心疲惫的。

他一手揉了揉自己的眉心，一手将她刚洗过、还未干的手再次扣进了自己的手心。

高嘉羡想问他这手怎么牵得没完没了了，就听到他说："你的手很冷。"

高嘉羡十分无语："刚用冷水洗过手，谁的手会不冷？"

他轻轻地勾了一下唇，轻轻地捏了捏她的指腹："之前就感觉你的手很冷,吃过晚饭了吗?"

高嘉羡被他这么略显亲昵地揉捏了一下手指,脸上的热度更高。

这人是怎么回事?说话就好好说话,动手动脚的干吗?!

她原本想骗他说自己"吃过了",但她刚躲闪开眼神,对面的人就云淡风轻地给她来了一句:"骗人的小孩鼻子会长长。"

高嘉羡一噎,嘟着嘴道:"我已经不是小孩了。"

"走。"他拉着她起身,"回家给你做夜宵吃。"

高嘉羡有些疑惑:"你能走了吗?"

他叹了一口气,无奈地指了指墙上的钟:"你看看这都几点了。"

她一抬头,发现时间都已经快要接近零点了:"可能是刚刚撑人撑得太爽了,一时都没察觉到时间流逝这么快。"

听到这话,他的脚步顿了一下。然后,他转过脸,垂着眸子,认认真真地看着她的眼睛说:"羡羡,谢谢你。"

此刻,他的眸子显得格外地亮,被他这么直直看着,她都有点儿不好意思了:"没事啦,碰到这种不讲道理的,我这种喜欢行侠仗义的正义之士,就会犯职业病,想要朝他开炮。"

"本来想回家再说的。"他的眼底浮现起一抹笑意,"我想再次衷心感谢这位正义的江湖侠客今晚能够赶来,救我于水火之中。"

他这么直接,她总不能再装耳聋了,只能摆着手,粗声粗气地说:"别客气了,我等正义侠客出手相助不是应该的吗?"

其实她知道,就算顾瀛不打电话叫她过来,他自己也能处理好这件事。他从医这么多年,她相信这绝对不是他第一次碰到这样的病患家属了。

但是她舍不得让他一个人去面对这种事。

他这么尽心尽力地医治病人,待每位患者都像亲人、朋友,为什么还会有人对他说出那么恶毒的话,无端地给他泼脏水?

祝沉吟敛下眸中神色,又说:"不过,如果知道顾瀛会因为这种事把你叫过来,我今天就不会把你的微信推给他了。"

她一听这话,连忙说:"不怪顾蛋啊!他只是跟我讲了这件事,是我自己要过来的,不是他喊我来的。"

祝沉吟:"不管怎么说,你今天是因为我,才被牵扯进来。"

他都不敢想象,万一病患家属真的急红了眼,趁他不注意对她动了手,他会是多么地惊怒、心痛。

顿了顿,他又一字一顿地说:"抱歉,羡羡。"

这一刻，她明明白白地在他的脸庞上看到了毫不掩饰的自责和心疼，比以往的任何一次都看得更清楚。

这让她心里原本就汹涌翻滚的情感，被激得更强烈了一些。

明明是他自己遇到了这种糟心事，却还要这样和她道歉，说是给她添麻烦了。

"所以呢？"高嘉羡望着他，"回头你就去封顾蛋的嘴，让他从此以后都不要再跟我通风报信来？你再遇到麻烦的时候我就像个大傻瓜一样毫不知情，然后等你回来给我粉饰太平？你是打算这样做吗？"

祝沉吟一听她的语气，顿了一下，低声道："我不是……"

她面无表情地看着他："你就是这个意思。"

他望进她的眼眸深处，牵着她的手紧了紧："羡羡，你别生气。"

高嘉羡："我没生气。你昨天没收我的安眠药没收得那么快，现在我想知道点儿你的动态，你就准备封住顾蛋的嘴。祝沉吟，就算只许州官放火，不许百姓点灯，你也别做得那么明显啊！"

他哑然失笑。

这姑娘的嘴皮子，一般人还真的没法轻易撑回去。

就在这时，他突然低了头，两人之间的距离被骤然缩短，她睁大眼睛，浑身紧绷地看着他的脸庞越来越近。

"我没收你的药，是因为担心你的身体。"他停在离她极近的地方，呼吸轻轻地落在了她的脸庞上，"你想知道我的动态，也是因为担心我吗？"

高嘉羡望着他的眼眸，感觉自己的表情快要失控。

过了好几秒，她才哑着嗓子回道："不然呢？眼看着你被人打成丑八怪吗？"

他就这么一眨不眨地盯着她。

半晌，他轻笑了一声："只要你担心我，我被打成丑八怪也值了。"

太近了。

高嘉羡看着他漂亮的眼眸，忍不住在心里说。

以他们现在的距离，毫不夸张地说，他只要再低点儿头，就能吻到她的嘴唇。

她感受着他的呼吸萦绕在自己的鼻息之间，觉得自己的脸应该已经红得像西红柿了。

这么危险的距离，真的可以吗？

在这么安静的封闭环境里，只有他们两个人，他和她十指紧扣，还说着这种煽动人心的话,她真的很难不去想他的居心究竟是什么。

在这段关系里,哪怕她再迟钝,再不自信,再装聋作哑,她都觉得,现在她面前的这个男人已经完全不像平时那个谨言慎行的他了。

如果说,她最开始只是怀疑他在她的面前逐渐暴露出了最真实的模样。那么到了这一刻,她已经不再怀疑了。

他把最真实的自己,毫不掩饰地摊开在她的面前,让她看。

那个永远平和稳重,波澜不惊,看似对任何人都很温柔,实则疏离,让她难以摸透的祝沉吟……现在真的离她越来越近了。

沉默好几秒后,高嘉羡眨了眨紧张得有些发干的眼睛,咽了一下口水,往后退了一步:"说的什么蠢话!你变成丑八怪了可没人要你。"

祝沉吟的嘴角依然是上翘的:"嗯,我知道了。"

"所以,你最好给我老实点儿。"为了掩饰自己的害羞和紧张,高嘉羡故意板着脸看着他,"以后再遇到蛮不讲理的病患家属,马上去找保安,别一个人逞能,你抽不出身就让顾蛋去喊。"

他乖乖应道:"好。"

高嘉羡:"其实我希望你以后再也……不,是最好不要遇到这种事了。如果真的运气不好遇到了,我也希望你能够诚实地告诉我。就像你看到我用安眠药就会想把药没收了,我知道你遇到不好的事也会想要尽力帮你。你又不是超人,什么事都自己一个人揽着,不累吗?"

祝沉吟听了这话,眸子动了动,声音变得更低哑了:"好。"

高嘉羡又不放心地叮嘱道:"还有,千万别去说顾蛋,他是无辜的。我就没见过那么尽心尽力维护你的人,感觉跟你的亲弟弟似的,真不愧是你的好基友。"

祝沉吟微微颔首,看样子是把她的话都听进去了,垂在下面的手漫不经心地在把玩她的手指。

高嘉羡被他修长的手指这么揉捏着,手痒,心尖儿更痒。

为了提高自己的威慑力,她只能瞪他:"别开小差!你到底听进去了没有?"

他轻垂了一下漂亮的眼睫:"都听夫人的。"

这五个字瞬间就把刚刚还在趾高气扬地发布命令的高司令官的嘴给堵上了。

高嘉羡有些不自在地将视线从他的脸庞上移开,一低头看到他依然没放开她的手,改回了十指紧扣的姿势。

因为长时间掌心相扣,她的手心都已经开始冒汗了。

他到底有完没完了!

高嘉羡忍无可忍地朝他们扣着的手努了努嘴。

都牵到现在了,他的情绪看着也比刚才好了不少,总可以松手了吧?

谁知道她面前的人无比淡定地往下看了一眼,而后慢条斯理地来了一句:"嗯,你的手总算不像刚才那么冷了。"

怕就怕有文化的高级流氓,装傻装得游刃有余,连撑他的余地都没有。

看着某只小刺猬咬牙切齿,想方设法地要从他的手里挣脱,祝沉吟的眼眸里闪过了一丝笑意,拉着她打开了科室的门,迎面就看到顾瀛和苑星正好朝他们走过来。

"你俩怎么还没走啊?"顾瀛诧异地盯着他俩猛瞧,"这都几点了?我都以为你俩已经在家睡了呢!"

旁边的苑星眼珠子一转,已经注意到了他们俩紧扣在一起的手。

苑辣妹的眼底精光乍现,冲着高嘉羡递了个"你可真行"的眼色,转头就对顾瀛说:"你以为人家睡觉非得在家里睡啊?"

这话就很有意思,聪明人一秒就能听懂其中的双关,而顾瀛就只能听懂其中的一层。

顾瀛看看一脸不自在的高嘉羡和神情愉悦的祝沉吟,挠了挠头:"科室的床那么小,睡不下两个人的啊!"

苑星笑出了一口白牙:"羡羡可以睡在祝医生身上,小白。"

被辣妹贴了个"小白"标签的顾瀛涨红着脸,转过头瞪着苑星,眼珠子都要掉出来了:"谁,谁是小白啊!"

苑星依然笑眯眯的:"你啊!"

"好了,小白。"苑星用两根手指提起顾瀛的后衣领,将他扯到了一边,"你可以退下了,别打扰人家新婚夫妇的夜生活。"

祝沉吟牵着高嘉羡走向电梯,冲苑星点了点头:"谢谢。"

也不知道是谢苑星的双关用语,还是在谢苑星看住了顾蛋。

高嘉羡和苑星交换了一个只有姐妹才看得懂的眼神,然后继续试图挣脱某人牢牢牵着她的手。

等进了电梯,祝沉吟才侧目看向她:"怎么了?"

高嘉羡都惊了。

你说怎么了?!你就这么一直牵着我的手算什么?真当我的手是取暖

125

器吗？！

可祝沉吟就像没看懂她眼神里的震惊和愤怒似的，略为遗憾地说："现在你的手热了，我的手却变冷了。"

顿了顿，他又叹了一口气，一副舍己为人的崇高模样："可能是热量都给了你的缘故。"

她这辈子就没见过这么不要脸的人！

一直到他们进了家门，不要脸的人才舍得松开她的手。

高嘉羡一秒抽回了自己的手，还不忘狠狠白他一眼，这才回卧室去洗澡，换衣服。

等她从浴室里出来，就闻到厨房那边飘过来的香气了。

她一边用毛巾擦着头发，一边悄悄地迈着步子去厨房偷看某人到底在捣鼓什么东西。

只可惜，某人就好像背后长了眼睛似的。她刚从厨房门口探进去一个头，背对着她的祝沉吟一边将锅里的菜倒进盘里，一边说："先把头发吹干，我马上就好。"

高嘉羡对着他的背做了个鬼脸，然后用口型说："我就不吹。"

一天辛苦工作，晚上又行侠仗义，她实在是累得不行，连动都不想动。她拿着毛巾和手机盘着腿坐到沙发上，边玩手机边用毛巾随便擦头发。

擦了一会儿，手里一空，毛巾不见了。

她诧异地抬起头，看到祝沉吟一手拿着从她手里夺走的毛巾，一手拿着吹风机，站在沙发边居高临下地睨着她："冬天不吹头发，你是想睡觉的时候头疼吗？"

高嘉羡撇了撇嘴："我以前一直这样，从来都没有头疼过。"

祝沉吟置若罔闻，弯下腰将吹风机的插头插进沙发旁边的插座，然后打开吹风机，温柔地说："嗯，那你还挺能。"

高嘉羡在心里低低咒骂了一句，然后往前挪了挪坐定，一副太后娘娘等着别人伺候的模样。

某人主动给她服务，她还不乐见其成地享受一下啊？

耳边吹风机嗡嗡的声响持续了一会儿，高嘉羡才恍然觉得好像有哪里不太对劲。

不对，他怎么就开始给她吹头发了？！

这种异常亲密的举动，应该只有男女朋友之间才会做吧？

可他们俩并不是啊！

猛地意识到了这一点之后，她才感觉那个一边轻轻用手拨弄着她的发丝，一边用吹风机给她吹头发的男人做得太自然了，自然到她起初甚至觉得他给自己吹头发这件事还挺正常的。

他的指腹轻轻拂过她发丝，她的身体陡然一僵。

高嘉羡正在思考该怎么开口把吹风机骗到自己手上的时候，就听到他说："你的头发比以前长了很多。"

一听这话，她条件反射地问："你都好几年没见过我了，怎么知道我以前的头发是什么样的？"

问完，她又不太高兴地追加了一句："你是不是把我和你的前女友搞混了？"

除非是从及腰长发陡然剪成短发，那样才会有非常明显的差异和记忆点，他一个大男人又怎么可能会察觉得到？

更何况，他们还有那么久都没有见过面。

她确信他听到了她的问话，但是他并没有立刻回答。

高嘉羡感觉自己的胸口一下子堵住了。

虽然她早就给自己做过心理建设——就算他那会儿抗拒恋爱，但是保不准大学毕业进入社会之后，会遇到自己心仪的女生，改变主意，谈上一段甚至几段恋爱。

他长得那么好，又那么优秀，哪个女孩会不喜欢他？

都这么多年了，他要是真没谈过一个女朋友，才显得更奇怪吧？

她把之前想过的问题拿出来重新想了一遍，想完，她还是觉得心里不太舒服。

"我自己吹吧。"高嘉羡耷拉着眼皮，没什么表情地朝后伸手示意他把吹风机给她，连看都不看他一眼。

她等了一会儿，迟迟没有等到吹风机，反而被他修长的手指轻轻地挠了两下手心。

高嘉羡被挠得整颗心都颤了颤，猛地蜷起了自己的手指。

下一秒，便听到他"咔嚓"一声将吹风机关了。嗡嗡声陡然消失，客厅里出奇地安静。

祝沉吟拔掉吹风机的插头，淡定地将线卷了起来，放回到浴室里。

等做完这些，他才走回到她的面前，低头看着这位一脸不爽的祖宗。他低低地叹息了一声："我发现，你好像很喜欢给我凭空扣上无证之罪。"

127

祝沉吟:"要不就是潜在恋爱对象,要不就是前女友。"

高嘉羡一听这话,刚刚还堵得涩涩的心口瞬间顺气,她挺着腰背,没好气地回他:"你从来都没有说过,我怎么知道你有没有?毕竟你都老大不小了。"

他应和道:"确实,我都老大不小了。"

她望着他脸上那抹带着点儿宠溺意味的笑,心跳一下子又加快了:"所以呢?老男人不是情史更丰富吗?我哪里误解你了?"

祝沉吟望着她,薄唇轻启:"事实真相可能会让你失望。"

"很可惜,你面前的这个老男人,"他抬起手指,指了指自己,"前女友数量为零。"

客厅里安安静静的,她仰着头,他低着头,两个人四目相对。

高嘉羡确信,他没有说谎。

他的眸子亮晶晶的,里面清晰地映着她的脸庞,没有掺杂任何其他的东西。

她心里像是有一块巨石落了地,感觉四肢百骸都舒畅了。但是她只舒畅了两秒,又感觉到哪里不太对劲。

他都老大不小了,怎么会连一个女朋友都没有交往过?!

又想到她年少时的回忆,她的心慌乱了起来。

他当时说,他对任何女孩子都没有兴趣,谁来对他表白他都会拒绝——难道这句话的意思是,他只对男孩子有兴趣?!

或者更难以启齿一些,他难道不行???

祝沉吟垂眸,看着这位祖宗在一分钟内变换了至少四种不同的表情——一会儿舒心,一会儿紧张,一会儿慌乱,一会儿惊恐,表情丰富得跟唱戏的都有得一拼。

猜她可能在继续脑补更可怕的东西,他再次叹息了一声,忍无可忍地抬起手轻轻地敲了敲她的脑门。

"你脑子里现在想的那些东西,"他低声说,"没有一样是真的。"

高嘉羡被当场抓包,眼珠子滴溜溜地转了一圈,企图挽回一点儿自己的形象:"我没……"

"别说你什么都没想。"他的手轻轻地拂过她刚刚吹干的黑长发,"你就差把我是不是有问题写在你脑门上了。"

她翻了个白眼,脸颊却悄悄地变红了。

于是,她顿了顿,小心翼翼地问:"你真不喜欢男孩子?"

他对她的耐心仿佛无底洞似的,无可奈何地轻轻点了点头。

"那你……"她卡壳了一下。

哪怕平时再虎,她都觉得下一个问题有些难以启齿。而且,她去关心他那方面,是不是有点儿越界了?

说到底,她又不是他真老婆,他那方面行不行,关她什么事啊?

但是,在内心深处,她竟然还真的挺想知道他到底行不行。

高嘉羡,你也太龌龊了!

难不成你想试试他行不行吗?!

祝沉吟没舍得让她继续在内心唾弃自己,云淡风轻地把话给接上了:"别担心,我在生理上也没有任何问题。"

见高嘉羡目瞪口呆,他又加了一句:"应该说,我很行。"

谁担心你行不行了?你行不行关我屁事!

高嘉羡假装没听见,就怕这狗男人下一秒给她来一句:"想试试我有多行吗?"

想到这里,她果断从沙发上起了身,用手指抵着他的肩膀:"让让开,我要去吃夜宵了,我快饿死了。"

祝沉吟忍着笑嗯了一声,看着她红着耳朵往餐桌旁大步走去。

高嘉羡捏了捏自己的耳朵,大爷似的在餐桌边坐下,审视了一遍桌上放着的菜。

黄芽菜炒年糕、番茄炒蛋,还有个油爆虾,再加个紫菜蛋花汤,三菜一汤,色香味俱全,一看就让人顿生食欲。

虽然这男人有时候让她恨不得掐死他,但是不得不说,在其他方面还是挺好使的。

祝沉吟这时走到她身后,微微俯身,伸手将空碗和筷子分别从她两个耳朵旁边拿到她的面前:"等会儿慢点儿吃,没人和你抢。"

他的动作就像是把她的整个身体都圈在他怀里的一样。

她瞥了一眼他白皙的手臂,有一瞬间觉得自己仿佛是一个被大人照顾着吃饭的小孩子。

她心里既觉得开心又觉得别扭,咬着唇从他的手里接过筷子,一手拿起饭碗,嘟囔道:"当我三岁吗?是不是还要给我脖子上套个围兜?"

祝沉吟绕到她旁边,看着她的脸,笑着逗她:"需要围兜吗?楼下超市就有。"

她用筷子夹起一块年糕,瞪了他一眼。

祝沉吟含着笑去卫生间洗了手,在她的对面坐下来,一本正经地说:"祖宗吃饭,就是得这么伺候的。"

高嘉羡翻了个白眼:"谁是你祖宗?"

他拿起一只油爆虾,掰了虾脑袋,剥了壳,然后轻轻地放进了她的碗里。

她看着自己碗里那只被剥得干干净净的虾,愣了一下。

"你说还有谁?"他垂下眼帘,开始剥第二只虾,"我就这么一个小祖宗要伺候。"

高嘉羡看着他,感觉手里的筷子都有点儿拿不住了。从小到大,只有高鸿给她剥过虾。

顾宁不是不想剥,只是她从年轻时就一直被高鸿宠着,向来十指不沾阳春水,一直等到高嘉羡都上了大学,顾宁才开始学着做点儿家务活。

所以,高嘉羡常说高鸿同志一个人含辛茹苦地养大了两个女儿。

高鸿那时候给她剥虾,逗她说:"你看,现在有爸爸给你剥虾。等你长大了,得找个给你剥虾的老公惯着你,不然你就得自己剥了。"

她那时候嘴硬说:"自己剥就自己剥吧,我又不是没有手。"

谁知道有一天,真有个男人坐在她的对面,安安静静,一丝不苟地给她剥虾,沾了满手油都不在意,仿佛在做一件天大的正经事似的。

高嘉羡看着这一幕,吃饭的速度都不自觉地慢了下来。

祝沉吟给她剥第四只虾的时候,发现她碗里还有两只虾没动。他抬眸看了她一眼:"你是想让这些虾等着自己的兄弟同生共死吗?"

高嘉羡垂着眸子,不想让他看到自己脸上的神情:"你剥虾的速度哪能赶得上我吃的速度?我这不是故意在等你吗?"

他闻言,勾了一下嘴角:"不用等我,你只管吃就好。"

客厅里又安静了一会儿,她用筷子扒拉着碗里的虾,感觉脑袋里乱哄哄的。

好像有什么东西,快要冲破她给自己设置的那道屏障,喷涌而出了。

她有点儿怕,但又觉得就得给自己前进的机会。

这时,他低声开了口:"我说你现在头发比以前长,是因为我记得你念书的时候,马尾扎起来只到你脖子上方。"

高嘉羡原本在走神,听见这话,她有点儿蒙:"啊……"

"你上初中的时候,通常扎马尾辫,休息时爱穿黑色的衣服。"他顿了顿,"到了高中,你好像就更喜欢扎丸子头,文具、衣服、包包和挂件那些都喜欢五颜六色的。"

她闻言,轻轻地放下了筷子。

祝沉吟剥完了大半盘虾,去浴室洗了手。

等再坐回来的时候,他听到她轻声说:"这些事情为什么你都记得这么清楚?"

她说完这句,直直地看向他:"我那时扎什么辫子,穿什么衣服,喜欢什么颜色,或许连我爸妈都记不得了。"

祝沉吟顿了顿,说:"我们是一起长大的,我身边走得近的就只有你一个女孩。"

高嘉羡动了动唇:"那就是你记得清楚的理由吗?因为我是你年少时期身边唯一的女孩?"

祝沉吟看了她几秒,声音也跟着低了:"也不全是因为这个理由。"

"那是为什么?"她望着他,目光锐利又直接,"为什么你把我自己可能都记不得的事情记得那么清楚?"

他还来不及回答,她就忍不住问出了那个藏在她心口十多年的问题:"那你还记得那天的事情吗?"

在这句话脱口而出的瞬间,高嘉羡感觉自己已经半只脚踏进太平间了。

祝沉吟用汤勺给她盛了一碗汤,端到她的面前:"哪天?"

她咬了一下牙,索性破罐子破摔道:"就是那天……你和龚姨他们来我家做客。"

见他蹙了蹙眉,似乎是在回想,她又给了更多的信息:"那天我给你送水果的时候,你在书房里和一个女孩子打电话。"

祝沉吟的眼神原本一直定定地落在她的脸庞上,一听这话,他似乎记起那么一点儿了。

高嘉羡一眨不眨地在盯着他。

她觉得自己紧张到心脏好像都要从喉咙口跳出来了。毫不夸张地说,她感觉自己现在甚至比高考的时候还要紧张。

她就像是在等待着一个迟到了十多年的宣判——结果是好是坏,她心里一点儿底也没有。

那一天,称得上是她整个少女时代的转折点。

在那一天之前,她抓住一切机会和他见面,痴迷又狂热地想要跟随他,想要让他看自己一眼;而在那一天之后,她就开始疏远他,忍着痛将他从自己的生活中抹去。

那天的事情若放到今天,她就不会有那么大的反应。每个成年人出于各种原因,对感情和爱人都有自己的偏好与选择,如果真的没有缘分,那就只能去接受。

可是她当时年少,听到自己仰慕的人在自己面前亲口确认不会喜欢上任何人的时候,感觉天都塌了。

屋内陷入了长久的安静。

祝沉吟眸子微微动了动,正想要开口对她说些什么,他放在一旁的手机忽然响了起来。

他垂眸看了一眼,将手机拿起来:"主任打来的,可能是要说吴奶奶事情的后续。"

她一颗心顿时从喉咙口掉回到了自己的胸膛里。

"好。"她神色镇定地对他点了点头,"你去接吧。"

等祝沉吟拿着手机走进自己的卧室,高嘉羡瞬间瘫在了椅子上。

等他打完电话回来,刚刚餐桌上的气氛可能早就消逝了,这个话题也不会再被她提起。

而且她发现,比起没听到答案的失落或期待,她现在的心情更像是松了一口气一般。

因为即便她很清楚他现在对她的态度已经远远超出了正常男女的边界,她还是有那么一点儿害怕听他的真心话。

而他也似乎还有一些没向她坦白的事,她已经离开了这里太久,他们彼此都还需要一些时间。

等高嘉羡吃完了,祝沉吟还没有打完电话出来。

她将剩下的菜都装进了一个盘子里,小心地放进微波炉,然后回到房间刷牙,准备上床。

不知道过了多久,她坐在床上玩手机都有点儿累了,想关灯睡觉的时候,卧室的门从外面被轻轻敲响。

她一怔,立刻将被子往上拉了拉:"进来吧。"

祝沉吟似乎才刚洗过澡,他穿着棉质的深色居家服,看上去很居家。

看到这么生活化的他,她脑子里立刻燃起了一个念头——他已经是她生活中的一部分了,还是存在感极强的部分。

"怎么了?"她望着他,嗓音有些别扭,"剩下的夜宵你吃了吗?"

他握着门把手，站在门口轻轻点了一下头："抱歉，和主任通电话的时间有些长，还有些别的事情要谈。"

高嘉羡："嗯，没事。"

他漂亮的眼眸依然一眨不眨地看着她："要睡了吗？"

"是啊。"她揉了揉眼睛，打了个哈欠，"困了。"

她这话，相当于是变相的逐客令——夜深人静，本女王当了一天英雄，现在要就寝了，你可以麻溜地退下了。

可惜，某人不知道是没听懂，还是假装听不懂。

他又点了一下头，对着她云淡风轻地来了一句："那我能进来吗？"

高嘉羡望着他，手里捏着的手机不自觉轻轻地垂落下来。

"你说什么？"她不可置信地望着他。

"我说，"他淡定得连眉毛都不挑一下，"我可以进来吗？"

高嘉羡觉得不是自己脑子坏了，就是他脑子坏了："进哪儿？"

他抿了抿唇："你房间。"

她攥了攥被子，一脸戒备："你要进我的房间干什么？"

在她警惕又震惊的目光注视下，他回到客厅的餐桌边搬了一把椅子过来，然后回到她的房间门口。

末了，他指了指她床边的空地，望着她："如果你愿意，我就坐在那儿给你讲今天的晚安小故事。"

她愣了一下。虽然听起来有点儿魔幻，但他坐在她的床边亲口给她讲晚安小故事哄她入睡，好像也不是不行？

"讲完我就回自己的房间。"似乎是怕她不放心，他还特意加了一句。

高嘉羡的心跳得很快，但她佯装镇定地朝他招了招手："那就来吧。"

反正他自己亲口说她是他的小祖宗，谁敢对自己的祖宗大不敬或图谋不轨？

眼看着他越走越近，她将手机搁在了床头柜上，将靠枕放在一边儿，平躺下来，严严实实地盖好了被子，就差把自己裹成粽子了。

祝沉吟则将椅子放到她的床边，坐了下来。

刚刚离得远还察觉不到，此刻离得近了，他身上沐浴乳的香气立刻就钻进了她的鼻子。

他们用的是同一款沐浴露，香气混合在一块儿，分不清彼此，有一种奇妙的亲密感。

她又往被窝里头缩了缩，只露出一半脸。

祝沉吟垂眸望着她，顿了两秒，突然冷不丁地点了点头："的确。"

高嘉羡："什么的确？"

他伸手轻轻地拍了拍她的被子，慢条斯理地说："这床被子，确实还挺衬肤色的。"

顾宁为了庆祝他们俩新婚，在这间卧室里铺了红色的被子，她已经一个人盖了好一阵了，他不说她倒没注意。

但她现在就露出了半张脸、一双眼睛、半个鼻子，大部分还被头发遮挡着，他是怎么看出来这被子衬她肤色的？

我衬你个鬼。

她面无表情地看着他。

他看又把人给逗急了，偏过头笑了笑，从口袋里摸出手机打开。

高嘉羡想找回自己的场子，便逗他："顾蛋说，你白天刚下手术就在那儿搜晚安小故事，你可太敬业了。"

祝沉吟的视线落在手机上，语调有些漫不经心："他怎么那么爱通风报信？"

高嘉羡："怎么着，花了那么多心思，找到什么好故事了吗？不好听的我可是睡不着的。"

高嘉羡威胁他："我要是睡不着，你就得一直讲下去，不知道得讲到几点。"

闻言，他抬起头："可以是可以。不过，那我讲的就不是普通的晚安小故事了。"

祝沉吟："是成年人才能听的晚安小故事。"

高嘉羡感觉不太妙地眯了眯眼。

祝沉吟微微一笑："限制级的那种。"

她就知道！这男人的嘴里能说出什么好话来！

高嘉羡把盖在脸上的被子扯了下来，涨红着脸瞪着他。

祝沉吟见床上的小祖宗怒目圆睁地瞪着自己，一脸淡定地将视线移回手机屏幕上，准备给她念故事，只是翘起来的嘴角怎么也压不下去。

"牙医给橙橙做完检查，说她有蛀牙，建议她以后少吃甜食。

"橙橙回到家，叫来了牙膏和牙刷，一脸严肃地问他们：'你们俩，到底是谁的工作出了差错，建议你们自己赶快承认。'"

高嘉羡原本想从被子里伸出腿，把他一脚踹出自己的房间，但是当他真的讲起故事，刚刚还被他逗得气呼呼的她，不自觉地安静了下来。

"牙膏涨红了脸，一句话也说不出来。牙刷满是委屈，泪珠在眼眶里打转。

"就在这时,角落里的牙刷杯小姐举起手,小声说:'不好意思,可能是我闯了祸。'"

她听着听着,不由得想,在手机里听微信语音,和面对面听真人讲故事,实在是太不一样了。

她看着他低垂着的眼帘,长长的眼睫,还有念故事时专注认真的表情,心脏就不受控制地越跳越快。

她不算是一个真正意义上的声控……但是,她不得不承认,她对祝沉吟的声音实在是太有感觉了。

他那温柔又不甜腻,温和得像泉水一样的嗓音,让她一听就会觉得耳根发热。

"牙刷杯小姐的模样略为紧张,又带着点儿羞涩。

"橙橙、牙刷和牙膏都看着她。牙刷杯小姐紧张地开口说:'我最近,在和肥皂盒先生谈恋爱,心里总是觉得甜甜的。'

"所以橙橙你才会长蛀牙。"

高嘉羡不动声色地将被子又拉到了下巴底下,她眨了眨眼睛,语气有些别扭:"挺可爱的,但我还是睡不着。"

祝沉吟似乎早料到她会这么说,手指在手机上微微往上推了一下:"还有第二个。"

她抱着被子听他讲完第二个故事,眼睛还是睁得大大的。

于是,不待她开口,他就自顾自地开始讲第三个故事了。

等讲完第四个故事的时候,他垂下眼眸,看到了她炯炯有神的眼睛。

这双眼睛,怎么看,都没有睡意。

祝沉吟望着她,无奈地叹了口气:"真要听成人故事?"

她轻轻地攥了攥被子,看着他冷不丁地开口道:"祝沉吟,你是不是不太开心?"

他没想到她会忽然这么问,神色有一瞬的凝滞,而后才温声说:"为什么会这么觉得?"

"不知道,感觉。"她依然看着他,"是因为吴奶奶的事情吗?"

和她回到家后,他从头到尾都没有提过一句在医院里发生的事。他给她做夜宵,吹头发,开各种玩笑逗她,来她房间给她讲晚安小故事,脸上始终挂着笑……但她越看他就越觉得,他心情好像不太好。

"我就是随便问问。"见他没说话,她摆了摆手,"我就是想跟你说,不用在意那些故意讹钱的,对吴奶奶你已经尽心尽力了。"

祝沉吟闻言,轻轻地放下了手机。

他的眸色在灯光下显得有点儿浅,过了一会儿他才说:"嗯。"

"但我不是因为吴奶奶的家属闹事觉得不开心,除了吴奶奶的儿子想对你动手这件事让我感到出离愤怒,我对她的家人没有任何其他情绪。"他望着她,"我只是不由自主地想起吴奶奶离开前的模样。"

她的呼吸一滞,声音也不自觉地低了一些:"什么模样?"

他的喉结轻轻滚了一下:"我记得,上午的时候,她的心肺功能已经衰退得不行了,她插着呼吸机,几乎不能说话了,但是她还是挣扎着想要跟我说什么。

"我一直等,她还是说不出来。我问她是不是哪里很痛,她摇摇头。我问她是不是觉得头晕,她也摇摇头。我问她是不是想家里人了,她才点点头。但她脱不了呼吸机,一脱,氧饱和就往下掉,只能一直插着管子。

"然后她就突然病危了。可能是因为她的家人已经整整三周都没有来看过她,她求生的意志越来越弱,直到快撑不下去。

"我知道她想家里人,所以我想,如果今天我能帮她,能尽全力帮助她多活一天,她就能等到家里人良心发现,过来看她,那样她就会开心,就可以为他们下次来看她努力再多活一段时间。

"这是她的愿望,我想帮她实现。

"但是我还是没能做到。"

他越说,声音越低哑。

高嘉羡听得眼眶发涩,她一动不动地看着他,然后脑袋一热,将右手从被子里抽出来,轻轻地抓住了他放在床边的手。

祝沉吟一怔。

她的手因为一直放在被窝里,所以焐得很热,盖在他手背上让他感到一暖。就像她这个人一样,只要靠近她的身边,他就会感到暖心,她就像光,像冬日烛火。

高嘉羡吸了吸鼻子,不太自在地移开目光:"我把你之前给我的热量还给你一点儿。"

顿了顿,她又说:"礼尚往来,不用客气。"

他看了她的脸颊几秒,又低头看了看她柔软细嫩的手,目光轻轻闪动。然后,他悄声无息地将手翻了个面,手掌朝上,手指轻轻地插进了她五指的缝隙里。

"嗯。"他轻声说,"现在我不觉得冷了。"

高嘉羡看着他的脸庞,觉得自己的心有些疼。

生老病死是人世间最常见的事,对他来说,更是司空见惯。但这并不代表,他在每一次看到的时候,可以完全不为所动。

正是因为知道生命消逝时的遗憾和痛苦,他才更加努力地救治那些生病的人,让他们可以重新沐浴在阳光下,可以再次见到自己所珍视的人,可以再次去体会爱。

"吴奶奶绝对不会责怪你,我相信她最感谢的人就是你。"她认真地对他说,"没有你,她可能早就已经放弃了求生的意志。她一定很高兴她在离开这个人世间的时候,有你陪伴在她身边,送别她。"

祝沉吟微微低着头,看着她的脸庞。

他看得很认真,像是要把她深深地刻进自己的脑海里。

过了良久,他哑声说:"谢谢你,羡羡。"

"再听两个小故事,好吗?"他望着她,"你该睡了,明天还要早起上班,不能再熬了。"

她有些犹豫地咬了一下唇,似乎还想说句什么。

他紧了紧捏着她的手,语气亲昵:"已经过了零点了,但今天暂时先不讲成人晚安小故事。我怕讲了,你更睡不着,我也不好过。"

她并不是在想这件事好吧!

可能是因为听他讲了吴奶奶的事,她的情绪比起刚才低沉一些。他念第二个小故事开头的时候,高嘉羡就觉得眼皮子有点儿沉重了。她感觉到自己的手被他温柔地握在手心里,听着他磁性的嗓音,在睡意渐沉之时,她极轻极轻地说了一句话。

"祝沉吟,如果和你签婚姻合约的是别人,你也会这样对她吗?"

如果和你签订婚姻合约的人不是我,你也会这样毫无怨言地给对方做饭,给她吹头发,哄她睡觉,百般温柔,无微不至地对她好吗?

你会吗?

她等了好一会儿,始终没有听到他的回答,便以为他是没有听到。

算了,她迷迷糊糊地想,下次再找个时机正儿八经地问他吧,连同那时书房里的事一起。

直到她的呼吸声变得均匀起来,祝沉吟才开口:"怎么可能?"

而后,他抬起她的手,将她的手背轻轻地贴在了自己的唇边:"我最开始就说过,你是我唯一的选择。"

第八章
向你奔跑

第二天一早,祝沉吟进了科室,顾瀛并没有像往常一样扑过来,叽里呱啦说一堆废话。

相反,他安静地坐在椅子上,一手撑着下巴,抬头望着虚空中的一点,仿佛老僧入定了。

祝沉吟眯了眯眼,合上门:"顾瀛。"

顾瀛没反应。

祝沉吟走到顾瀛身边,拿起桌上的一支笔戳了戳顾瀛的肩膀:"发什么呆?"

顾瀛还是没反应。

祝沉吟不知道大早上的他在发什么魔怔,没再搭理他,自顾自地换了衣服,认认真真地开始准备看诊。

大概过了十分钟,他听到顾瀛幽幽地说道:"祝沉吟,我陷入爱河了。我活了整整二十八年,终于陷入爱河里无法自拔了。"

他垂眸看着手里的病例,头也不回:"嗯。"

顾瀛终于动了起来:"你能不能表现得稍微激动点儿?能不能稍微为你的好兄弟鼓鼓劲儿、加加油?我没跟你开玩笑,我真的对一个姑娘一见钟情了!"

祝沉吟翻动着纸张,语气还是有些敷衍:"你怎么就知道自己真的爱上了?"

"你知道的,在大学遇到我的那个初恋之后,我就再也没喜欢过别的女孩。我当时跟她连手都没牵过,也没有什么印象深刻的回忆,基本就是在被她骗，所以我对爱情已经有些失望和抵触了，后来在医院实习工作也忙，根本没时间去接触新的女孩子。"

顾瀛冲到他的桌边，唾沫飞溅，滔滔不绝："这么多年了，我没经历过看到某个女生会心跳加速，无法呼吸的感觉，遇到我初恋的时候，我都没有那么强烈的感觉，从来都没有过……直到昨天。"

听到最后那两个字，祝沉吟终于停下了翻动纸张的动作。他抬起头，看向了顾瀛。

顾瀛感觉到他的神情有那么一丝微妙。

于是，顾瀛同学迟疑了两秒："不是看到嫂子心跳加速！你别担心，我是有底线的人，兄弟妻，不可欺！"

"我知道。"祝沉吟揉了揉太阳穴，"苑星？"

顾瀛涨红着脸，憋了两秒钟，点头如捣蒜："她长得可太好看了，就跟星星一样耀眼。而且，她的身材也太好了，我……"

"停。"他抬了抬手，"你这不是陷入爱河，你这是见色起意，你在思春。"

顾瀛连连摆手："我没有！虽然她是我这辈子见过的最漂亮的女孩子，但是，我绝对不是贪图她的美色！我是真心喜欢上她了！"

他说完，突然扑通一声，抱着桌子半跪在祝沉吟的面前，恶心巴拉地叫道："沉吟，沉吟哥哥。"

"我可求求你了！"顾瀛就差把自己的脸蹭到他的手心里去了，"这是你兄弟我的人生大事，你能不能和嫂子一起帮我想想办法，助攻我一下，让我追到我的梦中女神小星星啊！

"我保证！只要你帮我，为了你和嫂子的幸福，我以后一定给你们的爱情做保镖，上刀山，下火海，万死不辞。谁敢来破坏你俩的感情，我一定收拾他。

"祝沉吟，我爱你！帮帮我吧！"

高嘉羡醒过来的时候，发现和昨天是同一个时间。

她醒过来之后就开始回想昨晚发生的事，越想就越没有睡意。

她以为祝沉吟还在家里，等她洗漱完来到客厅，发现家里静悄悄的，餐桌上放着早餐和牛奶。

祝医生这是越走越早了。

虽然心里有一点点儿小失落，但她很清楚，这是他的工作，忙碌是常

139

态,昨天吴奶奶事件的后续也需要尽快处理。
　　她走到餐桌边,拉开椅子,目光一顿,伸手拿起了压在牛奶杯下的一张黄色小纸条,上面有两行字。字如其人,清秀漂亮又刚劲有力,一笔一画都收放得刚刚好——"觉得冷了的话就放到微波炉里热一下,觉得好吃记得给厨师打赏。"
　　她的嘴角不由自主地勾了起来。
　　等把早餐热完,她坐在椅子上,摸出手机准备给某位厨师发微信。
　　点开他的对话框,她刚想打字,眼睛瞟到了他的微信本名"沉吟"。
　　目光轻轻一闪,她点开他的头像,再点进了"设置备注与标签"。
　　高嘉羡托着腮帮想了几秒,在备注这一栏把他的名字删去,然后重新打上了三个字,按了"保存"。
　　做完这些,她盯着那三个字憋了一会儿笑,才重新回到对话框里打字。
　　嘉羡:"姐姐今天心情好,准备给你重金打赏。"
　　她本来以为他可能要到下午才会给她回消息,没料到她刚喝了一口牛奶,那边的消息就回过来了。
　　祝不行:"我说的打赏,不是指钱。"
　　高嘉羡盯着消息推送里他的微信备注,放下牛奶一阵爆笑。
　　这位朋友昨天不是信誓旦旦地跟她说,他很行吗?
　　她可没看出来他哪里行。
　　就目前来看,这位嘴炮王者,顶多只是在嘴上和她较量、比拼,到目前为止,实际行动也就只敢来牵牵她的手。
　　噢,昨晚总算摸到了她的房间门把,进了她的房门……然后规规矩矩地坐在她床边的椅子上。
　　要说这样的人行,她可第一个不同意。
　　她笑了一会儿,才又拿起杯子,一边喝一边给他回消息。
　　嘉羡:"那你想要什么打赏?"
　　祝不行:"全凭小祖宗心情。"
　　嘉羡:"那今晚赏你和小祖宗一起吃顿火锅吧,怎么样?"
　　祝不行:"好。"
　　祝不行:"在家还是在餐厅?"
　　嘉羡:"在餐厅吧,有家新开的火锅店我还挺想去的,离家也不远,我把地址发给你。"
　　祝不行:"好,那我预订餐位,今天我应该可以早点儿走。"

高嘉羡放下手机，嘴角翘得更高了。没过一会儿，她的手机再次振动了起来。她以为是祝沉吟发来的消息，结果拿起来一看，竟然是顾瀛。

蛋："嫂子，祝沉吟他不是人！他惨无人道！他泯灭人性！他不帮我，你能不能帮帮我呜呜呜！"

嘉羡："帮你什么？"

蛋："我昨晚对小星星一见钟情了，你能帮我助攻一下吗？"

看了这条消息，高嘉羡差点儿把嘴里的牛奶喷出来。

她立刻退出和顾瀛的对话框，回到和祝沉吟的对话框。

嘉羡："顾蛋喜欢上苑星了？！"

祝不行："在我旁边鬼叫了一个小时了。"

祝不行："还扒着我的桌子不放，我准备叫保安了。"

她又震惊又好笑，一个电话直接打给了另一位当事人。

昨晚苑星心情不好，本来说好要一起聊天、吃夜宵的，结果却因为祝沉吟的事情耽搁了。苑星不仅毫无怨言地陪着她去医院折腾了一圈，还和顾瀛一起帮着祝沉吟和她处理事件后续，让他们能先回家休息。

这么想来，昨晚苑星全程都和顾瀛待在一起——还是她亲手把苑星交给顾瀛的。

电话响了好一会儿，才被接起来。

苑星的话里带着浓浓的睡意，起床气满格："谁？"

"星星。"她好言好语，"昨晚真是对不住你，夜宵没陪你吃成，天也没聊成。"

那边的苑星顿了一会儿："跟我还客气什么。不过你走之后倒是有人陪我吃夜宵、聊天了。"

高嘉羡："顾蛋？"

苑星："嗯，那个傻蛋带我去吃了烧烤，还陪我喝了酒。"

高嘉羡听了这话，感觉这两人也不是完全没戏。

她听到顾瀛说想追苑星的时候，觉得他这是小白想攻克大魔王，追个一百年都不一定能追得到。人家苑星什么花美男、大帅哥没见过，比男人都会撩，顾瀛那小白哪能是她的对手？

但是，爱情这种事还真说不准，或许最终能打开苑星心扉的人，就是这么个傻里傻气的小白呢？

小白也是有春天的！

她捏着电话想了几秒："你今晚有空吗？"

苑星:"不加班的话有空。"
高嘉羡:"一起吃火锅吗?"
苑星:"和你?还有祝医生?我才不当电灯泡呢。"
高嘉羡:"那再加个顾傻蛋呢?"
这回,苑星没有立刻拒绝。过了好一会儿,就在高嘉羡以为她是不是又睡着了的时候,她才说:"那行吧,地址发给我。"
挂了电话,高嘉羡给祝沉吟发了条消息,问他方不方便打电话。
过了一分钟,他的微信电话就打过来了。
一接起电话,他温柔的声音就传了过来:"羡羡,怎么了?"
高嘉羡:"还没开始忙吗?"
祝沉吟:"还有十分钟开始看诊,早饭吃过了吗?"
高嘉羡:"快吃完了,我刚给苑星打了个电话。"
一听这话,对面的祝沉吟沉默了两秒:"等我一下。"
接着,她就听到他好像把手机搁在了桌面上。
祝沉吟:"好了,我开了免提。"
她扑哧一笑,清了清嗓子:"那个啥,星星说她今天晚上应该不加班,可以和我们一起吃火锅。昨晚我都没陪她,得好好补她一顿。"
祝沉吟慢悠悠道:"好,那我去改一下预约,三个人?"
高嘉羡听到电话那头传来了一声压抑又绝望的哭叫。
她差点儿破功,假装为难道:"行吧,不过三个人总感觉有点儿怪怪的,星星最讨厌当电灯泡了。"
祝沉吟和她配合得天衣无缝:"请夫人明示一下,你这是要我退出闺密会谈的意思吗?"
高嘉羡:"说了赏你一顿饭吃的,那要不这样吧,如果顾蛋不值班,可以叫上他一起,那样四个人正好可以凑个双数。"
祝沉吟:"行。"
电话那头传来了毫不掩饰的欢呼声,然后是顾瀛兴奋的叫喊声:"嫂子!你是我的神!你是永远的神!"
祝沉吟拿起手机,关了免提,轻声说:"羡羡,晚上见。"
她的心一跳,声音也不自觉地低了一点儿:"好,晚上见。"
她刚想把语音挂断,就听到那头祝沉吟对着顾瀛说了一句:"谁允许你把她当神了?"
随后语音切断,但高嘉羡嘴角的笑容怎么样都抑制不住。

她想起温玉萍在记者会前的调侃——她只要看到他的消息,听到他的声音,就会不自觉地笑起来。

这确实是非常喜欢一个人时,才会不自觉表现出的行为。

等她出门的时候,又有两条新的微信消息进来了。

都是来自顾瀛的。

蛋:"嫂子,你老公心眼可太小了。"

蛋:"就因为我说了一句你是我的神,他刚把我反锁到厕所了。"

高嘉羡一边关门,一边给他回微信。

嘉羡:"那不是挺好?给你点儿个人空间,让你想想晚上应该怎么和星星聊天。"

蛋:"我就不该跟你诉苦!"

蛋:"是我太天真了,祝沉吟不做人,我怎么还能指望他老婆呢?"

进了单位,高嘉羡的嘴角都还是翘着的。

温玉萍上午给她发来了一些发言稿的内容,让她帮忙看看还有没有问题,并安排相应的翻译工作。

她跟温玉萍打了个电话,快要挂电话时,她听到温玉萍依然在咳嗽,便问她:"萍姐,您怎么还咳嗽得这么厉害,去医院复诊过吗?"

"没事儿。"温玉萍说,"去看过,吃着药呢。老毛病犯了,工作忙,睡得晚,话讲得多了,就会这样。"

高嘉羡:"那您自己一定注意呀。"

温玉萍应了声"好",然后对她说:"嘉羡,过两周我要去吴宾市和D国企业的外联部代表团进行战略会谈,你和我一起去吧。"

高嘉羡听了这话,不自觉地捏了捏手心,眼睛里闪着光。

这种和其他外联团队的战略会议,商谈的都是非常核心和商业机密的事件,每一段发言,甚至每一句话都要细究,与会人员需要有绝对的专业素养和超强的临场反应能力,一般只有最高级别的外联部人员才有资格参加的。

也就是说,通常只有温玉萍和卢主任这个级别的人才够格去参加。

由此可见,温玉萍和卢主任是真的相当器重她,想给她更好的机会和平台,让她能够大展拳脚。

"好。"她对着电话那头的温玉萍说,"谢谢萍姐,我一定好好准备功课。"

祝沉吟今天一天的心情是相当地好。

昨晚吴奶奶的家属来闹事，高嘉羡无懈可击的一番话将那帮人打压得再也不敢造次，灰溜溜地离开之后就没再出现过，和他一同负责急救手术的医生和护士都大感痛快。

一大早，那位和他一起负责吴奶奶急救手术的男医生一看到他，就立刻拉着他说："祝医生，你太太可太飒了！昨晚她撑那帮无礼家属的话，真的是我从医以来听过的最振奋人心的话。"

"我听顾瀛说，你太太是公关官。"一位护士说，"确实是大家风范，难怪你之前说她是你好不容易才追到的，这真不是一般的姑娘。"

护士说完，又悄悄压低声音跟他说："上次你太太来医院，雯雯和沈晗在背后嚼你太太的舌根，说你太太脾气骄纵，不懂事什么的。昨天你太太过来帮你的事传遍了整个医院，今天这两人脸绿得跟什么似的，一句话都不敢说。"

祝沉吟将这些话都听在耳里，笑了笑，什么都没说。

他的小祖宗，无论做什么，在他的眼里都是好的。

别人喜欢她或者不喜欢她，对他而言都无所谓。

因为在他的眼里，她就是这个世界上最好的姑娘。谁都比不过，谁都没法比。

自从知道晚上要和苑星一起吃火锅后，顾瀛那只尖叫鸡一整天都处于高度亢奋的状态，逮着一个认识的人就说自己马上就要脱单了，弄得祝沉吟都不想承认自己认识他。

虽然这家伙吵得要命，但祝沉吟想到晚上能和高嘉羡一起吃火锅，确实也能理解顾瀛为什么会高兴成这样。

晚上见。

只要一想到她对他说的这三个字，他就会不自觉地去想晚上见到她时的情景。她会害羞又别扭地避免和他对视，还是会被他逗得吱哇乱叫，直冲他翻白眼？反正怎么样都挺可爱的。

正是因为她，他才会对原本平平无奇的三餐感到无比期待。

他的好心情只持续到了傍晚。

看诊结束后，他接了个电话，刚听了一个开头，他的脸色就彻底沉了下来。等听完电话，他的脸色已经冷了下来。

顾瀛兴奋得像一阵风一样刮进科室，想拉着他赶紧开车飚去火锅店，却看到他面无表情地换好了衣服,拿着车钥匙准备离开。

"我给羡羡发过微信了,我有点儿急事。"他走到顾瀛的面前,"你们等会儿就先吃吧。"

顾瀛"啊"了一声:"你要干吗?你要迟到多久啊?幸福四缺一怎么搞啊?"

祝沉吟看了一眼手表,拉开门,声音绷得紧紧的:"说不准时间,但我尽量赶过来。"

顾瀛还想再问一句,他已经消失在了走廊转角。

高嘉羡一整天的工作效率超高。

人逢喜事精神爽,这话确实没错。

因为知道晚上要吃火锅,她中午还特意少吃了,准备晚上敞开了吃。

反正她也不用顾及祝沉吟会不会被她的吃相吓到,他又不是没见过她吃饭的模样,她跟小猪似的吃得越多越香,他估计越开心。

她没有想到,她的好心情在傍晚终结了。

开完会从会议室出来,她刚拿起手机,想和他说一声自己准备出发了,就看到他早些时候发来的微信。

祝不行:羡羡,我突然有急事要办,可能会晚点儿到。你们别等我,到了就先吃吧。

她扬起的嘴角瞬间收住,就像原本竖着耳朵高高兴兴的小兔子,耳朵一秒耷拉了下来。

原来从云端坠落到地面,真的只需要一秒钟、一句话。

她不是不能理解他突然有急事要办,除了为他要迟到感到失落,她心里更觉得不舒服的是,他没有知会她一声他要办的是什么急事。哪怕说个大概也好,可他什么都没有说。

所以,事实是,哪怕他对她的态度和对其他人有所不同,还是没有亲密到愿意把他的秘密也告诉她的程度。

高嘉羡捏着手机看了好一会儿,用力地眨了眨眼睛,给他回了条微信。

嘉羡:如果你实在赶不及,不要勉强。

高嘉羡到餐厅的时候,顾瀛和苑星都已经到了。

苑星今天穿着一套比昨天更火辣的衣服,一字肩毛衣搭配着热裤,还化了个精致的妆。以他们这桌为圆心,直径十米之内的男士都在频频转头看她。而她身边的顾瀛更是恨不得把眼珠子都黏在她身上。

这两个人明明昨天才认识，今天就开始旁若无人地眉目传情，生怕别人不知道他们俩有什么似的。

高嘉羡坐在对面看着他们俩，觉得好笑，又觉得世事无常——早上她为了逗顾瀛，故意在电话里说苑星不喜欢当电灯泡，现在她自己却成了电灯泡。

想到这里，她瞥了一眼自己身边的空位，忍不住摸出手机看了看。距他们约定的晚餐时间已经过去一个小时了，祝沉吟那边还是没有任何回复。

火锅上升腾着袅袅热气，面红耳赤地苑星喂了个牛肉丸后，顾瀛终于想起来要关心一下他情绪不佳的媒人兼大嫂："嫂子，你吃点儿啊，怎么动都不动？我都无语了，你点了整整三份牛肉丸，二十四个丸子，这谁能吃得完啊！"

"你小瞧她了。"苑星笑吟吟地说，"你嫂子可是能一口气干掉四份牛肉丸的女人。"

顾瀛大惊失色："真的假的？！"

苑星轻轻一笑："我会骗你吗？"

顾瀛说："你说她一个人吃八份我也相信。"

高嘉羡放下手机，面无表情地从锅里捞了两个丸子出来："你们俩悠着点儿，我真的要吐了。"

"没事儿。"苑星冲她抛了个媚眼，"吐完回来接着吃，我再给你点八份。"

顾瀛一脸惊诧："要吐？嫂子你不会真的有了吧？"

高嘉羡感觉自己再跟这两个人吃下去就要心梗了："滚。"

"顾蛋，"高嘉羡埋头吃了一会儿，忽然冷不丁地抬起头问他，"他走的时候跟你说了他要去哪儿吗？"

"他没说。"顾瀛托着腮帮想了想，"不过，我总感觉，这种情况好像已经不是第一次发生了。"

高嘉羡拿着筷子的手一顿："什么意思？"

"就是……"顾瀛喝了一口水，"前段时间，有一天白天他刚下手术台，突然就和主任请了假，然后消失了大半天。再之前，也有过类似的情况，接了个电话就突然从医院离开了。"

"接了个电话？"高嘉羡眯了眯眼，"你还记不记得从开始发生这种事，到现在大概有多久了？"

"如果我没记错的话,"顾瀛掰了掰手指头,"应该有大半年了。"

大半年内,每隔一段时间接到一个电话,之后就会从医院突然离开,不知缘由。

苑星忽然插了句嘴:"祝医生不会是在外面有第三者了吧?"

高嘉羡还没说话,顾瀛就连连摆手:"怎么可能啊?!就祝沉吟那个样,别看他总是很温和有礼的样子,其实除了嫂子和女性患者,他压根没兴趣多搭理其他女性,更别提对她们产生情感。再说了,你见过有谁见了第三者回来之后心情差成那样的?"

高嘉羡敏锐地抓住了顾瀛话里的关键词:"心情差成那样?"

"是啊。"顾瀛点了点头,"他每次发生这种情况回来之后,后面几天都不怎么笑,也不太爱说话。"

高嘉羡轻轻蹙了蹙眉。

他们这顿火锅吃了两个半小时,一直到最后,祝沉吟依然不见人影。

高嘉羡食欲不振,就算中午吃得少,晚饭还是比平时的食量小,连最爱吃的牛肉丸都剩了一大半。

从火锅店出来,苑星问她吃饱没有,她翻了个白眼回道:"没吃饱,但看你和顾蛋眉目传情也差不多看饱了。"

苑星听罢,朝她挥了挥手:"姐妹一场,不用谢我。"

从火锅店到家其实并不远,高嘉羡决定步行回家。苑星本来说要开车送她,她说想散散步,让苑星带着顾瀛赶紧从她的眼皮子底下消失。

这段回家的路,几乎是笔直的,穿过几条马路就到了。

高嘉羡目光看着前方,心里在想要不要给祝沉吟再发条消息,问问他到底发生了什么事,需不需要她去帮帮他。

如果他实在不方便说,那她就问问他,他什么时候回家,要不要给他买点儿夜宵吃。她还没来得及拿出手机,突然就顿住了。

黑夜中,一道无比熟悉的俊逸身影朝她大步走来。

他就在马路对面,穿过没什么行人的人行道。他走得很快,最后几步,几乎是用跑的。

高嘉羡眼睁睁地看着他离自己越来越近,最终停在了自己的面前。祝沉吟喘了两口气,目光低垂,注视着她。

"羡羡。"好一会儿,他才调整好呼吸,声音有些低哑道,"对不起,是我来迟了。"

"对不起，让你等了那么久。"

"对不起，没有能够及时回复你的消息。"

他连说了三个对不起。

高嘉羡虽不知道他今天失约的原因，但这一刻，她觉得，他应该是非常想来和她一起吃晚饭的。

她仰头望着他，吸了吸鼻子，抬起手轻轻戳了戳他的围巾："你就只会说对不起吗？"

祝沉吟一怔。

过了两秒，他抬起手，轻轻地包裹住了她的手。然后，他垂眸问："那我能不能抱抱你？"

闻言，高嘉羡觉得自己的脸一下子红到了耳根。

幸好他们站的地方没有路灯，再加上此时月亮躲在了云层后，他应该看不清她脸上的表情。

高嘉羡之前从来没有谈过恋爱，但是她觉得应该没几个男人会在抱人之前还特地征求对方的同意。

祝医生，江湖中奇男子是也。

她沉默了好几秒，才从喉咙里没好气地憋出来一句："你昨天牵我手的时候怎么不先问问我能不能牵？"

祝沉吟没想到她会这么说，目光一闪，声音更低了一些："昨天还能用你的手太冷给你焐手作为借口。"

高嘉羡斜睨着他："那今天呢？"

他叹了一口气："今天没借口了。总不能说抱你是为了找个人形暖宝宝取暖吧？"

她被他逗笑了："你要是真敢这么说，我敢当场把你塞进下水道里。"

祝沉吟揉了揉手心里她的手，又认认真真地看着她的眼睛问道："亲爱的高部长，今晚不仅迟到还爽约的人，斗胆想要抱抱你，不知道你愿不愿意批准？"

高嘉羡看得出来，虽然他在和她说话的时候，努力让自己的语气显得温柔又轻松，但是他的眼睛里透露出疲惫和愁绪。

"行吧。"她耸了耸肩，"高部长心胸宽广，愿意为你做一分钟的人形暖宝宝。"

祝沉吟的嘴角瞬间就翘了起来，下一秒他便拉着高嘉羡的手，把她拉入了怀抱之中。

靠上他胸膛的那一刻，高嘉羡心想，拥抱和牵手的感觉实在是太不一样了。

如果说牵手只是小部分区域的触碰，继而蔓延到全身的温暖，那么拥抱则是一触便席卷全身的热流。

胸膛的贴近，心脏的跳动，都宣告着亲密的关系。

她从来都没有想过，有一天可以和自己喜欢的人这样拥抱在一起。这让她感觉这个寒冬都不再冷了。

"祝沉吟，"过了一会儿，她从他的胸膛前抬起头，"你知道你现在的心跳很快吗？"

他低垂下眸子，眼睛里只映着她一个人的影子："有多快？"

高嘉羡："非常非常快。"

他点了点头："那我愿意让它一直停留在人类能够承受的最快的频率上。"然后他就将她的脑袋轻轻摁回到了自己的胸膛前。

绝杀。

那一刻，高嘉羡甚至怀疑这小子是不是偷偷找谁提前做了情话功课。

要不然，他怎么能说出这种让她怦然心动的话？

而且，她很确定，如果他真的做了功课，找的肯定不是顾蛋那个小白。

过了片刻，她的声音才闷闷地从他的胸膛前传出来："你是不是偷偷跟瞿大帝和战神联系过了？"

祝沉吟可不是一般人，几乎是在她问出话的那一刻，他就已经明白她话里的意思了。

然后，她就听到他开口道："我可不想像他们一样，一个追妻火葬场一年，一个追妻火葬场两年。"

高嘉羡忍俊不禁地用手掌轻拍了一下他的肩膀。

安静的马路边，她把脸埋在他的胸口，心里还有千言万语想要问他，想要跟他说。

但是她又觉得，不一定非要在此时此刻。

如果到了现在，她还感觉不到他的特殊偏爱，那她真的自欺欺人到无药可救的地步了。

自从那天从困扰了她很多年的梦里走出来后，她就下定决心，与其因为害怕没有结果而缩手缩脚，倒不如坦坦荡荡地去抓住自己想要的。就算最后没能抓住，她这一辈子也不会后悔。

这是她放在心底喜欢了那么多年的人，她现在贪心地想让他也那么喜欢自己。

两人一路牵着手回到小区。等进了小区的大门，经过小区花坛时，祝沉吟冷不丁地对她说："羡羡，对不起，晚上让你落单了。"

说完，他又侧过头看着她："是不是没吃饱？"

高嘉羡耸了耸肩："确实没吃饱，连我最爱吃的牛肉丸都浪费了一大半，我可太心疼了。而且，这还不算什么，我整顿饭都要看着对面那两个家伙眉来眼去，刚吃进去就想吐。

"你说顾蛋这家伙是不是傻人有傻福？就他那天天掉链子的样子，竟然能让星星这种等级的辣妹对他产生兴趣，而且我感觉星星还真不是随便玩玩。"

她说这些并不是想让他感到内疚，只是单纯地想要和他分享一下自己的感受。等她说完，她看到身边的人眉头似乎蹙得更紧了一点儿。

"真的很抱歉。"他捏着她的手紧了紧，嗓音更低哑了，"羡羡，你不知道我有多想来陪你吃这顿火锅。"

高嘉羡叹了一口气："这个我知道，只是我不知道你为什么老在和我道歉。"

她回来之后，他隔三岔五就向她道歉——为了各种各样的事。

走到楼下，他轻轻咳嗽了一声，低声开了口："因为我觉得我一直都在亏欠你，总会让你不开心，我好像哪里都做得不够好。"

"知道就好。"她扬了扬眉，"路漫漫其修远兮，好好进修吧少年。"

她说完这句话，侧过头想偷看一下他的反应，却一下子怔住了。

她猛地刹住了步子，拽着他的手，将他拉向自己。刚刚他们一直在比较昏暗的路上走，此刻进了灯光明亮的大楼，她才发现，他的左眼下方被划开了一道清晰的口子。

虽然这道伤口不是特别深，也不是特别长，但他白皙的皮肤确确实实渗出了血。她一脸严肃地问他："这个是怎么回事？"

祝沉吟似乎早就料到她会是这个反应，拉着她的手就往电梯那边走："没事，不疼的。"

"不疼才怪！"进了电梯，高嘉羡立刻甩开他的手，指着他的伤口板着脸道，"是昨天的病患家属吗？还是别的谁？顾蛋这傻子怎么吃饭的时候都不跟我说？是不是你让他封口了？"

他抬起手拍了拍她的头顶："我没有，他不知道这个伤口。"

也就是说,这个伤口不是今天在医院造成的。

那么,应该和他下班后去办的急事有关。

"真的不疼。"他的手从她的头顶滑落,指尖轻抚了一下她的脸颊,"羡羡,这么小的口子,过两天就会自动愈合的。我自己是医生,难道还能骗你不成?"

"正因为你是医生,你才会把伤情往轻了说。"出了电梯,她走在前头,声音听起来闷闷的,"算了,反正你的嘴巴总是比蚌还严实。"

她都这么说了,他依然要继续保守自己的秘密,难不成她还能强行把他的嘴撬开不成?

祝沉吟听到这话,动了动唇,几不可见地低叹了一声。

等进了家门,她一路往里冲,他只能跟在她的后头问她:"羡羡,我再去弄点儿东西给你吃,想吃炒菜还是面条?"

高嘉羡没应声,先去浴室洗了手,然后走到客厅的柜子前翻药箱。她把椅子拖出来,没什么表情地冲着他指了指椅子:"过来。"

祝沉吟看着她,眼神里夹带着无奈和纵容,什么话都没说,就乖乖照她说的坐了下来。

高嘉羡垂着眸,利落地从药箱里翻出了碘伏,然后小心翼翼地用棉签沾了碘伏,轻轻地抹在了那道口子上。

她一边抹,一边问他:"疼不疼?"

祝沉吟微微仰着头,方便她清理伤口,过了一会儿,他才低声回:"真的不疼。"

她立刻把他说过的话给他原封不动地还了回去:"骗人的孩子鼻子会长长。"

她帮他涂抹的时候,能感觉到他的眉头微微地蹙了蹙,大约是伤口疼。

祝沉吟没接这句话,等她做完消毒工作,他才说:"羡羡,下面那层有无菌纱布和创可贴。"

"为了你的形象考虑,创可贴看上去可能比无菌纱布要好看一些。"她侧身从药箱里翻了创可贴出来,小心地给他贴在了伤口上。

做完这一切,她抱着手臂,表情严肃地审视着他的脸。

祝沉吟好脾气地坐在椅子上任由她盯着自己看,见她越看脸绷得越紧,忍不住出声逗她道:"这回是真破相了吧?"

高嘉羡没好气地回答:"是啊,如你所愿。你之前不就说过想被人揍成丑八怪吗?恭喜你今天美梦成真了。"

"嗯。"他哑声说,"我变丑了,那你还要不要我?"

整个客厅里安安静静的,除了墙上时钟轻轻的走动声和自己的心跳声,她几乎听不到其他声响。

过了半晌,她别开视线:"我要一个浑身上下都是秘密的人干什么?"

他目光沉静地望着她,说:"羡羡,有些事情,你知道了对你来说并没有好处。"

"生活里发生的每一件事怎么可能都对自己有好处,"她重新对上了他的视线,"我是个成年人了,不可能只吃糖不吃苦。我也不再是那个总是跟在你后头,被你护着的十几岁小姑娘了。我可以在任何场合独当一面,也可以坚强地去面对任何事情,我甚至可以帮助你一起去解决问题。"

祝沉吟:"我知道,我早就知道你特别能干了。"

在很早很早之前,在她还没有离开这里,却不再和他亲近的时候,他就已经看到了她远超同龄人的成熟。

有一次,高中老师请他回母校帮忙,他走进大礼堂,正好看到她作为校园活动的总场控站在舞台上,安排大大小小的事。

年轻的女孩身穿校服,面容姣好,举手投足之间都是自信。她就像一道强光一样,无论出现在哪里,都可以照亮一片。

那个时候他就在想,他的羡羡小妹妹,什么时候已经长成了一名如此优秀的小大人了?

他居然一点儿都不知道。

"所以……"她的话将他的思绪从回忆中抽离出来,"有些事情我是不是应该知道?至于知道后会不会影响我的心情,那在于我,你为什么要来帮我做决定?"

"嗯。"良久,他轻轻地点了点头,"你说得对,我确实没有资格替你做决定。"

高嘉羡听到这话,一瞬间屏住了呼吸,静静地等待着他的后文。

她总觉得,他马上就要揭开她等待了很久的秘密了。

下一秒,她忽然感觉到自己的手被他轻轻地扣住了。

他从椅子上起了身,将她拉进了自己的怀抱里。

"但是,"她撞在他的胸口上,听到他温柔的声音从头顶传来,"就算你说我自私也没关系,我现在还是不想让你知道这些会让你感到不开心的事情。

"我们羡羡,是像光一样的姑娘。"

"她应该待在明亮的地方,开心地笑着。

"我不舍得让她看到哪怕一点儿的不美好。"

他的身上,有她最为熟悉的气味——医院的消毒水味混合着沐浴乳的清香,还有他身上自带的那股清冽的气息。

现在,她在他的怀抱里,被他的气味满满地包裹着。她觉得很安心。

在此之前,她一直觉得自己离他很远,在这段关系中患得患失。她觉得自己看不到他的真心,无法感知他最真实的想法。而这种感觉,一直维持到了他们俩最开始同居的时候。

直到今天,她真实地触碰到了他的身体,也真真切切感受到了他。

她想,从今以后,她再也不应该怀疑自己对他的重要性,再也不应该妄自菲薄。

"光吗?"她伏在他的胸前,轻声将他的话重复了一遍。

"嗯。"她感觉到他用下巴轻轻地摩挲了一下她的额头,"光。"

如果非要他来形容的话,他觉得她甚至比阳光更耀眼。

忍不住想要靠近,忍不住想要拥抱,忍不住想要占为己有。只要看到她,就觉得温暖、开心,觉得……他看到的一切不美好,都无足轻重了。

高嘉羡从来没有想过,原来自己在他的心里,竟然是像光一样的存在。

那是很高很高的评价。

她喜欢了他那么那么多年,都从来没有把他当成光。

"羡羡,"祝沉吟轻轻地松开怀抱,垂眸认认真真地看着她,"我刚才说过,我觉得我还有很多地方做得不够好,总会让你不开心。"

"我还需要慢慢修炼,所以,我不想给你增添更多我身上的烦恼。今晚我的失约,绝对与背叛你、不重视你无关,请你一定要相信这一点。"

"你说我只报喜不报忧也好,老男人的自尊心作祟也罢,"他淡淡地笑了笑,"谁不想在自己的太太面前做个顶天立地的男人?"

她听了这话,心里又是甜蜜,又是心疼。

他都把话说到了这样的地步——他想要护着她、宠着她,才固执地坚守秘密。

但不知道为什么,联想到年少时他拒绝的态度,那次家宴后的别扭和古怪表现,散步时他的欲言又止,顾蛋所说的他每隔一段时间都会消失半天的事,再结合今晚的事和他脸上的伤痕……她猜想他身上隐藏着的秘密,应该都和他的原生家庭以及他们的协议婚姻息息相关。

她相信自己的直觉，但她依然想知道他的秘密。

因为她觉得，一旦揭开秘密，他们之间所有的隔阂，他们微妙的关系……都会发生变化。

她也会害怕他所说的不美好的一切在她的面前摊开时，她会觉得忧虑、难过。但是比起这种害怕和担忧，她更不想让他一个人孤零零地负重前行。

她相信他们可以一起面对。她非常愿意站在他的身旁。

他们今天能够走到这一步，她心里其实已经很高兴了。

她有预感，很快，他一定会向她吐露全部。

她会等他的。

"行吧。"过了良久，她才从他的怀抱里挣脱出来，微微仰起头看着他，"今晚你的诚实暂且救了你。"

祝沉吟听到这话，忍不住勾了勾嘴角："谢夫人深明大义，我保证，尽量没有下次。"

尽量。不是绝对。

她刚叹了一口气，就听到自己的肚子叫了起来。

什么时候叫不好，偏偏这个时候叫！

看着她迅速涨红的脸，祝沉吟嘴角的笑意更深了："嗯，如果真的还有下一次，那我一定会解决得比今天好，至少不会让夫人没吃饱饭就挨饿回家。"

高嘉羡气呼呼地把药箱的盖子合上："你给我闭嘴。"

"好了，我去给你弄点儿吃的。"他摸了摸她的脑袋给她顺毛，撩起袖子就往厨房走，"不然等会儿楼下都能听到咱们家吹小喇叭的声音了。"

她面红耳赤地跟在他后面，直接一拳砸在了他的背上："谁让你给我的肚子乱取绰号的！"

祝沉吟被她砸得往前冲了两步，抬起手，虚握成拳抵在唇边笑。

一开始他还收敛着轻笑，后来逐渐变成了毫不掩饰的大笑。

高嘉羡气得在他后面上蹿下跳："有那么好笑吗！谁肚子饿的时候不是这样叫的！"

"不是好笑。"他从冰箱里拿了食材出来，侧目看她，"是很可爱。"

她一怔，抬头望天花板："祝容融说以为你会找个温柔可爱的姑娘给她当嫂子，你是在把我往'温柔可爱'上硬套吗？"

"没有硬套。"他一边熟练地摆弄着食材，一边转头看着她，"确实挺温柔，一点儿都不爱发脾气，也不会像战斗机一样见人就撑，巧舌如簧地把人撑哭。"

"虽然你说你和可爱沾不上边,"他顿了顿,又说,"但我觉得你现在气鼓鼓的样子就很可爱……可不是温柔又可爱吗?"

她将目光重新转回来看他,面无表情地冲他抬起了手:"祝沉吟,你想死是不是?"

当她傻吗?听不懂他说的句句都是反话吗?!

祝沉吟这回笑得直接用手撑着流理台,腰背都快直不起来了。

和他认识了这么长时间,高嘉羡从来没有见过他笑得如此开怀。他算是个内敛的人,情绪起伏向来不明显,喜怒哀乐从来都不显山露水。

她心里又是惊讶,又是欣慰。她越来越感觉到面前的这个男人,和她以前一直以为的那个人,是截然不相同的。

她现在看到的这个人,更生动,也更真实了。他其实也并不是那么完美无缺——他会发脾气,也会不高兴,面对她时也会手足无措、笨手笨脚。

但她觉得,比起从前那个看上去遥不可及的他,这样的他,更让她感到满心欢喜。让她更感到开心的是,他的这一面,只有她才能够看到。

两周后的星期三,高嘉羡和温玉萍一同启程前往吴宾市参加会谈。出发的这天,距离这一年的最后一天只剩下不到三天,也就是说,他们开完会的第二天,就是新的一年了。

天气变得愈来愈冷,祝沉吟这两周很忙,几乎从早到晚都见不到人,但是在她离开长川的这一天,他还是跟主任打了声招呼,一大早开车将她送到了机场。

车内开着暖气,车窗上蒙着淡淡的水雾。高嘉羡坐在副驾驶座上,一边吃着他给她做的早餐,一边用手指在车窗上画着。

清晨的路上车辆不多,祝沉吟一边稳稳地开着车,一边细细地叮嘱她:"下飞机记得报平安,到了酒店记得发定位,出行注意安全。"

她嚼着嘴里的烧卖,揉了揉还有些犯困的眼睛,转头看着他:"大哥,你真的比我妈还啰唆。"

顾宁同志昨天晚上打了个电话过来,也是这么叮嘱她的,但也就在电话里叮嘱了一遍而已。而她身边的这位朋友,从知道她要去参加外联会谈之后就开始叮嘱她了,一天至少一遍,都不知多少遍了。

"我全程都和萍姐以及团队在一起,身边还有那么多安保人员。我到了那里,绝对跟大熊猫一样安全。"她又说,"国宝级的那种安全。"

"再安全,小心一点儿总没错。"他笑着说,"百密也有一疏,防不胜防。"

高嘉羡面无表情地看着他:"我觉得,你不是怕真有什么外在威胁,你就是单纯觉得我这人不太靠谱。"

祝沉吟浅笑道:"羡羡,你误会了,我可没有这么想。"

高嘉羡冲他翻了个大白眼,心道,你整张脸上分明就写着"高嘉羡就是个惹事精"。

从家到机场,开得快也就二十五分钟左右的路程。天刚蒙蒙亮,她就已经看到了机场的标志。

到了机场门口,某人在下客处从容地停了车,解开了安全带。

高嘉羡也松了安全带,她刚想开门去后备厢拿行李,却发现祝沉吟并没有要开车门锁的意思。

她转过头去看他,发现他正抱着手臂静静地看着自己。

她被他看得浑身发毛:"你想干吗?"

见他不说话,她掏出手机:"是想问我要车费吗?行,多给你一点儿,大清早于情于理还得给个加班费呢。"

祝沉吟长臂一伸,直接将她的手机从她的手里轻轻抽出来,放回了她的包里。高嘉羡的手一抖。

他微微一笑:"谈钱多没意思。"

她动了动唇,眼神愈加防备地盯着他。就某人对着她情话连篇的德行,谁知道他会不会突然提出要她肉偿这种要求,那还不如谈钱。

果不其然,下一秒,他就倾身朝她靠了过来:"羡羡,咱们来谈点儿别的。"

高嘉羡僵在副驾驶座上,眼看着他的脸庞离自己越来越近,心跳一下子快得不像话。

他漂亮的眼睫、俊挺的鼻子、薄薄的嘴唇在她的眼前逐渐放大,车门锁住,她根本无处可避。

熟悉的气味,席卷而来。

她以为他会朝她的嘴唇吻上来,下意识地闭上眼睛,却感觉到自己只是被他轻轻地拥进了怀抱里。

然后,这人就这么温柔地抱着她,在她的耳朵边呵着热气,哑声对她说:"你以为我想和你谈什么?嗯?"

她的脸颊一热。祝沉吟这个人!他绝对是故意的!

他刚刚朝她靠过来的时候,一定是看到了她闭上眼睛,一副等待着被他亲吻的模样,所以他才会这么说。

这个一肚子黑水的坏东西!高嘉羡又羞又恼,抬手就往他的背上掐:"祝沉吟,你这人真的好烦啊!"

他被她用力地掐着背上的肉,却像感觉不到疼似的,原本挂在嘴边的无声的笑容逐渐变成了敞亮的笑声,回荡在了封闭的车厢里。

高嘉羡越想越气,威胁他说:"你是想我在你的右眼下面也来一下,让你知道什么叫好了伤疤忘了疼吗?!"

他脸上那道伤痕,两个星期前结了痂,现在几乎看不到了。

"夫人,"祝沉吟抬手揉了揉她柔软的头发,慢条斯理地说,"家暴不可取,你这么温柔可爱,怎么舍得对自己的先生动手呢?"

"狗急了都会跳墙呢!"她拍了一下他的背,"人被逼急了可是什么事都做得出来的。"

"如果是这样的话……"他故意拖长音调,"那我希望你被逼急了可以对我做点儿别的。"

"比如……"见她怔愣住,他微微侧过脸,在她的脸颊上落下一吻,"小朋友不能看、不能听的那种。"

第九章
新年期许

高嘉羡傻眼了。她感受着脸颊上温柔的触感，大脑有一瞬间的空白。他竟然亲她的脸颊了！他竟然完全没跟她打招呼，就直接亲她了！

这跟前些天他们牵手和拥抱的性质已经完全不一样了，她甚至都没法替他找出任何合理的理由。

他也不跟她把话说个明明白白，竟然就直接亲她了！

他还要不要脸了？他还是不是一个靠谱的正经人了？！

他不仅亲了，他还在言语上明目张胆地开车！

高嘉羡的脸红橙黄绿青蓝紫地一阵变化，她深呼吸了两口气，猛地从他的怀里撤出来，瞪圆眼睛盯着他。

她发誓，她要用尽毕生所学，把这不知天高地厚的东西揍哭。

只是她不知道，她的脸此刻红得跟煮熟的虾一样，根本不具备任何威慑力。

高嘉羡刚张开嘴，余光忽然瞥到了他那边的车窗外好像有什么人正在冲着她招手。

她的目光一移，整个人顿时僵得像一座雕塑。

只见就在离他们的车不远的地方，停着一辆她曾经见过几次的车。

再定睛一看车牌，她才想起来，这好像是……萍姐的车。

而此刻，温玉萍和卢主任两个人，正站在车子的正后方。他们两个人手上都拖着一个行李箱，正冲着她边招手边微笑。

你经历过绝望吗？此时此刻对她而言就是了。

大清早，她被某位恬不知耻的男人堵在车里又是亲脸又是调戏的，完了之后她还惊恐地发现,他们刚刚在车里的亲密动作,全被她的大领导们看了个正着。

苍天啊!

祝沉吟原本一脸笑意地等着她朝自己开炮,结果看她表情突然大变,便回过头朝车窗外看去。

一看到温玉萍的脸,他就明白她的表情为什么突然变成这样了。

"别愣着了,乖,去跟领导们打招呼。"他抬手轻轻拍了拍她的脑袋,替她开了她那边的车门,随后自己也下了车。

高嘉羡仿若游魂般飘下车,飘到后备厢处,机械地拿出了自己的行李。温玉萍和卢主任也正好走到了他们的面前。

"嘉羡,"温玉萍笑眯眯地看着她,"早上好。"

"萍姐早,卢主任早。"她拉着行李箱,有气无力地打完招呼,然后朝温玉萍和卢主任诚意满满地鞠躬。

两位大佬,看我都这么诚恳了,你们俩能不能就当刚刚什么都没有看到啊!

下一秒,她就看见卢主任捧着肚子,乐呵呵地看着祝沉吟:"嘉羡,怎么不介绍一下你身边这位帅小伙?"

高嘉羡还没说话,就听到一道温柔好听的声音在耳边响起:"卢主任好,萍姐好,我是羡羡的先生,名叫祝沉吟。"

你能不能别说话?你不说话,也没人会把你当哑巴!

温玉萍笑吟吟地看着祝沉吟:"百闻不如一见,真的如传闻中那样一表人才,嘉羡好福气啊!"

卢主任跟着连连点头:"就是啊!对着这么个帅小伙,难怪嘉羡大早上的就如此热情洋溢。"

温玉萍:"新婚小夫妻,理解,理解。"

卢主任:"年轻人情感热烈奔放,懂得,懂得。"

大佬们,你们懂什么啊!

怎么就变成她对着他热情洋溢,饿狼扑食了?!

估计祝沉吟都看不下去她那张几近崩溃的苦瓜脸了,忍着笑摸了摸她的脑袋:"好了,不多闲聊了,也差不多该出发了。"

见她依然一副呆若木鸡的样子,他便将她轻轻地推到了温玉萍他们的身边:"谢谢萍姐和卢主任一直以来对羡羡的照顾,祝你们旅途平安,会谈顺利。"

说完，他便冲他们礼貌地点了点头，算是告别，随后，他转身回到车上。

高嘉羡跟着温玉萍他们走了几步，怎么想都觉得不太对劲。

"萍姐，卢主任，你们先进去，我马上就来。"她对着温玉萍和卢主任急急扔下一句，拖着行李箱转身就往回跑。

温玉萍和卢主任对视一眼，都露出了了然的笑："年轻真好。"

年轻的高同学冲到停车的地方，发现那辆熟悉的座驾竟然还没有离开。

一看到她，车里的祝沉吟立时就摇降下了车窗，诧异地问道："羡羡，怎么了？是有什么东西忘拿了吗？"

"有。"高嘉羡的神色看上去很镇定，但仔细看，就能发现她拖着行李箱的那只手握得很用力。

"是什么？"他正想要侧头去看副驾驶座上是不是遗漏了什么东西，下一秒，一双细嫩的手臂从车窗外伸进来，环住了他的脖颈。

他一怔，侧过头，就看到她的脸颊在他的眼前突然放大。

她将行李箱放在一边，踮着脚，隔着车窗，以这么一个略显别扭的姿势搂着他的脖颈，轻轻地吻了一下他的脸颊。

蜻蜓点水的一吻结束后，她飞快地收回手，往后退了一步。

祝沉吟显然没料到她遗忘了的东西，居然是这个，一时怔住，定定地望着她。

高嘉羡不知道自己的脸现在有多红，但是她假装淡定自若地对他摆了摆手："小场面，不要惊慌。本大人返回这一趟，只是为了还你刚刚的那一下。"

过了两秒，他终于薄唇轻启："还？"

"不然呢？"她扬了扬眉，"你又不是我的谁，突然吃我豆腐，我怎么能不吃回来？好了，反正现在咱们是两清了。"

说完这话，她拉起行李箱转身就走，祝沉吟在后面叫住了她："羡羡。"

她回过头。

"你的意思是说，"他顿了顿，"如果有其他男人亲了你，你也会回亲他？"

她抬头望天："嗯，你这样理解确实没错。"

祝沉吟的脸色微微一变，他还没来得及再说什么，这位小祖宗就已经拖着行李箱，头也不回地扬长而去了。

他坐在驾驶座上，突然就感觉自己的脑袋上出现了一片草原。

高嘉羡没在外面耽搁太久,很快就跟上了大部队。

登机前,她和温玉萍以及代表团的其他同事一起在贵宾休息室里开了个会。大家将第二天要会谈的议题再捋了一遍,根据今天D国企业的一些风向,有针对性地在发言稿上做了微调。

在正式会谈前,发言稿调个几十次、几百次都是正常的,当场改动都有可能。

飞机起飞前,祝沉吟给她发来了一条消息。

祝不行:"羡羡,你刚刚说的话是认真的?"

她看着这行字,竟然能够感受到发消息的人此时此刻的心境。

这位无所不能、向来胸有成竹的祝医生,大概……有点儿慌了。

她把这行字来来回回地看了五遍,忍不住勾起了嘴角。

他也知道慌了?他用不知缘由的协议婚姻把她召回来,说要好好报答她,结果对她不仅各种越界亲昵,嘴巴还跟蚌似的封得死死的,死守着不为人知的秘密,这么多天了也不就他们的关系给个明白话。

她高嘉羡哪怕再喜欢他,也是有脾气的。

她本来就是个急性子,他一直这么温吞吞地给她玩温水煮青蛙这一招,等他以为把她煮熟的那一天,她可能早就已经从锅里跳走了。

乘务员提醒关机前,高嘉羡才慢悠悠地给对面回了一句:"认真的,在这种事情上,我从来不开玩笑。"

然后,她就浑身舒爽地关机了。

飞机进入平稳飞行的状态后,高嘉羡和坐在身边的温玉萍聊了一会儿天。在谈到明天的会谈时,温玉萍忽然想起了什么,对她说:"听说这次D国企业的外联团队,有一位的风评不是特别好。"

"是吗?"她在脑子里过了一遍D国企业外联部人员的资料,"马特吗?还是罗宾?"

"罗宾。他的谈判能力非常强,但是因为他交际花一样的性格,他从担任公关官开始,始终桃色新闻缠身。"温玉萍说,"我听说,他经常会企图亲近其他企业的年轻的女性公关官。"

"嘉羡,你是我们代表团里最年轻有为的姑娘,将这个无伤大雅的小道消息告诉你,就是给你提个醒。"温玉萍和蔼地望着她,"一般来说,你们不会有单独相处的机会,我也会让人特意留意他的行踪。不过保不准会有一些特殊的情况发生,所以我想了想,还是决定先跟你说一下。"

高嘉羡点了点头:"好的,萍姐,我知道了。"

她知道温玉萍是好心提醒她,不过,她还是觉得这种事情发生的概率很小——毕竟,这罗宾得多胆大,才敢在商务会谈的时候招惹对方的女公关官?

另一边的祝沉吟,在接近傍晚的时候,终于得空去看手机。

高嘉羡给他发了三条消息,他从下往上一条一条翻看,最新的那条是他们的酒店定位,倒数第二条则是"落地了"。

他本来神色如常,可当看到她起飞前给他回的那条消息,他差点儿一口老血吐出来。

"啊,我的小星星啊……"他身后的顾瀛已经被苑星勾得七魂六魄都没了,整天除了工作,就是双手托腮坐在办公室里思春。

更可恶的是,这两人的进度条快得跟开了挂似的。顾瀛从今天一早上到现在,就一直顶着一对巨大的黑眼圈在那边回味无穷地"啧啧啧",哪怕再傻的人都知道他昨晚干了什么。

祝沉吟看了一眼自己手机上的消息,再回过头看一眼顾瀛,人生头一次觉得自己的境遇竟然还不如一颗傻蛋。

顾瀛还没反应过来,就感到自己的脑袋被人从后面捶了一下。

顾瀛抱着脑袋,愣愣地看着祝沉吟从他的身后走到他身前来:"祝沉吟,我哪里招你、惹你了?!"

祝沉吟居高临下地看着顾瀛,俊脸紧绷着:"你单是坐在这儿,就招到我了。"

这个世界上有一条真理,叫作屋漏偏逢连夜雨。

祝沉吟刚刚在椅子上坐下来,正想好好思考一下该怎么应对家里这位祖宗想给他戴绿帽的态度,手机上就来了个微信电话。

来电人是他的堂妹夫,也就是祝静的先生孟方言。

孟方言此人神出鬼没,基本不会找他,不知道今天是抽什么风,突然给他打来了越洋电话。

祝沉吟直觉这电话来得蹊跷,接起来之后,格外礼貌又客套地对孟方言说:"妹夫,有什么事吗?"

"没什么大事。"孟方言慵懒又性感的嗓音从电话那头传来,"刚和静静一起吃了午饭,想起给你来个电话问候你一下。"

祝沉吟的声音卡顿了一下:"问候什么内容?"

孟方言:"当然是问候大舅子你现在脱锥了没有。"

祝沉吟面无表情地握着手机，那一刻他突然觉得，他身后那个捂着头像傻子一样嗷嗷叫唤的顾蛋，比起电话那一头悠然自得的堂妹夫，都显得没有那么恶劣了。

这个世界上怎么会有这样的人？！

自己跟老婆、孩子一起过着幸福生活的时候，竟然想着来刺激一下他这个名义上有老婆却始终没有夫妻之实，甚至还被老婆威胁的人。

斯文又温和的祝医生，人生第一次动了想把人打一顿的念头。

可偏偏电话对面那头的人，是享誉全球的最顶尖的外勤特工，也是特工史上的王牌特工，怎么看都不是他能打过的人。

祝沉吟蹙着眉头揉了揉太阳穴，过了两秒才对电话那边说："我有点儿忙，先挂了。"

"别啊！"孟方言见他这样，顿时来劲儿了，"你要是真忙，就不会接我的电话了。大舅子，我这不是作为你的亲妹夫，想好好关心一下你新婚后的心理及生理状况吗？"

"我的心理状况不错，生理状况有待提高。"他回答，"但是如果继续和你打电话，生理状况可能更不会好了。"

孟方言笑得更加肆无忌惮："我可真没想到，我英明神武的大舅子，居然到现在还在开手动挡。噢不对，是在自己的房间开手动挡。"

祝沉吟："真挂了。"

孟方言："祝沉吟，你到现在竟然还处在发乎情，止乎礼的阶段。我看咱们的高部长肯定会觉得你不行，转头就要去找别的小鲜肉了。"

孟方言可真是条狗啊！

这是人说出来的话吗？句句都戳人痛处！

祝沉被噎了两秒，没好气地回道："有空在这儿落井下石，怎么不多支支招？"

孟方言说："祝沉吟，不是我说你，你这个人有时候就是想太多。"

"当然，想得周到、全面是好事，怕伤害她，怕让她不开心……但是实践证明，想得再多还不如坦诚地让她知道事实真相，把选择权和决定权都交给她。你现在这样，上不去，下不来的，又想靠近别人，又总是藏着、掖着，人家姑娘难道不会觉得你是个外面有人的渣男吗？"

祝沉吟说："我心里从来就没有别人，我只是……"

他只是有一些担心，甚至是害怕。

是的，连他这样淡然的人也会感到害怕。

因为在面对自己喜欢的人时，平日的理智和从容就会失序，怕好不容易靠近的人会转身离开。

"这话你跟我说有什么用？"孟方言叹了口气，"你去跟她说，你自己喜欢的姑娘，你怎么对她一点儿信心也没有？"

孟方言："亏我以前还觉得你是我们圈里最能成事，最胸有成竹的一个，现在看来，瞿溪昂可能都比你强。"

祝沉吟无语地揉了揉太阳穴："听了这话，瞿溪昂也不会感谢你。"

"大舅子，希望我下次致电问候你的时候，"孟方言悠然自得地准备挂电话，"你已经不是手动挡了。"

高嘉羡落地吴宾市之后，祝沉吟还是没有回信。一直等到了晚上，他才回了一句"知道了，一定要注意安全"，并没有对她故意刺激他的话做出回复。

某人向来高深莫测，她话已经说到了这种程度，他要是还那么温温吞吞，她最后真跑了也不能怪她。

明天一大早就要和 D 国企业进行商业会谈，她决心暂时先不去想这些儿女情长的私事，等回长川之后再跟他折腾。

不过，无论他有多忙，每天的晚安小故事从来不会缺席。在她入睡前，祝沉吟像调了监控一样给她发来了语音小故事，最后还温柔地说了一句："羡羡，晚安，祝明天一切顺利。"

不得不说，暖心的加油打气还是很有效的，一向认床的她，竟然一夜好梦到了天亮。

双方的会谈将持续两天，总共会有三场会谈。

第一天第一场会谈，高嘉羡身着黑色正装，头发梳得一丝不苟，精神抖擞地跟着温玉萍和卢主任一同走进会谈的大厅。

一面面五星红旗和 D 国国旗穿插着置放在会议大厅正前方的幕布前，两张铺着白色桌布的长桌分列在会议大厅的两侧，中间隔了一段安全距离。

看着这个会场，高嘉羡心中无以言表的骄傲——中国再也不是一百年前的中国了。我们的企业现在也已经强大到可以和任何一个国家的企业进行会谈、合作，公平对等地发表意见。

会谈开始前双方分别致辞，致辞结束之后，记者准备有序离场。结果，D 国企业的代表马特开始作妖，对记者们说："你们先别走。"

高嘉羡原本在做记录，一听这话便蹙起了眉头。

接下去的五分钟，马特发表了一段相当强硬无礼的发言，像是要给他们一个下马威一样。更过分的是，马特发完言，直接要求中国的记者全部离场。

温玉萍听到马特的话，立刻说："你为什么要让中国的记者全部离场？你们是害怕中国的记者在场吗？据我所知，D国是一个整天把民主挂在嘴边的国家，那么请问，你觉得你们现在这样的行为民主吗？"

听完翻译后，马特的脸一黑，他立刻反驳道："我发表完言论，现场就会正式开始会谈环节，记者理应离开，有什么问题吗？"

温玉萍刚想说话，脸色忽然一白。坐在温玉萍身边的高嘉羡看得仔细，将水杯轻轻地移动到温玉萍的手边。她没来得及和卢主任他们商量，直接冲马特开了口。

她目光如炬，声音洪亮："按照计划，致辞阶段双方企业各发表一段言论，致辞阶段才宣告结束。而你刚刚违背计划多发表了一轮讲话，既然D国企业发表了两轮讲话，那我方也应该有发表第二轮讲话的权利。"

在场的D国企业外联团队第一次见到这位年轻的中国女公关官，他们立刻交头接耳起来。

马特被撑得一时有些语塞，刚想说些什么反驳，高嘉羡又继续说道："看来是我们把你们D国想得太好了，在会谈开始之前，我们总以为你们会遵循最基本的外交礼节。D国也是一个泱泱大国，却没有想到在这样的两国企业会谈场面上，竟然连最基本的外交礼节都不奉行。"

"请各位记者留下。"她转过身，对着记者们说。

温玉萍喝了两口水已经缓过来了，她欣慰地看了一眼高嘉羡，对马特说："如我们的高部长所言，我们不可能任由你们发表两轮演说。对我们来说，必须要阐明我们的立场，发表第二轮演说，并且，我们不惧怕任何一位记者在场。"

马特那张老脸绿得跟苦瓜似的，一句话也没敢再说，只能灰溜溜地下台回到了自己的座位上。

温玉萍拿着演讲稿，起身返回到台前，气场十足地发表了第二轮演说。

卢主任坐在高嘉羡的另一边，目光里闪过一丝笑，悄悄地在桌布下方给高嘉羡比了一个大拇指。

高嘉羡看到这个大拇指，忍不住轻轻地笑了起来。她并没有注意到，对面D国企业外联团队一位金发碧眼，长相英俊的中年男人目光落在她的身上，意味深长地眯了眯眼。

祝沉吟下了晚上的紧急手术,返回科室。他边走,边在心里想高嘉羡今天一天的会谈进行得是否顺利,现在是不是已经结束会谈回酒店休息了,等会儿要不要直接给她打个电话过去。

结果,他刚出电梯,就看到顾瀛和另一个与他熟识的男医生余扬正站在他科室门口神情激动地说着什么。

他以为这两人是在讨论病人的病情,结果一走近,这两人就齐刷刷地回过头,双眼炯炯有神地盯着他。

下一秒,这两人不约而同地冲着他边点头,边用力地鼓掌。

大晚上的,发什么神经?

顾瀛鼓完掌,冲着他竖大起拇指:"祝沉吟,你可真是前世修来的福,竟然找到了那么牛的老婆!我真是服了你了!"

余扬跟着说:"真不是一般的牛,我简直对高部长佩服得五体投地。从今天起,她就是我眼中的伟人!"

祝沉吟虽然不知道他们为什么会突然发出这样的感慨,但他第一反应就是回科室去拿手机。

一打开手机,点进热搜,就看到"中国S企业和D国企业的双方会谈"被顶在了热搜的第一条,而热搜的第二条则是"中国企业最年轻、最飒的女公关官"。

他点进第二条热搜,播放了那段被置顶的视频。

视频里,高嘉羡坐在自己的座位上,腰背挺直,目光犀利地对D国企业的公关官说了一段话。她全程连一个停顿都没有,吐词清晰,语句流利。

而D国那位经验老到的公关官,被她撑得一句话都没回击。

视频下面的评论已经有几万条了,大家都在刷"高部长真的太飒了,我的天哪!""这是真正的女神,从今天起我就有了新女神!""高部长牛,中国企业真牛!"……

他的手轻轻地滑动着,看着那些评论,目光里闪动着光泽。

他身后,顾瀛和余扬还在那儿滔滔不绝:"她真的太敢说了,那些话把我的鸡皮疙瘩都燃起来了!这姑娘是真的牛!什么人都敢撑,还撑得那么好!真是壮我国企业的威啊!"

祝沉吟转过头看向顾瀛他们。

"嗯。"他露出了浅浅的笑,"我家的姑娘就是这么牛。"

被祝沉吟这么一说,顾瀛他们有一种被人掰开嘴往里面塞了两百斤狗粮的感觉。

不等他们说话，祝沉吟走到他们身后，打开了科室的门："出去吧，我要给我家姑娘打电话了。"

等这两人离开，他给高嘉羡发了一条微信消息过去，问她现在有没有休息，方不方便通电话。没过五分钟，她的语音电话就弹了出来。

祝沉吟接起电话，低声唤她："羡羡。"

她的声音听起来很愉悦："啊，怎么啦？你刚下手术吗？"

"嗯。"他说，"刚刚下来，然后看到了你今天在会谈上发言的视频。"

她在那边顿了一下，而后有些别扭地说："啊，你怎么也看到了！顾宁和高鸿同志刚刚才在家庭群里宣传了一波，说他们俩把我那段发言看了十遍，我真服了！我自己都不敢看，感觉像是在公开处刑自己！"

祝沉吟握着手机，轻轻地笑了起来："我能理解他们看十遍，我等会儿会看二十遍。"

高嘉羡声音都拔高了："二十遍？祝沉吟你是不是疯了？！你不许再看了！"

他听见她活泼的声音，不禁回想起她机场外头抱住自己，落在自己脸颊上的那个亲吻，痒痒的，像在他的心尖上挠了一下。

那一下之后，余韵再也消散不去，反而蔓延至全身。

冷静沉着了整整三十年的祝医生，在这一刻，突然有了一个疯狂的念头——他不想再冷静了。

这么多年来，祝沉吟在与人交往时，一直都不是能掏心窝子出来、直来直去的人。因为一些原因，他甚至会避免与人亲近。

与他关系最要好的堂妹祝静，因为和他性子相仿，两人关系意外地融洽。至于聒噪的顾瀛，正是因为中二蠢萌性格，一直追着他死缠烂打，抓着他闹，闹着闹着，便成了他的挚友。

后来认识的孟方言、瞿溪昂……都是些不平常的人，他们虽然个性截然不同，但骨子里都有些类似的地方，最终自然而然处成了友人。

他在友情方面都是如此被动，就更别提在爱情方面了。

他第一次意识到自己产生"喜欢"一个女孩子的感情，是那天回高中母校，看到高嘉羡站在台上的样子时。

那一天，他没有上去和她打招呼。

因为他忽然意识到，这个以前和他关系很好的发小妹妹，突然在他毫不知情的情况下长大了。

她那么明媚动人，站在人群中是那么显眼，谁都会不由自主地被她吸引,也让他头一次产生了心动的感觉。

只可惜,那个时候,她已经不怎么愿意和他说话了。

他本就不是长袖善舞、巧舌如簧的性格,因此只能默默地接受她对自己的态度突然转变,眼睁睁地看着她考进外交学院,出国离开自己所在的长川,成为一名公关官。

再等等吧,他一直在对自己说。等她回来的时候,再去问她,再去靠近她,再去弄清她突然疏远自己的原因。再去努力争取,看看能不能让她喜欢上自己。但是他发现,这么一直等,似乎永远都等不到她。

此时此刻,他听着电话那一头女孩子娇俏可爱的声音,想到视频中她大气沉稳的发言与表现,突然就意识到,她现在已经彻底回来了。

她就在他的身边,是他名义上的妻子,和他有着千丝万缕,理不清也剪不断的关系。

他不用再等,也不应该再等,更不应该顾虑那么多,害怕这个,担心那个,想要拥有她,却迟迟都不敢踏出那一步。

她已经不像以前或刚回国那会儿那样避着他,躲着他了。她现在会对他笑,会对他露出脸红嗔怪的表情,一边忍不住推开他,一边又默许他一步一步地接近。

他暗恋了那么多年的姑娘,像冬日里的烛火那样明亮温暖。她是正视自己感情的人,所以他也应该勇敢地伸出手,拥抱住这团烛火。

祝沉吟从座位上起身,握着手机走到了窗边。

对面的高嘉羡还在凶巴巴地威胁他:"祝沉吟,我警告你,你不许再看第二遍了!你信不信,我找孟方言帮忙,立刻黑掉你的手机!他有个很厉害的朋友,长得也超帅,外号好像叫死神还是什么来着,那个人是全球黑客之王!不跟你吹牛的那种!"

在打这个电话之前,祝沉吟想着等她从吴宾市回来以后,他一定要和她说清楚,让她不要再考虑除了他以外的任何男人。

他会把所有的秘密向她全盘托出,希望她看到自己对她多年如一日的真心。但是,现在,他突然觉得,多一分钟都等不了了。

他想要马上就见到她,将他的姑娘紧紧地拥入怀中。

祝沉吟轻垂着眼眸,温柔地对着电话那头说:"好,我不看了。"

她在那边卡壳了一秒:"骗人,你说是这么说,挂了电话之后肯定还是会看的。"

他笑了起来:"那不能怪我,我们羡羡那么英姿飒爽,我怎么舍得只看一遍？"

高嘉羡估计是害羞了，沉默了好一会儿，才轻声嘟囔了一句："平时在家也没见你盯着我看啊。"

他顺着她的话说下去："那是你没给我机会，只要给我机会，我能盯你一整天，眼睛都不带动的。"

"你又没喝酒，发什么酒疯？"高嘉羡没好气地说，"好了，我要睡觉了，明天还有一整天的会谈呢，拜拜！"

"先别拜拜。"他说，"听完晚安小故事再拜拜。"

高嘉羡听他讲完故事，还真觉得有点儿困了，正要挂电话，听到他忽然出声叫自己。

她迷迷糊糊地问："干吗？"

祝沉吟："你后天才能回来吗？"

"对啊！"她说，"明天会谈结束，我会再住一晚，后天一早的飞机回来。"

祝沉吟说了声"好"，而后道："明天是这一年的最后一天了。"

高嘉羡也没想太多，"嗯"了一声："睡了，晚安啦。"

他眼中含笑，语气更轻柔了："晚安，羡羡。"

第二天的企业会谈依旧在昨天的会议大厅里举行。

昨天被撑得哑口无言，D国企业外联代表团还不死心，似乎是想要找回场子，继续大做文章。

高嘉羡一边看着对面，一边在心里暗骂对方真是阴险狡诈。果不其然，温玉萍听完对面马特的发言，直接回应道："你们真是永远都改不掉老毛病，老是喜欢把手伸得很长，那么多年都没变过，真是冥顽不化。"

昨天会谈结束后，温玉萍就跟她说，她的表现让整个代表团和高层都感到非常欣喜，让她在第二天的会谈里继续大胆发表言论。

于是，她紧接着温玉萍的话，摁着对面的头又一顿撑："我方对于你方这种行为感到相当愤慨，并坚决反对……"

时间过得很快，在三番五次挑衅中国S企业外联代表团无果，反而被撑得无力反驳之后，双方会谈终于宣告结束。

高嘉羡跟着温玉萍和卢主任接受了新闻采访。作为在这两天的会谈中表现得尤为突出，已经在热搜上挂了两天的新星美女发言人，高嘉羡受到了记者们的热切关注。

记者们早就对她的履历做过调查，赞誉她是当代中国企业最美、最年轻的女性公关官。在闪光灯前面对着一众的夸奖,她只是低调地说:"最美、最年轻倒是算不上,最能吃苦、最爱回击的人可能还排得上号。"

记者们捧腹大笑。

还有记者提问说:"高部长,有人说你是温玉萍的接班人,是S企业下一任的新闻发言人,你对此有什么看法吗?"

高嘉羡挑了挑眉:"温前辈英姿不减,离退休还早呢!我作为一个后辈,希望汲取前辈的经验,为我司的外联事业尽绵薄之力,接班人之类的我没有想过。"

旁边的温玉萍也笑了。

新闻采访结束,整个代表团的气氛都相当轻松愉悦。此次两司会谈虽然在一些重要问题上依然存在严重分歧,但是此次谈话对两司关系的改善还是有益的,有利于两司相互了解,加强合作,一直隔空喊话,只会积怨更深。

更重要的是,此次会谈不仅让D国企业看到了中国企业的底气,让他们明白了中国企业的外贸通道绝不是他们能够随意干涉的,同时,让全世界都看到了中国企业的昌盛与壮大。

下午稍事休息后,晚上代表团在他们入住的酒店订了个包厢,大家在包厢里聚餐聊天,也算是一场低调的庆功宴。

高嘉羡撑完D国企业,火也消了,气也顺了,心情好得不行,连饭量也比平时翻了一倍。

温玉萍吃得不多,几乎都在看着她吃,高嘉羡被看得有点儿不好意思了,咽下了嘴里的饭,说:"萍姐,您这样,让我感觉我像一头猪。"

"多吃点儿才好。"温玉萍笑了笑,"你太瘦了,吃胖一些我才放心。"

高嘉羡点了点头,但还是稍微克制了一下自己蓬勃的食欲。

过了一会儿,她感觉到温玉萍拍了拍她的肩膀。

侧过头,就看到温玉萍目光沉静地望着她:"嘉羡,中国的企业以后就要靠你们这些年轻人了。无论是你,还是你先生,我相信你们这样的年轻人能给我们国家企业带来更足的精气神,让其他国家都敬畏我们,让他们谁都打不了中国企业的主意。你萍姐老了,卢主任也会老,以后就是你们的天下啦!"

高嘉羡听罢,点了点头,转而又道:"萍姐,别老说我年轻,您看上去还跟三十多似的,咱俩走出去可就是姐妹!而且,我比起您还差得远呢。我有时候脾气冲,不像您那么沉得住气,得麻烦您多批批我。"

记者们的那些话,让人觉得温玉萍老了,该退休了,但高嘉羡并不喜欢这种感觉——温玉萍是无可取代的人,也永远是她崇拜的老师和前辈。

现在是温玉萍的时代,并不是她的时代。

温玉萍的目光里含着淡淡的笑:"你这是谦虚。你有多出色,萍姐还不知道吗?你从来都没让我失望过,我一直都觉得把活儿交给你最放心。"

这话里又有想让她接班的意思,高嘉羡听罢也就是笑了笑,假装去旁边拿喝的,没接温玉萍的话。

她天生比较敏感,觉得温玉萍这一阵子似乎总是有意无意地暗示她。

聚餐结束后,大家都回到各自房间休息,准备坐明天一大早的飞机返回长川。

高嘉羡因为晚餐吃得有点儿多,所以想去散散步,消消食,便戴上口罩一个人出了酒店。

吴宾市和长川一样,是比较热闹的一线城市。高嘉羡出了酒店,才发现外面张灯结彩,灯火通明,街上的游人熙熙攘攘,不远处好像有什么晚会,还有歌手在唱歌。

她突然想起来,昨晚祝沉吟好像在电话里提到今天是跨年夜。

难怪,大晚上的还热闹成这样。

高嘉羡双手插兜,饶有兴致地混在人群中,朝最热闹的跨年晚会舞台方向慢慢地移动。走了大约五分钟,她突然感觉身后好像有人在跟着她,那种被窥视的感觉让她浑身都起了鸡皮疙瘩。

高嘉羡眯了眯眼,停住步子往后一看,神色瞬间就变了。

虽然对方戴着口罩,但她还是通过那特别的发色和瞳色认出了跟在她身后两米处的高大男人——那是D国企业外联部代表团的"花蝴蝶"公关官罗宾。

罗宾显然没料到她会发现自己,但他没回避,反而信步走上来,来到了她的身边。

高嘉羡满脸警惕地看着这个莫名其妙跟着她的人。

罗宾示意她移到路边,站在街角的一家奶茶铺子门口,对她说:"高部长,我能有幸请你喝杯奶茶吗?"

她面无表情地看着罗宾:"我在减肥,不喝奶茶。"

"那喝酒呢?"罗宾又问,"我来过吴宾市几次,知道这附近有家小酒馆很不错。"

高嘉羡:"没兴趣,吃太饱了。"

罗宾的眼睛弯了弯:"高部长,你不用这么紧张。大街上有这么多人,我不可能对你怎么样。我只是想和最年轻、美丽的女公关官交个朋友。"

前半部分他确实没说错,高嘉羡出门前就已经和温玉萍他们汇报过,她身后也有着便衣的安保人员跟着,罗宾不可能,也没胆子在这种地方对她图谋不轨。

但鬼才会相信他"交个朋友"这种说辞。

高嘉羡蹙了蹙眉,刚想挣他一句"我朋友太多了,交不过来",一道高瘦的身影陡然出现在她的身前。

"她已经结婚了。"她听到一道熟悉的声音,操着一口纯正的英语说道,"我夫人不需要对她有非分之想的男性朋友。"

高嘉羡张了张嘴,下意识地用手掐了一下自己:"嗞——"

是真疼。她不是在做梦。她从那位穿着灰色大衣,身材如同模特一样的男人身后探出了头。

祝沉吟面无表情地看着罗宾,但当她的脑袋出现在胳膊肘旁边时,他的眼里不自觉地露出了一抹淡淡的笑意。

他垂着眸子,她仰着头,四目相对的那一刻,高嘉羡觉得自己的心跳好像漏了一拍。

真的是他。此时此刻应该在长川的那个人,怎么突然来了吴宾市,还能准确地在人山人海里找到她!

罗宾比高嘉羡还要吃惊,碧色的眼眸瞪得圆圆的。他上下打量着祝沉吟:"你是高部长的先生?"

祝沉吟看着他,微微颔首。

罗宾挑了挑眉:"你们外联部出来开会,公关官竟然还要携带家属在身旁作陪?"

祝沉吟的神色更冷了:"我刚刚落地吴宾市,想着给我太太一个惊喜。难以想象我如果不及时出现,她现在会遭遇什么。"

罗宾听了这话,面子上有点儿挂不住了:"我刚刚就说了,我对高部长没有什么非分之想,我只是想和她交个朋友。"

"交个朋友,需要从她入住的酒店一路默默尾随她到这儿?"祝沉吟说,"那你这交朋友的方式确实还挺新奇,我之前从来没见过。"

他的语气斯斯文文的,毫无起伏,罗宾却被他撑得脸一阵青一阵白。

"如果你不介意的话,我恰好认识几个朋友,可以轻松让你登上明天国内外的热搜头条。"祝沉吟最后几句话,直接气得罗宾这一晚上都没睡好觉,"D国企业某公关官深夜尾随中国S企业女公关官,目的竟是与她交朋友。"

高嘉羡和祝沉吟认识至今,从来没听过他这么不留情面地说过话,毫不拐弯抹角地怼人。

极具讽刺意味的是，他用的是对方的母语，那些话像是大耳刮子，"啪啪啪"地打在对方的脸上。

高嘉羡不得不承认，祝沉吟的出现以及他所说的所有话，都让她的心里小鹿乱撞，收都收不住。

怎么说呢？一向脾气温和的男人，态度一旦强硬起来，杀伤力直接拉到了满格，温柔力也同样满格。

到了这个地步，罗宾就算脸再大，也不愿意继续留在这儿了。他咬牙切齿地瞪了祝沉吟和高嘉羡一眼，快步离开了。

等罗宾的身影彻底消失后，祝沉吟才将身后的人轻轻地拉到自己的跟前来。

高嘉羡看着面前英俊的男人，咬了咬唇问："你是怎么发现罗宾一直在后面跟着我的？不对，你怎么知道我在哪儿？"

祝沉吟抬起手，将她脖子上的围巾拉得更严实了一些："我刚才到你们住的酒店，想给你打电话问你的房间号时，看到罗宾在前台试图询问酒店工作人员你所在的楼层和房间号。

"入住信息是隐私，酒店人员自然守口如瓶，但罗宾一直在纠缠不休，还拿自己D国企业公关官的身份来施压，说是来找你谈公事，酒店工作人员有点儿挡不住了。

"我正准备上去阻止他，你从电梯里走出来了，罗宾跟上了你，我则在他的身后。后面的事你都知道了。"

高嘉羡听完，挑了挑眉："怎么有点儿螳螂捕蝉，黄雀在后的意思？"

他笑着逗她："你是蝉吗？嗯，确实还挺像蝉的。"

高嘉羡白他一眼："你是在说我吵吗？"

"哪能是吵？"他的手自然地从她的围巾边缘滑落下来，顺势牵住了她垂在身边的手，"是活泼又可爱。"

他的声音像溪水似的，蜿蜒钻进她的耳朵，流淌进心间。

自被他牵住手的那一刻，她全身就变得又酥又麻。

两人走在人群的最后头，看着远方灯光变幻的舞台，高嘉羡用指尖轻轻地敲了敲他的手背。

祝沉吟微微低下头来："怎么了？"

"你为什么会来？"她的目光不敢和他对视，"你明明这么忙。"

他明明这么忙。每天那么早就要去医院,不是手术就是看诊,连喘息的时间都没有,晚上有时还要值班。

但他今晚竟然悄悄从长川飞到了吴宾市,特意过来找她,还在她差点儿遇到危险的时候,及时保护了她。

祝沉吟紧了紧握住她的手:"忙是忙,但想要来见你,哪怕再忙也会尽力赶过来。"

"明天就能见到的。"高嘉羡抿了抿唇,又说,"我明天就回去了。"

"嗯。"他点了点头,"但是,我不舍得我们羡羡一个人在人生地不熟的地方跨年。"

高嘉羡听到这句话,猛地一怔,鼻尖顿时有些发酸。

跨年夜、春节、生日……在她出国轮值的那几年,所有的节日,对她而言和平常的一天没什么不同。

她一个人在异国他乡的公寓里度过,除了远程和顾宁、高鸿,还有菱画她们打个视频电话,送上祝福,聊一会儿天,并没有特别之处。

她早就已经习惯一个人了。她可以一个人度过没有人在身旁陪伴的每一天,甚至是每一个节日。

她甚至不会有怨言,也不会去羡慕其他人——因为她是个成年人,她有她必须要完成的工作和使命。

可能在某个瞬间,她也会想,或许有那么一天,她也可以和她爱的人一起,度过这些特别的日子。

今天,她身边的这个男人握着她的手,对她说不舍得让她一个人过节。他甚至没提前和她说,就在百忙之中,抽出时间,跑到吴宾市来找她了。

如果一个人不想来找你,他可以找出千万种理由来搪塞你;同理,如果一个人真心想来找你,他一定会排除万难来拥抱你。

高嘉羡微微低下头,吸了一下鼻子,闷闷地说:"跨年很特别吗?"

"特别吧。"他的声音很低沉,"你想,这是这一年的结束,也是下一年的开始。"

高嘉羡:"这哪里特别了?"

"你看,"他低垂着眸,认真地看着她,"有些在这一年想做却不敢做,没有能够及时完成的事情,就可以在下一年努力做到,可以不让自己留有遗憾。这是对未来的期许。"

她闻言,忍不住问:"那你今年有遗憾的事吗?"

"有,不过可以说是差点儿留下遗憾。"他回答得没有一丝犹豫,看向她的目光也变得更幽深了一些,"我不希望自己继续遗憾下去,所以我现在在这里。"

高嘉羡觉得自己的心脏一下子提到了嗓子眼。就在这时,周围的欢呼雀跃声陡然变大,原来他们已经离跨年晚会的舞台很近了。

祝沉吟牵着她的手,将她带到了一个街角,这里既可以看清舞台和礼花,听见倒计时的钟声,又相对不那么嘈杂、喧闹,可以听清彼此的话。

"羡羡。"他转过了身,面对着她。

随后,他将自己的口罩摘下,把两人紧扣在一起的手举了起来,把她的手贴在自己的唇边,落下轻轻一吻:"自从你回来之后,我好像一直在跟你道歉。无论怎么补救,都觉得亏欠了你很多。"

那晚她总觉得他后来回答了她的问题,还做了一些别的举动,但她那天太累了,实在没法睁开眼去证实。

此时此刻,她感受着自己手背上那湿润又温柔的触感,觉得手都不是自己的了。过了一会儿,她深深地吸了一口气,仰头看着他:"你知道就好,但你不是不打算还债吗?"

"嗯。"他抬起另一只手,摸了摸她的脑袋,"是不打算还债,也不打算再继续道歉了。因为有更好的方式,让你过得开心。"

她眨了眨眼睛:"那是什么?"

他没出声,扣着她的手却微微使力,将她整个人都扣进了怀里。

高嘉羡靠在他温暖的胸膛前,听到他说:"从我记事以来,我身边的人就一直在告诉我:祝沉吟,你要冷静理智,凡事不能冲动,更不能感情用事。任何事情,都要以你的意志为先。你以后是要成为医生的人,你有远大的志向和目标,不能被狭隘的儿女情长冲昏头脑。

"你应该猜得到,我身边的这些人,指的是谁。而且你也亲眼看见过,他们对待感情和婚姻的态度是什么样的。"

高嘉羡听到这里,心里不由得有些发酸。

"不过,你看到的,也只是冰山一角罢了。"他继续说,"就算我的内心再抵触,再抗拒,从小到大的成长环境依然对我自己的感情观产生了一定的影响。"

"你那天问我记不记得,你上学时期,我到你们家去吃饭的事。"他用下巴在她的头顶轻轻地摩擦了一下,"那天我是不是在你的面前说,'我现在乃至今后很长一段时间,可能都不会想要谈恋爱'?"

听到这话,高嘉羡猛地从他的怀里抬起头,一动不动地看着他。

他看到她惊诧的样子,轻声笑了:"我一开始没想起,但后来都记起来了。

"当时我并没有想那么多,你问我是怎么想的,我就把内心最真实的想法告诉了你。由于原生家庭的原因,我从内心深处抗拒和其他人产生亲密关系,甚至一度抵触爱情和婚姻。"他的语调轻缓,"这也是这么多年来我一直单身的缘故。"

高嘉羡突然觉得,自己十多年的苦涩暗恋,在找到出口的时候,居然是那么地轻松、豁达。她一点儿都不埋怨他了。

原来,他不是故意伤她的心,他那时候根本不知道她在暗恋他。

且他当时所经历的那些事远比从他此时嘴里轻巧说出来的严重——很长一段时间,他的内心一定非常痛苦。

他不是不渴望爱的人。只是从来都没有人告诉他,他可以肆无忌惮地去爱,去拥有一段温暖平等的恋爱关系。

"很长一段时间我都觉得自己是个很奇怪且有情感缺陷的人,但是,我很庆幸,有人让我第一次体会到了喜欢上一个人是什么样的感觉。"

他说到这儿,顿了顿,看着她的眼睛里全是温柔,"她让我知道,原来我也可以做一个正常且平凡的人。"

零点的钟声即将敲响,跨年舞台那边传来了震耳欲聋的欢呼声和尖叫声:"十——九——八——"

所有人都朝着跨年舞台的方向或走或跑,只有他们两个静止不动。

"我暗恋了她很久很久,一直在她看不见的地方默默地注视着她。"祝沉吟微微低下头,对她低声耳语道,"她闪耀得像星星,温暖、明亮得像冬日的烛火。我很苦恼她为什么不再跟我亲近,但我一直不敢去问她。"

"七——六——五——"

如果不是倒计时的欢呼声震耳欲聋,高嘉羡或许会认为此刻耳边的低语都是梦呓。

祝沉吟:"我等了好多年,终于等到了一个契机,才决定试一试,让她回到我的身边。"

"四——三——二——"

当那声"一"回响在空中时,祝沉吟摘下了她的口罩:"羡羡,我喜欢你,非常非常喜欢你。"

他在新年的第一天,第一分钟,第一秒,轻轻地吻住了他喜欢的姑娘。

这是他遗憾的终结,也是他期许的开始。

第十章
我喜欢你

绚烂的礼花绽放在空中，落下一道道五光十色的光痕。

伴随着跨年舞台上主持人热烈的呼喊，掌声、尖叫声和欢呼声从四面八方传来，人们互相问候着"新年快乐"。

新的一年来了。

它盛大无比地降临，又悄声无息地遁入浩瀚的时空之中。

高嘉羡在他朝自己吻过来的那一瞬间，下意识地闭上了眼睛，下一瞬她就感觉到唇瓣上传来温热、柔软的触感。

她抓着他大衣的手陡然收紧，被他发现。他小心地将她的手指展开，慢慢地收拢到自己的手心里握紧。

这是她的初吻。没有过往，没有比较，但她在心里确定了，这是一个非常非常温柔的吻。

她会永远记得这个跨年夜的初吻——她十四年的暗恋终于得到了回应，她曾经想都不敢想的美梦成了真。

世界上最美好的事在新年第一天发生了——她喜欢的人也喜欢她。

不知道过了多久，她睫毛微颤着睁开眼，只见他漂亮的眸子半阖着，而他俊挺的鼻梁则和自己的鼻子交错开，显得格外亲昵。

似乎是怕吓到她，祝沉吟的吻持续了大约十秒，便轻轻地退开了。

他将她的口罩小心地戴回去，说："情不自禁。"

高嘉羡的脸红得不成样子，她撇了一下嘴，声音软得没有丝毫威慑力："一句情不自禁就想打发我了？"

祝沉吟声音低柔:"我在情不自禁前,已经请示过夫人了。"

"欢呼声太大,礼炮声太响,我没听清楚。"高嘉羨看了一眼天空,"你再说一遍,你是从什么时候开始喜欢我的?"

"从很多年前。"他望着她。

她一怔。这么早吗?她怎么一点儿都不知道?

"那个时候我回学校帮忙,看到你站在台上,然后就觉得心里的感觉不太对劲。我花了一些时间才弄明白这种感觉是什么,只可惜,在那之前,我几乎和你说不上话了。"

他说到这儿,轻轻地叹了一口气:"无端被从小玩得那么好的小妹妹讨厌,后来发现喜欢上小妹妹了,小妹妹却压根不看我一眼,还出国了,这么一想,我还真是挺失败。"

高嘉羨看他那副苦恼的样子,又好笑,又感慨——明明是她比他先动心,等她下定决心要忘记他的时候,他却陷入了她曾经的纠结与烦恼之中。

爱情的魔力转圈圈,暗恋的烦恼大循环。

而他竟然一点儿都不知道他当初为什么会突然被她"讨厌"。

高嘉羨冲他抬了抬下巴:"你当时为什么不告诉我你喜欢我?"

祝沉吟说:"那会儿你还在读书,我要是告诉了你,这不是影响你学业了吗?而且那时候,我给你发微信你几乎都不回我,你总说自己学习忙。"

高嘉羨:"后来呢?"

"后来等你上了大学,每次聚餐,你连话都不想跟我说,我只能从顾姨那儿打听你的近况,再然后你就出国了。"

说到这儿,他又叹了口气:"起先我以为你是青春期叛逆,后来又觉得不像。那天给你打电话说'协议结婚'的时候,我是抱了孤注一掷的决心的——我做好了如果你不答应我回国,我就彻底失去你的准备。"

"所以,听到你答应我的那一刻,你不知道我的心里有多么高兴。"他不由自主地勾起了嘴角,"我想,你都愿意答应我这么荒唐的请求了,不管是善良,还是因为你讲道义,不忍心见死不救,我就还有机会追求你,让你不那么讨厌我。"

她点了点头,轻描淡写地说:"你就当我那么讨厌你,是青春期的叛逆吧,我到现在还是个需要听晚安小故事才能睡着的宝宝,青春期比较长也正常。

"况且你曾经当着我的面残忍地拒绝过对你告白的女生,还说自己以后都不想谈恋爱,给我当时幼小的心灵留下了无法驱散的阴影。"

这种完全站不住脚的鬼话,祝沉吟竟然信了:"是,我的错。幸好我们羡羡有气量,愿意原谅我曾经的愚蠢行为。"

高嘉羡顺着杆子往上爬:"对,你要记住,我是出于人道主义才答应你协议婚姻的请求;我勉为其难地原谅你,也是因为我回来之后,你天天死缠烂打,厚着脸皮地追着我。"

就让她曾经的少女心事,成为她一个人的秘密吧。

当单箭头的暗恋变成双向的爱恋后,她想把那几年只有她一个人知晓的苦涩永远藏在心底。

他不需要知道她的暗恋比他更早,也不需要知道她曾经为他流过多少眼泪,就让他觉得他暗恋她、喜欢她的时间更久吧,就让他喜欢她更多一点儿。

人流开始从跨年舞台往回折返,祝沉吟也牵着她的手往酒店的方向走去。他边走边侧目看她:"我记住了。那么亲爱的夫人,你现在能禁止除了我以外的男人亲近你吗?"

高嘉羡愣了一瞬才反应过来,他指的是她离开长川那天在机场外头故意激他的气话。

她耸了耸肩:"别人想接近我,我能阻止吗?"

"那至少,"他停顿了一秒,"当我不在你身边的时候,你要告诉他们,你已经名花有主了。"

他抬起她的手,示意她看手指上的婚戒:"从法律层面上,你是我的夫人;从感情层面上,你也是我的夫人。"

高嘉羡斜睨他:"谁跟你说在感情层面上,我同意当你的夫人了?"

他轻笑一声:"那至少在感情层面上先给我个名分,好不好?"

"先从你的女朋友当起。"她趾高气扬起来,"恋爱都不谈,直接就当你夫人?你可想得太美了。"

他笑意更浓:"我们羡羡想怎么样都行。"

快要到酒店的时候,高嘉羡突然想起什么:"你订房间了吗?"

祝沉吟的目光轻轻一闪:"没有。"

他行事一向严谨,一般都会提前做好安排,订了机票,没订酒店房间,怎么看都不像是他的作风。

她狐疑地侧过头看他,只见他目光尤为真诚:"走得急,机票都是好不容易才订上的,酒店已经没房了,跨年来吴宾市玩的人很多。"

高嘉羡不太相信地挑了挑眉。

等走到酒店门口的时候,他对她说:"没事的,羡羡,我就是想过来看看你,现在已经心满意足了。我可以不在这儿过夜,过会儿直接坐清晨的航班回长川。"

听到他这么说,她心软了。

她挣扎了几秒,拉着他到前台登记信息,然后去礼宾部拿他刚寄存在这儿的行李包,接着带他坐电梯上楼。

到了房间门口,高嘉羡拿出房卡刷开了门,侧身偏了偏头示意他进屋。

祝沉吟提着包站在门口,看着她低声问道:"羡羡,这样可以吗?"

"不然呢?"她没好气地说,"眼睁睁地看着你去睡大街或者去睡机场长椅吗?进来吧。"

刚刚还表现得格外不好意思的人,毫不犹豫地踏进了她的房间,步伐显得格外轻快:"那就打扰了。"

怎么感觉哪里不太对劲的样子?

五分钟之后,她看到祝沉吟从行李包里拿出他的睡衣睡裤、换洗内衣、牙刷牙膏等一应俱全的过夜装备后,她觉得自己被骗惨了。

可以不过夜?可以直接坐清晨的航班回去?

这哪里像是不想在这里过夜的样子?!就差没把"想同睡一张床"写在脑门上了!

祝沉吟感觉到背后的视线,淡定地转过脸看着她:"当时想的是如果你不收留我,我可以去住机场那边的酒店,所以还是带上了这些,以备不时之需。"

高嘉羡抱着手臂,面无表情地看着他:"我现在改主意了,不想收留你了,你可以回长川了。"

他叹了口气,丝毫没有要离开的意思,优雅地在沙发上坐了下来:"恋爱第一天大半夜把男朋友赶走,羡羡,你这样绝情,我很伤心。"

这才上岗多久,你就给我委屈上了?!

她气得咬牙切齿,几步走到他的面前,一手叉腰,一手指着他:"祝沉吟,你这个心机鬼!"

祝沉吟微微仰头看着她,直接伸手握住了她的手指,突然使力,将她往前拽了一下。

一切发生得太快,等高嘉羡回过神来的时候,就发现自己已经被他稳稳地抱在了大腿上。

这个姿势,明显已经越界了。

"纸老虎"高部长连看都不敢侧头看他一眼,目光定定地落在前方的墙壁上,浑身僵硬得像一座雕塑。

祝沉吟自然感觉得到怀里的人身体紧绷,他微微勾起笑,靠近她的耳朵,在她小小的耳垂上轻轻地落下一个吻。

祝沉吟:"如果不是喜欢得要命,怎么会如此费尽心思。"

他炙热的话语钻入耳中,呼吸喷洒在耳畔,高嘉羡觉得半边身子都麻了,被他吻过的耳垂红得仿佛可以滴出血。她咬了咬唇,觉得自己不能那么怂,于是挺了挺腰背,把视线转到他的脸颊上:"还没问清楚,你提出协议婚约的理由到底是什么?"

他说:"最大的理由就是想借此机会名正言顺地让你回到我的身边,让我可以慢慢追你;另一部分原因,等回到长川之后我就向你全盘托出。"

"那你为什么不早点儿向我袒露你的心思?"她说,"你明明可以早点儿说的。"

他做了那么长时间的准备,好不容易把她叫回来,怎么看着一点儿都不着急?

祝沉吟闻言,失笑道:"羡羡,你可能不知道,在涉及你的事情上,我并不是像对待其他事情一样满怀自信、胜券在握的。哪怕做得再多,准备得再充分,我也害怕会被你拒绝,害怕你会抵触我,离开我。

"只要想到你有可能会逃走,哪怕我心里再着急,再想要抓紧你,我都会忍耐下来。"

听了这话,高嘉羡的眼眶猛地发涩。

原来,这些患得患失、担惊受怕的小心思,想说不敢说,想问不敢问的犹豫和退缩,并不只有她一个人经历过。

安静的房间里,她看着他,吸了吸鼻子,嗓音喑哑道:"我还有很多问题想问。"

彼此错过的那些年,不为人知的那些事,她每一样都想知道,每一样都想刻进脑海深处。

"好。"他的声音也低哑了几分,"问是可以问,不过……"

祝沉吟:"我回答完之后,你可不可以亲亲你男朋友?"

高嘉羡听了他这句话,看着他那张俊脸,张了张嘴。

暗恋得到回应之后的祝医生，脸皮竟然迅速厚了起来。

她抬起手，用手指轻轻地戳了一下他俊挺的鼻梁："女朋友想不想亲你，那是女朋友的事。"

言下之意就是，你老实点儿，打坏主意别那么明显。

他很配合地笑道："好，那我尽量表现得好点儿。"

高嘉羡抱着双臂，坐在他身上，轻轻地晃悠着自己的腿："我不在长川的这些年，你是怎么过来的？"

祝沉吟不动声色地抬起一只手臂环着她的腰，以免她晃着晃着就把自己给晃下去了："学习，科研，工作，看书。"

高嘉羡："就没了？"

祝沉吟："没了。"

高嘉羡用那种看稀世大猩猩一样的眼神看着他："你如此清心寡欲，简直到可以直接出家了。"

"那可能不太行。"他不徐不疾地说，"我离遁入空门还差一个你。"

高嘉羡面红耳赤，在心里骂人：你到底是救死扶伤的，还是来送别人上路的？

"要说得更具体一点儿的话，"他将她的手捏在手心里把玩，"这种状态持续到了两年前。"

高嘉羡："然后呢？"

"然后，"他顿了顿，似乎是在斟酌要说的话，"有一天，我在你的朋友圈里看到你发了一张和朋友们的聚餐合照，其中有一位长相很英俊的外国男士揽着你的肩膀。"

她一怔，顺着他的话去回想，渐渐记起来他说的是哪张照片了。

那时，她在新加坡轮值，和当地同事介绍认识的一些新朋友一起聚餐，大家相处得都很融洽。不过那位揽着她肩膀的外国男士那时已经英年早婚，和她纯粹是友人的关系。

她将目光转向祝沉吟，不由得幸灾乐祸道："那张照片，是不是粉碎了你当时浓情蜜意的一颗少男心？"

祝沉吟一言难尽道："非要这么说，是吧。"

高嘉羡顿时笑得更开心了："抓心挠肺的，但又不敢问我是什么情况，对不对？"

他见她得意成这样，为了让她更开心，坦诚地告诉她："所以我只能旁敲侧击地去问顾姨，顾姨说没听你说你交了男朋友，说你天天忙成狗，还担心你一辈子单身。"

高嘉羡:"我妈就是叛徒。"就没见过这种胳膊肘往外拐的妈妈。

"感谢我的丈母娘大人,"他望着她,眼带笑意,"在当时给了我信心,让我不至于被那张照片击倒。也同时感谢她的通风报信,让我在那个时刻下定决心要解除她的担忧,不再干等下去。"

高嘉羡面无表情地看着他:"我谢谢你。"

"别客气。"他莞尔一笑,"所以在那以后,我就买下了我们现在住的那套房子,在空闲的时间研究装修,提前订货,为你从国外回来做准备。"

高嘉羡反应过来——难怪他们从民政局出来,他就直接把她骗回了家,原来他已经整整筹划两年了。

想到房子,高嘉羡有一瞬间觉得自己好像错过了什么重要信息,脑子里有什么一闪而过。

"说到房子……"她眯了眯眼,忽然看着他说,"当时我本来要去住我们家在新意苑的那套房子,但是我给我妈打电话过去的时候,她说房子当天早上就已经被人租走了。"

祝沉吟的神色如常。

"我前一晚刚告诉你我家还有另外一套房子,第二天早上房子就被租了。"高嘉羡紧盯着他,"要是被我发现你欺骗我,你就永远别想我在情感上也变成你的夫人了。"

原本镇定自若的祝医生,脸上的表情顿时有了微妙变化。

"我妈说,那位租客当时连房子都没有看,只看了照片,就直接把钱给付了。"高嘉羡继续说,"祝沉吟,这位阔绰大方的租客,跟你到底有没有关系?"

祝沉吟扶额道:"羡羡,你这么聪明,让我很是为难。"

高嘉羡一巴掌拍上他的肩膀:"坦白从宽。"

"是。"他轻叹一声,"新意苑那套房子是我租的,不过是替顾瀛的表弟租的。他表弟下个月就从国外回来了,想在长川找工作长住,托顾瀛帮他找住处,始终没找到特别合心意的。

"而新意苑那套房子无论是从地理位置还是房子本身来看,都很符合顾瀛表弟的需求。"

她听罢,冷笑一声:"祝沉吟,你这一石二鸟的手段可玩得真溜。"

祝沉吟抬起手,轻轻地拨弄了一下她的发尾:"一切行为,最终都只

183

是为了追夫人。"

高嘉羡虽然觉得自己这一路都被这家伙玩得团团转,但想来要不是他这样"老谋深算",她可能还走不出来。

她永远想不到,有一天自己会实现年少时遥不可及的梦想,也想不到自己竟然能够和所爱之人心意相通,在跨年夜用拥抱和亲吻来确认彼此的心意。

到底还是需要有人来跨出这第一步的,不然永远不会有让人怦然心动的开始。幸好,他先跨出了这一步。

她感慨万千。她原本觉得菱画、祝静和菱沐的爱情故事已经够曲折离奇的了,结果她和祝沉吟这十四年的绕圈圈,简直是有过之而无不及。

这一晚上接收了巨大的信息量,高嘉羡觉得自己现在需要缓口气。

于是,她动了动腿,想要从他的身上下来:"好了,我想去洗个澡,我累了。"

"等等。"某人眼疾手快,环着她腰的手收紧,阻止她离开。

祝沉吟望着她,英俊的脸庞在灯光下竟然显出几分魅惑和性感:"知无不言的人,不该得到女朋友的奖赏吗?"

高嘉羡想说"奖赏你个鬼",可是一看到他那双漂亮得会说话的眼睛,又说不出口了。

美色真是害人不浅。她在心里愤愤地叹了口气,有些粗鲁地将他的脸颊扳过来,在他的左脸上"吧唧"亲了一口。

"好了。"她松开手,别开视线掩饰自己的羞涩,"你还有事没交待清楚呢,还有待观察、考验,这算是提前赊给你的。"

祝沉吟听了这话,眼睛里精光一闪。

"既然如此,"他悄声无息地抬起了那只原本握着她的手,压低声音道,"那你不如多赊点儿?"

他将她往自己这边扯了一下,偏过头,直直地朝她的嘴唇吻了过去。

高嘉羡没想到他会突然这么做,所以在他吻过来的时候,她下意识地张了张嘴,正好给了他一个长驱直入的机会。

不同于刚刚在跨年舞台附近那个轻柔又绅士的吻,这一次,在只有他们两个人的房间里,他不再想掩饰自己内心深处汹涌的情感。

在触碰到她嘴唇的那一刻,他平日里的温柔和从容似乎被打乱了。

他起先只是反复吮吸着她柔软的唇瓣,到后来撬开她的牙关,各种亲密纠缠。这个吻急切、亲昵，带着渴望、占有欲……这个吻的风格，不太像他平时。

高嘉羡被这个突如其来的深吻搞得有点儿措手不及，脑子一片空白，只能红着脸，任由他引领自己。

到了后头，她好不容易稍稍找回神志，悄悄睁开眼看他时，看到了他半阖着的眼眸里透着她从来没见过的妖冶的光。

她突然就觉得，怎么这人接个深吻，都能吻出颜色来？才第二个吻就已经这样了，那要是真的打了全垒，这人得把她折腾成什么样啊！

不知道过了多久，久到高嘉羡快要呼吸不过来的时候，某人才良心发现，放开了她。

高嘉羡急急地喘了两口气，两只手防备地抵着他的胸膛，赤红着脸，凶巴巴地瞪着他："祝沉吟，鬼才相信你从来没谈过恋爱！"

她吻得青涩、生硬，他却驾轻就熟得像个老司机。

"宝贝儿，"他的脸上带着满足的神色，语调也上扬了一些，"感谢你激发了我在这方面的天赋。对此，我自己都挺意外的。"

意外吗？我看你可得意了。

"相信我。"顿了顿，他又加了一句，"在其他方面，我也天赋异禀，一定不会让你失望。"

失望你个头！

我一点儿都不想知道你在其他方面是不是也天赋异禀！

高嘉羡直觉要是她再在这儿多待一秒，可能身上的骨头都要被这个男人给啃光了。

于是，她奋力地从他的大腿上一跃而起，从一旁的行李箱里拿出换洗衣服，风一般冲进卫生间。

进了卫生间，她从里面探出半个脑袋来，面无表情地盯着他："祝沉吟，你给我老实点儿。"

他坐在沙发上，朝她举了举双手："今天绝对没有洗鸳鸯浴的计划。"

她"呸"了一声，没好气地锁上门，隔着门都能听到外面的人在笑。

高嘉羡搓了搓自己被逗弄得通红的脸颊，缓和了一下心跳去洗澡了。她洗完澡躺上床，祝沉吟进去洗澡。她一个人裹着被子躺在大床上，看了一会儿天花板，忽然觉得哪里不太对劲。

请问，里面那位老色坏朋友等会儿出来睡在哪儿？这个问题显然只有

185

一个答案——和她睡一张床。

完了。她怎么现在才想到这件事啊？她不是早就应该想到了吗！

都怪他，从进房间开始，就把她搞得晕头转向，完全没办法正常地思考问题！

她噌的一下从床上弹起来，环顾了房间一圈，发现除了她睡的床，这个房间里根本找不到第二个地方可以睡下一个一米八二的大男人。

很显然，某人进了这个房间，就是冲着她这张床来的。

就在她坐在床上激烈地进行头脑风暴的时候，卫生间的门被打开了。

祝沉吟吹干了头发，将吹风机收起来，然后大步朝走来。

高嘉羡僵坐在床上，眼看着他离自己越来越近。他身上带着还未完全消散的热气和淡淡的清香，轻轻地伸手掀开了她左边的被子。

高嘉羡紧紧地攥着自己身上的被子，注视着他动作自然地上床，舒服地半躺下来。

下一秒，她就看到这个男人抬手关了大灯，让房间里只余一盏床头灯，散发着浅浅的光亮。然后，他转过头轻轻地对着她笑。他边笑，边低声对她说："过来点儿，我又不吃人。"

这话听起来，就跟《葫芦娃》里的蝎子精笑得一脸慈祥地对葫芦娃们说"孩子们，过来点儿，叔叔不吃人"是一个道理。

高嘉羡怀疑，只要她稍稍离他再近一点儿，她人就没了。

她紧盯着他，往旁边移动，在自己和他之间生生隔出了可以睡两个人的距离。

祝沉吟垂眸看了一眼两人之间的间距，失笑道："真这么怕我？"

高嘉羡回道："刚脱单的老男人比饿狼都可怕。"

他可是把她摁在腿上一顿深吻的人！有前科，不值得信任！

祝沉吟往后靠了靠，舒服地倚在靠枕上，然后侧过身，用手撑着脸看着她："真不吃人，至少现在不吃。"

高嘉羡不为所动。"至少现在不吃"是什么鬼？

"羡羡，你看我什么时候欺骗过你？"他轻轻地拍了拍他们之间的被子，对她说，"哪怕我再想对你做些什么，我也会征求你的同意。我现在不是还在试用期吗？"

"我都已经等了那么久了。"他哑声说，"也不差这点儿时间。"

高嘉羡觉得某人此刻有很大的可能性是在装可怜博取她的同情，但是对于她这种吃软不吃硬的人来说，他似乎每次都能吃准她。

在他的注视下，高嘉羡极慢极慢地从床的边缘朝他一点点儿挪近，最后停在了和他隔着半个人距离的位置。

祝沉吟替她抽走了她身后的靠枕放在一边，让她能够在床上平躺下来，而后小心地替她掖好了被角。

接着，他摸了摸她柔软的头发，对她说："新年的第一天，听一些不一样的晚安小故事，好不好？"

她点了点头。

他今天没有拿出手机来，就这么温柔地看着她的眼睛，娓娓道来："恒星会在热核聚变结束时膨胀，再逐渐冷却，最终变成一颗白矮星。爱也是会变化的，它就像是一颗恒星的演变，当你以为它结束了，其实它还在，就像恒星变成的白矮星，看着似乎不如先前庞大，却沉甸甸的，任何东西都难以逃离它的引力。"

好家伙，高嘉羡心想，不愧是理科状元，讲个晚安小故事，从童话甜饼，直接给上升到宇宙天体了。

他的手始终轻轻地抚着她的发："我说这话的意思是，爱演变到最后并不是冷却和消逝，而是我越来越爱你，难以逃离你对我的致命吸引。"

她听到这儿，脸颊渐渐变红了。

过了一会儿，她低声问："还有吗？"

他淡淡地笑着："还有，我们在晚间看到的星光，很多是几光年甚至几千上万光年前宇宙另一头的星星散发出来的。当我们一同白头偕老，最终变成宇宙中的一粒尘埃，我也许就能够追着那些星光，站在宇宙的另一头看向我们现在这个世界。

"到了那个时候，如同按下了时光回溯的按钮，我就可以再见到年轻时候的你。"

他望着她继续说道："在书上看到这个的时候，我心里想的是，如果真的有那一天，我一定会去做这件事。"

她问："按时光回溯的按钮吗？"

他轻轻点头。她道："年轻时候的我，你又不是没有见过。"

他们俩是发小，从小一起长大，别说是年轻时候的她了，估计是幼年时期，还包着尿布的她，他都看过

他听了她的话，哑声道："那不一样。"

"羡羡，你不知道，你离开长川之后，我一直很后悔。"他顿了顿，"我总在想，以前我有那么多的机会，可以在离你最近的地方看着你，但

是我没有好好珍惜这些机会，连你什么时候突然长大了我都浑然不知。

"我有段时间一直在跟自己生闷气，气自己为什么没有更早一点儿发现自己喜欢你这件事。

"那样的话，我就会抓住每一次机会，看你笑，跟你说话，看你平时在学校里是什么样子，哪怕是借着给你解题的由头也要给你打个电话，多靠近你。

"那样的话，或许我会更早鼓起勇气来追你，你可能也不会离开长川那么长时间了。"

他没有说出口的是——那样的话，我们或许就不会错过那么多年了。

他话音落下，高嘉羡才恍然感到自己的眼眶有些发酸。

暗恋最刻骨铭心的痛就是，在那段漫长的岁月里，只有你一个人知道你喜欢他。你没有办法告诉别人，更没有办法告诉他。你所有的努力他都看不到，因为他根本就不知道。你甚至无法苛责他。

那段本应闪闪发亮的时光，因为偏差，他们终究还是错过了。

人生没有办法倒带重来，过去终究过去了，还有比过去更重要的未来需要关注。她更想要未来的全部。

她缓了一下呼吸，闭上了酸涩的眼睛："祝沉吟，现在其实也不晚。"

祝沉吟的目光轻轻地闪动了两秒。而后，他微微俯下身，在她的额头上落下轻轻一吻："在能够按下时光回溯的按钮之前，我会先以加倍的热忱去珍惜现在和未来的你。"

"羡羡，"他轻声道，"谢谢你愿意给我这个机会。"

后来，他们俩又说了很长时间的话。

祝沉吟跟她说起他在读硕博时期以及刚进入医院时遇到的趣事。

高嘉羡饶有兴致地听着，她能感觉到此刻他很放松，她也猜得到，这些事他从没有和其他任何人说起过，包括他的家里人。

他虽温和，但心里有块屏障，谁都进不去，除非他自己愿意主动打开。而那块屏障，在面对她的时候，消失于无形。

某人显然对她的事更感兴趣，说完自己的故事，便主动问起他们不联系的那几年，她独自学习和工作的经历。

高嘉羡跟D国企业外联团开了一天的会原本已经很累了，但经历罗宾的跟踪以及祝沉吟的突然空降及跨年告白，最后登堂入室和她睡一张床的刺激……她这会儿已经感觉不到困意了。看他听得那么起劲，她只能不断地给他讲。

看她讲得嘴唇有些发干,祝沉吟下床给她去倒了杯温水回来,他看着手表对她说:"羡羡,三点多了,你该睡了,熬夜对身体不好。"

高嘉羡差点儿把刚喝进去的水喷在他脸上。

这话说得,好像是她拖着他熬夜似的!分明是他一直在诱哄她,他们俩才聊到现在的!

她喝光了他倒的水,把杯子放在床头柜上,没好气地翻了个身:"你永远都别想再听到本公关官大人给你讲故事了。"她听到他低笑了一声。

祝沉吟关了自己这边的床头灯,只余她那边的一盏小夜灯,也顺势平躺了下来。

"羡羡,"见把人惹恼了,他在被窝里摸到了她的手,"你讲的故事,我永远都听不够。"

"听不够也不给你讲了。"她去推他探过来的手掌,"免得到最后被你反咬一口,说是我硬要讲给你听的。"

祝沉吟的笑声从喉咙里滚出来人:"是亲爱的公关官大人人美心善,我今晚才能听到这么多可爱有趣的故事,我感激不尽。"

高嘉羡冷哼一声,挣了两下无果,才由着他和自己十指相扣。

他用手指轻轻地摩挲了一下她的手背,语气低柔:"我非常期待下次的故事会。"

她其实很清楚,理智稳重如他,今晚会像个小朋友一样缠着她,要她讲那些他不知道的经历到半夜都不舍得睡,是因为他始终对错过的那些年感到遗憾。

听她讲过,就好像自己也陪着她经历了一遍,似乎就能减少几分遗憾。

高嘉羡的心里充斥着酸甜的感觉,她吸了吸鼻子,瓮声瓮气地对他说:"看你表现,要是你今晚越过了三八线,你就永远别想听故事了。"

"遵命。"祝沉吟紧了紧握着她的手,"晚安,羡羡。"

这一晚,他们盖着同一床棉被,牵着彼此的手,纯洁地睡了一觉。

高嘉羡早上睁开眼,发现身边的人的姿势和昨晚睡前一样,甚至可以说是纹丝未动。

他还真的是言出必行啊!

她既觉得欣慰,又觉得有点儿好笑——她不禁怀疑这个男人到底是太听她的话,太害怕失去她,还是真的某方面不太行。

一个血气方刚的大男人,和自己喜欢的女孩子睡在同一张床上,竟然真的一晚上都没有半点儿越轨！！

高嘉羡恨不得给菱画打一个语音通话——瞿溪昂要是跟你睡一张床会不会动歪脑筋？但转念一想，这种问题压根不用问，因为菱画和瞿某人当年是上车之后才确认的恋爱关系。

那按照她和祝沉吟的进度，是不是得先牵手十年，才能上车？

她想着想着，侧过头看向身边的男人，竟然发出了一声叹息。

下一秒，她就看到他睁开了眼。他竟然没有半点儿迷糊样子，眼神清明锐利得像一只鹰。在她还没反应过来的时候，他轻巧地撑起了自己的半边身体，悬在了她的正上方。

他的两只手分别撑在她的两耳旁，高嘉羡浑身一颤，目光一偏，落在他白皙的手臂上，看到了他精壮的肌肉线条。

菱画的预言真没错。这确实是一个穿衣显瘦，脱衣有肉的男人。

"早上好。"他居高临下地看着她，因为刚睡醒，声音还带着嘶哑。

高嘉羡微微仰着头，直觉自己此刻有些危险。

他慢慢地低下头，靠近她的脸颊："昨晚睡得好吗？"

"还行。"她的声音不自觉地紧绷。

"那就好。"祝沉吟轻轻一笑，眸中闪动着性感的光泽。他柔声唤她，"羡羡，我现在有点儿想吃人了。"

高嘉羡看着正上方男人英俊的脸庞以及完美的身材，不自觉地吞咽了一下口水。她一动不动地望着他，连声音都打飘了："祝沉吟。"

他低低地应了一声："嗯？"

高嘉羡："你是在开玩笑吧？"

他的脸颊离她极近，只要一低头，就能吻住她的嘴唇。

这还不是最令人感到窒息的地方。因为他们俩都在被子里，而他的身体悬在她的正上方，身体之间的距离也极敏感。讲得更具体点，就是她能清晰地感觉到他身体的变化。

现在是早晨，朝日初升的早晨，一日之计在于晨的早晨，举行每日升旗仪式的早晨。

感受着那愈来愈明显的变化，高嘉羡几乎是从牙缝里蹦出来了几个字："你能不能……"你能不能不要一大清早就不做人？！昨天晚上出现在吴宾市之前，你还算是个举止规矩的好公民！

"恐怕不能。"她听到他不徐不疾地说，"宝贝儿，这是证明我很行的正常生理现象。"

窗帘还未拉开,阳光半透进来,略为昏暗的房间里,他漂亮的眼睛半阖起来,而后他直直地吻了下来。他似乎不满足于蜻蜓点水的触碰,刚吻下来就想去撬开她的牙关。

高嘉羡的脸已经红透了,躲避着他的唇齿厮磨,企图做最后的挣扎:"没、没刷牙……"

某人就像完全听不到她的话一样,趁她说话的工夫,热烈地吻着她,比昨晚更娴熟,更老练,更令人脸红心跳。

祝沉吟的吻越来越深,呼吸愈来愈粗重……这对她来说是完全陌生的祝沉吟,她从来都不知道,那么清隽斯文的人,在触碰她、亲吻她时会是这样危险又热烈的神态。

他眼眸里满是渴求。

高嘉羡就算再懵懂,都知道再这么下去,擦枪走火是必然的结果。但是她等会儿还要和同事们一起赶飞机回长川,这件事发生在此时此地,好像略显仓促。

可是,如果他现在真的动了这个念头,她应该不会去阻止他——因为她也确实很想拥有他。她没有想到的是,某人竟然在她喊停之前,从她的身上硬生生地离开了。

她一愣,看到他的眸子里依然燃烧着热烈的火,而他的身体也在传递着同样的信息。

祝沉吟急促地喘息了两声,而后抬手掀开了被子:"羡羡,我去冲个澡。"高嘉羡下意识地伸手拽住了想要翻身下床的他。祝沉吟侧过头望向她。

"你……"她拉着他的手臂,红着脸欲言又止道,"就这样行吗?"

不是说要吃人的吗?怎么才刚刚拿起刀叉,就放下了呢?

他顿了一秒,声音低哑道:"你知道你这话是什么意思吗?"

高部长恨不得把自己的嘴给缝上。她是出于好心,觉得让他这么生生忍住很不人道,但这句话翻译过来,不就是"这样结束不行,咱们俩继续"的意思吗?

见她红着脸僵在那儿进退两难,他低笑了一声:"没事的,今天到这儿就差不多了。"

"等回去之后再慢慢吃。"他拉着她的手放在唇边亲了亲,然后翻身下床,"我还挺想试试顾姨铺的那床红被子,铺了那么久,一直都没机会试。"

给爷麻溜地滚。高嘉羡将被子卷过来，把自己裹得像个蚕蛹。

祝沉吟垂着眸子看向她，没说话。

就在她以为他被她奚落得无地自容，要躲进浴室的时候，某人竟然利落地弯下腰，从裹成蚕蛹的被子里精准抓出了她的手。

高嘉羡一脸惊恐，他紧紧地扣着她的手，往刚刚她目光停留最长的地方贴了过去。

没了。她人没了。平时威风凛凛的高部长感觉自己在这一刻被击打得灵魂出窍了。

在确保她完整地进行用户体验后，他才松开她的手，笑吟吟地望着她："还满意吗？"

她的脸烧起来，嘴唇发抖，想骂他是个彻头彻尾的禽兽。

等他关上浴室门后，高嘉羡仿佛被雷劈中一般。

等她和祝沉吟都洗漱完毕，房间里的旖旎气氛总算是消散了一点儿。

高嘉羡自打他从浴室里出来之后就始终离他很远，生怕他一时兴起，又拖着她做一些令人难以启齿的事。

祝沉吟整理完行李，站在门边，笑着对坐在沙发最里面的她说："我先去机场了，你看着时间，等会儿跟萍姐他们一起走，我们长川见。"

他估计也是为了她考虑，想要避嫌，不想让外联代表团的其他人看到他来这里找她。

高嘉羡恨不得他立刻从自己的面前消失，挥着手，语气轻快："好走不送。"

祝沉吟心里觉得好笑，顿时又兴起恶趣味。他手搭门把，转过头叫住她："羡羡。"

"我今天学到了一个形容词的新用法，想和你分享。"他的语气不紧不慢，"我头一次知道，原来这个形容词除了可以用来形容景物，还可以用来形容人体的器官。"

一开始高嘉羡还信以为真，等听到最后几个字的时候，才发觉好像有哪里不太对劲。

人体的器官。难道……下一秒，她就看到他微微一笑，薄唇轻启："这个词，叫作壮观。"

"宝贝儿，听到你这么夸奖我，我很欣慰。"他笑得灿烂，"我会用实际行动来证明，我绝对不是徒有其表。"

高嘉羡再次面红耳赤，感觉自己快要原地蒸发了。直到上了去机场的车，高嘉羡还在微信里疯狂地轰炸菱画。

她那么多年的好姐妹，从今天起，被她拉入黑名单了！

谁能想到，这个重色轻友的女人竟然那么不靠谱，连姐妹之间的私房话都泄露出去，还传回了当事人的耳朵里？！

她以后还要不要在祝沉吟面前做人了？

上了飞机之后，她的心情总算是平复了一些，准备等落地长川之后再慢慢和祝某人算账。

飞机进入平稳飞行的状态，她跟身旁的温玉萍讨论了一会儿公事后，准备闭目养神。

就在她快要睡着的时候，身边的温玉萍剧烈地咳嗽起来。

高嘉羡猛地睁开眼，只见温玉萍脸色煞白，正用纸巾捂着嘴，不断地耸肩咳嗽，因为离得近，高嘉羡看到纸巾上还有鲜明的血迹。

"萍姐！"她蹙着眉头，侧过身扶住温玉萍，"您还好吗？包里有药吗？我让空姐帮您倒杯热水。"

温玉萍咳得连话都说不上来，冲着高嘉羡虚弱地摆了摆手，示意自己没事，然后又轻轻指了指自己的包。

高嘉羡瞬间会意，按了服务铃，帮温玉萍从她的包里翻药。打开夹层，里面有好几个小药瓶，高嘉羡看得心一沉，将那些药瓶依次打开，接过空姐递来的水，然后将药片按剂量倒出，轻轻地递到温玉萍有些发紫的唇边。

温玉萍虚弱地张开嘴，将那些药片全都吃下去，喝光了一整杯水，才稍稍缓过来。她轻轻地开了口："谢谢你，嘉羡。"

"萍姐您别跟我客气。"高嘉羡忧心忡忡地看着温玉萍，"只是，您确定您真的没事吗？您都咳出血来了。"

温玉萍之前说她得的是小病，没什么大碍，可是高嘉羡并不觉得她的身体状况只是得了小病。

祝沉吟坐的飞机比他们要早起飞一个多小时，因此会比她早落地长川。

飞机落地之后，高嘉羡打开手机做的第一件事，就是把刚刚温玉萍所用的药物名称发给他，问他这些药物用于治疗什么病，情况是否严重。

她希望祝沉吟告诉她，这些药物所治疗的疾病其实并不严重，是她多虑了。

高嘉羡全程紧跟在温玉萍的旁边，将视线牢牢地锁定在温玉萍的身上，生怕她发生什么突发状况。

等到他们进了停车场,她仍没有等来祝沉吟的微信消息,却等到了他打来的电话。她接起电话,才贴在耳边,就听到他语气很严肃地问她:"羡羡,这些药物是谁在使用?"

高嘉羡心一紧,侧头看了一眼温玉萍,而后转过脸,用手捂着自己的嘴,欲言又止道:"那个……"

没等她说话,祝沉吟已经低声开了口:"萍姐?"

高嘉羡:"嗯。"

他似乎是在快走,说话时声音里带着轻喘:"你们现在人在哪儿?"

"A14停车场。"高嘉羡拉开了车门,示意温玉萍先坐进去,"正准备上车。"

就在这时,走到车门边的温玉萍突然打了个晃。下一秒,温玉萍眼一闭,身体一歪,朝地上栽了下去。

"萍姐!"高嘉羡一声惊呼,猛扑过去抱住差点儿摔在地上的温玉萍。

温玉萍已经失去了意识,任她怎么喊、怎么摇,都没有反应。

其他同事听到动静,立刻朝她们这边跑了过来。

高嘉羡急得满头大汗,只听到电话那头祝沉吟镇定地说:"羡羡,我就在A15停车场,马上到你那边。"

"萍姐的病情非常严重,需要马上送到医院急救。"

第十一章
你很耀眼

看到温玉萍晕倒在自己怀里的时候，高嘉羡的大脑一片空白。

好在电话那头祝沉吟的声音温柔有力，让她在这紧急情况下回过神，稳住了阵脚。

卢主任他们围拢过来，看到这样的场景，也全都吓坏了，一个个大呼小叫着温玉萍的名字，急得像热锅上的蚂蚁。

高嘉羡挂掉电话，让另两位同事和自己一起把温玉萍抬上车，然后冷静地对卢主任说："我先生马上就到，我们把萍姐直接送到他所在的仁晨医院急救。"

她话音刚落地，就看到祝沉吟高挑的身影出现在了人群的后面。

她冲着他招了招手，其他同事也自发让开了一条道，让他得以迅速地来到她的身边。

"我刚刚已经跟医院的同事联系过了，救护车正在往这边赶。等会儿我们开这辆车直接到伍平路那个路口和救护车会合，然后换车。"祝沉吟对她说完，然后转过身对卢主任说："卢主任，麻烦你现在和萍姐的家人联络一下，让他们直接去医院，我和羡羡送萍姐去医院。"

"好。"卢主任毕竟是除了温玉萍之外这拨人里资历最深的，已经冷静了下来，"我来联系萍姐家属，再开另一辆车带两个同事跟你们一起去医院。"

"其他人都先回各自的工作岗位，切记不要与任何人提起刚才发生的事。"卢主任交代完，大家迅速散去。

祝沉吟上了驾驶座，利落地发动车辆离开停车场。

高嘉羡坐在车后座，一直神色紧张地扶着昏迷不醒的温玉萍。

她的担心终究还是变成了现实。

自从上次在记者会上发现温玉萍身体不适之后，每一次见面，她都觉得温玉萍的脸色和精神状态要比上一次看到时更糟糕。

想到温玉萍这段时间频繁提起要她做自己接班人的话，她很难不把情况往坏处想——温玉萍像是从头到尾都很清楚自己的病情，却放任病情发展，不去做积极处理。

"羡羡。"正当她陷入沉思时，听到祝沉吟在前面低声叫她的名字。

她轻轻抬起眼。

他通过后视镜看了她一眼："还没到急救室，先别把情况往最坏处想。"

她轻轻地点了一下头。

祝沉吟开车又快又稳，很快，他们就到了伍平路路口。

下了车，等候在一旁的医护人员和他们一起把温玉萍搬上了担架，高嘉羡将原来的车交给紧随其后的卢主任和两位外联部同事，然后和祝沉吟一起陪同温玉萍坐上了去仁晨医院的救护车。

救护车朝着仁晨医院一路疾驰而去，高嘉羡看着医护人员动作熟稔地给温玉萍做急救，攥着衣角的手不由自主地紧了紧。

下一秒，祝沉吟握住了她的手，同她十指相扣。

紧贴着的手掌，传递着温度，让她的心不由得一暖，她忍不住侧过头去看他。他的目光低垂着，鸦羽般的睫毛在眼睛下方投下一片淡淡的阴影，显得格外温柔又安静。

"刚刚还没来得及问你。"她注视着他，声音低哑道，"你比我早到那么多，怎么我到的时候你人还在机场？"

"说出来你可能不太相信。"他的声音也很低，"因为总感觉你可能会需要我，所以我到了之后一直在停车场等着，想等你安全上车了我再回医院。万幸，能够及时帮到你。"

听他说完，高嘉羡感觉自己的鼻尖陡然有些发酸。

虽然他嘴上轻描淡写，她却觉得，是因为他一直在牵挂她，担心她，生怕她遇到什么事，想要及时护着她，所以才会默默地在停车场等着她。

前路漫漫，但从这一刻起，她再也不会觉得孤独，再也不会对未来感到担忧、迷茫。

"羡羡。"祝沉吟抬起他们紧扣着的手，将她的手背轻轻地在自己的唇边贴了贴，"接下来，你需要做的，就是安抚萍姐的家属，为萍姐祈祷，剩下的都交给我。"

高嘉羡点了点头："萍姐的病，究竟有多严重？"

"她的病已经拖了很久，我猜测她的家里人都不太清楚具体情况，她有可能拒签过病危通知书，这段时间全靠药物在维持。"祝沉吟说，"虽说情况确实不好，但我刚刚已经和另一位医生电话讨论过，可以尽力一试。"

手术台上的事，已经超出高嘉羡的把控范畴了，专业的事交给专业的人。在医术方面，她绝对信任身边的这个男人。

到了仁晨医院后，祝沉吟一下车便立刻去换衣服准备上手术台，高嘉羡和卢主任则一起陪着温玉萍的丈夫和子女，等在急救室外头。

温玉萍的丈夫程毅高嘉羡之前见过几回，性子斯文儒雅，风度翩翩，在长川最好的大学当教授，是一个温柔平和的人，和温玉萍生活多年，一如当初那般恩爱。

从某种程度上来说，程教授和祝沉吟有些相似，所以她第一次见到程教授就既欣赏又尊敬。

她总想，祝沉吟以后上了年纪，可能也是这个模样。

现在，这位脸上总是挂着笑，偶尔开开玩笑逗大家乐的中年男人，仿佛一瞬间老了好几岁，脸上半点儿笑意都没有。

"程老师，"高嘉羡看得心疼，忍不住出声道，"萍姐吉人自有天相，一定会好起来的。"

程毅点了点头，嗓子已经哑了："我刚才还想不明白，为什么她要一直瞒着我这件事，明明我们每天都要说很久的话。"

"我知道她最近身体不好，总在吃药，说过好几次要陪她去医院，但她总找借口自己偷偷去看医生，回来又跟我说什么事都没有，还把病历本藏起来不让我看到，像个小孩子似的。"

"现在我突然就明白为什么了。"程毅摘下眼镜，用手指轻轻地按了按泛红的眼角，"她这次去吴宾市之前跟我说，她想我一直记住她年轻时最美好的模样。"

听完他的话，高嘉羡忽然明白了一向稳重的温玉萍为什么会选择如此任性地隐瞒自己的病情。

生了病的人，不仅会衰老得更快一些，脸上还会多出很多皱纹，脸色不好，头发也会掉，精气神大不如从前，还得来回跑医院，甚至可能要住院。

温玉萍是一个很要强的人，这么多年来她代表企业对外发言，从来都是坚定强势的。所以，她一直拖着，不想对折磨自己的病魔示弱。她连自己的另一半也隐瞒着，因为不想让他看到自己衰老病弱的模样。

不知道为什么，高嘉羡特别能够理解温玉萍在这件事情上的任性妄为。

无论处在人生的哪一个阶段，每位女性的心里都还是藏着一位少女——希望自己所爱之人永远都只记得自己最好的样子。

温玉萍如此，她也是一样。

如果可以，她也希望祝沉吟记得的永远是她风华正茂的样子。

她突然有些明白之前祝沉吟为什么始终不肯说出心中的秘密了。他在爱情里也有他的任性，希望她只关注到他身上的光芒和温暖。

这台急救手术持续的时间很长。

直到医院长廊尽头的窗外透进落日的余光，手术室的灯才终于熄灭。

所有人齐刷刷地从长椅上起身，等着急救室的门打开。

很快，大门打开，祝沉吟和几名医生、护士一起将温玉萍推出来。祝沉吟的神情看上去虽然有些疲惫，但并没有霾色。

高嘉羡心里放松了一半。

果然，祝沉吟停下脚步，对神情紧绷的家属们平静地说："手术算是比较成功，今晚再在 ICU 观察一晚，如果没有突发情况，萍姐就彻底脱离鬼门关了。"

程毅听到这话，眼眶瞬间就湿润了："谢谢你，祝医生。"

"没事，应该的。"祝沉吟冲他们点了点头，"你们也辛苦。等会儿会有人过来告诉你们后续需要配合做什么，我也会持续观察萍姐的情况。"

程毅和他的子女都是高素养的人，闻言立刻安安静静地让到一边，让他先去休息。

高嘉羡和祝沉吟一同离开之前，程毅再次郑重地对她道了谢："嘉羡，今天真的谢谢你和你先生，若没有你们，我真的无法想象玉萍会怎么样。"

高嘉羡摆了摆手："程老师，萍姐是我的恩师，对我恩重如山，这些都是我应该做的。她平安健康，我也安心。"

程毅微微颔首："玉萍有你这样优秀的学生，是她一生的骄傲。"

回到科室，里面出奇地安静。

"顾蛋呢？"趁着祝沉吟换衣服的空隙，高嘉羡看了一圈，发现顾瀛不在。

"他在跟手术。"祝沉吟换下手术服出来，在椅子上坐下，"他马上要升主治，会比之前忙很多，整天都在唠叨没时间去找苑星，担心苑星在外面找小鲜肉，我头都要被他念叨炸了。"

高嘉羡想象了一下那个场景，阴郁了一天的心情稍稍放晴，忍不住笑起来。

祝沉吟看着她，也跟着露出了一个笑。

高嘉羡转头看到他温柔的眼神，心中一动，大步走到了他的身边。然后，在他的注视下，她指了指他的腿："我的专座。"

祝沉吟敛下眸中神色，朝她伸出手："嗯，你的。"

高嘉羡在他的腿上坐下来，抱住他的脖颈，贴在他的耳朵边轻声说："谢谢你。"

谢谢你一直默默地守候着我，谢谢你在我担心、害怕的时候给予我信心与温暖，更谢谢你将我的恩师救回来。

"羡羡，"他抬手抚了抚她的发，"你猜猜看，我每次从手术室出来，安慰守候在门口的病人家属的时候，我会对他们说什么？"

她从他的怀抱里抬起头。

"我会和他们说，祝姓在古代是掌管祭祀活动的祭司，是可以和神对话的人。而我恰好姓祝。"他在她柔软的发丝上落下一吻，"你知道我最喜欢对掌管生死的神说什么吗？"

她一动不动地望着他，怔住了。

"今天不行。"他的声音淡定而从容，蕴含着无形的力量，"如果你想要带走我手里的病人，永远不会是今天。"

高嘉羡一直都很敬佩从医者。无论是从职业上说，还是从价值高度上说，医生都是她眼里顶尖的职业。更何况，她喜欢的人就是一名医生。

从前不在他的身边，她无法深刻地去理解他的职业性质。而现在，她在离他最近的地方，看到他每天尽心尽力地为医治病人，让他们的病情有所好转。

今天，她更是亲眼见证了他将她的恩师从死亡线上抢救回来。

他每一天都在和死神抗争，从死神的手里把他的病人抢夺回来。手术台是他和死神的战场，他的双手则是他制胜的武器。

他在尽力让这些病人有机会再看到枝繁叶茂，繁花盛开的世界，看到他们记挂思念的人。

她喜欢的人每天都在做这么有意义的事。她真的很高兴，也很骄傲。

想到这里，她不禁垂下眸子，去看他那双漂亮的手。

他的手是她这辈子见过的最好看的男性的手，修长又白净。

这双手平时写病历,安抚病人,做手术……这双手也会牵着她的手,抚摸她的头发,捧着她的脸颊,温柔地拥抱住她。

她越想心越热,不由自主将他的手拉起来,格外认真地亲了亲他的手背。等做完这个动作,她才后知后觉地感觉到害羞,慌忙放下他的手,眼神飘忽着四处看。

祝沉吟的眼眸暗了暗,他抬起手,轻轻捏着她的下巴,示意她看着自己的眼睛:"使完坏就跑,谁教你的?"

她看着他上下滚动的喉结,声音轻若梦呓:"谁使坏了?"

祝沉吟凑得更近了些,几乎是贴着她的嘴唇说话:"宝贝儿。"

确定彼此的心意之后,除了以前的昵称,他还会叫这个听起来更令人脸红心跳的称呼。每回他这么叫她,她都觉得自己的心仿佛被羽毛挠过似的,又痒又甜。

科室里很安静,高嘉羡只能听到自己的心跳声:"嗯?"

祝沉吟:"这么喜欢哥哥的手啊?"

听到这句话,高嘉羡的脸瞬间涨得通红,她从牙缝里憋出来一个字:"你……"

"哥哥的手还能做很多别的事。"他靠近她的耳边,悄声说了几个字,"比如……"

高嘉羡的耳朵红得简直要滴血,她感觉自己开始缺氧了。

"来,哥哥先教你使点儿别的坏。"说完,祝沉吟轻轻捏了一下她的下巴,低头朝她吻了过去。

他坐在椅子上,她与他面对面,坐在他的腿上,被他搂抱着,背靠着桌子,无处可逃。

最开始,他只是扣着她的下巴,轻轻地吻着她,极尽温柔。但越到后来,他就有点儿收不住力道,把她紧紧地夹在自己的身体和桌子之间,吻得越来越深。

高嘉羡渐渐喘不过气来,不自觉地发出了细碎的声音。而最令人招架不住的是,她此时此刻坐的位置很是尴尬,要是她再往前坐一点儿,她怕自己会被烧得体无完肤。

祝沉吟虽理智尚存,但碰上她,到底会比平时冲动肆意一点儿,光吻她的嘴唇还觉得不够,后来索性转移了地方,认真地亲了亲她小巧可爱的耳垂,而后又去轻咬她颈侧细嫩的皮肤。

高嘉羡被他亲得浑身发软,悔得肠子都青了——她就不该去招惹他,亲他的手背！简直就是自作孽，不可活！

她正在想她该怎么样把这个"祝狼"从自己身上扯开的时候，科室的门被嘭的一声打开了。

高嘉羡身体一僵，下意识地抓住了祝沉吟的肩膀。

祝沉吟立即停下亲吻她脖颈的动作，将她整个人牢牢地嵌进自己的怀里，抬起头看向门口。

门口站着刚下手术的顾瀛。顾蛋同学一个大大的哈欠僵住了，嘴巴张得像只大河马似的，一动不动地盯着屋内的两个人。

祝沉吟没想到这傻帽手术结束得这么早，有些后悔刚刚进来的时候没锁门。他低低咳嗽了一声，神色淡淡地看着顾瀛："看够了吗？"

顾瀛被这一声拉回了一点儿神魂，他往后倒退了几步，想给他们关上门，忽然停下脚步，理直气壮地叉着腰说："我没走错啊！"

高嘉羡实在是坐不住了，匆忙地从某人的怀抱中挣脱下来，拉了拉自己身上皱巴巴的衣服，尴尬地冲顾瀛摆了摆手。

"苍天啊！"顾瀛一边走进科室，一边捂着自己的胸口，慷慨激昂地说，"老天爷为什么要这样对待我？！我辛苦一天，好不容易想喘口气，本来就沉浸在见不到我家小星星的悲痛之中，却还要目睹这对无良夫妻在行苟且之事……"

"苟且你个鬼！"高嘉羡白他一眼。

"顾瀛，你的语文是体育老师教的吗？"祝沉吟在后面轻飘飘地说道，"我们是合法夫妻，做任何事都是光明磊落的。"

"不像某些人，"他弯了一下嘴角，"和人姑娘在一起那么久，到现在还没个名分。"

"祝沉吟你这个狗！"被戳到痛处，顾瀛顿时拍胸大喊，"你这个老色坯刚刚恨不得把你老婆的脖子都给咬下来！我都看到了！"

闻言，高嘉羡的脸颊瞬间发烫，她转过脸狠狠地瞪了某人一眼，却看到他脸上笑容荡漾。

"坏别人好事，你还有脸在这儿嚷嚷。"祝沉吟怕自己再笑下去会把旁边这只小刺猬惹毛，于是敛起笑意，看向顾瀛，"喝完水赶紧滚。"

顾瀛："祝沉吟！你不爱我了！你这个重色轻友的负心汉！"

祝沉吟："你再这么恶心，我就打电话给楼下的保安，让他上来抓你。"

顾瀛："嘤嘤嘤！"

201

顾瀛在科室里发完疯，很快就去忙下一台手术了，刚刚房间里的旖旎气氛也被搅得烟消云散。

高嘉羡后来始终离那张桌子远远的，不再让某人有机可乘。

某人现在张口闭口都是她招架不住的情话，再配合他高超的行动力，总让她觉得自己时时刻刻都像一条躺在砧板上待宰的大肥鱼。

两人稍事休息后，祝沉吟去ICU观察了温玉萍的情况，并和其他医生以及程毅一起讨论了一下温玉萍接下来的治疗方案。

等忙完，已经是深夜了。

祝沉吟为了去吴宾市找她跨年，前几天连着值了好几天班，睡眠本就严重不足。两人连轴转到现在，好不容易上了车，准备早点儿回家休息，谁知车刚开出医院，祝沉吟的手机就响了起来。

因为他在开车，手机是搁在一边的，他一边打方向盘，一边温声对身边的高嘉羡说："羡羡，帮我看一下是谁的电话。"

她依言拿起手机，看了一眼屏幕："是龚姨，我可以接吗？"

听见这话，祝沉吟打方向盘的手紧了紧，脸色肉眼可见地沉了下来。他干脆将车停靠在了路边。然后，他朝她伸出手，示意她把手机递给自己。

高嘉羡一看到他的脸色，心里就有种不太好的预感。果然，她将手机递给他后，眼看着他将电话接起来贴在耳边，叫了一声"妈"之后，就再也没有说过一个字。

车厢里很安静，她隐隐约约能听到从他手机里传来的哭叫声、打砸声、吵闹声，具体内容实在是听不太确切。

大概过了一分钟，祝沉吟面无表情地对着电话说："我现在过来。"

挂了电话，他将手机扔回架子上，转过脸，若无其事地说道："羡羡，我先送你……"

"祝沉吟，"高嘉羡抬手打断了他的话，"你是有健忘症吗？昨天你刚对我说过的话，今天就全忘光了是吗？"

祝沉吟一怔，眼眸微微动了动。

"你说过，等一回到长川，就会将所有隐瞒我的事全盘托出。还是说，那些都只是为了让我接受你的告白而一时兴起说的谎言？"

"不是谎言。"他垂下眼眸，声音更低了一些，"羡羡，我永远都不会欺骗你。"

"我能明白你心中的那些顾虑，可是我希望你不要小看我，也不要低估我对你的感情。"

她的目光在夜色中显得格外锐利："如果我只是因为看到了你身上不那么完美，不那么光鲜的一面，就选择离开你，那我应该也不值得你喜欢这么多年吧？"

祝沉吟一时沉默下来。

这一刻，高嘉羡能够清晰地感受到这个男人的犹豫和迟疑。她相信他对她的感情，但她也明白他想永远只让她看到他好的那一面的私心与对她强烈的保护欲。

人类是这个世界上情感最丰富的生物，正是因为受七情六欲的支配，人类才会拥有浩瀚壮丽的人生。

她希望他能够向她敞开心扉，无论她要面对的是什么，她都愿意接受。

"好。"过了良久，他像是终于下定了决心，轻轻地扣住了她的手，"羡羡，我答应你。今晚，你会知道你一直想知道的所有答案。"

祝沉吟将车调了头，带着她与回家路相反的方向驶去。

深夜的路上，车辆不多，他们穿过城区，很快就来到了城郊的接合处。

高嘉羡对这一片不怎么熟悉，看见路牌，她忽然想起很久以前听顾宁说起过，这一带有一家非常好的私立医院，一般人住不进去，只有非富即贵或者有一定背景的人才有资格住在里面。

等祝沉吟将车开进和义医院的大门时，她不禁在心中暗叹自己超凡的第六感。

祝沉吟对这家医院似乎已经非常熟悉了，停了车，连保安叔叔都相当熟稔地跟他打了个招呼。他礼貌地跟保安叔叔寒暄了几句，向保安叔叔介绍了身边的她："这位是我的太太。"

保安叔叔笑着冲她点了点头，忽然瞪大了眼睛："这不是……最美公关官吗？！我没看错吧！这是微博上那个把D国佬撑得连屁都不敢放一个的高部长吧？！"

高嘉羡被"最美公关官"这称号搞得一愣，见身边的祝沉吟都用拳头抵着唇笑了起来，连忙不好意思地连连摆手："别，叔叔，您饶了我吧。"

"小祝你可真是好福气啊！"保安叔叔笑得愈加开怀，"竟然能把最美公关官给娶回家！牛！"

"嗯。"祝沉吟的目光柔和得和这一地的月光一样，"这世界上没人比我更有福气了。"

保安叔叔分外热情，又拖着他们聊了一会儿天，还问了一些高嘉羡跟D国企业进行战略会谈时的八卦，才依依不舍地放他们离开。

祝沉吟牵着高嘉羡的手朝住院部的大楼走去，耐心地向她解释："这个束叔叔话特别多，每次我过来，他都喜欢拉着我聊好久。"

她转头望向他："你从什么时候开始来这里的？"

"有大半年了吧。"他的目光看不出情绪，"每个星期固定来一次，有时候还会因为突发情况过来，所以束叔叔对我才会这么热情。"

高嘉羡回想到那次吃火锅时，顾瀛说祝沉吟大半年前突然开始玩失踪，回来以后心情就会变得不好，发现两者完全对得上。

他们来到住院部六楼，祝沉吟带着她径直朝走廊最尽头的那间病房走去。因为是高级私立医院，走廊里十分安静。门口值班的护士与祝沉吟熟识，轻声跟他打了个招呼，连登记也帮他一并完成了。

离那间病房越近，从里面传来的嘈杂声就越大。

高嘉羡心中的惴惴不安愈加强烈，她侧过头看身边的祝沉吟，发现他脸上刚才同她说话时的温和表情已经荡然无存。

当他们走到门口的时候，病房门突然从里面被打开，一位戴着眼镜的中年男医生气呼呼地走出来，反手合上门，皱着眉头推了推眼镜。

祝沉吟开口叫人："吴医生。"

吴医生抬眼看到他，愣了一下，而后脸色稍微放缓和迎上来："小祝，你来了啊！"

祝沉吟朝吴医生点了点头："真的很抱歉，又给您添麻烦了。"

吴医生似乎不忍听到他这么说，叹了一口气："每回让我难办的人又不是你，但最后总是让你来跟我道歉。"

祝沉吟摇了摇头："毕竟是我家人给您添麻烦，我理应向您道歉。这大半年您为了我爷爷的病尽心尽力，我非常感激。"

吴医生再次低叹一声："小祝你自己也是医生，应该最清楚你爷爷的情况。你爷爷刚转院进来的时候我们就已经说过，现在的治疗方案都只是在维持他的生命。用再好的药物也是治标不治本，能多拖上一天就是好事，情况如果出现恶化，那也是再正常不过的，这是你们作为家属都要接受的既定事实。"

祝沉吟低低地应了一声："嗯。"

"可是你爸从来都不听啊！"吴医生皱着眉头，"每回情况出现恶化，你爸和你婶婶都跟疯了似的。你爸这脾气，现在已经闹得医院人尽皆知了，给我们医院的管理也带来诸多困扰。而且看到你妈被他那样对待，我实在是于心不忍。你爷爷生病，你妈为什么要遭罪啊……"

祝沉吟似乎不愿同外人多谈这件事，对吴医生深深鞠了个躬："谢谢您，吴医生。"

听到现在，高嘉羡已经大概知道目前的病房里是个什么情况了。

她也猜到每次给祝沉吟打来紧急电话的那个人是谁了。

连身为外人的吴医生都因此产生了那么多的负面情绪，就更别提祝沉吟了。

当祝沉吟牵着她的手带她走进病房的那一刻，高嘉羡觉得自己到底还是把情况想得偏好了。偌大的病房里，原本洁白干净的墙壁上，此刻沾染着茶水和水果摔上去的大片湿痕。地上则是一片狼藉——有砸碎的杯子，倒在地上的椅子，还有摔烂的水果，以及扔在地上的包和衣物。

祝文军怒气冲冲地站在病床边，他的手里拿着一个碎了一半的花瓶，身前的地板上倒着头发凌乱，额头上还流着鲜血的龚莉。

管芯和祝容融则站在病床的另一边冷眼旁观着。

高嘉羡看得近乎目眦尽裂，她二话不说，冲到龚莉身边，将龚莉从地上扶了起来。

龚莉没想到她会出现在这儿，双眼通红地看着她，哑声唤道："羡羡。"

高嘉羡咬了咬牙，将龚莉扶到离祝文军最远的角落，仔细看了看她额头上被花瓶砸出来的口子，忍着怒火道："妈，我等会儿带您去包扎。"

祝沉吟冷着脸大步走到祝文军面前，一把夺过祝文军手里破碎的花瓶，重重地放在一旁的柜子上，看着祝文军："爸，疯够了吗？"

祝文军听见这话，脸顿时涨得更红了："你说什么？！"

"我说，"祝沉吟浑身都散发着冷冽的气息，"大半夜的，把医院闹得鸡犬不宁，让主治医生和护士轮流过来看您发疯，又砸东西又打人，您是不是觉得很痛快，很有成就感？"

"大半年了，"他冷笑了一声，"每回爷爷的情况稍有不好，您跟姊姊就恨不得把这家医院都给拆了。"顿了顿，他又说，"也恨不得把我妈折磨死。"

祝文军怒目圆睁，猛地冲他抬起了手。

"上次您扔花瓶给我盖的勋章还在这儿。"祝沉吟抬起手，指了指自己的左眼下方，"您觉得盖得还不够好看是吗？"

他说话丝毫不留情面，饱含讥讽和奚落，祝文军被激得浑身都在发抖。

他指了指扶着龚莉的高嘉羡，对着祝沉吟厉声道："你带她来这儿干

205

什么？"

"我为什么不能带她来这儿？"祝沉吟冷眼看着祝文军，"羡羡是我的妻子，理应有知晓一切真相的权利。您既然都愿意让陌生人看到您的精彩表演了，怎么就不能让您的儿媳妇也跟着瞧瞧？"

祝文军把旁边唯一一把立着的椅子推倒在地："祝沉吟，你真以为我不敢动手是吗？你以为你结了婚，就能跟着那姑娘脱离祝家？我告诉你，只要你一天姓祝，你老子就能管着你们！"

祝沉吟还未说话，一直站在一旁。一言不发的高嘉羡让龚莉靠在门边，大步走到了他的身旁，她扬起下巴看向祝文军："我不姓祝，但我今天就站在这儿不走了，您敢对我怎样？

"我不知道为什么到了二十一世纪还满脑子封建思想，不过，那是您的心理问题，我管不着。但您动手，我就得管。"

她指了指龚莉："这是您的结发妻子，勤勤恳恳地照顾操持家庭几十年。爷爷卧病在床，也都是她一个人任劳任怨在照顾吧？

"爷爷的病情但凡出现恶化，您就拿她和医院撒气，那请问您这个亲儿子平时在干什么？她是个和您一样平等的人，凭什么要当您的出气筒？"

说到这儿，她又转过头看向站在床边的管芯和祝容融："还有这两位，整天过着奢华生活却喜欢哭穷的可怜人，你们平时又在哪里呢？只要有热闹看，你们就积极现身了，看着他动手，恨不得也跟着上去踩两脚？"

管芯和祝容融被她撑得脸一阵青一阵白。

"我没说错吧？"高嘉羡虽然脸上挂着笑，但眼底没有半点儿笑意，"祝家人除了妈妈和沉吟，个个欺软怕硬，三观颠倒，良心都被狗吃了。"

这些话，要是放在平时，她绝对不可能当面说出来的。祝文军毕竟是祝沉吟的亲生父亲，也是她的公公，更是她从小就认识的长辈，怎么着都要顾着点儿面子。

但当铺陈了那么久的暗线在今天全部串起来的那一刻，她根本控制不住自己的怒火。

龚莉凭什么要活得如此受委屈？她为这个家付出了所有，没有得到半点儿感恩，还要屡次遭受苛责。

还有祝沉吟，他明明什么都没有做错，却要不断地遭受祝文军给他带来的灾难，甚至还要替祝文军收拾残局。

他每次接到龚莉给他打来的求助电话，匆匆忙忙赶过来看到这一地的狼藉，承受祝文军的怒火，他该有多么痛苦、无助？

祝文军听完高嘉羡那些话，气得丧失理智，他已经伸手碰到了柜子上那个破碎的花瓶。

祝沉吟抢先一步，将高嘉羡严严实实护在了自己的身后，眼神如同利剑一般射向祝文军。

安静的病房里，只有龚莉持续不断发出的抽泣声。

祝沉吟一字一顿地对祝文军说："您是我的父亲，所以我忍了您那么多年。

"但从今天起，我不会再忍了。"

"您别想伤害我最爱的女人，我不会让您有机会靠近她。"

高嘉羡被他挡在身后，感觉自己的整个胸腔都是发胀的。

祝沉吟："就像羡羡说的，妈妈为了这个家付出了她的一生，这是她善良、仁慈，并不是她欠您和祝家的。她之前一直不愿意离开您，始终惦记着结发夫妻的情分，但即便她现在还这么想，我也不会再同意她继续留在您身边，一而再，再而三地遭受折磨。"

说到这儿，祝沉吟牵起高嘉羡的手，大步走到病房门口，用另一只手扶起了龚莉。

祝沉吟："爷爷的病情，会一天天恶化。既然您和婶婶那么有主见，比医生还懂治疗方案，那就请你们自己照顾爷爷吧。"

说完这句话，他就毫不犹豫地打开了病房门。

"祝沉吟！"祝文军在他的身后怒吼了一句，"你想清楚你现在到底在做什么？！"

祝沉吟恍若未闻。

"你是不是觉得我拿你没法？！你是我儿子，你就得听我的！还有龚莉，你也疯了是吗？！离开了我，你什么都没有！你能做什么！"

祝文军歇斯底里的怒吼声从他们的身后不断地传来，但可能是因为太爱面子，他没有冲上来制止他们，而像是一只失去了理智的困兽。

但任凭他怎么吼叫，祝沉吟都没有回头。

龚莉半靠在他的身上，仿佛失去了力气，她低着头，默默流着泪，却再也没有回头去看祝文军。

他们三人一路穿过六楼的走廊，乘电梯下楼去往急诊大楼。

进了急诊室，医生一看到龚莉头上的伤，立刻提出给她做紧急处理。

高嘉羡和祝沉吟跟医生沟通完，便离开急诊室，在外头等着龚莉。

凌晨时分，万籁俱寂，高嘉羡靠在医院长廊的墙壁上，心绪却久久无

207

法归于平静。

她侧过头看向身边的祝沉吟,他微微垂着眸,脸色既苍白又疲惫。

感觉到她朝自己看过来,祝沉吟悄然伸出手,将她的手扣进了自己的手里。然后,他转过头注视着她,微微勾了一下嘴角:"羡羡,这就是我千疮百孔的家。"

这就是我怎么样也舍不得让你牵扯进来,拼命想要藏在背后的最阴暗的秘密。

那一瞬间,高嘉羡心疼到无以复加。她忽然松开了他的手,转而抬起双臂,微微踮起脚,紧紧地抱住了他的脖颈:"但你依然很耀眼。"

其实,在今晚跟他来到和义医院之前,高嘉羡想过,当自己得知他的秘密之后,会是什么样的一种态度。她会不会对他失望,会不会觉得自己一直以来喜欢着的人忽然变得陌生?

说完全不担心肯定是假的,她还是怕知道了真相之后会影响到他们之间的感情。可当事实真相在她面前揭开的这一刻,她忽然觉得自己多虑了。

她的心里除了出离的愤怒,竟然只产生了一种情绪——她真的很心疼祝沉吟。

这是他无法选择的原生家庭,有错的是他的亲生父亲,受罪的是他的亲生母亲,躺在病床上的是他的亲爷爷。

可即便他的成长环境这样扭曲,即便他身后的原生家庭一直妄图吞噬他,他依然用温柔和善意对待他的每一位病人,依然勇敢地向她告白,想要开始一段美好的爱恋。

他比谁都渴望温暖,比谁都珍惜爱。

"祝沉吟,"她抱着他的脖颈,在他耳边非常认真地对他说,"你不要担心我会对你产生什么不好的看法。

"你现在在我的心里,依然和我喜欢上你的那一刻一样耀眼。"

祝沉吟的喉结上下滚动了一下。

"你真的已经做得很好啦。"高嘉羡抬头看着他的眼睛,手掌轻轻地抚着他的后颈,"如果是我面对这些事,我可能不会有你这么坚强。我大概在处理完第一次之后,就已经崩溃、暴躁到不想再处理第二次了。"

祝沉吟望着她,眼睛里泛着淡淡的光泽:"羡羡,你真的……没有对我产生任何不好的看法吗?"

"真的没有。"高嘉羡用力地摇了摇头,"我就是觉得你好辛苦。"

她的话音刚落地,祝沉吟就觉得这么多年一直牢牢堵在自己心中的那块屏障，像泡沫一般消失不见了。

"我就是觉得，这件事你可以早点儿告诉我。"见他没说话，她又说，"这哪算是什么难以启齿的秘密？家家都有本难念的经，你怎么知道别人家就没有这种破事呢？而且，我是你的妻子啊，就算是家丑，告诉我又有什么不可以？"

"你每天除了医院里的工作，还要操心你爷爷这里的事情。如果我更早一点儿知道，我就可以帮你分担，帮你一起想办法，你就不用那么辛苦了，龚姨也不会遭那么多罪。"

顿了顿，她拍了拍自己的肩膀，扬起嘴角告诉他："现在你有我了，如果觉得累了的话，我的肩膀可以随时借你靠噢！看在你天天给我讲晚安小故事的分上，礼尚往来，我也不收你钱。"

"哎，我知道你很厉害，可以自己处理好这些事，但我就是不想你那么辛苦。"说到这儿，她垂下眸子，声音更低了一些，"我就是心疼你。"

祝沉吟一动不动地望着她。

头顶的白炽灯非常亮，他眯了眯眼，感到自己的眼角有些发酸。

从小到大，他凡事都要做到最好，要一直往前跑，跑得比谁都快，哪怕累了也不能停，因为一旦停下来就会被别人超过。

所以，他始终跑在所有人的前头，可是偶尔，他也有跑不动的时候。

每当那个时候，龚莉就会偷偷抱着他，让他能够短暂地休息一下。可是没等他喘两口气，他就会被从龚莉的怀里拎走，重新扔回冰冷的赛道上。

祝文军会更冷酷、更严厉地要求他。

"一个男人，怎么能寻求女人的安慰和关怀？你还有没有出息？你不能对任何人产生依赖的情感，那样你就会变得软弱无能。"

"在事业上有起色之前，你没有资格想别的事情。"

"况且，谈恋爱就是为了结婚，为了延续香火，到时候找个门当户对的姑娘就行了。对男人来说，事业和前途才更重要。"

"祝沉吟，你不需要儿女情长。"

……

他咬着牙往前跑，拼尽全力地对抗着耳边的声音，尽量让自己的三观不被影响。

后来，他成了所有人眼里完美无缺的祝沉吟。无论是学业还是工作，他都是拔尖的，总有同学和同事惊叹地问他，你是不是不需要休息？这世界上是不是没有你做不到的事？但是从来没有一个人对他说："祝沉吟，

209

你累不累？我很心疼你。"

见他一直不吭声，高嘉羡有些惴惴不安，刚想松开环着他脖颈的手去看他脸上的神情，他突然搂住她的腰，将她整个人牢牢地嵌进他的怀里。

下一秒，他将头轻轻地靠在她的肩膀上，温热的呼吸喷在她的颈侧，有些痒，但她感到很心安。她听到他在她的耳边哑声说："羡羡，可不可以让我靠一会儿？"

她慢慢地抚着他宽阔的脊背，感受到他的身体一点点儿地放松下来，温声对他说："如果觉得累，你可以一直靠着。"

"我不会嫌你重把你推开的。"

等龚莉从急诊室包扎好额头的伤口出来，祝沉吟和高嘉羡便带着她直接从和义医院离开。

回家的途中，祝沉吟在前头开车，高嘉羡坐在车后座陪着龚莉。

"妈，"开出去一段路后，祝沉吟在驾驶座开口道，"今天晚上你先住在我和羡羡那边。"

从住院部出来之后龚莉就没有怎么说过话，闻言她抬起了头："沉吟，这样不好，会打扰到你和羡羡，你把我送回……"

"妈，"高嘉羡低声打断了龚莉的话，"就算沉吟同意您回家，我也不会同意的。"

"我不可能眼睁睁看着您继续再受那种折磨。"她看了前头的祝沉吟一眼，"在爸……在沉吟爸爸没有收敛他的行为，或者说我们没有找到一个可以让您安稳地生活的办法之前，我是不可能再让您回到他身边的。"

龚莉瞬间红了眼圈。

"我知道您会说你们是走过几十年风雨的结发夫妻，您和他过了一辈子，哪怕他现在的行为像个魔鬼，您还是会惦记他以前的好。"高嘉羡正色道，"但我想告诉您的是，他骨子里根深蒂固的东西是很难改变的。他不会因为您示弱或者哭泣就停止他的暴行，您的忍让与善良只会让他变本加厉。"

高嘉羡：请您把他说的那句您离了他就无法生活的话当作是放屁。"

"这个世界上谁离了谁不是照样活？您当时在家宴上对我说，如果有下辈子，您想活成我这样，我觉得您这后半辈子就可以活得跟我一样，拥有和我一样的自由和快乐。"

龚莉惯于忍让，高嘉羡明白为什么她被如此对待了那么久还要继续待在祝文军身边，甚至还要帮着祝文军粉饰太平。

在龚莉的思想里，嫁给一个人就得跟他过一辈子，从没想过离婚或者要脱离这种痛苦的生活状态，因为对她来讲，这一辈子咬咬牙，忍忍也就过去了。

再加上她在家庭关系中一直是主内，没有出去接触社会，被祝文军持续性洗脑，就觉得自己只能待在家靠祝文军养活。

高嘉羡相信祝沉吟一定已经劝过龚莉很多次。但是祝沉吟毕竟是个男人，他性格稍微内敛，所以不可能像她这样把这些话说透。

但她不一样，因为她们同为女性，且她有足够的底气和勇气，她能和祝沉吟一起帮助龚莉。

龚莉一时陷入了深思。

高嘉羡长吁了一口气，抬起头，就看到祝沉吟正通过后视镜看着她。

他的眼神感包含了千言万语——有感激，有欣赏，有欣慰，有认同……更有无比热烈的情感。

早晨她彷徨无助的时候，是他从天而降帮助了她，拉住她的手，一路宽慰她。所以，从知晓他的秘密起，她也会坚定地站在他身旁，替他排忧解难。

车快要行驶到他们家楼下的时候，沉默了许久的龚莉终于开了口。她深深地看了一眼高嘉羡："羡羡，谢谢你跟妈说这些。"

"接下来，我会听你和沉吟的。"她抬手抹了抹泛红的眼角，"哪怕再困难，我也会试着去学习你的人生态度。"

回到家后，高嘉羡拿了干净的换洗衣服出来，让龚莉先进去洗澡。

考虑到龚莉的额头有伤，一个人洗有点儿不方便，她主动提出陪龚莉一起进浴室。

祝沉吟趁她们进浴室的工夫，将客房的被子全部拆下来，换了一套新的，顺便把自己之前放在客房的一些日用品都移到了主卧。

当高嘉羡回主卧来给龚莉拿新牙刷、牙膏时，就看到大床另一边原本空荡荡的床头柜上此刻放着一个深色的杯子和一本书。

她收回视线，心跳得特别快，却假装镇定地去拿柜子里的牙刷、牙膏。

高嘉羡将龚莉在客房安置好，洗了个澡回到主卧的时候，那床鲜红鲜红的被子上正坐着一个人。

祝沉吟穿着深色的家居服，就这么坐在床边，直勾勾地盯着她。

他一句话都没说，她却觉得自己已经有点儿紧张了。

她目光游移,反手关上了卧室门,轻声问道:"妈怎么样了?"

"你洗澡的时候我陪她说了一会儿话,刚刚看着她睡下了。"他望着她,低声说,"我给她点了助眠的香薰,她看上去很累,应该很快就会睡着。"

她点了点头,人却停在门边不动。

虽然昨晚在吴宾市已经有了和他同床共枕的经历,但对着这床"意义非凡"的红被子,她的心里还是有点儿说不出的忐忑与羞涩。

见她一动不动,他干脆地从床边起了身。

在她的注视下,他几步走到她的面前,一手撑着她背后的门板,微微垂下头:"是要哥哥抱你上床吗?"

第十二章
冬日烛火

祝沉吟的目光幽暗。

他微微低着头,说话的时候,他温热的气息就喷在她的脸庞上。

光是听着他低沉喑哑的声音,她的耳根就已经烫得不成样子了。

这个男人,怎么突然就变得这么撩人了?!

他平时的绅士、温和,好像一到她这儿,就会自动消失,转变成强势、热烈。

随着他们之间愈来愈亲近,他在情爱方面的侵略性和攻击性也不加掩饰地展现出来。哪怕她平时再虎,面对这样的他,还是会有点儿招架不住。

她毕竟是个毫无恋爱经验的母胎单身!

祝沉吟盯着她白里透红的脸颊,还有泛着红的小小耳垂,无论哪一样,都让他心痒难耐。

他其实一直都在告诫自己,稍稍放慢步伐,慢慢来,以免吓到她。

但是他发现,一旦尝过她的味道后,哪怕只是零星半点儿,放慢节奏对他来说,好像就越来越难了。

卧室里静悄悄的,高嘉羡没应他这句话,想从他身旁溜走。可她的身体刚一动,他就顺势搂住了她的腰身。

下一秒,他就将她打横抱了起来。

高嘉羡没想到他会把自己抱起来,惊慌害羞之余,双手自然地抱住了他的脖颈。

祝沉吟就这么抱着她大步往床边走,垂着眸子,眼底含笑地逗她:"看来确实是想要哥哥抱,我们羡羡还小,自己都不会走路。"

她抬眸瞪着他,狠狠地"呸"了他一声:"不要脸,整天称自己是哥哥,谁允许你当我哥哥了?"

"难道不是吗?"他将她稳稳地平放在床上,轻轻地用手挠了一下她光滑的脚心,"我记得以前有个姑娘整天跟在我身后,沉吟哥哥长,沉吟哥哥短地叫我,叫得别提有多亲热了。"

少女心事被他这么拿出来揶揄,高嘉羡哪里能忍得下这口气:"祝沉吟,你给我闭嘴!信不信我让你永远都说不了话!"

"不过现在,我不仅仅是你的沉吟哥哥了。"他根本不理会她那毫无威慑力的威胁,伏低身子,亲了一下她通红的脸颊,而后贴在她的耳边说,"还是你的情哥哥。"

"或者……"顿了顿,他在她耳边轻声说了几个称呼,"如果你愿意的话,可以在床上叫这些,我也不介意。"

高嘉羡差点儿一口气没喘上来。

祝沉吟你做个人吧!

在她准备要对他拳脚相向之前,某人已经熟门熟路地摁着她,低头吻了下来。

这是一个相当绵长的亲吻。

起先他只是温柔细腻地吮着她的唇,到后来吻得更深,气息都变得紊乱了。

她平躺在床上,仰着头承受着他愈加热烈的吻,隐隐约约听到他对她说:"可真是一床好被子。"

她肌肤赛雪,被这床红色的被子衬着,显示出几分触目惊心的妖冶与魅惑,勾得他眼眸里的火越烧越旺。

这一天很漫长,发生了那么多的事,他们的身体早就疲惫不堪。

祝沉吟原本只想点到为止,可是最终还是没有控制住。

当他从她的唇上离开,目光往下移动的时候,高嘉羡觉得自己的大脑变得一片空白。

身体传达出于她而言无比陌生的感受,她看到了他漂亮的眼睛里散发出来的极其危险的讯号,下意识地想要翻身往旁边躲。

虽说平日里都是她对他张牙舞爪,可当某人动了真格,想要制服她就是像玩儿似的。

男女之间的力气抗衡她首先就输了,再加上他那些招招致命的举动,她简直输得一败涂地。

最开始她只是异常紧张,到后来便被他惹得浑身着了火,碍于隔壁龚莉在,只敢把声响降低到最小。

高嘉羡浑身发软,手脚使不上力气,雪白的皮肤泛起了粉色,她忍不住用手捂住了自己的眼睛,从指缝里去看他。

她看到他性感的喉结上下滚动着,薄薄的嘴唇上有些湿润。然后,她感觉到他的手覆在了自己的手掌上,将她的手轻轻地握进了自己的手心里。

他的眸子明亮,里面含着浓厚的情感和渴求,让她无法装作看不见。

"羡羡,"他的声音很轻,"喜欢吗?"

她怎么好意思回答这种问题,只好偏过头小声骂他"不要脸"。

他闻言笑意更浓,随即低下头,用挺拔的鼻子蹭了蹭她的鼻子。

等祝沉吟抱着她从浴室里出来,高嘉羡已经不想要自己的手了。

等把人放到床上之后,他一低头,就看到她已经卷了被子滚到床的最边上去了。

他弯了弯唇,掀开被子:"过来点儿,小心等会儿睡着睡着摔下去。"

"我绝不过去。"她背对着他,嗓音喑哑,"我可不想再羊入虎口。"

要不是今晚龚莉睡在他们隔壁,家里的隔音效果又不太好,指不定他会干出什么更丧心病狂的事来。

他看着她露在被子外面的后脑勺,闷声笑起来。

"祝沉吟,你简直就是狗。"她攥着被子恨恨道,"不,你简直就是饿狼,不,饿虎。"

谁以后再当着她的面说他温润如玉、斯文淡雅,她一定挽起袖子就跟那人拼了。

"好。"他伸手将她和被子一块儿抱过来,"你想怎么叫都可以。"

他低下头,拨开她额前的碎发,亲了亲她额头:"羡羡,谢谢你。"

高嘉羡已经闭着眼睛准备装死了,一听这话,又忍不住睁开了眼。

视线里,他低垂着眼帘,望向她的目光里饱含着深切的温柔和疼惜,还有一丝散不去的阴霾。

虽然他们刚刚在专心做那么亲昵的事,但不知道为什么,她依然能从他的身上感受到那抹若有若无的沉重气息。

想到这儿,她动了动唇:"我刚才一直担心我在车上对龚姨说的那些话太重了,万幸她没有不高兴,还愿意听进去。"

他摇了摇头:"这些话只有你能说,也只有你说,她才会听进去。"

215

"我们羡羡可比我厉害多了。"他说着，揉了揉她的发丝，"之前，我每次被我妈一个紧急电话叫到医院去，到了那儿只能帮我爸收拾残局，也没法把我妈带走。你今天做到了我之前想做却没能做成的事情。"

"我最起码和我妈提过上百次，让她和我爸离婚，但是她死活不愿意。我爸也一直把她看得很紧，因为他需要我妈照顾我爷爷、照顾他。"

她想了想："你爷爷这个病，真的治不好吗？"

他说："治不好，最多还有一两个月。"

听到这个"一两个月"的时限，她已然混沌困倦的脑袋忽然像是被什么戳了一下，瞬间清醒了过来。

他不紧不慢对她说："是的，羡羡，这就是我向你提出结婚的契机。

"我爷爷得的是胰腺癌，那是癌中之王，扩散速度极快，哪怕用再好的进口药物也达不到根治的效果，只能拖时间。当时吴医生预估的时间其实只有三个月，靠我爸以拆医院作威胁和进口药物维持才坚持到现在。但病情每况愈下，应该也就是这一两个月的事了。"

难怪她在病房里看到的祝爷爷那么消瘦，面色蜡黄，已经不成人样。

"在入院之前，我爷爷对祝家所有人说，他希望能在他临终前看到我成家。"他的语气更淡了一些，"我爸一向把我爷爷的话当圣旨，于是开始给我疯狂安排相亲，仿佛之前那个不允许我谈恋爱的人不是他一样。"

祝沉吟："当然，我一次都没去。我爸非常不高兴，和我大小冲突不断。我可以一个人住在外面避难，但我妈避不了。因为这事，我妈也被他折磨得厉害。

"你应该能感觉到，我爸身上的大男子主义非常严重，这其实都是传承自我爷爷。我爷爷认为女性不应该拥有家庭地位，家里一切大小事宜都该听男人的，男主外，女主内。我奶奶去世得很早，我没见过，听我妈说是因为劳累过度病逝的。

"我爸完美传承了我爷爷的一切脾性，并企图把他和爷爷的脾性安在我身上。"

他仿佛是在说别人的事情一样，每说一句，脸上的表情变冷一分。

她听得心里酸胀得不行，终于忍不住从被子里伸出手，握住了他落在自己发丝上的手："祝沉吟，你和他们不一样。

"你和他们不一样，你身上没有一点儿和他们相似的地方。"

他听了这话，低低地叹息了一声："我很长一段时间都很担心我会变成他们，哪怕我那么厌恶和抗拒他们这样的人。"

所以,他在年少时就拒绝所有女孩子的告白,甚至告诉所有人他不会谈恋爱。

所以,他在和她相处的最开始,才会犹豫不决。

原来他是担心自己身上会有祝文军的影子,会在不经意间伤害到自己最喜欢的人。

他担心的那些藏在传承的基因里,就像祝文军传承祝爷爷那样。

"听我妈说,最开始我爸也不是这样的。"他说,"他是在我出生之后,才变得越来越不可理喻的。"

"你不是他。"她看着他的眼睛,轻声打断他的话,"祝沉吟,你不是祝文军,你永远不可能是他。"

他定定地注视着她,眸子里闪动着淡淡的光泽:"羡羡,你真的不怕某一天我会变成我爸这样的人吗?"

她郑重地摇了摇头。

"你身上有别人没有的品质,我看得到,也看得很清楚。"她一字一顿地说,"在你不知道的时候,我已经看了你好多年,我的眼睛和心告诉我,你永远都不会伤害我。"

怕他会揪着"好多年"那句话深挖她藏着的少女心事,她立刻转了话题:"再说了,我们家可是女人做主,你以后都得听我的,你要是惹我不高兴了,我就喊孟方言教我格斗术,把你胖揍一顿。"

他原本微微蹙着的眉头也渐渐舒展开来,眼角眉梢都含着笑:"嗯,我躺平了任你揍,绝不还手。"

末了,他还意味深长地补了一句:"你除了揍我,还可以帮哥哥干点儿别的。比如你刚才学会的那个。"

高嘉羡翻了个白眼,一把甩开他的手,闭上眼睛,想要翻身睡觉。

"羡羡,"祝沉吟眼疾手快地扣住了她的肩膀,笑着在她闭着的眼睛上落下一吻,"有一句话,虽然迟到了很久,但我还是想要告诉你。"

他的气息落在她的眼睫上,痒得她忍不住睁开了眼。下一秒,她就撞进了他的眼睛里。

祝沉吟:"爱上你,是我这辈子做得最正确的一件事。"

她听了这句话,整颗心都仿佛被浸泡在了糖水里,甜得一塌糊涂。

"其实,从小到大,我做的很多事,并不是出自我的意愿。"他继续说着,声音低沉,"比如同龄人在快乐地交朋友玩耍时,我却在房间里埋头学习刷题,还有后来我选择读医。"

217

她愣住了，张了张嘴："难道连读医也……"

他轻轻点了点头："是我爷爷和我爸强烈要求我读医的，我原本填的志愿其实是工程专业。"他垂下眼眸，"因为这件事引发的家庭矛盾数不胜数，那时候我爷爷身体还健康，所以我遭受着来自他和我爸的双重压力。"

在高嘉羡的既定认知里，爷爷奶奶应该是非常疼爱孙辈的，别说是强硬要求孙辈做什么了，有些甚至还会溺爱孙辈。

虽然她的爷爷奶奶在她上小学的时候就去世了，但是在她的记忆之中，爷爷奶奶对着她永远是一副笑脸，总说不希望她长大后过得辛苦，只希望她快乐平安。

所以，她真的很难相信祝沉吟口中这位强势古板到有些偏执的爷爷，和躺在病床上的那位虚弱无力的老人是同一个人。

祝爷爷和祝文军似乎从来只关心祝沉吟飞得高不高，而他累不累，开不开心，他们根本就不在乎。

祝沉吟："当时我一改志愿，我爸就去学校里找班主任拿新的表格。起先班主任还没说有什么，但是三四次之后，班主任忍不住找我谈话了。那时候我还没成年，不想把事情闹大，最终选择了妥协。

"我并不讨厌读医，但是我不想自己如同木偶一样一直被人操控。

"所以，我大学瞒着我爸修了医学和工程双学位。在后来深入学习的过程中，我才逐渐坚定了读医的想法。"

说到这儿，他顿了顿，神情有些低落："没有人知道，我的从医之路并没有一个好的开始。"

她咬了咬唇："祝沉吟，怎么开始的不重要，你要相信未来和结果一定都是好的。"

他无奈地用额头贴了贴她的额头："羡羡，我发现无论我把情况说得多么不好，你好像都能替我圆回来。"

她故意逗他开心："毕竟你喜欢的人可是最美公关官啊！"

他的脸上终于绽开了一个真心的笑容："这位最美公关官不仅巧舌如簧，还把我迷得神魂颠倒，让我根本找不着北。"

高嘉羡听见这话，既开心又羞涩，有些扭怩地回道："糖衣炮弹可以稍微停一停了，别等会儿又要我帮你做什么了不得的事。"

他低笑一声，静静地看了她片刻，忽然无比认真地叫她："羡羡。"

高嘉羡："嗯？"

祝沉吟："我向你隐瞒了当时提出结婚的一部分原因，真的很抱歉。

你可以理解为是我的自尊心作祟,想在你面前始终保持美好形象,不想让你看到我身后的原生家庭真实的样子,也可以理解为是我不想让这些不美好的事情影响我们的感情。

"但是请相信,向你提出结婚,是我一直以来真心想做的事。"

祝爷爷刚入院的那段时间,祝文军不停地替他安排相亲。每回碰到祝文军,两人一定会因为这件事不欢而散。祝文军不可能天天来医院盯着他,只能把气撒在龚莉的身上。

他实在不忍心龚莉长期受折磨。那一天凌晨,他在科室的窗边站了很久,终于鼓起勇气给高嘉羡打出了那个越洋电话——哪怕当时他们已经很久没有好好说过话了。

他这一辈子只爱着她一个人,也只会继续爱她一个人。他从来都没有想过要和她以外的人开始一段感情或者是一段婚姻。

她答应他之后,他立刻就去找了祝文军。他记得当时他站在祝文军的办公室里,斩钉截铁地告诉祝文军:"如果你和爷爷一定要我立刻结婚,我只会和我喜欢的高嘉羡结婚,要是你们不同意的话,我就永远不结婚。"

祝文军虽然不满他态度强硬,但在祝文军看来,高嘉羡的家庭背景和个人能力确实能配得上祝沉吟,所以他和祝爷爷商议过后,最终答应下来。

祝沉吟说罢,那块一直在她心底深处压着的、会让她感到彷徨不安的巨石,终于消失不见了。

当他的秘密被他亲自揭开,当她亲耳听到他说出对她坚定的爱后,她终于相信他是真心爱着她,与任何人、任何事都无关。

祝爷爷和祝文军的逼婚行为,只能算是推波助澜。他们之间能跨出那一步,到底还是他坚定地遵循了自己的内心。

她是他从始至终唯一的选择。

"好啦……我都知道了。"良久的沉默后,她用手揉了揉有些发涩的眼睛,轻声道,"虽然我们的感情发展顺序和正常情侣颠倒了,不过,这对最终的结果并没产生太大的影响。"

他点了点头,话锋一转:"话虽然是这么说,但我还是不想让我们羡羡留有遗憾。"

她一怔:"什么意思?"

"我的意思是……"他顿了顿,眼睛里饱含着柔情,"即便我们感情发展的顺序有些颠倒,其他情侣会拥有的,会经历的,你一样都不会少。"

未来我统统都会加倍补偿给你。"

  这一晚高嘉羡睡得很沉。
  或许是因为长久埋在心底里的不安在昨晚彻底烟消云散,早上醒过来的时候,她意外地发现自己比平时晚醒了一个多小时。
  令她感到更惊讶的是,身边的祝沉吟竟然也还在沉睡。
  他闭着眼睛,眼睛下方因为连日的疲惫和劳累而产生了黑青色,仔细看,还看得出之前被祝文军砸伤留下的疤痕。
  她侧着身子看了他一会儿,然后小心地替他盖好了被子,翻身下床,准备出卧室。
  手快要触到门把手时,她忽然想起了什么,转过身轻手轻脚地走回到床边。
  她弯下腰,打开床头柜,拿出了那个一直被她置放在床头柜里的深红色婚戒盒。
  她打开盒子,将那枚属于她的婚戒取出来。
  等她将盒子放回去,关上抽屉,就看到刚刚还熟睡着的人已经掀开了被子,正倚靠在床头看着她。
  "你怎么醒了啊?"高嘉羡莫名其妙地产生了一种做坏事被当场抓包的窘迫感。
  "我怎么能不醒?"因为刚睡醒,他的声音还有些沙哑,"要不然不就错过了这么重要的时刻?"
  她闻言更觉羞涩,想要转身开溜:"就是突然想起这戒指还挺好看,所以想……"
  他不动声色地下床站到了她的面前,然后笑着朝她伸出手。
  高嘉羡一怔,意识到他是想要她把婚戒递给他。
  祝沉吟接过了她手里的婚戒,然后轻轻地握住了她的左手。温暖的晨光下,他将婚戒置于她左手无名指的前方,抬起眼眸看她:"可以吗?"
  记忆重叠,那一晚在滨江的长椅上,他也是这么握着她的手,问她可不可以帮她试戴婚戒。只是那一次,他们之间存在着隔阂和误解,她还不明白他的心意,悲观地以为他费尽心思所做的一切,都只是为了要她配合他演戏而已。
  卧室里安静无声,她眼睫微颤,在他的注视下,她轻轻地点了点头。
  他将那枚婚戒戴在她的左手无名指上,轻轻地推到了合适的地方。

冰凉的戒指并没有让她觉得不适应，反而让她心里温暖又安宁。

她就好像一个荒漠旅人，在长途跋涉很久以后，终于找到了一间可以落脚的牢固房屋，从此以后再也不用担心风雨飘零。

他就是她的家，她的归宿，她的爱人。

祝沉吟并没有立刻松开她的手，而是将她的手递到了自己的唇边，在婚戒上落下轻轻一吻。然后，他抬起头，哑声说："你不会再把它摘下来了吧？"

虽然他说话的语调和平时如出一辙，但她还是能够从他细微的语气变化里感受到他当时看着她摘下婚戒时的黯然心情。

这个一直以来胸有成竹的男人，在她的身上栽了不少跟头，偏偏还不能抱怨半句。她抿了抿唇，故意逗他："你表现好，我就一直戴着，要是你表现不好，我就立刻摘下来再顺便在你头上开垦出一片碧绿的草原。"

他轻轻地揉了揉她的手，而后在她的唇上落下一吻："戴上了我的戒指，你就被我套住了。"

说完这句话，他又亲了她一下："不能再看其他男人。"

祝沉吟："从此以后一辈子都是我的人。"

每说一句话，他就会吻她一下，最开始两个人的气息还算平稳，他的吻也只是浅尝辄止，可到后来，他吻得不自觉深了些，彼此的气息就开始紊乱了。

想着今天还有一堆事要处理，她用手抵着他的胸膛，想要制止一大早精神格外勃发的男人："祝沉吟，你别以为我戴了婚戒，我就同意在情感上当你的夫人了……"

他一边把她往床上压，一边热切地在她唇边低语："为什么不？"

高嘉羡："我只是想要告诉你，从今天起，我在任何时候都会陪着你，帮着你，和你同甘共苦而已……"

根本没想给你发送别的带色彩的讯号！

"我理解的不是这样。"他一边拨弄她被他弄得有些凌乱的睡衣，一边说，"我理解的是……你想在身心两方面都成为我的夫人。"

他用一只手不轻不重地压着她的大腿，另一只手抓住自己的T恤下摆往上翻。

高嘉羡一个"滚"字还没来得及骂出口，某人就已经在她面前露出了上半身。

菱画上辈子可能是个算命的。

原来脱了衣服的某人，真的身材精壮，肌理分明，腹部还有紧实的腹肌块。高嘉羡一动不动地看着他，缓慢地吞咽了一口口水，居然有点儿可耻地心动了。

祝沉吟是何等聪明之人，一看她躺在那儿不再挣扎了，眼底顿时笑意更浓。

高嘉羡心里无比唾弃自己，明明上一秒她还在坚守阵地，不受糖衣炮弹蛊惑，一心想要起床办正事，看到他的上半身后，她竟然就动摇了。

她有那么一瞬间甚至想要伸手去触碰他的身体，想体会一下他坚实的腹肌摸上去是什么感觉。

但这真的不能怪她！

祝沉吟看到她游移的眼神和通红的脸颊，勾了一下嘴角，忽然改了主意，抓住了她无处安放的手。

然后，他低垂着头，紧贴着她的嘴唇对她说："羡羡来帮我吧？"他一边说，一边把她的手往自己小腹的方向贴去。

高嘉羡看着他微微俯身勾勒出的漂亮线条以及他腹肌下若隐若现的灰色地带，眼珠子都快掉出来了，结巴道："祝、祝沉吟……"

她那句"你冷静点儿"还没喊出来，房门就被人从外面打开了。

祝沉吟有些讶异地转过头，她也目瞪口呆地探头去看，只见顾宁和高鸿正站在他们的房间门口，呆若木鸡地看着床上的二人。

完了。

比让大领导们大清早看到自己和祝沉吟在车上亲昵更尴尬的事情——让她爸妈大清早看到她和祝沉吟在床上的画面。

死一般的五秒钟寂静过后，顾宁抓着门把手，淡定地来了一句："啊，这床红被子还挺衬肤色的……"

顾宁同志，这世界上没有人比你更牛了。

高鸿在旁边憋着笑，对屋里的两人说："我们刚刚敲了好几次门你们都没应声，以为你们还在睡觉，所以就擅自开门了，没想到……"

以为我们还在睡觉就更不应该开门了好吗！你们其实就是想要进来突击查房吧！

"真是不好意思。"顾宁看到小两口一大清早就这么热血沸腾，脑中不免幻想出自己即将新鲜出炉的小外孙，欣喜不已，作势要关门，"你们俩继续，继续啊！"

继续你个大头鬼啊！高嘉羡在心里咆哮。

祝沉吟缓过神来，迅速地套上了自己刚脱下来的T恤，然后帮高嘉羡整理了一下有些凌乱的衣衫，随后牵着她的手下床朝顾宁他们走过去。

他的神情无比淡定，仿佛刚刚那个在床上要将她生吞活剥的人不是他本人一样："爸，妈，你们怎么来了？"

"这不是羡羡刚从吴宾市凯旋，你也一直很忙，我们很久都没有见到你们俩了嘛！"顾宁只要看看他们俩就眉开眼笑，"想你们了，所以过来看看，没想到莉莉竟然也在这儿。"

龚莉已在厨房做好早餐，端着餐盘对他们说："羡羡，沉吟，先去洗漱，等会儿过来吃早餐。"

等他们洗漱完，换好衣服来到客厅，顾宁、高鸿和龚莉已经在餐桌边聊得热火朝天了。

高嘉羡依然未摆脱刚刚的社死尴尬，揉着太阳穴，虚弱地拉开椅子。

谁料她人刚坐下来，身边的祝沉吟已经熟稔地将她喜欢吃的早餐和牛奶推到了她的面前，还将自己餐盘里的烧卖夹了一个过来。

顾宁在对面看得连连摇头："高嘉羡，你看看你，真是越活越回去了，你是不是连衣服都要沉吟帮你穿啊？"

祝沉吟侧头看着高嘉羡，似笑非笑地说："如果羡羡愿意，我还挺乐意效劳的。"

高嘉羡脸颊发热，在餐桌下偷偷踹了他一脚，而后撇着嘴看向顾宁："妈，这事你能赖我头上？我会变成这样都怪他。"

顾宁瞪大了眼睛："你还有理了你！沉吟那么辛苦，不应该你多照顾他吗？你怎么倒反而像个巨婴似的，啥都不能自己干？"

"妈，这件事确实赖我，不赖羡羡。"祝沉吟一手支着下巴，眉眼里带着淡淡的笑，"是我惯出来的，我也心甘情愿继续惯下去。"

高嘉羡听得耳朵发烫，一边用筷子夹着烧卖往嘴里塞，一边又在桌子底下轻轻踢了他一脚。

这个人怎么大早上的对爸妈都要撒狗粮！

顾宁又好气又好笑，看着他们摇头。

龚莉微笑着对顾宁说："宁宁，沉吟好好照顾羡羡是应该的，能够娶到羡羡这样的妻子是沉吟一生最大的福气。"

龚莉说话的语气很温柔，但是神情里的落寞和哀伤还是有些掩藏不住。

顾宁深深地看了龚莉一眼，假装不经意地问："莉莉，今天怎么就你一个人？老祝呢？你现在是和嘉羡他们住一块儿吗？"

此话一出，龚莉的脸色一下子就有些发白。

祝沉吟原本想要说些什么，高嘉羡轻轻地拍了拍他的手背，放下手里的筷子，对顾宁和高鸿正色道："爸，妈，有些情况我想要实话告诉你们。"

"妈，你不用觉得紧张和不自在。"她又转过头对龚莉说，"您是我爸妈非常重要的朋友，现在亲上又加亲，我们都会保护你。"

接下来，她坦诚地将祝文军和祝爷爷的情况向顾宁和高鸿全盘托出。对祝文军的行为，她说得并不具体，但结合龚莉头上包扎着的纱布，顾宁和高鸿自然也能猜到情况的严重性。

顾宁和高鸿一时没有出声，龚莉则全程低着头，眼圈红红的。

客厅里安静得有些异样，高嘉羡往椅背上靠了靠，看到祝沉吟放在餐桌上的手握成了拳，他虽然神色如常，但嘴唇抿成了一条直线，看上去竟然有些紧张。

她想，他应该是担心顾宁、高鸿听到这些事后，会对祝家和他都形成不太好的印象。如果他们之前知晓内情，他们或许会重新考虑让她嫁给他这件事。因此，在顾宁问龚莉那些问题的时候，他下意识地想要帮龚莉找个台阶下。

毕竟，不是每个人都能够接受他这样的家庭，尤其是顾宁和高鸿还那么疼爱她。她从小在温暖和谐的家庭中长大，结婚之后却要接纳丈夫千疮百孔的家庭，这确实会让他们担忧。

所以，他此刻一定非常紧张、自责，害怕顾宁和高鸿要求她从他的身边离开。

想到这儿，高嘉羡将自己的手覆盖在了他的手背上。他立刻回握住她的手，侧过头看向她，看到她朝他绽开一个淡淡的笑容。

高嘉羡很了解顾宁和高鸿，也很清楚他们会做出什么样的回应。毕竟，正是他们这样的父母培养这样洒脱大气的她。

沉默了许久的顾宁终于开口了："莉莉，沉吟，你们真是太小瞧我和老高了。"

她说："我们认识老祝那么多年，怎么会不知道他是个什么样的脾气？而且莉莉，我早几年和你提过好多次让你来我单位工作的事吧？就是因为我们觉得老祝会越来越不像话，想让你尽量少和他待在一起，但我们还真没想到他会不像话到这种地步。"

顾宁顿了顿，抓住了龚莉的手："要是你再回老祝身边去，别说羡羡和沉吟了，我和老高也不同意。你千万别怕，以后我和老高一定护着你，咱们一起想办法。"

龚莉张了张嘴，眼泪从眼眶中滚下来："宁宁，我真的对不住你们……"

"你哪里对不住我们了？老祝和祝爷爷的问题，与你和沉吟又有何干？我和老高都是通情达理的人，我们自己有眼睛，能够判断是非对错。"

顾宁说着，又认真地看向了祝沉吟："沉吟和老祝是完全不一样的人，我们从小看着沉吟长大，他有担当，有责任心，温柔善良，羡羡跟着他，我们真的非常安心。"

高鸿也温和地说："沉吟，你放心，我们绝对不会因为这些事对你产生任何偏见的。"

高鸿的话音落地，高嘉羡明显感觉到祝沉吟紧绷着的神经放松了。

祝沉吟的目光闪了闪，他开口说话的时候，嗓音已经哑了："爸，妈，谢谢你们。谢谢你们的理解和包容。在结婚前没有将这些情况如实地告知你们，我感到万分抱歉。"

顾宁说："无论是谁，要开口说出这样的事都不容易，会怕别人产生不好的想法，这是人之常情。但是我们看中的从来都是你本人，其他的没那么重要。

"因为要和羡羡携手度过余生的人不是别人，是你祝沉吟。

"我们做父母的，除了希望你和羡羡幸福，别无他求。"

祝沉吟轻轻垂下眼眸，再抬起头来时，他的目光变得坚定而柔和："爸，妈，我不能夸口说我今后能给羡羡大富大贵的生活，但是我能保证，今后她和我在一起的每一天都是幸福快乐的。

"我不会让她吃一点儿苦，受一点儿委屈，我会竭尽所有让她幸福。

"上半辈子她在你们的身边过得有多幸福，下半辈子我会给她加倍的宠爱和保护。

"希望你们能够继续信任我。"

高嘉羡听完这些，眼眶有些发涩。

祝沉吟很少会做出口头承诺，比起嘴上说说，他更喜欢付诸行动。正因为这样，他们才会错过这么多年。

但是今天他既然说出了口，那就会用一辈子的真心来践行这个诺言。

顾宁冷不丁地说："有点儿后悔了，不应该答应你俩不举办婚礼的。我真的很想看你们的誓言环节。"

老妈你的脑回路到底是怎么长的？！怎么如此跳脱！

刚刚还有些凝重的气氛瞬间被打破，高鸿忍不住笑了起来，龚莉也破涕为笑。

高嘉羡还来不及开口，祝沉吟就回复顾宁："妈，这不会成为你的遗憾的。"

高嘉羡一脸蒙地转过头看向他。

"也不会成为我和羡羡的遗憾。"他的目光落在她的脸颊上，眼底带着笑意，"因为我非常想看穿着婚纱的羡羡有多美。"

"我的宝贝姑娘，怎么能比别人少一场婚礼？"

昨天晚上入睡前，他说他会把别的情侣拥有的、经历过的都加倍补偿给她。她当时以为他是指约会之类的恋爱细节，并没有往其他方面想。

看着他认真的神情，她才发现她想错了——他竟然想要给她补办一场婚礼！

这话简直是戳中顾宁的心坎，要不是碍于她是个长辈，高嘉羡估计她会高兴得不顾形象，当场从餐桌边蹦起来。

"我举十万只手支持！"顾宁眉开眼笑地拍了拍手，"你们俩工作都很忙，补办婚礼需要帮忙的地方随时告诉我们啊！"

祝沉吟道："好，那就先谢谢妈了。等正式筹备起来，我再跟您和爸详细商议。"

之后，餐桌上的气氛再次其乐融融，龚莉坦诚地说，她并不希望继续住在高嘉羡他们这儿打扰他们小两口的生活。顾宁和高鸿立刻提出他们小区有几套房子很不错，现在在招租，让龚莉住到他们小区里去，方便互相照应。顾宁还说，如果龚莉愿意，她可以引荐她做一些不那么劳累的兼职打发时间。

聊了那么多，高嘉羡终于看到龚莉的脸上现出如释重负的、真心诚意的笑容。龚莉本就是个难得的美人，听顾宁说，她年轻时的容颜远近闻名，祝沉吟的眉眼几乎都是遗传自龚莉。是因为祝文军这些年对她不好，她总是面露愁容，看上去才显得苍老、憔悴。

万幸他们及时将龚莉拽出泥坑，万幸龚莉最终愿意踏出这一步。

吃完早餐后，顾宁和高鸿会陪着龚莉回家去取些换洗衣物和日用品，让龚莉在租好房子前先去他们那边住几天。祝文军因为要上班，现在人不在家里，也不会引发正面冲突。

祝沉吟向顾宁和高鸿道过谢，便带着高嘉羡出门下楼。等上了车，他的肩膀就遭到了她重重的一拳。

高嘉羡的神情别扭里透着开心："谁跟你说我同意要补办婚礼了？"

他一边发动车子，一边轻轻捏着她的手抵在自己的唇边亲了一下："这不是还没开始实施，只是先提出一个美好的设想，等待夫人的批准吗？"

她噘了噘嘴："刚领证那会儿，你不是说不想办吗？"

祝沉吟："我当时跟你说我不想举办婚礼，是顾虑到我爸会给你造成不愉快，其次是觉得你不愿意和我办婚礼。毕竟婚礼对女孩来说，是一件很神圣、很郑重的事，不能随便走过场。

"而且，当时我并不确定自己是否能追到你，所以不太敢奢想这件事。

"但是现在情况不一样了，这对我来说，不再是遥不可及的幻想。"

现在，他可以大胆设想和自己心爱的女孩举办婚礼的情景。

"不过，羡羡，"顿了顿，他的声音变得更低了点儿，"即便真的补办婚礼，也会按照你想要、你喜欢的形式来办。你要是不愿意，咱们就不办，都听你的。"

她原本也不是真的想要兴师问罪，就是听到他提出这事有些惊讶、欣喜，想问问他是怎么想的。听到他这样说，她的心瞬间就软得一塌糊涂。

她怎么会不愿意和他举办婚礼呢？这毕竟是她爱了那么多年的男人，她做梦都想穿着白纱当他的新娘。

从此以后，她再也不需要羡慕菱画，羡慕祝静……羡慕任何一个能和自己爱的人举办婚礼，在婚礼上交换誓言和婚戒的女孩子了。

"看在你那么诚心的分上，"高嘉羡伸手拽了安全带，故作镇定地说，"我就勉为其难地满足你的小心愿吧。"

祝沉吟的眼眸温柔得像是一汪春水，他替她扣好安全带，亲了亲她的侧脸："谢谢夫人。"

"不过，"他的目光里闪过一丝促狭，"宝贝儿，到时候你的婚纱可能得挑大一点儿的。"

高嘉羡："哈？"

祝沉吟："万一到时候你身上带着第二个人呢？"

她就不应该对他心软！这人就是大灰狼，典型的得了便宜还卖乖，天天就知道装可怜，博取她的同情！

两人到了仁晨医院后，第一时间去打听温玉萍的情况。

温玉萍如预想的那样有所好转，明天就可以离开ICU，转入普通病房，

227

等过几天她恢复精神,他们就可以去探望了。

程毅高兴得不行,眼圈红红的,在病房外拉着祝沉吟的手反复道谢。

随后,高嘉羡回单位和卢主任一起就和D国企业的战略会谈向领导做了汇报。汇报结束时,她得到了所有人毫不吝啬的掌声和夸奖。

出了大会议室,卢主任将她叫进办公室,对她说:"嘉羡,你这次在和D国企业的战略会谈中表现得相当出色,领导们都十分满意,整个外联部门上上下下的人通过这次会谈都看到了你的能力。

"玉萍入院的事,领导也都知道了,过两天上面就会发布公告。我先给你透个底,你也知道,玉萍现在的身体情况需要好好休养,短期内她无法回来工作,所以你应该会暂代她成为新任发言人,直到她回来后再做下一步的安排。"

高嘉羡闻言,心中感慨万千。

这是她梦寐以求的职位,她原本打算一步一个脚印,等到自己足够强大再名正言顺地站上去,却没有想到因为温玉萍的病情,自己会突然临危受命,提前站上那个被无数双眼睛注视着的高台。

这代表着不容小觑的重任,也代表着成倍的压力,但她心中没有半分畏惧。

"我明白了。"沉默两秒,她朝着卢主任点了点头,"我一定会竭尽全力的。"

晚上出了单位,高嘉羡直接打车去了和义医院。

她早上和祝沉吟在仁晨医院分开的时候,说好晚上直接在祝爷爷那边碰面。但因为祝沉吟下午有一台手术,时间不可控,她到病房的时候,里面有两位护工阿姨。

昨晚,祝沉吟虽然说让祝文军和管芯自己想办法照顾祝爷爷,但是他很清楚他们什么都不会做,于是今天一大早,他就再安排了一位护工阿姨,和原来的阿姨轮班,二十四小时看护祝爷爷,这样也能让一直以来都得不到休息的龚莉好好喘口气。

"阿姨,你们去休息一会儿吧。"她将在路上买好的水果递给两位护工阿姨,"这是给你们的,辛苦了,我来照看一会儿爷爷。"

等阿姨离开病房,病房里一片寂静。昨晚还乱成一团的病房已经被打扫干净,只是白色的墙壁上依然残留着深浅不一的痕迹,表明这里曾经发生过多次家庭纷争。

她收回视线,垂眼去看床上闭着眼睛的虚弱老人。

"祝爷爷,"过了不知道多久,她忽然轻声开口道,"您气性大,傲气,不爱出门,应该没怎么见过我吧。

"我叫高嘉羡,从小和祝沉吟一起长大,算是他的发小。

"虽然您听不见,但是我还是想要告诉您,祝沉吟是我眼中最优秀的男人。他好像无所不能,无坚不摧,从来不会停下脚步,我追赶了他好多年,一直都没能追上他。

"那个时候我还不知道,原来他也会累,会沮丧,会痛苦。那个时候也不知道,原来您和沉吟爸爸给了他那么多压力,让他失去了快乐童年和自由选择,也让他一度恐惧和人建立亲密关系,因此也让我误解了他那么多年。"

她顿了顿,继续说道:"虽然,你们的重压和期望促使他变得如今这么优秀。但他也因此承受了很多委屈和痛苦。

"您可能不在乎,觉得他是男人,受苦、受累都无所谓,只要能够在事业上有所建树就好,但是我在乎,我心疼。

"我心疼他在最需要关爱和照顾的时候,被忽视,强迫着坚强;我也心疼他这些年默默承担了那么多家庭重任,非但没得到赞扬和肯定,反而被恶言相向。"

她低垂着眼帘:"我这人气量很大,一般不爱和人计较;但是我要是真动了气,一会定斤斤计较,无论对象是谁。

"您做错了事,我和祝沉吟还是会给您尽孝送终,这是道义和责任。但是我想告诉您的是,有我在沉吟身边一天,他就不会再从您和他爸爸那儿受半点儿委屈。

"今后都有我护着他,有我疼他,我爸妈也会把他当自己亲儿子。

"他有家,有人爱,他会受到一个成年人应有的尊重和保护。他值得这世界上最用心的爱。"

祝沉吟待在手术室的时间比预想的要长一些,等他到了和义医院,距他和高嘉羡约定好的时间已经晚了二十多分钟。

他先去找了吴医生,和他沟通祝爷爷接下来的治疗方案后,他对吴医生说:"吴医生,我有个事儿想和您说。

"今后我爷爷的病情再出现急转直下的情况,如果我爸和我姐姐在医院里大吵大闹,您就直接通知保安,采取不讲情面的手段吧。"

吴医生没想到他会突然一改往常的温和态度，讶异地张了张嘴："这样做真的可以吗？"

他点了点头，脸上没什么表情："以前我总顾及情面，总是忍让，让我妈吃了很多苦头，殊不知这样只会让他们变本加厉。我爸最要面子，您这么做，他会自动消停的。"

"这个办法大概率会奏效的，因为我太太实践过了。"

说完，他朝吴医生笑了笑，转身离开了。

从吴医生的办公室到祝爷爷的病房并不远，没走几步，他就看到两位护工阿姨正坐在病房门口的长椅上。

"小祝，"两位阿姨一见到他，立刻从椅子上起了身，"你来了啊。"

"阿姨辛苦了。"他朝两位阿姨礼貌地打了声招呼，"等会儿我给你们结算工资。"

"不急不急。喏，这水果是你太太买给我们的。"一位阿姨指了指旁边的水果，"她真的是个特别好的人。"

他弯唇笑了笑，想要推开门进病房，手刚触上门把，忽然神色一怔，顿住了。然后他就这么静站在门边，一动不动地站了很久。

阿姨们以为他是在想心事，没敢上前打扰他，过了好一会儿，发现他眼尾有些发红。

"小祝，你怎么了？"一位阿姨惊讶地走上前，"是觉得哪里不太舒服吗？"

另一位阿姨想要过来帮他开门："不进去找你太太吗？"

他抬手示意阿姨不用管他，伸出食指轻轻地抵在唇边，做了一个噤声的动作。

这一天，他想对小时候那个沉默地趴在书桌前红着眼眶的自己说——

你不是没有人爱，也不用害怕去爱。

也许你很长一段时间都会是孤独一人，但是在未来的某一天，会有一个姑娘出现在你生命中——她会为你笑，会为你伤心，会为你生气。她还会保护你，会比你自己更心疼你。

她像冬日的烛火，像耀眼的光芒。

她会朝你伸出手。

她会认真地爱你。

你要相信她一定会来。

230

第十三章
爱情美梦

高嘉羡并不知道那天她在病房里对祝爷爷说的话，差不多全被祝沉吟听到。

那之后，他们每隔几天就会过来看看祝爷爷，龚莉有时候也会同他们一起过来。他们一次也没有碰到过祝文军和管芯那一家人。

祝文军是控制欲很强的一个人，也极好面子，他们带龚莉离开之后，祝文军没有给祝沉吟和龚莉发过一条消息或者打过一个电话。

在祝文军心里，要是他先来找他们要说法，那就是降低了他的身份，因此，哪怕他心里再恼火，也拉不下这个老脸。更何况，他还自信满满地认为龚莉一定会回头去找他、求他。

在顾宁和高鸿的帮助下，龚莉在他们住的小区租到了一套心仪的房子，还找到了一份比较清闲的兼职，可以打发时间。

平时没事的时候，她就和顾宁一块儿出去逛街、喝茶。她自己这些年存了一些私房钱，加之平时祝沉吟以各种理由补贴她，她的小日子过得也是有模有样，根本不像祝文军说的那样离了他就活不了，她的气色反而变好了许多。

龚莉在祝沉吟和高嘉羡家就借住了一晚，自那以后，原本住在客房的祝某人就堂而皇之地赖在了主卧。

高嘉羡虽然心底并不介意，但嘴上还是很傲气，问他："客房的被子都晒过了，床单也换过了，你怎么还不搬回去？"

某人神情讶异地望着她："我一个结了婚的人，为什么要和老婆分床睡？"

谁能比他不要脸？

她也能明显感觉出来，祝沉吟这段时间变得和以前不太一样。怎么说呢？他变得有点儿黏人了。

虽然她做了代理发言人后，工作变得更加忙碌了，他也没有清闲过，但是，只要两个人在一起，他就黏她。具体表现为——每天晚上无论多晚，都一定会等到她回来再睡觉；如果他要值夜班，也一定会在第二天早上她出门前回家，只为给她一个早安吻。

如果两人都休息的话，他能一天从早到晚都不离她身侧，要不是她坚决反对，可能连洗澡、上厕所，他也要跟着。

有一天她实在忍不了了，抬起手把他的头发弄得乱糟糟的，又好气又好笑地说："祝沉吟，我以前一直以为你是猫系男，怎么现在才发现你是个犬系男？"

他正在看手里的文献，听见这话，抬起头似笑非笑地盯着她："难道不是虎狼系吗？"

算你狠！

难怪菱画之前给她发微信，贼兮兮地说，就算祝沉吟是个小白，一旦开窍肯定很会玩。

这让她有点儿看不懂了，于是在上班的间隙发消息咨询姐妹团。

苑星先发了一百个"哈哈哈"，然后口无遮拦道："高嘉羡，是不是你有问题？"

嘉羡："我能有什么问题？！"

苑星："比如不够性感之类的。"

菱沐："话说，祝医生是不是马上要过生日了？"

嘉羡："对，下周一。"

菱画："那你要不就趁此机会让祝医生'行'一次吧？再不行你就霸王硬上弓！"

高嘉羡一脸无语地收起手机，觉得自己问错了人。

祝沉吟的生日是一月二十日，水瓶座的第一天。

今年他的生日正好就在年前几天，高嘉羡特意将近期的工作都安排在了他生日之前，计划陪他好好过个生日。

听龚莉说，祝沉吟从小到大都没有正式过过生日，因为祝文军一向不重视节日和纪念日，觉得男孩子总惦记着这些会没有阳刚之气。

久而久之，每年他生日时，除了龚莉和挚友为他送上祝福，基本和寻常日子没有什么区别，连生日蛋糕都没有。

离他生日还有三天的时候，高嘉羡在睡觉前特别严肃认真地对他说："你把一月二十日这天空出来，提前和同事调个班。"

他听了这话有些愣怔，低声道："羡羡是要给我过生日吗？"

她也没想瞒他："对，我要你一整天的时间。"

祝沉吟似乎没料到她会有这个想法，过了几秒才温声回道："好，那我明天去跟同事调班。"

她拍了拍自己的胸脯："那一整天，你都得听我的。我要让你度过一个永生难忘的生日。"

他浅笑道："好，和你在一起做什么都是难忘的。"

很快，祝沉吟的生日到了。

他一般起得比她早，可这天早上，他睁开眼，发现身边的人已经不见了。

等他洗漱完来到客厅，就看到餐桌上已经放好了煎蛋、烤肠，还有两杯热腾腾的咖啡。

高嘉羡从厨房里探出脑袋："我没把厨房烧掉，你放心吧。"

他忍俊不禁，在餐桌边坐下等她过来一起吃。

过了一会儿，她才脱下围裙从厨房里出来，手里还拿着手机。

她几步走到他面前，迎着晨光在他的嘴唇上轻轻地吻了一下，认真地对他说："祝沉吟，生日快乐！记住，我是今天第一个对你说生日快乐的人噢。"

祝沉吟的喉结轻轻地滚了一下，他一眨不眨地看着她，哑声说："好，我记住了。"

高嘉羡将手里的手机转了个面，凑到了他的面前。

屏幕上是一个多人视讯的界面，有好几个方框框堆在一起，框框里的人都是他熟悉的友人。

第一个方框里的菱画先开口："祝医生，祝你生日快乐，永远幸福呀！"

一旁的瞿溪昂搂着她的肩膀，英俊的脸庞上带着淡淡的笑："老祝，生日快乐。"

第二个方框里是祝静和孟方言，还有他们的儿子孟祁夕。小朋友长得几乎跟祝静一模一样，又遗传了孟方言那双迷人的眼睛，此时他正抱着手机略带着困意说："祝叔叔，生日快乐！"

英国那边现在是凌晨，小朋友能撑到现在着实是不容易。

233

"哥,生日快乐。"祝静笑得很温柔,"祝你永远快乐自由,祝你和羡羡幸福永久。"

"大舅子。"孟方言手里抱着儿子,侧头亲了一口祝静,才懒洋洋地说,"祝你和羡羡永远像我和静静这样夜夜笙歌,羡煞旁人,也祝你宝刀不老,老当益壮。"

其他人顿时爆笑,祝沉吟和高嘉羡也忍不住笑了起来。

第三个框框里是菱沐和沈嘉宁,菱沐说了"生日快乐"之后,沈嘉宁在旁边补充道:"伟大的祝医生,我和沐沐的思沐餐厅永远对你免费开放,欢迎常来。"

瞿溪昂瞬间炸了:"沈嘉宁你是人吗?我每次去,你都给我上最贵的菜是怎么回事?"

沈嘉宁:"人家祝医生是白衣天使,你干了什么人事?"

瞿溪昂冷笑一声:"我明天就要对你实行制裁,你永远别想在 A 国开餐厅了。"

沈嘉宁:"我最英明神武的姐夫,求放过!"

最后一个框框里是苑星和顾瀛,这两人还躺在床上,顾瀛脸上的黑眼圈重得跟大熊猫似的,他捧着手机,气若游丝地对着镜头说:"兄弟,生日快乐,爱你一辈子。"

祝沉吟:"最后那句大可不必。"

一圈祝福送完,众人聊了一会儿天,高嘉羡才挂了视讯电话。

祝沉吟将旁边站着的人揽入怀中,在她的脸颊上落下细密的吻。

"羡羡,谢谢你。"他专注地望着她,声音低沉而温柔,"我觉得我此时此刻的幸福程度已经远远超过过去三十年的总和了。"

在他生日这一天,他得到了他最爱的人的亲吻,享受着她亲手做的早餐,还收到了友人们的暖心祝福,这是他做梦都不曾梦见的情景。

还会有比这更美好的早晨吗?

高嘉羡的耳根红红的:"今天才刚开始,你就已经感动成这样了?那到后面你岂不是要哭晕在厕所?"

他忍不住笑道:"我拭目以待。"

众所周知,高嘉羡的厨艺惨不忍睹,今天这顿生日早餐却做到了能下咽的程度。

祝沉吟吃完了盘子里的煎蛋和烤肠,斟酌道:"宝贝儿,我没想过我这辈子竟然能活着吃完你做的不是'猪食'的食物。"

高嘉羡一听这话，放下叉子没好气地说："那你现在可以上路了。"

他笑起来："真的非常美味，谢谢你。"

"我还能保证你吃了之后不拉肚子。我已经替你试过毒了。"她挑了挑眉，"而且，就这顿早餐，我在我爸妈家提前练习过十几次，我有信心不会出错。"

闻言，他的目光落到了她被邦迪包裹着的左手食指上。

他的姑娘能在短短几天内做出一顿像模像样的早餐来，显然背着他吃了不少苦头。

"我去洗碗，你去换衣服，一会儿准备出门了。"她端着空盘子往厨房走，没走几步，忽然被他从后面紧紧地拥住了。

高嘉羡脸一红，僵着身体没动："你干吗？"

"没什么。"他侧过脸，在她的脖颈上亲了亲，嗓音有些发闷，"就是想告诉你，以后不要再给我做早餐了。"

她一怔，立刻怒道："你什么意思？我做的东西就那么难以下咽吗？你摸着良心说，今天我做的早餐难道不好吃吗？！"

"不是。"他摇了摇头，"我就是不想你辛苦，这些事都让我来做就好了。"这么说着，他已经顺势接过了她手里的空盘子和杯子，朝洗碗池走去。

高嘉羡看他打开水龙头开始洗碗，声音不自觉变小了些："哪有人让寿星干活的……"

"在做一名寿星之前，"他侧过头看她，"我首先是你的丈夫。"

"我的宝贝姑娘不需要进厨房，不需要干脏活、累活。为你做饭，为你做家务，照顾你的一切生活起居都是我的分内事。"顿了顿，他的眼底闪过了一丝促狭之色，"当然，如果你实在想要报答我，我只需要你提供一种服务。"

"具体是哪种服务，你应该很清楚。"

高嘉羡："你给我闭嘴。"

等祝沉吟洗完碗，高嘉羡换了身衣服，化了妆，拉着祝沉吟出门了。她先带他去了附近的商场，买了两张刚上映的好莱坞动作大片电影票。

"祝医生，"她牵着他的手进了电影院，"采访你一下，你有多久没来过电影院了？"

他低头思虑两秒："两三年肯定是有了，这两年实在是没空出来放松。"

高嘉羡:"那之前来,你是跟谁来的?"
"顾瀛。"他毫不犹豫地说,"或者一个人。"
高嘉羡钩住他的手臂:"那今天你就可以体验有美少女陪着看电影的快乐了,你开不开心?激不激动?"
他笑着用手指点了点她挺翘的鼻子:"我激动得连路都要走不动了。"
这部系列电影虽是一如既往的大成本、大制作加大豪华演员阵容,但实际上剧情很糟糕,从第二十分钟开始就让人昏昏欲睡了。
高嘉羡托着腮帮强撑着,到后来实在忍不住,靠在祝沉吟肩膀上睡了个昏天暗地。
她醒过来时,发现屏幕上已经在放片尾曲了,身边的男人垂眸看着她笑:"美少女,睡得舒服吗?"
她一窘,赶忙直起身:"这部电影实在是太糟糕了……不赖我。"
说好的,让他体验美少女陪他看电影的快乐,结果美少女自己睡得不省人事,完全把他给忘了,还把他当成了没有感情的靠垫。
"我倒觉得挺好看。"他牵起她的手往外走,"不是说电影。"
是说你。
高嘉羡翘着嘴角,在他身后用手指头戳他的脊背。
两人出了电影院,她将包和手机递给他:"我去一下洗手间。"
祝沉吟在外面等她的时候,发现电影院旁边新开了一家饮品店,价目表上有她爱喝的葡萄果茶。他拿出手机,给她发了一条消息问她要不要喝,发完才想起她刚刚把手机交给自己了。
祝沉吟心想,自己可能是看无脑电影看傻了。正巧,手里她的手机屏幕亮了,他垂眸看去,目光顿时就凝滞住了。
因为工作上紧急情况很多,高嘉羡的微信消息设置为通知推送显示消息详情,因此,谁给她发了消息,她是第一眼就能看到对方的备注名的。
于是,祝医生站在洗手间门口,被心上人手机里备注的那刺眼的三个字给震撼到了。
祝不行。他的太太给他备注的名字竟然是祝不行。
他脸上异样的神色持续到高嘉羡从洗手间出来。
她从他手里接过包和手机,抬头一看他的脸就愣住了:"怎么了?你的脸怎么绿得跟苦瓜似的?是医院里出了什么事吗?"
祝沉吟深呼吸了一口气,意味深长地说:"没什么,就是想到刚刚电影里的一个情节,觉得太离谱,实在让人难以接受。"

高嘉羡疑惑地盯着他:"电影情节而已,至于那么真情实感吗?"

他笑了笑,没再多说什么:"走,给你买葡萄果茶喝去。"

两人在商场里逛了一圈,到了午饭时间,高嘉羡神秘兮兮地拖着他去了商场里的一家中餐厅。

等进了包厢,顾宁、高鸿和龚莉都已经到了,齐刷刷地冲着祝沉吟笑道:"沉吟,祝你生日快乐!"

祝沉吟看到他们时委实愣了一下,惊讶过后,心里又生出暖意。

"本来我和莉莉打算在家给你做一顿大餐,但是羡羡说不想辛苦我们俩下厨,决定在外面吃。"顾宁说,"这家餐厅我和老高一向很喜欢,味道很地道,有家的感觉。"

众人闲聊几句后,服务生开始为这场小而温馨的家宴上菜。

在祝沉吟的少年时代,每每和祝文军以及管芯他们一家人坐在一起吃饭,他总有一种被关在牢笼里的窒息感,他感受不到一点儿与家的温暖有关的情感。

在他关于家宴的记忆中,只有祝爷爷的不苟言笑,祝文军一个人的高谈阔论,龚莉的隐忍、难堪,还有管芯那一家人虚伪的嘴脸。

但是今天的这场家宴不一样。

现在,除了他的母亲龚莉,他还拥有一对热情体贴的岳父母,他们对他比自己亲生父亲对他更好,他们待他视如己出,让他体会到家的温暖。

和其他人一样,他也拥有了至亲至爱的家人,会在他生日的这一天陪在他身边,为他送上最真诚的祝福。

"沉吟多吃点儿,你不是爱吃鱼吗?"顾宁说着,把半条东星斑都夹到了祝沉吟的盘子里。

高嘉羡一脸无语,控诉道:"我刚刚就想夹一块鱼肉,她都把我的筷子给打掉了。"

高鸿哈哈大笑:"不瞒你说,你妈其实一直都想要个儿子,当时要不是我身体状况不太好,你估计还会有个弟弟。"

顾宁耸了耸肩:"感谢老天,没让我再受一次生育之苦,就拥有了一个完美无缺的帅儿子。"

高嘉羡忍不住酸溜溜道:"人家亲妈还坐在这儿呢,你就开始跟人家抢儿子了,自家的女儿倒像是从垃圾桶捡来的。"

顾宁差点儿把筷子扔她头上去。

龚莉忍不住笑了:"多亏羡羡,沉吟现在才这么幸福,有这么多人爱他，对他好。"

祝沉吟仔仔细细地将自己盘子里的东星斑剔去了鱼刺，然后把一大块鱼肉夹到了高嘉羡的盘子里，温柔地看着她："羡羡是我的福星。"

"生日可是很重要的日子。"顾宁又说，"每一年的这一天都值得纪念。明年的今天咱们还是回家吃，我和莉莉一块儿下厨，让你们品品妈妈们绝佳的厨艺。"

祝沉吟和高嘉羡对视了一眼，笑道："好的，妈。"

吃完午饭，大家在商场门口道别，高嘉羡拉着祝沉吟前往下一个目的地。她带他去了年轻情侣常去的游艺城，玩了各种游艺设备，最后还怂恿他给自己抓娃娃。

祝医生在抓娃娃这方面也天赋异禀，仅仅失败两次后，就接连抓了三个不一样的公仔。

高嘉羡手里捧着毛茸茸的公仔，一脸满足："祝沉吟，没想到你还挺厉害啊！"

从来没玩过娃娃机，竟然轻而易举就上手了。

祝沉吟似笑非笑地看着她："我厉害的地方可不止这一点。"

出了游艺城，她又拉着他去新开的甜品店。看着她享受美味的泡芙时笑得眉眼弯弯的模样，他也忍不住跟着笑。

他有些明白了，她今天这样安排，不仅是想要弥补他童年缺少玩乐的遗憾，还希望他能够拥有更多与她约会的回忆。

这些都是他未曾拥有过的，从现在开始，她都想要让他体验。

临近傍晚，高嘉羡带着他去了城中新开的游乐园。

这个时间点游乐园里的人已经没有那么多了，陆陆续续有人离开，她指了指不远处亮着灯的过山车说："咱们去玩那个吧。"

她和祝沉吟不恐高，都能体验刺激惊险的项目。两个人把几个好玩的项目玩了个遍后，天色也彻底暗了。

高嘉羡看了一眼手表，拉着他往旋转木马冲："快！快要开始了！"

祝沉吟眉眼带笑地跟着她前小跑："没想到，我这么一个三十岁的老男人，还能在游乐园里玩得这么高兴。"

她闻言，笑吟吟地转头看他："那可不是！因为有我陪着你啊！"

"嗯。"来到旋转木马前，他搂过她，垂眸亲了亲她的眉眼，"是因为有你陪着我。"

他原以为她是想叫他去坐旋转木马，没想到她拉着他在旋转木马前站定，示意他看前方的城堡。

"嘘。"她用手指抵着自己的唇，神秘兮兮道，"五、四、三、二、一！"

在她话音落地的那一刻，绚烂的烟花炸开，磅礴的背景音乐响彻整个园区。

五光十色的烟花绽放在空中，仿佛一场盛大的梦境。

人们发出欢呼声和尖叫声，祝沉吟仰头望向前方的城堡，突然被她从后悄悄地捂住了眼睛。

高嘉羡："生日快乐，我的爱情与美梦。"

她的手掌很热，贴在他的眼前。他感觉眼眶有些发胀。

她说，他是她的爱情与美梦。

她对他来说，又何尝不是？她太过美好，美好到他总是会忍不住在想，自己真的可以拥有她吗？

她不仅仅是他的爱情与梦想，更是他愿意守护一生的光芒与信念。因为有她，他想变得更好；因为有她，他才更热爱人生和这个世界。

高嘉羡说罢，从他的身后绕到了他的身前来。

"祝沉吟，你不许睁眼。"她紧张又羞涩地命令他。

他依言照做，两秒后，他忽然抬起了双手，握住了她盖在他眼睛上的手，将它从他眼前移开，然后慢慢睁开了眼睛。

她微微怔住，而他低下头吻住了她。

烟花不断变换着色彩和形状，在他们身后绽放，动听的背景音乐荡漾在耳边，仿佛在为他们送上虔诚的祝福。

这个造梦的游乐园，在这一刻，见证着他们的亲吻。

这个吻持续了很久，久到背景音乐已经变换了两首，他才轻轻地松开了她。

高嘉羡攥了攥他的手指，红着脸，没好气地低声说："都说了让你不要睁眼的。"

她原本是想在他闭眼的时候亲吻他，却没有想到被他反客为主，撩了一大把。

他揉捏着她的手指，又在她的脸颊上落下几个吻："抱歉，有点儿没忍住。"

"因为我想看着你。"我想把你和这梦境般的情景都深深地刻进我的脑海里。

"行吧。"她撇了撇嘴，嘴角却止不住地往上扬，"谁叫你今天是寿星呢？"

"寿星今天有个愿望。"烟火的声音有些大，他靠在她的耳边，哑声说，"请问羡羡你能帮我实现吗？"

她没多想："什么愿望？"

他的眼中透出与烟火一样的妖冶神色："哥哥今天不想做人了。"

高嘉羡的脸一下子红了，耳垂也红得都快要滴出血了。

她哪能不明白他在说什么，这个时候却只能装听不懂，生硬地转移话题："祝、祝沉吟，你先陪我拍两张照，烟火秀快要结束了！"

他没再继续逗她，浅笑着点了点头，接过她的手机，搂着她转了个身，把手机举得高高的。

镜头将他们笑容满面的脸庞与身后的烟火和城堡完整地框了进去，他接连拍了几张，将手机递还给她："看看。"

她滑动着手机屏幕，似乎对这几张照片都很满意，心满意足地对他说："走吧，该回家了。"

回家的路上，两人之间的气氛前所未有地暧昧。

因为祝沉吟在烟火秀快结束时在她耳边说的那句话，高嘉羡始终没敢转头看他，也没和他进行言语上的交流。

他也不急，淡定地坐在她身边，把玩着她的手，将她脸上的红晕尽收眼底。

到家之后，高嘉羡发现家门口放着一个快递盒，她问："这是你的快递吗？"

他摇了摇头，弯下腰将快递盒拿起来，看到收件人的名字后，他的目光微微闪了闪，表情有点儿复杂。

她凑过去："怎么了？不会是送错了吧？"

"应该没有送错。"他指了指包裹上的收件人，"收件人是小白们。"

高嘉羡咬牙切齿地将视线移到发件人一栏，果然看到了"小星星及姐妹团"这几个字。

"给我。"她将包裹从他的手里抢夺过来，飞速地冲进家门。

这几个女人联合起来想搞什么名堂，她再清楚不过，她已经猜到这包裹里是什么玩意儿了。

果然，等她进了卧室打开包装盒后，她脸上的表情就凝固住了。

盒子里的东西实在是太过震撼人心,她目瞪口呆地看着那些东西,连祝沉吟走到了她身后都没有发现。

她还没反应过来,他已经伸手从盒子里拿出了一样辣眼睛的东西。

他眯了眯眼,审视了手里的东西几秒,压低声音问她:"这是内裤?"

高嘉羡看着他修长的手指上挂着的,几乎没什么布料的,黑粉相间的丁字裤,从喉咙口憋出来了一个"嗯"。

"这个呢?"他又拿起了和内裤配套的胸衣。这胸衣已经不能称作胸衣了,用于遮挡的布料只有区区一圈。

高嘉羡只觉得两眼发黑:"内衣……"

祝沉吟:"这个?"

高嘉羡:"猫耳朵头饰。"

祝沉吟沉默片刻,摸了摸下巴,意味深长道:"猫女郎?"

她捂着脑袋:"别说了。"

"还有手套和丝袜。"他将手里的东西放回盒子里,"你的小姐妹们想得还挺周到。"

高嘉羡:"我要杀了她们。"

"别人的一片好意。"他背靠桌子,两手往后撑着桌子,长腿交叠。他的声音已然变了,喑哑、低沉,目光灼灼地盯着她。高嘉羡觉得自己要是再不跑,下一秒就会折在这里。

"鬼才穿!"她一边说,一边倒退着出了卧室,手扒在门口警惕地看着他,"你别过来,就站在那儿别动。"

他没追上去,眼角眉梢挂着笑,静静地在卧室里等待她。

大概过了五分钟,卧室的灯忽然被关上了。

一片昏暗的卧室里,祝沉吟看到高嘉羡捧着一个小而精巧的蛋糕慢慢地走了进来。

"祝你生日快乐,祝你生日快乐……"她唱着生日歌来到了他的面前。

淡淡的月光从窗外倾洒进来,他借着月光和那闪烁的烛光,看到白色奶油蛋糕上插着一块小小的巧克力牌,上面写着:"生日快乐,我的爱人。"

"马上就要到新的一天了。"她唱完生日歌,捧着蛋糕仰头望着他,认真地对他说,"你记住了,在这一天结束前,我是最后一个对你说生日快乐的人。以后每一年的今天,我都会是第一个和最后一个对你说生日快乐的人。"

在这个重要的日子里,我是你的有始有终。

你从此以后再也不会孤单、寂寞，再也不是一个人。

你有我了。我会爱你，我会让你知道，你对我多么重要。"

"许个愿望。"她见他一直默默地望着自己不说话，于是小声提醒他。

烛光下，他的眼眸波光潋滟，他点了点头，终于缓慢地闭上了眼睛。

这一天，他收到了朋友和家人的祝福，体验了轻松快乐的约会，品尝了好吃的甜点，看过了绚烂的烟火和梦幻的城堡。

他最爱的人一整天都陪在他的身旁。

这一天他这样幸福，从今往后的每一年，他都会盼望着这一天的到来。

"许完愿望，就把蜡烛吹了。"她提醒他，"还有，不要把你的愿望说出来，不然就不灵验了。"

他轻笑道："说不说都一样，我的愿望永远只会与你有关。"

蜡烛熄灭的那一刻，屋子里又暗下来。

高嘉羡双手捧着蛋糕，没法去开灯，只能对他说："你去开灯，我要把蛋糕放到桌上切。"

他没有说话，她在原地等了好几秒，也没听到他的声音："祝沉吟，开灯呀。"

下一秒，她手里捧着的蛋糕被他接了过去。

她的手一空，顿时有些无所适从："你为什么不开灯？"

"不需要。"他低沉喑哑的声音响起，"我看得见。"

蛋糕被他轻轻地放到桌上，她感觉到他的呼吸声近在咫尺，顿时紧张得不知道把手脚往哪里放。

祝沉吟搂着她的腰将她轻轻推到桌边，捧起她的脸颊和她接吻。他吻得很急切，带着强烈的占有欲，把她吻得几乎窒息。

"蛋糕。"她努力地喘息，"祝沉吟，先吃蛋糕……"

黑暗中，人的所有感官更加敏锐，他的欲望灼烧着彼此，嗓音里带着浓重的渴求："蛋糕不急。"

他要吃人了，高嘉羡紧张又羞涩地想。

过了一会儿，他稍稍从她的唇边退开，忽然用手指挖出一小块蛋糕，用舌头舔了一下。

"很甜。"他说着，再次吻过来，"你也尝尝。"

奶油蛋糕浓郁的香味从他的舌尖渡到她的嘴里，她感觉到头脑一阵阵发晕。她被他亲得浑身发软后，又被他打横抱进了浴室。

洗完澡，他用浴巾帮她擦干身体，直接把她抱到了大床上。

高嘉羡躺在柔软的大红色床单上，嗓音都有点儿打飘了："祝沉吟……"

祝沉吟的头发还湿漉漉的，他可能是嫌额发挡在眼前有些麻烦，用手指将头发往后扒去，低低应了她一声："我在。"

而后他打开了他那边的床头柜，拆了一包东西，垂着眸，用嘴撕开了其中一个包装。

她头皮发麻，沉默了好一会儿，才用细若蚊蚋的声音说："你之前为什么……"

她这句话才说了一半，他已经听明白了她话里的意思。

他俯下身子，哑声告诉她："因为我怕你疼。"

她感觉到了他前所未有的靠近，紧张得身子微微颤了起来："那你今天怎么就……"

零点的钟声悄然响起，新的一天悄然降临。

他低下头，虔诚地吻住了她的嘴唇，一字一顿地对她说："羡羡，我要拆我的生日礼物了。"

主卧没有开灯，此刻唯一的光源就是窗外透进来的月光。她躺在床上仰头望着他，借着月光，看到他漂亮的眼里满是浓烈的爱意和渴求。

从此以后，这是她的男人了。他属于她，无论是身还是心。

不知道过了多久，久到高嘉羡的头发已经被汗浸湿，她心想，祝沉吟诚不欺我。

"你……"她无力地张了张嘴，"你都不需要休息一下吗？"

"我之前已经休息得够久了。现在不是休息的时间。"祝沉吟将手伸到她的脸颊边，将她的下巴轻轻地朝自己扳过来一些，从后面深深地吻过去。

高嘉羡这一晚最后的记忆停留在他第三次将她从浴室里抱出来那一刻。她被塞到被子里的时候，只来得及对他说最后一句话："你这体力不去搬砖实在是太可惜了。"

说完这句，她便沉沉地睡了过去。

祝沉吟坐在她身边看着她笑，温柔地抚了抚她的发，将被子替她掖好，又恋恋不舍地去亲她依然泛着红的眼角、红红的鼻尖和小巧的嘴唇。

他忍不住回想她刚刚在自己怀里的模样。看过她英姿飒爽、果决利落、耀眼夺目的样子，早已经被她迷得神魂颠倒，又被她不为人知的千娇百媚狙中心脏。

243

她如娇艳的花朵一般绽放。这是他一个人的风景。这种"唯一"的占有和专属，让心神荡漾，无法抑制。

静静地看了她一会儿之后，他将几乎没动过的生日蛋糕放回冰箱。收拾一下桌上的东西，回到客厅，他发现餐桌上摆放着一个漂亮的盒子。

盒子上贴着一张小小的标签纸，上面写着几个字："给祝沉吟。"

他打开了那个盒子，只见盒子里躺着一个蓝白色相间的相框，相框里插着一张照片，是他们俩今晚在游乐园看烟火秀时拍摄的。

看来是她刚才回家之后打印出来放进相框里去的。

相框旁边还有一封精美的贺卡，拆开后，上面是她娟秀漂亮的字迹。

"亲爱的祝医生，

关于你的生日礼物，我想了很久你会需要什么，但是想来想去又觉得你什么都不缺。

你平时最爱看书，但你看的书专业性很强，我怕买错了，你最后不看，我多尴尬。"

看到这里，他的嘴角忍不住上翘。见字如面，看到她写的话，他感觉她此刻就在自己面前一样。

"我感觉你也没有什么特别喜欢的东西，只能说你有个特别喜欢的人——那就是我。既然如此，我就想着还是送你一件和我有关的东西吧。

看你用蓝色的东西好像比较多，再加上你平时穿白大褂还挺好看，所以最后我挑了个蓝白相间的相框，买完相框才发现我们俩认识这么多年竟然连一张合照都没有拍过！简直离谱！算了，那就只能在你生日当天找个机会拍一张，打印出来再放进来了。

你可以把这个相框摆在任何你想摆的地方，想我的时候就可以看，不想我的时候也可以看，谁有个这么漂亮聪明的太太不想每天多看两眼呢？

最后，祝你生日快乐，希望来年你的太太更漂亮。"

看到贺卡的最后一句话，他的眼角眉梢全都是笑。

他放下贺卡，拿起相框，目光深深地落在相片里的人脸上。

因为是自拍的角度，所以他们俩的脸挨得很近。她笑起来嘴角边会有酒窝，甜得人心尖都醉了。她身边的他也是自然、放松的状态，笑起来再也没有从前的疏离和淡薄。

原来和她在一起时，自己会笑得那么灿烂。

他想起小时候，顾宁和龚莉想给他们俩拍合照，每次都被祝文军阻止了。他说男孩子有什么好拍的，又不是姑娘家，不需要留这些无用的纪念。

久而久之，他便不那么喜欢拍照了。这么多年下来，除了和同学们的毕业照，他几乎没留下过什么照片。但是以后不一样了。以后，他可以拥有越来越多和她的相片。这些相片都将是他生命中最珍贵的纪念。

祝沉吟握着相框端详了很久，最后连同贺卡一起小心地装回了盒子里，打算之后带去医院。

末了，他关上客厅的灯，轻手轻脚地回到卧室。他将之前在厨房里给她倒好的温水放到她那边的床头柜上，生怕她睡到一半渴了想喝水。

而后，他替她打开了小章鱼夜灯，又轻轻地握住她放在被子外面的手，低头亲吻了一下她的手背："谢谢你，羡羡，这是我这辈子收到过的最好的生日礼物。"

这将成为他这一生中到目前为止最难忘的一天。

他知道，今后会有更多如梦境般闪耀的日子出现在他的生命中。

高嘉羡早晨醒过来的时候，只觉浑身酸胀，简直如同受了酷刑。

睁开眼睛，她想拿床头柜上的手机看一下时间，却有一条胳膊抢先横过来，拿起她的手机递到她的手边。

高嘉羡一愣，微微侧过脸，便看到了男人漂亮的眼眸。

"早。"他似乎也是刚醒，声音里还带着一丝暗哑。

她一听到他说话的声音，就浑身一颤，忍不住想到昨晚这道性感的嗓音在她耳边说的话。

太可怕了！她心想。原来这个世界上根本就不存在什么斯文、温雅的男人！

祝沉吟似乎通过她的面部表情猜到了她此时此刻心里在想些什么，他将她搂进自己的怀中，低声问她："难不难受？我帮你揉揉腰？"

她立刻阻止了他的"好意"，面无表情地看着他："你还好意思问我？"

他低笑一声，又靠在她的耳边故意逗她："那么我换个问题……昨晚你感觉怎样？"

祝沉吟你做个人吧！昨天晚上意乱情迷的时候你这么问我，我都没回答你，你还想我今天在神志清醒的情况下回答你这种问题吗！

眼见快把人逗得夯毛了，阵阵沉闷的笑声从喉咙里滚出："羡羡，你真是太可爱了。"

"可爱个屁！"高嘉羡的嗓音尚未完全恢复，说话的时候还有些沙哑，"祝沉吟，我对你这么好，你却恩将仇报，想让我死在这张床上！"

"这是恩将仇报吗？"他用额头抵着她的额头。

高嘉羡觉得脑壳疼："你闭嘴吧，我要起来了，年前还有事要处理。"

她正想要动身，祝沉吟将她从床上轻松地打横抱下来，还亲自替她穿好睡衣。

她觉得这种让他给自己穿衣服的行为太过羞耻，想要抬手制止他，手却软得如同棉花。她尝试了两次，最终还是破罐子破摔，作罢了。

这是他造成的。他得负全责！

替她穿好衣服，他低头亲了亲她的嘴唇，扫了一眼浴室："要我抱你去洗漱吗？"

"不必！"她立刻双手交叉挡在自己的身前，"这是我最后的尊严！"

他忍着笑，看着她像只蜗牛一样朝浴室缓慢挪过去。

"羡羡，"快走到浴室门口的时候，她听到他在身后慢条斯理地说，"如果你需要的话，我可以帮你向卢主任请个假。"

高嘉羡伸手扶住旁边的柜子，回过头，一脸疑惑。

祝沉吟："就说你今天行动不便，需要在家卧床休息一天。"

她眯了眯眼："理由是什么？"

"理由是……"他顿了顿，笑得人畜无害，"我们羡羡身体不舒服。"

去单位处理完事情后，她揉着依然酸疼的腰去仁晨医院探望温玉萍，顺便等祝沉吟下班。

温玉萍已经在逐渐康复了，但注定是要在医院里过年了。好在有程毅无微不至地照料着她，还特意跑去老远的花鸟市场买了她最喜爱的海棠花过来，插在她病床旁的花瓶中。

卢主任和其他同事过来探望过温玉萍，温玉萍自然也知道了高嘉羡暂代她成为发言人的消息。

"嘉羡小同志，"温玉萍笑吟吟地看着她，轻轻地拍了拍她的手掌，"加油，期待看到最美公关官的英姿。"

"萍姐，您可别取笑我了。"她叹了一口气，"我这肩上的担子感觉有千斤重，我抖得慌。"

"没什么好怕的。我认识你那么久，就没见你在什么场面发怵过。"

温玉萍说完，抬眼便看到祝沉吟走进病房："不信你问问小祝，有没有见过你害怕的时候。"

"萍姐。"祝沉吟看完诊过来查房，正好来探望温玉萍。

经过这段时间的相处，温玉萍和程毅别提有多喜欢祝沉吟了，都快把他当干儿子了，说过好几次，等她出院之后，让他们小两口去家里做客。

祝沉吟没听到前面的对话，温声问："您是想问我，羡羡有没有害怕的时候吗？"

温玉萍微笑着点点头。

祝沉吟站在床边，若有所思地眯了眯眼。高嘉羡坐在椅子上，仰头看着他脸上的表情，总觉得哪里不太对劲，但她一时说不上来。

过了片刻，他答道："很少，但是有。"

温玉萍有些讶异："真的吗？什么时候？"

下一秒，这人将视线落在她的脸颊上，摸了摸她的头发，意味深长道："我们羡羡害怕打针。"

高嘉羡目瞪口呆。她做梦都想不到，面前的这个男人竟然可以不要脸到如此地步！

这句话，如果换作是别人来说，她绝对不会有半点儿质疑，但从这个男人的嘴里说出来后，她百分之一百地肯定，他嘴里的这个"打针"，绝对不是正常人所理解的那个意思！

"在打针的时候，"他不紧不慢地说，"羡羡会哭。"

温玉萍深信不疑："原来嘉羡这么怕疼吗？"

"应该是的。"他漫不经心地用漂亮的手指玩着她的发尾，嘴角勾着一抹笑，"还会哭得停不下来。"

高嘉羡的心跳都快停止了。

这个男人，竟然敢当着外人的面，以这样一种方式将他们的经历说出来，偏偏其他人都听不懂。

温玉萍点了点头，把目光重新落在高嘉羡的脸上，忍不住调笑她道："我们嘉羡都脸红了，看来小祝说的是真的。在这种时候，嘉羡还像个孩子啊！"

高嘉羡原本就红得不成样子的脸，在被温玉萍点破之后红得愈加厉害，她还没来得及开口说话，就听到身后的人慢条斯理地开了口："但她孩子气的一面我也非常喜欢。"

他尾音里透出的宠溺勾得她心尖儿又痒又躁。本来她发誓等会儿出了病房后一定要暴打他一顿，听了这话，瞬间又有些心软了。

祝沉吟陪着温玉萍又聊了几句，便和高嘉羡一起出了病房。

原本她还想陪温玉萍再多说一会儿话，但方才发生的事，让她觉得自己是一分钟都没办法再在那里多待了。

只要坐在那儿,她耳边就会回荡起他那句"我们羡羡害怕打针"。

回到科室后,高嘉羡面无表情地用手抵着他的胸膛,一字一顿地威胁他:"祝沉吟,我跟你不共戴天。"

他笑吟吟地将她的手包进自己的手掌里,轻轻揉捏了两下,而后趁她反应不及,凑过去亲了亲她的耳垂:"你舍不得。"

"打针"这个词就这样成功超越了"壮观",成为高嘉羡字典里的第一禁词。

祝沉吟到底还是疼她的,虽然他嘴上没有半点儿要做人的意思,但当晚还是放过了她。

以苑星和菱画为首的姐妹团第一时间发来贺电:"恭喜二位成功升级为真夫妻!"

苑星不做人,还补充了一句:"请问你变身猫女郎了吗?"

嘉羡:"变身你个鬼啊!"

她第一时间就把那些辣眼睛的玩意儿收进了柜子里,放在了最底下。

要是她穿了这玩意儿还得了?

小年和除夕祝沉吟依然要去医院值班,于是高嘉羡和他商量着将手头的工作安排一下,在腊月二十八那天晚上回家,和顾宁、高鸿,还有龚莉一起提前吃个团年饭。

顾宁和龚莉从午饭后就待在厨房里没有出来过,等他们进家门时,冷盘几乎将整张桌子都摆满了。

高嘉羡脱了鞋,一边跟长辈们打招呼,一边朝顾宁道:"妈,这一桌我觉得都够二十个人吃了,您忘了我们家就只有五个人吗!"

"又不是全给你吃的。"顾宁在厨房大声回应,"沉吟多吃点儿就行!你反正饿不死!"

高嘉羡在浴室洗完手后,一路冲到客厅看电视的高鸿面前,双手叉腰,表情严肃地叫道:"爸。"

高鸿抬头:"怎么了?"

高嘉羡:"您老实告诉我,我真不是我妈当年生孩子的时候抱错的吗?"

高鸿愣了一秒,和忍着笑的祝沉吟对视一眼,朗声大笑。

等热菜都上了桌,五人齐齐围坐在餐桌边。顾宁给每个人的杯子里斟了一点儿酒,率先举杯道:"提前祝大家新春快乐!"

"新春快乐！"五个杯子轻轻地碰撞在一起，发出清脆好听的声响，每个人的脸上都洋溢着轻松快乐的笑容。

屋外寒风凛冽，屋内却温暖怡人。祝沉吟平时话不算多，但今晚在餐桌上和顾宁他们说了不少趣事，逗得他们直乐，屋内一直回荡着笑声。

高嘉羡觉得，这是她有生以来吃过的最温暖的一次团年饭。小时候和顾宁他们三个人吃，虽然也开心，但总觉得少了点儿热闹；后来长大了，一直在异国他乡工作，她一度快要忘却了这种阖家团圆的滋味。

而今天，因为有了身边的这个男人，这次团年饭在她的心中也变得格外地热闹和难忘。

可见，令人难忘的并不是节日，而是这个节日里陪在你身旁的人。

大家边吃边聊天，再看一会儿电视，休息片刻，接着又开始吃下一道热菜，几个回合下来，夜就深了。

顾宁和龚莉回厨房去做新的热盘时，祝沉吟拿着手机去阳台接了个电话。等他挂了电话，高嘉羡探进来一个头，看着他问："是在说流感的事吗？"

祝沉吟点了点头："好像情况不是太好，今年的流感传播速度极快。"

"我其实一直在关注这件事。"她说，"最近大家才重视起来。"

吃完年夜饭回到家后，时间已经将近零点了。

高嘉羡洗完澡出来，在床上翻看着同事发来的关于流感的最新进展，不禁蹙紧眉头。

因为看得太专注，祝沉吟洗完澡从浴室里出来了，她也没有发现。

直到身边的床铺陷下去，清新好闻的沐浴乳香味钻入鼻腔，她才意识到他已经躺在她的身侧了。

"兵来将挡，水来土掩，目前主要是闻兴比较严重。"他的目光落在她手里的平板电脑上，语气不徐不疾。

她知道她在这儿焦虑、担心对实际情况没有任何帮助，于是将手里的平板电脑关了，放到床头柜上，转过头望着他，没头没尾地问了一句："祝沉吟，你会去吗？"

他侧身望着她。过了几秒，他垂了下眼眸："我会去的。"这是义不容辞的事。

祝沉吟是仁晨医院乃至整个长川数一数二的医生，他一定会出现在仁晨派出的第一梯队中。

卧室里陷入了片刻的寂静。良久，高嘉羡点了点头，格外认真地看着他:"那你一定要好好救治每一个患者。"

"我会的。"他应得也认真,"你放心。"

高嘉羡点点头,放好枕头,准备躺下去,祝沉吟忽然支起身子,低着头一动不动地看着她。

她的困意都要被他给盯没了:"你不睡觉看着我干吗呢?"

他说:"我在想,我们可能会分开一段时间,见不到彼此。"

她的心一跳,声音也低了一些:"嗯,如果你需要去闻兴市支援的话。"

"在离开之前,我还有一个心愿需要完成。"他低垂着眼眸,鸦羽般的睫毛在他的眼睛下投下诱人的阴影,"而这个心愿,只有你能帮我完成。"

她疑惑地望着他:"什么心愿?"

他伸手关了床头灯,低下头贴在她的唇边哑声道:"把我的微信备注名给改了。"

她一开始没有反应过来,直到他吻住自己的嘴唇,故意在她的唇舌间舔舐缠绕的时候,她才恍然明白他的意思。

他……他怎么会知道她给他备注了什么微信名?!

"我确实没有想到,原来我的表现,在你的心中只能被称为不行。"他手指熟稔地从她的脸颊滑落到她的锁骨上,轻轻地摩挲了两下,继而又落到了她的睡衣扣子上。

给你备注"祝不行"是在我发现你原来是个大魔鬼之前啊!

尚未想好如此应对,她的身体已经诚实地回应他了。他生日那一晚的记忆重现。所有脸红心跳的画面都再次浮现在脑海中。

黑暗中,她看到他性感的喉结轻轻地滚动了一下,他说:"两天了,你应该休息得差不多了。"

"宝贝儿。"一室旖旎,他在她的耳边梦呓般低语,"祝哥哥要送你一份新年大礼。"

祝沉吟显然是有备而来,前两天不动她是为了让她的身体得到缓冲、休息,今晚直接给她攒了一份大的。

将她抱进被窝后,他像哄小孩一样轻拍着被子哄她入睡。一直到她的呼吸渐渐变得均匀起来,他才在她的额头上轻轻落下一吻。

他目露虔诚,轻声对她说:"我的爱人,新年快乐。"

第十四章
不朽热爱

高嘉羡没有想到的是，腊月二十八的这一晚真的成为她和祝沉吟长时间分隔两地前的最后一晚。

第二天清晨，她醒来之前，祝沉吟已经出门了，给她留了条微信信息，说仁晨医院在凌晨时分召开了紧急会议，决定立刻派出医疗团队前往闻兴支援。

在前往S企业记者会现场的路上，高嘉羡一边紧锣密鼓地修改演讲稿，一边给祝沉吟打电话。

铃声响了好一会儿，他才接起来，那边的声音也很嘈杂："羡羡。"

她开门见山道："你要过去了吗？"

"嗯。"他回得很快，"我和顾瀛都去，现在直接从医院去机场。"

她咬了一下下唇："好。"

"羡羡，"沉默了片刻，他才平静地说，"你也要做好防护，记得每天出门要戴口罩，要勤洗手。如果不是工作需要，就不要出门。我早上已经打电话关照过爸妈了，你也再提醒他们一遍。

"冰箱里留有足够的食材，你自己做点儿吃，没时间做就去爸妈家吃，我提前给他们囤了食材和蔬果。

"你处理公事再忙，也要腾出时间休息，更要按时吃饭。"

他的语速不快，一条一条细致地叮嘱她，让她烦躁焦虑的心渐渐平息下来。

他拥有这样神奇的魔力，应该说，是对她绝无仅有的治愈力。

说到这儿，他顿了顿："我不在的时候，你一定要照顾好自己，要不然我会非常担心你的。"

这句话，就像是钟声，提醒着她——他们将会有一段时间分隔两地，无法见到彼此。

而这段时间会有多长，他们谁都不知道。

如果能够预知到昨晚是他们分离前的最后一晚，那她一定会缠着他再多说几句话，哪怕只是多看看他的笑容。

这是他们回到彼此身边后的第一次分离。

谁能料到，这还是第一天，她就已经忍不住想念他。

"祝沉吟，"她捏着手机的手指有些发白，"你千万要小心，你也……一定要照顾好自己。"

"闻兴医疗方面比较薄弱，一个医生得当三个用。到了那儿之后，我可能没有办法时刻看手机消息，得抓紧时间救治病人。"他低声说，"但我每天会尽量抽时间向你报平安。"

高嘉羡闭了闭眼。

"好。"她强忍住了鼻头的酸涩，对他说，"你到了那儿记得告诉我。"

他挂掉电话前，留下了最后一句话："羡羡，等我回来。"

开完记者会，高嘉羡回家和卢主任他们进行了个电话会议，将今天的信息做了复盘。

会议结束后，其他人退出语音，卢主任问她："嘉羡，小祝他去闻兴了吗？"

"嗯。"她看了一眼手表，"应该快要到了。"

卢主任的语气里透着赞许："能有小祝这样的医生，是所有病人的福音，希望他能尽早平安归来。"

下午，高嘉羡去了趟顾宁、高鸿和龚莉那里，顺便又买了一些生活日用品。

三位长辈看了一天新闻，心里不由得担忧。见她进来，两位母亲立刻站了起来："羡羡，沉吟到了吗？"

"到了。"高嘉羡将东西放在玄关的柜子上，"人已经在医院了。"

顾宁和龚莉对视一眼，声音都有些发颤："他在哪家医院……"

"妈，你们别慌。"高嘉羡打断了她们的话，笑着指了指淡定地看报纸的高鸿，"你们学学爸爸，你看他多淡定呀！"

随后，她走过去拍了拍两位母亲的肩膀："妈，你们要相信沉吟。"

同一时间，闻兴。

祝沉吟和顾瀛一行人到了屏南医院后，立刻将所有个人物品寄存好，准备好展开工作。

顾瀛换好防护服，看到祝沉吟将一个端详了好几秒的相框放到柜子里锁好。

他站在祝沉吟身后，低声问："那个相框，是嫂子送你的生日礼物吗？"

祝沉吟锁上柜子，轻轻点了点头："也是我的平安符。"

等所有人都换好防护服，戴好口罩，他们一行人走在走廊上，迎面看到几个医生和护士正朝他们走过来。

那几名医生和护士看上去已经疲惫不堪，眼睛下都是浓重的黑眼圈，其中一名护士还红着眼眶，似乎刚刚才哭过。

祝沉吟作为这次仁晨医疗团队的队长，走在最前面，对那几名医生和护士说："你们好，我们是长川仁晨医院的医疗团队。"

"你们终于来了！"为首的那名医生红着眼圈，他对他们说，"抱歉，情绪有点儿失控。工作量实在太大了……"

"别担心。"他温声说，"我们会陪你们一起战斗的。"

祝沉吟性子温和、冷静，他作为领导者，对于整个团队，包括屏南医院的治疗团队，都是一剂有效的镇定剂，缓解了团队中恐慌的情绪。

他让原本疲劳到极致的治疗团队暂时从一线下来去休息，带着顾瀛他们没有做任何休整，直接顶在了最前面。

长川。

高嘉羡陪着几位长辈说了会儿话，一起吃了顿简单的晚餐，又马不停蹄地驱车赶往了和义医院。

令她感到意外的是，除了她和祝沉吟，向来无人来探访的祝爷爷，今晚病房中倒是有人在。

祝文军显然没有料到她会来这儿，坐在病床边的椅子上，神色紧绷。

高嘉羡并不在意他的脸色，规规矩矩地叫了他一声"爸"，然后给两位看护阿姨结了工资，叮嘱她们在医院期间要戴好口罩，注意安全。

末了，她就坐在床的另一边，安静地看着病床上的祝爷爷。

祝文军忍了好一会儿，终于还是没忍住，生硬地开口道："祝沉吟呢？"

她淡定地回答："在闻兴做医疗支援。"

祝文军怔了一下,脸色顿时变得更吓人了:"他怎么自作主张跑到闻兴去了?"

"他是仁晨医院的骨干分子,闻兴市今年流感严重,医疗资源又匮乏,他自然是前去支援的先驱力量,不存在自作主张跑去这一说。"她面无表情地说,"况且,他是救死扶伤的医生,明知道危险也会义无反顾。您和祝爷爷强迫他走从医这条路的时候,就应该想到会有今天。"

简简单单的几句话,把祝文军说得老脸一白。

过了好一会儿,祝文军才语气不善地说:"你是不是觉得你特别厉害?跟祝沉吟结了婚之后,可以控制他,顺带控制龚莉,让他们都背叛我,全部都向着你?"

高嘉羡仿佛听到了天大的笑话,笑着摇了摇头:"我没想到您可以自欺欺人到如此地步。

"首先,我不是您,我永远不会想着要去控制别人。

"其次,他们并没有背叛您,而是您这么些年的所作所为让他们彻底感到心寒,从而抵触您,不想和您扯上关系。"

上次的事情发生以后,她就没有打算给祝文军留情面:"沉吟和妈都是心地善良的人,总想着为这个家,为自己的至亲多付出一些。他们为了维持这个家表面上的和平,已经委曲求全地活了那么多年,现在该为他们自己而活了。"

说完这些,她从椅子上起身:"所以,他们现在所做的每一件事,都是出于他们自己的意愿,与任何人都没有关系。

"最后,祝您新春快乐。流感期间,希望您勤洗手,戴口罩,少出门,照顾好自己。我还会来看祝爷爷的。至于妈和沉吟,您也不用太操心,他们都会好好的。

"现在和往后都有我护着他们。"

祝文军目送着她离开病房后,一改往日的盛气凌人,目光变得颓然而空洞。

祝沉吟自从给她发了一条落地闻兴的消息之后,整整一天一夜,再也没有发来过任何讯息。

安静的夜晚,高嘉羡独自一人看着平板电脑。

微信语音电话的铃声忽然响了起来,她眉毛一跳,瞬间放下平板,抖着手拿过了放在茶几上的手机。

然而，屏幕上显示的来电人并不是她此刻满心期盼、牵挂着的人。

接起电话，苑星一改往日的亢奋，无精打采道："羡羡。"

"嗯。"她应了一声，"新年快乐，星星。"

"新年快乐。"苑星在那头沉默了两秒，长叹了一口气，"但我真的一点儿都快乐不起来。"

顾瀛是跟着祝沉吟一同前往闻兴的，苑星此刻的心境，高嘉羡完全能够感同身受。

最爱的人处在风暴中心，自己无法得到任何关于他的消息——不知道他有没有休息的时间，不知道他有没有吃饭，更不知道他会不会因为长时间照顾病患而不幸中招。

苑星担心顾瀛担心得茶不思，饭不想，她只会有过之而无不及。

她故意逗苑星："你现在担心成这样，怎么之前不肯给他一个名分？"

苑星被噎了一下，忍不住拔高了声音："那我怎么知道我真的会喜欢上那个傻蛋啊！"

"你也知道我的，这么多年了，我就没想过要对哪个男人走心，谁知道这次会栽成这样。"顿了顿，苑星又说，"如果早知道会这样，我一定在他走之前就……"

"星星，"高嘉羡握着手机，对着电话那头的人温和地说，"我们永远想不到明天会发生什么。"

不知道明天会碰上什么样的变故，不知道走在路上会看到什么，也不知道会遇到、爱上什么样的人。

"所以，在当下，只要心里想做什么，就勇敢地去做。"她说，"永远为时不晚。"

苑星听完这话沉默了一会儿，忍不住感叹道："羡羡，这种时候我不得不说一句，真不愧是你。你这淡定的心态简直绝了，我得好好向你学习。"

高嘉羡笑了笑，没再多说什么。

除夕的钟声敲响，新的一年也悄然而至。

高嘉羡坐在床上，处理记者发给外联部的提问。

凌晨一点多，她准备关灯入睡前，拿着手机点开了和祝沉吟的对话框。

他们上一次对话还是昨天上午。她看了一会儿，用手指轻轻地摩挲了一下手机屏幕，然后点开了微信备注界面。

想起离开前的那一晚，他身体力行地给她提前送上"新年大礼"，就是为了证明她给他备注的微信名简直是荒诞至极。

想到两人相拥的时刻,她不禁感到脸红心跳,嘴角忍不住地往上翘。

界面静止了好一会儿,她才删除了原本给他的备注名,输入了全新的几个字,而后退回和他的对话框,给他发了一条消息过去。

嘉羡:"新年快乐。"

以往她发消息过去,要是他不在忙工作,总会立刻给她回过来。

而这一次,她等得眼皮变得沉重起来,手机也依然没有发出提示新消息的振动声。

高嘉羡就这样握着手机,躺在床上睡着了。

可能是因为心里有事,她睡得不太踏实。

因此,在手机振动,屏幕亮起来的那一刻,她瞬时就感觉到了,立即睁开眼睛,点开了手里的手机。

当她看到这条凌晨四点的新消息时,眼眶立刻就红了。

我的白矮星:"我爱你,新年快乐。"

由恒星最终冷却变成的白矮星,是致命的引力,也是爱情的守恒。

贝多芬曾经在写给不朽的爱人一封情书中说道:"这世上绝没有另外一个人能够占据我的这颗心。"

于她而言,祝沉吟便是她这一生全部的热爱。

他是她的白矮星,也是她不朽的英雄。

当顾宁和龚莉在她面前发表消极言论,表达出对祝沉吟的担忧心情时,她严肃地告诉她们,这是他应尽的义务。作为他至亲的家人,他们应该给予他十万分的支持,而不是在后面怨天尤人。

当祝文军在祝爷爷的病房里质问她祝沉吟为什么要身临一线时,她用"您和祝爷爷强迫他走从医这条路的时候,就应该想到会有今天"将祝文军顶得哑口无言。

当苑星向她袒露对顾瀛的担心时,她刻意用轻松的语调转移话题重点,宽慰苑星,让她放松下来。

作为一名医者家属,从祝沉吟前往闻兴的那一刻起,她始终表现得如同苑星说的那样镇定自若,还担起了安抚所有人情绪的工作。

然而,当她在大年初一的凌晨四点收到祝沉吟发来的消息时,她无法自制地落下眼泪。

她心里有多么害怕,只有她自己知道。她怎么能够不担心他?

那边的祝沉吟并不知道她一收到消息就醒过来了，过了一分钟左右，又接连发了几条语音过来。

我的白矮星："抱歉，羡羡，我消息回得太晚了。从昨天开始一直忙着医治病人，也没有合过眼，现在刚能喘口气。"

我的白矮星："屏南医院的人手实在不够，明天情况应该会好一些。"

我的白矮星："最近这段时间，晚安小故事可能得缺席了。不过，我每天都会在备忘录里记录一个，等回来的那一天，我一并讲给你听。"

我的白矮星："你和爸妈都要照顾好自己，不用太担心我，我除了稍微有些累，别的一切都好。"

高嘉羡将手机紧紧地贴在耳边，听着他温柔的低语，这种感觉，就像他此刻正在她身边对她说话一样。

不过，她依然能够清楚地听到他嗓音里努力掩盖的沙哑和疲惫。

她用手指轻轻抹去眼泪，清了清嗓子，回了一条语音过去："祝沉吟，再忙也要记得吃饭，记得休息，哪怕争分夺秒打个盹儿也好。"

祝沉吟没有料到她这个点竟然还醒着，过了好几分钟，直接给她拨了一个电话过来。

她接起来，听到他低声问她："是我发的消息把你给吵醒了吗？"

"不是。"她说，"我今晚睡得本来就不太安稳。"

那边的祝沉吟沉默了两秒："孤枕难眠，孤掌难鸣？"

原本十分凝重的气氛，被他这两个词一搅和，瞬间烟消云散。

高嘉羡被他给气清醒了，咬牙切齿地叫他的全名："祝沉吟！"

他在那边低声笑了起来，磁性好听的声音通过电波，传入她的耳里，钻入她的心扉。

心中的恐惧和担忧，也逐渐被他的笑声抚平了。

"羡羡，"过了一会儿，她听到他在那头哑声说，"是不是想你祝哥哥了？"

她深呼吸了一口气，别扭地回道："你身边没人吗？大庭广众之下说这些，你还要不要脸了？"

下一秒，就听到顾瀛在电话那头有气无力地鬼叫："嫂子，祝沉吟这条狗！我都快累死了，他还要让我在这儿听你们俩秀恩爱！就他一个人有老婆，了不起是吧！我也会有的！"

高嘉羡脸都红了。和祝沉吟一起去的可不止顾瀛一个人，还有仁晨医院的其他医生，在场的可能还有屏南医院的医护人员可以听到他对她说的

257

每一句话。

为了防止某人再当众说出些没脸没皮的话来,她直接把电话挂断了。

然后,她在微信界面里给他打字:"不和你说了,快点儿去睡觉!"

那头的祝沉吟很快回道:"好,我现在准备睡了。"

嘉羡:"晚安!"

发完这条消息,她退出微信,将手机放到床头柜上,然后重新在床上躺平。

闭上眼睛,她无意识地将右手握成了拳,然后伸了食指和中指。

两天。

这才是他们分隔两地的第二天。

那头的祝沉吟收起手机,准备和其他医生、护士一样,直接穿着防护服在休息室里席地睡上三四个小时,然后起来救治病人。

一位姓蔡的男医生睡在他旁边,拍了拍他的肩膀,笑吟吟地看着他:"祝医生,你是新婚吧?"

祝沉吟笑了笑:"嗯,但是我喜欢我太太十多年了。"

蔡医生眼睛一亮:"你和你太太也是青梅竹马吗?跟我和我太太很像啊!我们俩是小学同学,大学毕业之后结的婚。"

"看你刚才给你太太打电话,我更想我太太了。"蔡医生叹了一口气,目露忧虑,"她现在怀孕七个多月了,每天腰酸背痛,我都没法在家照顾她,还要让她整天为我提心吊胆。"

祝沉吟望着蔡医生,温和地安慰道:"等回家了好好陪着她,你们还会有很多时间的。"

蔡医生点了点头:"是啊!往后的日子还长着呢!"

祝沉吟这几天发来消息的时间一天比一天晚,有时候高嘉羡清晨五六点醒过来,他才刚刚歇下来,准备小睡一会儿。

高嘉羡的睡眠质量变得相当不好,甚至比她之前在海外轮值的时候还要糟糕——每一天无论多晚睡,每一两个小时必然会醒一次。

就这么反反复复地醒,直到收到他发来消息报平安的那一刻,她提着的心才会稍稍放下去一些。

他们之所以能够如此坚定地在各自的工作岗位上战斗,是因为他们知道对方永远会在身后默默地支持与守护自己。

高嘉羡每天早上醒来的第一件事,就是在日历本上划一个小小的叉。

从祝沉吟离开长川前往闻兴,已经过去了整整二十一天。

祝沉吟有天晚上难得不用奋战到凌晨三四点才停下工作,高嘉羡在征得他的同意之后,给他打了个视频电话过去。

视频接通,她就发现他的脸庞消瘦了一大圈,下颌这一块儿棱角锋利,那双好看的眼睛周围出现了因睡眠不足而导致的黑眼圈与淤青,胡碴也因为没时间刮而长长了。

因为长时间戴着口罩和防护眼罩,他的眼睛周围有一圈深深的印子,皮肤也有轻微的红肿。

高嘉羡的眼睛一瞬就酸了。

她已经整整二十一天没有见过他了。

他拿着手机站在白色的墙壁前,望着屏幕里红了眼眶的她,嘴角挂着淡淡的笑逗她:"怎么,羡羡是被我的脸丑哭了吗?"

她深呼吸了一口气,口是心非地跟他较劲:"你以前没好看到哪里去,所以,现在也谈不上变丑。"

祝沉吟笑道:"放心,哥哥会重新变好看的。"

她一眨不眨地盯着他的脸,过了一会儿才哑声说:"祝沉吟,给我看看你的手。"

他依言照做,把手机调整了一个角度,将镜头对准了自己的手。

他的手原本生得极漂亮,手指修长白皙,手背肌肤光滑细嫩。可此时此刻,这双手又红又肿,手背上全都是裂口和伤痕。

她看得连呼吸都滞住了,这时听到他低柔的声音传来:"因为每天要洗几十次手,还要用酒精消毒液浸泡,有时候实在太痒,会忍不住去抓,就会留下裂口。"

镜头有些摇晃,她看到他的手腕上因为长时间戴手套留下了深深的勒痕。高嘉羡觉得自己的心脏仿佛被人紧紧地捏在了手里,疼得她连呼吸都有点儿困难。

他将手机重新对准了自己的脸:"这里无论是医生还是护士,手都是这样的,大家戏称为网裂手。"

他的语气始终平和温柔,没有半点儿焦躁、不耐。

不知道他现在所面临的处境的人,可能会以为他只是一名在正常工作的普通医生吧。

高嘉羡极力想要控制自己的表情,但最终还是失败了。

高嘉羡心疼他没有时间休息,想让他早点儿睡觉,即便心里有千言万语想要同他说,最终还是忍了下来。

祝沉吟怎么会不知道她的心思,硬是拖着时间又跟她聊了一会儿天。

要挂视频电话之前,他看着镜头,哑着嗓子问她:"想不想我?"

她听到这种问题,习惯性想嘴硬,但因为心里真的太想念,难得软声道:"想你当抱枕,不然我睡不好觉。"

他闻言眼尾上翘,笑容暖得仿佛能融化冰雪:"我听懂了,我也很想你。非常非常想你。"

高嘉羡看着镜头里的男人,胸腔一热。她吸了吸鼻子,赶在落泪之前,将视频电话挂断了。

祝沉吟很快发来一条文字消息:"羡羡,不要哭。我会很担心的。"

嘉羡:"你想多了,我没哭,就是开着窗通风,眼睛里进沙子了。"

我的白矮星:"如果要哭,我喜欢看你被我打针时舒服得哭的样子。"

嘉羡:"滚!"

第十五章
英雄归来

祝沉吟从长川来到闻兴屏南医院已经有三十多天了。

前三十天,他始终觉得自己可以扛过所有的疲累。

三十天之后,他依然很想扛,但他的身体向他发出了警报。

早上他才做过例行的 CT 胸透,一切正常。一天下来,他却觉得人越来越不舒服。

洪医生担心地望着他,过了几秒才说:"可能是因为长时间戴着眼罩和口罩工作,实在太闷了。之前也有一位同事是这样的,后来检测,一切都好。"

祝沉吟躺在床上,对着操作间开口道:"洪老师,如果检测结果还不确定的话,我可以再照一回。"

洪医生点了点头:"保险起见,再照一回吧。"

出了 CT 室,他靠在墙边,抬起头望着长廊里的白炽灯,安静地站了一会儿。

到了这一刻,他无比清晰地认识到——他只是个凡人,他是血肉之躯。

可是再累,一想到还有那么多病人等着他去医治,还有最心爱的姑娘在家乡等待他归来。

他怎么能够被轻易击倒?

这天,高嘉羡开完最后一场会之后,没多久就收到了祝沉吟发过来的消息,问她方不方便打电话。

他这么早给她发消息实属罕见,于是她毫不犹豫拨了一个电话过去。

电话接通,她问:"今工作天结束得这么早?"

"中场休息。"他说,"等会儿还得继续。"

顿了顿,他柔声问:"你忙完了吗?"

"刚开完会。"她说。

祝沉吟看着窗外,声音低沉富有磁性:"真想亲眼看看我们家高部长主持记者会时的样子。"

这段时间,他为了缓解她的担心,每次发消息或者打电话,都是嘴里跑火车。忽然这么温柔,高嘉羡都有点儿不习惯了。

她握着手机,靠在沙发上,拨弄着手里的抱枕:"你可别指望我会说我也想亲眼看我们家祝医生救治病人时的帅气英姿。谁知道你下一句话会不会是——你不是每天晚上都能看到吗?祝医生给你打针时的英姿?"

祝沉吟低声笑了起来:"不愧是我老婆,套路都学会了。"

她勾着嘴角闷声笑了。

"羡羡,"他沉默了一会儿,嗓音更温柔了一点儿,"我想带你来看看闻兴的樱花树。"

高嘉羡闻言道:"我也挺想去看的。之前每次出差去闻兴,都没遇上樱花时节。"

"等这边没事儿了,就带你来看。"他说,"我在这边认识了新朋友,他说愿意接待我们一家五口过去,永久包吃、包住、包玩。"

哪来的一家五口啊?!

没等她消化完这句话,这人又哑着嗓子说:"我这位朋友的孩子马上就要出生了……哎,闹得我也想当爸爸了。"

高嘉羡:"我看你是想被我乱拳打死。"

祝沉吟:"也想看看我们羡羡穿婚纱的样子。

"还想听我们羡羡在我面前说婚礼誓言。

"想看你在樱花树下笑。

"想看你待在我面前,哪怕什么都不做。"

……

原本只是在开玩笑,可是他接连几句话,让她抓着手机的手指渐渐有些泛白。

"我头一次知道,原来我还有这么多想要去实现的心愿。"他轻轻地叹息了一声,"这个世界上所有的精彩,我都想和你一起去体验。"

"我是不是太贪心了?"

高嘉羡忍住了鼻尖涌上来的一阵阵酸涩:"不贪心。"

"因为我也一样。"顿了顿,她的声音越来越低,"所以啊,你快点儿回来。"

等你回来了,我们就能去一一实现这些心愿。

从前没有体验过的,未来想要去体验的,都和你一起去完成。

"好。"良久,他一字一顿地说,"你等我,很快了。"

接完祝沉吟的这个电话,高嘉羡不知道为什么,接下来的几个小时都有些惴惴不安。

他的语气里听不出任何异样,但也许是相爱之人心灵相通,她总觉着他今天有点儿不太对劲。

凌晨,她躺在床上翻来覆去,怎么也睡不着。

心中一动,她拿过手机,鬼使神差地给苑星发了一条消息:"呼叫小星星。"

谁知道,那边的苑星几乎同时发了一条消息过来:"羡羡,还醒着吗?"

嘉羡:"你怎么还不睡觉?担心顾蛋吗?"

苑星:"担心你。"

嘉羡:"担心我干什么?"

苑星:"祝医生……不是CT检查结果不好吗?"

高嘉羡只感觉五雷轰顶。她从床上猛地弹坐起来,打开台灯,直接给苑星打了电话过去:"你听谁说的?"

"顾蛋。"苑星一听她这语气就发现不对劲,"难道你不知道?!"

"我不知道。"高嘉羡的手都在发抖,"他今天在电话里没有跟我说起这件事。"

苑星也是个聪明人,知道顾瀛这蠢货肯定又稀里糊涂地传错了话。下午她接到电话,顾瀛分明说的是祝沉吟CT检查结果不好,让她记得好好安慰一下高嘉羡。

但显而易见,祝沉吟根本没想让高嘉羡担心。

"羡羡,你别着急。"苑星赶忙说,"最后结果还没出来,所以现在还不能妄下结论!"

然而高嘉羡的大脑已经变得一片空白。卧室里,分明开着暖气,她却感觉浑身一阵一阵在发冷。

难怪他今天一反常态,那么早就联系她。难怪他在电话里,说了那么

263

多期许和心愿。

　　一整晚,她都没有合过眼。直到窗户外有些微的晨光倾洒进来,她才拿起搁在床头柜上的手机,给他拨了一个电话。

　　祝沉吟接得很快:"早上好。"

　　"早。"因为长时间的哭泣,她的嗓音还是有些沙哑,"没有打扰到你工作吧?"

　　听到她的声音后,他似乎愣了一下。过了两秒,他的声音变低了些:"没有。"

　　通话陷入了沉默,他们谁都没有说话,只是隔着手机静静地听着对方的呼吸声。

　　不知道过了多久,祝沉吟率先开口道:"羡羡,你……"

　　"祝沉吟,"她低声打断了他想要说的话,深吸了一口气,"我大清早打来这个电话,只是想要告诉你,除了闻兴的樱花,我还想去看洛洲的山水。"

　　"我也想去夏星吃烧烤和火锅。

　　"等这一拨流感过去了,我想去找静静、孟方言和小祁夕玩,跟他们一起去滑雪。

　　"婚礼我想在水晶教堂办,芦岛就有。

　　"你应该没办法请那么多假,那就等你能安排出假期的时候……少去几天也行,但是我哪里都想去。"

　　她抬起一只手,挡住了自己的眼睛:"我就是想告诉你,不是你一个人有那么多心愿。

　　"我也有。

　　"要说贪心,我可能比你更贪心。

　　"因为我不仅有那么多愿望,我还想要实现每一个愿望。

　　"我想和你一起实现。所以,无论多久,我都会等你,只要你平安地回到我的身边。"

　　爱会让人痛苦悲伤,更会让人心怀希望。

　　我会坚定执着地等待你归来。

　　听完她这些话,祝沉吟的呼吸声陡然变得粗重起来。

　　高嘉羡闭着眼睛,眼泪从她手指缝里无声地滑落下来,渗进了她的发丝。比起恐惧和悲伤,她更想让他知道,她的希望有多么强大。

她在等他,所以他一定要平安归来。

过了许久,她听到他低哑的声音从电话那头传过来:"好,我知道了。"他的声音像被砂纸打磨过,但语气格外坚定,"羡羡,我会平安地回来,会陪你实现你所有的愿望。"

和他通完电话后,高嘉羡觉得自己始终飘忽不定的心好像终于有了着落。一晚上没睡,她实在有点儿熬不住了,握着手机倒头就睡了过去。

等她从睡梦中醒过来,就发现手机上来了祝沉吟的新消息。

我的白矮星:"我没事,等我回家。"

她的眼圈陡然一红,却又忍不住弯着嘴角笑了起来。

冬日的阴霾逐渐散去,明媚的春光与温暖的春风终于回归大地。

三月的最后一天,即祝沉吟来到闻兴医疗支援的第七十天,长川支援队准备离开闻兴。

这七十天,时光从寒冷萧索的冬天走到万物复苏的春天,一切都变好了。他们走的这一天,闻兴阴雨转晴。

这天一大早,高嘉羡的眼睛都还没有睁开,就被顾宁的电话给吵醒了。

接起电话,顾宁的大嗓门差点儿把她的耳膜都震破了:"晚上你和沉吟一起回家吃饭,我和莉莉已经把所有食材都准备好了!记得一定一定要回来啊!"

"知道了,知道了。"她无奈地笑着,干脆从床上爬了起来。

昨天她和祝沉吟打电话的时候,他说他应该下午就可以坐大巴回家了。她跟卢主任打了个招呼,早点儿回家等他。

卢主任走过来笑眯眯地对她说:"嘉羡,今天特批给你放假,你现在就回家和小祝团聚。"

部门里的人都知道祝沉吟去闻兴医疗支援的事情,一听卢主任这么说,一帮人立刻围上来,七嘴八舌地说开了。

小吴:"嘉羡姐,今天就别工作了,快回去找祝医生吧!"

宋瑜:"你记得好好做顿大餐,犒劳一下咱们伟大的祝医生啊!"

小田:"要是你不会做,就请他出去吃!他肯定瘦了很多,记得给他多补补!"

……

高嘉羡又感动又好笑,朝他们连连拱手:"知道了,知道了。谢谢各位兄弟姐妹的关心,我一定给他服侍到位。"

谈到服侍,苑星和菱画那几个人就没安什么好心了。

从祝沉吟回到长川的第一天起,她们就天天在群里投放各种不堪入目的服装与用品,辣眼睛程度比起猫女郎套装来,简直是有过之而无不及,她们还美其名曰,说是给祝医生的欢迎礼物。

昨晚,这几个人半夜还不睡觉,在群里玩接龙。

菱画:"小别胜新婚。"

苑星:"婚寝夜夜长。"

菱沐:"长笙歌不断。"

祝静:"横批——天长地久。"

高嘉羡早上醒来看到这些差点儿把手机给扔了。

他们已经分开了近三个月,说不想他肯定是假的,还在回家的路上,她就莫名其妙地紧张了起来。

听到家里门铃声响起来的那一刻,这份紧张感更是达到了巅峰。

她捏了捏手心,快步走到玄关,感觉自己捏着门把手的手都有点儿发颤。打开门,就看到她最熟悉的那个人正静静地站在门外。

祝沉吟的身上穿着灰色的针织衫和黑色长裤,看上去既挺拔又俊朗。不知道为什么,她甚至觉得他比离开之前更耀眼夺目了。

他就这么看着她,脸上都挂着温柔的笑意。

"羡羡,"这道她最热爱的声音,终于不再顺着手机的电波传过来,而是真实地在她的耳边响起,"我回来了。"

听到这四个字的时候,她心底的情绪瞬间喷涌而出。这个承载了她所有情愫的男人,终于再次回到了她的身边。

她的白矮星回来了。

这不是梦,也不是幻想。

高嘉羡站在屋内,吸了吸鼻子,缓了几秒,才哑声道:"欢迎回来。"

祝沉吟进了屋,将行李箱放在门口,先用消毒喷剂仔仔细细地给自己做了全身消毒,然后脱下外衣,去浴室洗手。

高嘉羡自关上门之后就没再说过话。他去哪里,她就在后面跟着。

进了浴室,他刚打开水龙头,就感觉她柔软的身体从背后贴过来。

他抬起头,通过洗手台的镜子,看到她的两只手臂正从后面紧紧地搂着他精壮的腰身,脸颊还在他的背脊上轻轻地蹭了蹭,像只黏人的小猫。

这是她从前绝对不会做出的行为。

等洗完手，关了水龙头，他用毛巾轻轻地擦拭了一下自己的手，而后扣住她的手臂，将她拉到了自己的身前来。

他双手撑着洗手台，将她堵在自己和洗手台之间，低垂着眸子看她："我们羡羡是在撒娇吗？"

她没说话，巴掌大的脸颊却红了。他望着她微微发颤的眼睫，眼睛在灯光下折射出动人的光泽："那么想哥哥？"

她没点头，也没摇头，圆圆的眼睛看了他一眼，而后微微踮起脚，飞快地啄了一口他薄薄的嘴唇。祝沉吟的喉头一紧，喉结轻轻地滚了一下。

这时，她从他的唇上移开，又低下头去亲吻他的喉结。

洗手台的镜子清晰地显示着她的行为，他的眼底燃起了热烈的火苗。

就在她想要从他的喉结转移到他的锁骨时，他终于轻轻地捧起她的脸颊，让她看向自己。

"宝贝儿，"他一动不动地注视着她，哑声说，"我希望你明白，我已经快三个月没有见过你了。"

"等会儿晚上还要去爸妈家吃饭，所以，你现在别招惹哥哥。"

高嘉羡看着他黑曜石般的双眼，闻着他身上熟悉的气味，做出了她人生中最冲动的一次举动。

她握住了他捧着自己脸颊的手，而后侧过脸，轻轻吻了一下他的手掌。末了，她附在他的耳边轻声说："想哥哥……"

最后一个字落地的瞬间，一把火烧光了祝沉吟脑子里那根叫理智的弦。

他们两个刚尝到彻夜拥抱彼此的滋味，就被迫开始了长达两个多月的分离。

很多事情，如果未曾体验过，便不会感到惋惜。但只要开过头，便一发不可收拾。

高嘉羡从来都不知道，有朝一日，她竟然会大胆到如此程度，会以这种模样主动向他发出邀请，她事后想起来，恨不得从窗口跳下去。

祝沉吟其实从进家门的那一刻起，就在极力克制着想要靠近她的冲动。

想要触碰她，想要亲吻她，想要拥抱她……长久的分离迫使他压抑着心中的渴望和爱恋。

但是因为宠爱她，不想吓到她，他想在今后的日子里慢慢释放。他们以后不会再有这样的分离，所以有足够长的时间可以让她慢慢地感受他的爱，不用在他刚回来的这一天里爆发。

所以，他始终表现得内敛而克制，甚至在进玄关门的时候都没有给她一个拥抱。即便只是一个拥抱，他也怕自己会收不住。

只是，计划终究赶不上变化。当她难得地冲着他撒娇，当她主动过来亲吻他、引诱他，当她那句大胆又热情的话落在他耳边的那刻，他曾经引以为傲的自持瞬间消失殆尽。

祝沉吟终究还是留有一丝理智，记得晚上答应顾宁他们要过去吃晚饭，不能闹过头，所以看着时间喊了停。

等洗完澡出来，高嘉羡蜷着身子躺在床上，累得连手指头都懒得动了，只能闭着眼睛，用绵软的脚去踹他。

祝沉吟权当她是在替自己挠痒痒，任由她的脚踹在自己光滑的腹肌上，然后用手指钩了钩她小巧的下巴，哑声说："还想让祝医生输液？"

一听到这句话，高嘉羡就像一只被踩到尾巴的猫一样，差点儿从床上跳起来。

她一把抓住了他落在自己下巴上的手，对着虎口就咬了下去。

他低声笑着，任由她咬，而后用另一只手摸了摸她柔软的头发，似笑非笑地说："我们羡羡可真喜欢咬人。"

这句话之前就在某些特定的场合中出现过，她瞬间像扔烫手山芋一样扔了他的手，翻了个身，自暴自弃地把脸埋进枕头里。

身后传来他持续不断的低笑，然后她感觉到他翻身下了床，去衣柜拿衣服了。

她听着他窸窸窣窣在后面穿衣服的声音，以为这人终于消停下来了。结果，她刚想起身去穿衣服，就闻到他身上的清香味道靠了过来。

祝沉吟站在床边微微俯身，拨开她耳边的头发，在她的颈侧轻轻落下一吻："晚上回来再接着给你咬。"

到了顾宁家，高嘉羡脸上的红晕还是没有全部褪去。

她平时的形象大体都是英姿飒爽的，今天出门穿了条连衣裙，身体又因为被祝沉吟操练得疲惫不堪，看上去柔柔弱弱的，怎么看怎么招人怜爱。

这种反差效果惹得祝沉吟在路上忍不住又亲了她好几回。

几个长辈也都是过来人，一看祝沉吟那张神清气爽的脸，观高嘉羡困倦又慵懒的模样，就知道这两个人过来之前在家里做了什么。

顾宁和龚莉一边悄悄打量着他们俩，一边兴奋地交头接耳谈论即将可能出世的第三代。

高鸿同为男人表示非常理解，拍了拍女婿的肩膀："沉吟，小别胜新婚，这两个多月你过得太不容易了。"

祝沉吟笑吟吟道："还是爸懂我。"

高嘉羡在他身后咬牙切齿地连踹了他好几下。

这顿接风洗尘晏，比年夜饭都隆重，满满一桌子的热菜、冷菜，还有各种点心、水果，可能吃三个小时都吃不完。

顾宁和龚莉疼祝沉吟疼得紧，不停地往他的盘子里夹菜，还不断地询问他在闻兴支援时的各种事。

晚饭快结束的时候，高嘉羡去了趟洗手间。

她的手机放在桌上，有新的微信消息跳出来。祝沉吟原本想给她剥只虾，结果看到了那条消息。他思虑了两秒，放下筷子，拿起了她的手机。

之前她和他说起过，她的手机密码设的是他的生日。同样，他的手机密码也是她的生日。从开始交往的第一天起，他们就没有想过要隐瞒彼此任何讯息。

等高嘉羡回来，她拿起手机，习惯性地点开微信一看，脸一下子涨得通红。只见姐妹群里，苑星发了一条消息，问她把祝沉吟伺候得怎么样，祝沉吟趁她不在，直接替她回复了。

嘉羡："很不错，晚上接着伺候。"

苑星："可以啊高嘉羡！没想到你现在体力这么好！顺便问一句……哪种伺候？"

嘉羡："你能想到的都有。"

高嘉羡二话不说，直接抬起手，一巴掌拍在了祝沉吟的背上。

顾宁吓了一跳，立刻责备她："干什么你！下手没轻没重的！沉吟刚回来，还累得慌呢，你能不能懂点儿事！"

祝沉吟一边用拳抵着唇笑，一边轻轻扣住她的手："妈，是我不对，不赖羡羡。"

顾宁摇了摇头："高嘉羡，珍惜吧，也就这段时间了。等以后有了宝宝，你可就没这待遇了！"

"等有了宝宝，她的待遇会比现在更高。"没等高嘉羡说话，祝沉吟先柔声开了口，"现在的这一份，加上当了妈妈的那一份。"

"双倍的宠爱。"

鉴于某人在饭桌上嘴巴抹了蜜，高嘉羡决定大人有大量，不再和他计较他冒充她发消息的恶行。

顾宁今天兴致高昂，特意开了一瓶红酒。祝沉吟和高嘉羡在饭桌上都喝了一些，不能开车回家，决定将车留在顾宁他们小区，明天再过来开回去。

吃过晚饭，他们和长辈们告了别，准备先去附近走走。

顾宁他们这个小区附近有一条很有名的夜市街。到了这个点，夜市街正是热闹的时候，手工艺品铺、饰品铺、小吃铺、游戏铺、表演铺……好玩的、好吃的，应有尽有，游人络绎不绝，氛围轻松愉悦。他们俩晚饭吃了很多，小吃肯定吃不下了，就慢慢地逛铺子。

高嘉羡和祝沉吟这些年有一个共同点，就是出来玩的时间很少，基本都在工作。别人工作的时候，她在工作；别人放假的时候，她还在工作。

祝沉吟更是有过之而无不及。对于医生来说，是没有固定节假日这一说的，大年三十都有可能值班。

所以，两个人能这样手牵着手慢慢逛街，对他们来说，真的是一件很奢侈的事，他们都十分珍惜。

高嘉羡拽着祝沉吟去看街头音乐人表演。看到尽兴之处，她想回过头和他讨论几句，就看到他正专注地看着自己——不知道已经看了她多久了。

因为喝了点儿酒，他的眼睛看上去比平时更亮，也更耀眼夺目。她的脸一红，她紧了紧和他十指相扣的手：「看表演啊，你看我干什么？」

他的眸子弯了弯：「太久没看了，就是想多看看你。」

她偏过头，口罩下嘴角忍不住地往上翘，却嘴硬道：「以后每天你都会回家，哪天不能看？」

他望着她，声音也变得更低哑了些：「嗯，哪天都能看到了。」

身边观看表演的人们发出了惊呼声和掌声，他温柔地搂抱着她的腰，低下头用额头轻轻地蹭了蹭她的额头。

「在闻兴的每一天，我都在想这样的时刻。」他的眼睛里闪着细碎的光，「想拥抱你，想看到你笑，想和你一起吃饭，想和你牵着手走在路上，想每一个有你在身旁的情景。」

只要想着这些，他就能支撑着疲惫的身体继续救治病人，就能撑过每一个体能消耗到达极限的夜晚和凌晨。

这段话，听得高嘉羡的眼眶里瞬间浮上了薄薄的雾气。

他离开长川七十天，同他分离八十四天，每一天，她全靠幻想他回来拥抱自己，幻想他们将会一起经历的所有美好，才得以支撑下去。

而现在，她的守望终于结束了。

他注视着她，一字一顿地说："羡羡，谢谢你等我回家。"

谢谢你愿意坚定不移地等待我、相信我、支持我，谢谢你一直爱我。

从今往后，愿相爱之人再也不会分离。

祝沉吟从闻兴回来之后的这段时间，他们俩几乎是黏在一块儿。

他们其实都不是那么黏腻的人，这么多年都独立惯了，但因为之前那两个多月实在是情况特殊，所以这一段的一反常态也情有可原。

往常晚上，两个人各自占着沙发或床的一头看书、看平板，相安无事。最近这一阵就算不聊天，高嘉羡也会抱着平板电脑窝到祝沉吟的怀里去看。

有时候不想看了，就干脆躺到他的大腿上，伸手玩他的眼睫毛和头发。

高嘉羡玩了一会儿，心中忍不住感叹他是真的专注，被她这么摆弄，竟然还能一页一页认真地翻看手里的文献。

她刚想得寸进尺地去玩他的耳朵，他放下了手里的书，手不动声色地挨近。

高嘉羡张了张嘴："祝医生，继续看你的文献啊，别偷懒！"

他摘下了看书时才会戴上的金边眼镜，捧起她的脸颊去亲吻她的唇："我这也是在工作。"

请问你这算是什么工作？！

他无害地笑了笑："给你把把脉。"

她现在一看到他这种笑容就知道自己要完，可她原本就躺在他的腿上，被他的手轻轻压制着，根本动不了。

"祝沉吟！"为了保命，情急之下，她大声呼喊，"你能不能做个人！这几个星期我的腰就没灵活地动过！"

这男人最开始装可怜，自己已经两个多月没碰过她，实在是想她想得厉害，希望她能够体谅。但她体谅了几个晚上之后，就再也不想体谅了……

幸福又安逸的生活持续进行着。

祝沉吟回到仁晨医院后正式升为副主任医师，顾瀛也升为了主治医师。因为去闻兴支援积累了足够多的经验，他们现在除了做自己的本职工作，还会帮忙指导发热门诊那边的工作。

温玉萍的身体已经康复得差不多，在五月初一个阳光明媚的星期一正式出院了。

以她的身体情况，她差不多再过一个月就可以恢复工作，但温玉萍坚持从首席发言人的位置上退下来,在幕后指导工作。

因此,上级部门正式决定,让高嘉羡转正为S企业新闻发言人。

这天在开记者会的时候,温玉萍正式向大家公布了这个消息:"从今天开始,我们外联部副部长高嘉羡会以正式首席发言人的身份继续为大家主持外联工作。

"在座的中外记者朋友们应该都已经对我们高嘉羡副部长很熟悉了,她从事外联工作多年,曾经在我司外联部亚洲司以及其他多国工作过。她有着丰富的外联经验和良好的沟通能力,媒商高,媒缘也好。

"她在代理首席发言人职位期间,始终代表着我司,讲好我司故事,传递我司企业文化。接下来,希望她能和各位继续融洽相处,愉快合作!"

哪怕已经主持过多次记者会,高嘉羡这一刻站在台上依然感到无比地骄傲和自豪。

她终于实现了她一直以来的梦想。

从今往后,她都会站在这里,继续代表中国S企业向全国、全世界发声。

成为一名公关官是她这一生最正确,也最重要的决定之一,她会为之献出一生的热忱。

祝沉吟很为她高兴,为了庆祝这值得纪念的一天,他提早好几天和顾瀛换了班,早早地回到家,亲自下厨做了一桌她最爱吃的菜。

这原本是一个甜蜜又温暖的夜晚,在两人洗漱完,准备上床休息的时候,祝沉吟却接到了来自和义医院的吴医生的电话。

他刚接起电话,脸色就沉了下来。高嘉羡见状,立刻放下了手里的平板电脑,静静地在旁边等着他接完电话,才问道:"怎么了?"

他收起手机,掀开被子准备下床:"吴医生说,我爷爷病危了。"

她眉头一蹙,二话不说也跟着下床:"我们先去接妈妈,然后跟她一起过去。"

他拿起衣服,低头亲了亲她的额头:"好。"

他们以最快的速度换好衣服出门,接上龚莉后直奔和义医院。

一路上,谁都没有说话。高嘉羡侧头看向正在开车的祝沉吟,他始终平静地注视着前方,眼眸里看不出太多的情绪。

快要到医院的时候,后座的龚莉终于开口问道:"沉吟,你爸那边……"

"吴医生也通知过他和姊姊了。"他说,"他们应该也都快到医院了。"

到了祝爷爷所在的急救室楼层,电梯门刚一开,就能听到女人尖锐的哭泣声和叫骂声。

高嘉羡听得太阳穴突突地跳,她挽着龚莉,跟着祝沉吟一同朝声源的方向大步走去。

果不其然,管芯和祝容融在急救室门口像两个疯婆子一样抓着吴医生,厉声大骂:"你们到底有没有用心抢救老爷子?!怎么人说没就没了呢!刚刚不还是病危吗?怎么我们到的时候人就已经没了?"

一听到这话,高嘉羡的心里咯噔一声。

被纠缠得头痛不已的吴医生一看到祝沉吟,立即转过身朝他们这边走了过来。祝沉吟停下步子和他打招呼:"吴医生。"

"小祝,"吴医生摇了摇头,"你爷爷刚刚抢救无效去世了。"

祝沉吟的神色没有太大的变化,他点了点头表示知晓:"吴医生,你们辛苦了。"

吴医生看了一眼急救室门口的祝文军、管芯等人,眉头紧蹙:"你爸和你婶婶那边……"

"吴医生,您稍等一下。"祝沉吟说,"我跟他们说几句话,随后就来找您办理我爷爷的后续事宜。"

祝文军旁边的地上躺着一个碎保温杯,洒了一地的水和茶叶。

祝沉吟走过去,绕过那片狼藉,在祝文军的面前站定。

"爷爷的身体一直都在每况愈下,或许你们不清楚,他从上个星期开始就处在随时病危的状态。所以,今天抢救无效,医生们不用承担任何责任,请不要再责备、骚扰医生。"他说话时声音平淡,没有任何波澜,"另外,医院禁止太多家属探视,更禁止大吵大闹,你们如果再这样,楼下保安会报警。"

"我会去跟吴医生办理手续,你们可以选择离开或者在院外等。"说完这些,祝沉吟转身就准备往回走。

管芯忽然在他的身后大喊道:"祝沉吟,这是你亲爷爷!他现在人没了,你怎么像个没事人一样?怎么,是因为你知道他给你留了很大一笔遗产,急着料理完后事,然后就可以去领钱吗?"

祝沉吟闻言,停下步子。管芯见状,声音愈加尖锐、高亢:"老爷子生前最疼爱的就是你这个孙子,死后也把最大一部分财富留给了你。而我们容融呢?从小那么敬爱老爷子,几乎什么都没得到……"

祝容融在旁边哭得不能自已,不知道的人,还以为她和祝爷爷有多么深厚的感情。实际上,高嘉羡听祝沉吟说过,祝容融从小到大都不怎么跟

273

祝爷爷亲近，小时候是不敢交流，长大了是根本不回去看望。

听到管芯的那些话，高嘉羡心里的火就直冲天灵盖，她刚想上前去帮祝沉吟说话，就看到他面无表情地转过身看向了管芯她们。

"所以呢？"他的语气十分冷冽，"您这么说，是指望我把爷爷留给我的遗产分给祝容融？"

"婶婶，您可别做梦了。"

管芯和祝容融都愣住了，连祝文军也有些发怔。他们谁都没有想到，一向温柔平和的祝沉吟，竟然会这么说话。

祝沉吟："爷爷在世的时候，我和我妈是照顾他最多的人。而且，从小到大，我都是按照爷爷的意愿成长的，做事都是顺他的意。所以爷爷喜欢我，愿意给我大部分遗产，我受之无愧。

"其次，他住院之后，始终都是我妈、我和羡羡轮流看望。我去闻兴医疗支援期间，羡羡工作那么忙都经常来探望。但据护工阿姨说，你们一家人从没有来过一次。

"爷爷给的这笔钱，我打算留给羡羡和我们的孩子用，我相信爷爷九泉之下知道了也会高兴。"

他的目光里没有半分平时的温和："至于婶婶您和祝容融这些年是怎么对爷爷的，你们自己心里清楚，我不想多做评判。

"静静心肠软，当年愿意把叔叔过世时留给她的遗产拿出来分给你们，是为了让你们不要再去骚扰她，求个清静。但我这个当哥哥的一直认为她那件事做错了。对待你们这样的人，仁慈和善良是没有用的。

"你们不值得我仁慈。"

管芯和祝容融可能从来都没有想过祝沉吟真的动了气会是这种模样，这对向来尖酸刻薄的母女抱成一团，面如菜色，连半句话都说不上来。

祝文军这时向前一步，恼怒地看着祝沉吟，扬起了自己的左手。

在祝文军的眼里，祝沉吟的这一席话，不仅打了管芯一家人的脸，也挑战了他作为祝家家长的权威。

高嘉羡见状，立刻大步冲过去，想要制止祝文军。当她走到他身后的那一刻，却看到祝沉吟平静地看着祝文军，一字一顿道："爸，您确定吗？您这一巴掌下来，我就和您再没有关系了。"

长廊上顿时静得连一根针掉在地上的声音都听得见。

高嘉羡就在离祝沉吟两步远的地方，看着他挺直的背影，忽然觉得心里特别难受。

祝文军这位父亲，只会要求祝沉吟成为一个优秀的男人，却从来没有给过他半分父爱，只会用粗鲁的手段去干预他的人生。

　　哪怕时隔那么久没有见到彼此，他对刚从闻兴回来没多久的儿子也没有一句关心和褒奖，反而为了所谓的面子，要伸手打他。

　　虽然她一点儿都不想承认，但这个世界上，原来真的存在着这种永远无法彼此理解，相互爱护的血缘关系。

　　"爷爷被病魔折磨了那么久，他今天终于解脱了。"祝沉吟的目光清明又锐利，"我从心底里为他感到高兴。"

　　祝沉吟："我为了爷爷，为了您，为了这个家隐忍了这么多年，我觉得我无愧于心。所以从今天起，我也要解脱了。"

　　说到这里，他转过头看向他身后的高嘉羡："从今往后，我的仁慈、善良和真心不会再留给你们。"

尾声
我的白矮星

　　祝文军这一巴掌最终还是没打下来。
　　他高大的身体几不可见地摇晃了一下,像是一座屹立了多年的高山即将崩塌。
　　他看着祝沉吟,终于意识到自己这么多年来,好像从未真正了解过这个儿子。直到今天,他才第一次看到儿子最为真实的一面——那温和的外表下的坚持和强硬。
　　他很清楚祝沉吟刚刚说这些话时,没有一点儿玩笑的意思。
　　祝沉吟是真的已经做好了和祝家分崩离析的准备。
　　而这还不是今晚最令祝文军感到冲击的。
　　就在这个时候,一直站在后面默默流眼泪的龚莉抹干了自己脸上的泪痕,一步一步走到了祝文军的面前。她头一次在祝文军的面前挺直了腰板,不再像从前那样畏畏缩缩,战战兢兢。
　　龚莉红着眼圈,哽咽着开口道:"文军,等爸的后事料理完,我会请信得过的律师来做一下家庭财产分割,拟一份离婚协议。"
　　"我们离婚吧。"这几个字音落下,祝文军只觉得眼前一黑。
　　事实真的如高嘉羡那天在病房里对他说的一样——是他彻底想错了。
　　他以为龚莉和祝沉吟跟他闹翻之后会回过头来请求他的宽恕,但几个月过去,他们谁都不想和他再有任何牵连。
　　他以为祝沉吟的性子温和柔软,虽然成年后并不事事都顺着他的意,但也不敢真的和他分道扬镳。
　　他以为龚莉离了他根本没法自己生活,但是今天看到龚莉,他发现,她不仅气色比以前好，不像以前那样消瘦、孱弱，看上去也没那么郁郁寡欢了。没有他，龚莉和祝沉吟照样在过他们的人生，甚至，过得比以前更轻松自在。

祝文军觉得自己的整个脑袋都在充血，他看着祝沉吟和龚莉，想要开口说句什么，可眼前大片的漆黑在不断扩散。

下一秒，他眼睛一闭，身体一歪往地上倒了下来。

在高嘉羡的记忆里，这应该是她人生当中，最兵荒马乱的一夜。

一整个晚上，她陪着祝沉吟在和义医院里四处奔走，原本他们只是要去处理祝爷爷去世之后的一系列事宜，可谁都没有料到，祝文军会突然晕倒在医院的走廊里。

而更令他们感到措手不及的是，祝文军并不是因为情绪激动而导致的突发性普通晕厥——医生赶过来查看后判定祝文军是脑出血，需要立刻进行头部CT检查和急救手术。

龚莉听到医生说祝文军突发脑出血的时候，整个人就控制不住地发抖，她一边抽泣，一边自责，说是因为自己突然提出离婚，才会导致祝文军这样的。

高嘉羡花费了很大的力气安抚她，才让她坐在走廊的长椅上冷静下来。

在她陪伴龚莉的时候，祝沉吟和医生在手术室外面讨论了一下祝文军突发脑出血的情况。脑出血是脑内的血管破裂，导致脑实质出血，有压迫占位的效应，大部分的脑出血是高血压疾病导致的。而祝文军正是一名长期高血压患者。

因为他平时应酬多，有饮酒、抽烟、晚睡、不按时吃药等生活习惯，比起一般的高血压患者，他的病症更严重，所以才会因为情绪失控，突发脑出血。

根据刚才做的头部CT的结果，目前祝文军脑出血的位置和出血的程度都很危险，如果发展得不好，随时会导致脑疝，甚至死亡。

祝文军晕倒后，刚刚还依附在他身边想让他撑腰的管芯母女瞬间没了踪影，连一条口信都没有留下。

所谓的祝家，在老爷子去世的这一晚，四分五裂。

祝文军需要进行开颅手术，手术的时间较长。高嘉羡觉得以龚莉的精神状况，实在是没法在这儿撑那么久，便带着她在和义医院旁边的酒店开了一间房,让龚莉先在酒店里睡一会儿,等祝文军的手术结束后再接她回医院。

等她安置完龚莉回到医院,祝沉吟已经跟着吴医生办理好了祝爷爷去世的手续,一个人沉默地坐在急救室对面的长椅上。

听到她的脚步声,他才轻轻地抬起头,脸庞上是掩饰不住的倦色。

高嘉羡一看到他这模样,心口就一阵一阵地抽痛。她在他的面前站定,抬起手轻轻地将他拉过来,靠在自己身上。

他靠过来的时候,脸庞正对着她的心口,仿佛能够感受到她心脏真实的温度。他深爱着的这个女孩子,身体是那么温热柔软。无论他的心中卷起了多么剧烈的飓风,只要一看到她,都能够瞬间归于平静。

过了片刻,他微微抬起头看着她,轻声说:"羡羡,真的很抱歉。"

"让你跟着我受了好多委屈。"听他说出这句话,她的眼圈一下子就红了。

祝沉吟:"你不知道我有多么希望有一个像你家这样的原生家庭,多希望能够有一对相亲相爱、善良宽厚的父母。那样的话,他们便能够待你如同他们的亲女儿,让你嫁进来的日子和在娘家时一样幸福无忧。除了我,还会有更多人疼你、爱你,不让你受到半点儿委屈。

"我做梦都想要一个这样的家庭。"

但是他的家庭,不仅不能给他心爱的姑娘关心和爱护,还给她带来了她原本不应该承受的烦恼、辛苦和沉重。

管芯和祝容融那样的亲人,更让她看到了这个世界上没有人情味的势利眼与人性最丑陋的一面。

如果她没有爱上他,没有嫁给他,也就不会碰上这些人,遇到这些糟心事。

"我不委屈。"他听到她沙哑的声音,"祝沉吟,我一点儿都不觉得委屈。对比他们给我带来的那些负面情绪,你带给我的幸福和快乐是成百上千倍的。"

她吸了吸鼻子,认真地说:"只要有你在身边,我就愿意去面对这个世界上所有的不如意。

"只要和你在一起,我也不会觉得自己受委屈了。"

"你之前说过,我是你的光。"她垂眸注视着他,"对我来说,你就是我的药。"可以治愈她所有的悲伤、疲惫、失望、痛苦……是这个世界上独一无二的良药。

祝沉吟仰头望着她,眼尾也慢慢地有些泛红了。

医院的长廊里寂静无声,过了良久,他紧了紧环住她腰的手:"羡羡,我不想让你那么辛苦,我在这儿等着就行,你先回……"

她摇了摇头,低声打断了他的话:"我们现在是一家人,不管遇到什么事,一起去解决就好。既然是家事,就谈不上辛苦不辛苦的。况且,我再累,也不会有你辛苦。"

现在祝爷爷去世,祝文军倒下了,龚莉性子软,年纪也大了,管芯那一家人消失得无影无踪,所有后续的责任都落在了他一个人的肩头。

他曾竭尽全力地想要脱离这个家对的桎梏,当他终于可以摆脱枷锁的那一刻,这个家也轰然倒塌了。

而他是唯一可以收拾好残局的人。

"关关难过关关过。"她顿了顿,"这一关虽然难过,但只要我们一起,总能走过去的。"

祝沉吟的目光轻轻闪动了一下。良久,他郑重地点了点头:"好。"

祝文军的手术持续到清晨,终于宣告结束,他虽然暂时脱离了生命危险,但陷入了昏迷不醒的状态。

龚莉醒过来后来顶班,祝沉吟带着高嘉羡回家准备了一些换洗衣服和日用品,然后开车将她送去单位,又去医院和主任当面请了假。

他需要有一段时间专注于处理繁杂的家事。主任本来就信赖、欣赏他,也能体谅他现在的处境,因此非常爽快地就批了假。

祝沉吟将手头的工作跟顾瀛等人交接清楚后,就返回了和义医院。

虽然祝沉吟在送高嘉羡去单位的路上跟她说过好几次,让她安心工作,不要打乱既定的计划,但到了单位之后,高嘉羡还是跟卢主任打了个报告,申请了三天的假期,又去请温玉萍帮她顶三天的班。

她知道他不想因为家事影响到她的工作,她毕竟才刚刚转正成首席发言人,正是关键的职业上升阶段。但她思来想去,还是舍不得在这个节骨眼上让他一个人扛。

除了帮他分担家事,她更想陪伴在他的身边。因为他现在最需要的,就是她坚定不移的爱与支持。

将工作上的事情安排妥当后,她将顾宁和高鸿也接到了和义医院。老两口一边陪着心情不佳的龚莉,一边帮祝沉吟处理各种杂事。

龚莉和祝沉吟很是过意不去,坚持要让顾宁他们回家休息,但高嘉羡用一句话就劝服了她:"沉吟也是他们的儿子,他们不陪在旁边不安心。"

祝爷爷的丧事有一套既定的流程和规矩,他们俩一起和工作人员沟通完葬礼的事宜后,高嘉羡去旁边给刚才给她打来电话的卢主任回电话。

"嘉羡,"电话接通后,卢主任在那头说,"抱歉,知道你现在很忙,我就长话短说。"

高嘉羡:"没事儿,您说。"

卢主任:"刚刚上级来了通知,说要从每个部门里委派一人去陆京市参加机密商业会议。这个会议一般每隔五年才会举行一次,学习和交流的机会实属难得。我和玉萍商量了一下,决定派你去。"

"谢谢卢主任和萍姐的信任。"她道,"请问会议什么时候举行?为期多久?我好提前准备。"

"会议从后天一大早开始。"卢主任说,"为期两周。"

她怔了一下——如果后天一大早就开始开会,那么她最晚明天晚上就得飞抵陆京市。

卢主任:"嘉羡,我知道你和小祝现在家事繁忙,你和他商量一下看看。如果你实在抽不开身,我和玉萍再来商讨第二人选。"

高嘉羡:"明白了。我什么时候要给您答复?"

卢主任:"为了给候选人时间准备,如果可以的话,你最好今天晚上之前给我答复吧。"

挂掉电话,高嘉羡握着手机靠在墙边,仰着头长吁了一口气。

就算卢主任不说,她也知道这个学习机会实属难得,而且这也代表着卢主任和温玉萍对她的信任和期待,她自己也确实很想去。

但是,如果要去,她明天就得离开长川,还要离开整整两周,而这两周一定是祝沉吟最难熬的一段时间。

她只要一想到他一个人面对那些事,心口就会发疼、发酸。

"羡羡。"她正想得出神,祝沉吟不知什么时候走到了她的面前。他穿着干净的白衬衣,神色温柔而宁静。

他抬手温柔地揉了揉她的头发:"你去吧。"

高嘉羡听到这话,微微仰着头,神色有些愣怔。

"刚才你和卢主任打电话的时候,我正好出来拿水,听到了你们的一部分对话。"祝沉吟放下手,目光温和地看着她,"他和萍姐应该是要派你去参加什么会议吧?"

她望着他,声音有些低:"高层会议,要去陆京市两周。"

他点了点头:"什么时候出发?"

她咬了咬唇:"最晚明天晚上就得走,后天一大早开会。我想了想,我要不还是……"

"羡羡,"他轻声打断了她的话,"我真心希望你能去参加这个会议。这是萍姐和卢主任对你寄予的厚望,对一名公关官来说,这也是很重要的学习机会。"

"我知道。"她叹了口气,"可是我如果就这么飞去陆京市整整两周,那你怎么办?"

他遇到麻烦和困难的时候,他觉得辛苦和疲惫的时候,她若不在他的身边,他该是多么孤独、难熬。

祝沉吟毫不迟疑道:"我会好好地在长川等你回家,就像你等我从闻兴归来一样。

"羡羡,我们两个的职业就注定了我们考虑问题时,不能只想着自己或优先满足自己。"

她望着他那双饱含着柔情的眼睛,鼻子忍不住地有些发酸:"可是我不想让你一个人扛……"

"羡羡,"他伸出手,将她拉进了自己的怀中,"有了你之后,我就再也不是一个人了。"

祝沉吟:"无论你在不在我身边,你都能给我持续不断的温暖和力量。我在闻兴的那八十多天就是这么想着你挺过来的。

"你对我的影响,比你自己想象的更大、更深。所以,你真的不用担心我。"

"就这一个拥抱,"他微微松开她一些,低头注视着她,"就足够支持我度过你不在我身边的这两周了。"

"你知道吗?虽然我会很想念你,但我心里还挺开心你能离开长川整整两周的。"祝沉吟说到这儿,轻轻地勾起了嘴角,"因为这两周啊,我们羡羡不用再跟着我受累受苦了。"

她没说话,偏过头,眼角却慢慢地滚下了一颗泪珠。

"宝贝儿,我发现你现在越来越爱哭了。"他低下头,"记得我说过只希望你在哪里哭吗?要敬业的祝医生提醒你吗?"

她被他逗得破涕为笑,抬起手掌,轻轻地拍在他的胸膛上。

他也跟着低声笑了起来:"无论遇到什么事,我们羡羡始终都是那么坚强勇敢。"半晌,他低下头,吻了吻她光洁的额头,一字一顿地说,"现在，该给你先生一些时间挡在你前头了。"

因为祝文军仍处于昏迷状态，祝爷爷的葬礼从简，由作为祝家长孙的祝沉吟来操办。

虽然管芯这一家人恶心至极，但她毕竟是老爷子的儿媳，祝沉吟还是通知了他们来参加葬礼。

葬礼结束之后，高嘉羡陪着祝沉吟送走了过来吊丧的宾客，随后直接坐飞机前往陆京市。

祝沉吟独自跟工作人员处理完收尾的工作，准备离开的时候，看到祝容融一个人脸色阴沉地站在大门口抽烟，似乎是在等他。

他也没想避开，推开大门走出去，正对上她的视线。

祝容融熄灭了手里的烟，冲着他勾了勾嘴角："祝家长孙，真风光。"

他没接话，脸上也没有半点儿平时的温和神色："葬礼结束了，你可以回去了。"

"我嫂子呢？"她抱着手臂，一脸尖酸刻薄相，"我刚才看她拖着行李箱上车走了，怎么，装完长孙媳妇，拿完遗产，就跑路了？"

祝容融的眼睛里透出几分恶毒来："你和嫂子是不是压根就没什么感情？那次家宴，我看她连婚戒也不戴，和你之间的氛围也有些说不上来的别扭。"

"回去之后我就在猜测，你们两个会不会是协议结婚，只是为了应付大伯和爷爷的催婚，为了拿爷爷的遗产，然后等爷爷去世了，你们俩也就顺势离婚了？"

他低垂着眼睛看着她，连口都懒得开。

见他一直不吭声，祝容融顿时更来劲了："不会是被我说中了吧？哇，那可真是惊天大八卦啊！不管怎么说，嫂子也算是个有头有脸的人物，我要是把这条消息爆出去，你觉得会对她造成什么样的影响？

"不过，既然你们俩也没什么感情，就是各取所需，那你应该也不会在乎吧？

"哥，不管怎么说，咱俩毕竟也是堂兄妹一场，我也不想让你太为难……这样吧，只要你把爷爷给你的遗产分给我一半，我就帮你们俩保守这个秘密，怎么样？"

祝沉吟一动不动地看着她那张看似人畜无害的娃娃脸。过了半响，他轻轻地笑了一声。

祝容融见他这么笑反而有些紧张起来,语气生硬地说:"你在笑什么?我哪里说得不对吗?"

"我只是在想,"他收敛起了笑意,目光重新变得冷冽起来,"祝容融,你真可悲。"

她的脸一白。

祝沉吟:"这么多年来,你那么想要超越静静,费尽心思去抢她的男朋友,夺取她应得的遗产,你自认为自己应该是笑到最后的那个人,却落得了一个如此可悲的下场。

"你难道还不明白吗?你永远不可能是静静,永远不可能比过她,永远不可能拥有像她那样幸福的人生。"

祝沉吟每多说一句话,祝容融的脸色就更扭曲一分:"只因为你的心胸狭隘,心理扭曲,你觉得世界上的其他人都应该和你一样。"

祝容融不仅让他看到了人性最丑恶的一面,还屡次突破了他对丑恶的认知。

祝沉吟:"我想你最清楚周易祺为什么会跟你离婚。因为他从来没有真正忘记过静静,哪怕和你有了孩子,他还是一点儿都不爱你。"

这最后几句话,戳到祝容融心中的痛处。

那场家宴之后,周易祺就正式向祝容融提出了离婚。即便他们还有个孩子,周易祺也毫不妥协,不仅坚持要分财产离婚,还要带走他们的女儿。

这些事,都是孟方言告诉他的。即便人不在长川,孟方言的信息也十分灵通。

这是祝沉吟这么多年来头一次对人说那么绝情的话。

他本就不是一个尖锐无情的人,对女人更会多几分谦让和宽容,但是若有人企图想要伤害高嘉羡,他就绝不仁慈和心软。

祝容融被他的话刺激得彻底失控了,冲着他扬起了手,歇斯底里道:"你……你给我住口!"

祝沉吟往后退了半步,轻松地避开了她的手掌和尖锐的指甲。

他居高临下地看着她:"祝容融,你真以为这个世界是围着你转的吗?

"只要有我在,你就永远别想伤害羡羡半分,也永远别想从我这儿拿到任何一点儿不属于你的东西。如果你继续冥顽不化,我会让你一无所有。

"你和婶婶的公司现在没了周家的资金介入,已经在破产清算的阶段了,这也是为什么葬礼一结束她便神色惊慌地匆匆离开。你们俩从来就不管那家公司,之前都是靠周易祺运转,你们除了变卖家产,已经没有别的路可走了。

"或许靠着爷爷给的遗产，你们后半辈子还可以勉强无忧。但如果你还企图像今天这样来威胁我和羡羡，我不介意给你和姊姊使点绊子。"

除了孟方言这些强有力的友人，他在长川各行业也都有信得过的朋友，想要让管芯和祝容融接下去的日子难过，对他来说绝不是难事。

话到此处，祝沉吟再也没有耐心和她继续耗下去。在离开前，他对瘫坐在地上落泪的祝容融说："今天这些，是我跟孟方言替羡羡和静静还给你的。"

"以后别再让我看到你们。"

祝文军在ICU里度过了情况凶险多变的几天后，终于回到了普通病房。

但是，这位曾经固执地想要掌控一切的中年男人，这辈子再也没有办法开口说话，发号施令了。

这场脑出血虽然没有夺走他的性命，却也将他置于半身瘫痪的境地。

等祝文军的情况趋于稳定之后，祝沉吟找时间跟龚莉推心置腹地谈了话。龚莉虽然不再自责，但最终决定继续维持和祝文军的这段婚姻。

于她而言，祝文军现在这样的情况，或许对他们的婚姻来说是最好的结局——祝文军后半生再也不能给她带来任何困扰和痛苦，她也能将这段她曾经那么拼命地想要维持的婚姻做到善始善终，给自己一个交代。

祝沉吟和高嘉羡理解并尊重她的决定。等祝文军出院之后，祝沉吟请了两位靠谱的护工阿姨，帮着龚莉一起照顾祝文军。他们以后也会经常回去帮忙，龚莉的生活还是能够舒心的。

将家事都妥善处理完毕后，就到高嘉羡要从陆京市回来的前一天了。祝沉吟向医院请了假，去了一趟顾宁和高鸿那儿。

老两口这一段时间帮了他和龚莉不少忙，他都看在眼里，记在心里。往后的日子还长，他会用余生好好孝敬他无比敬重、爱戴的第二对父母。

陪着他们聊了一会儿天，顾宁带着他进了高嘉羡以前住的房间，指了指放在地上的两个纸箱子："沉吟，这是我很早之前就帮羡羡整理好的她放在家里的东西，一直都忘了让你们拿回去。今天好不容易想起来，你等会儿走的时候记得带上。"

祝沉吟点头说："好。"

"那你在羡羡的房间里坐一会儿。"顾宁说，"我和你爸去弄点儿吃的，你和我们一起吃过了午饭再走啊！"

房间门被顾宁从外面关上，祝沉吟慢步走到那两个纸箱子前蹲下来。

箱子没有合拢，他伸手轻轻地拨开箱盖，箱子里的东西便一目了然。

里面有高嘉羡曾经和他提过好几次的，她小时候睡觉时一定要抱着的小鹿玩偶"维克多"，有她上学时候获得的各种证书、奖状，有她从外交学院毕业时拍的毕业照，还有她出国前喜欢看的一些书和漫画。

一眼望过去，满箱子的少女心和青春回忆。

他光是这么看着，就能想象她以前使用这些物品时的模样。他时不时地伸手拿起箱子里的一样东西端详一会儿，再小心地放回去，嘴角忍不住地勾了起来。

就在这时，他忽然看到一个被夹在书册之间的淡粉色本子。

他心中一动，思考了几秒后，轻轻地拿起了那个本子。

他翻开第一页，阅读了几行，发现是她少女时期那会儿写的日记。

可能因为她是双子座，所以她写东西也很跳脱，经常是上一秒还在抱怨学校里的饭菜好难吃，下一秒就说今天隔壁班有个笨蛋过来找茬儿，被自己胖揍了一顿……日记内容丰富多彩，还透着浓浓的中二气息。

他饶有兴致地翻看了几页，手却忽然顿了下来。

这篇日记的开场白是："今天沉吟哥哥来我家了。"

高嘉羡那时候年纪还小，小姑娘写字的笔迹不像现在这样果决、凌厉，还带着点儿少女时期的青涩、圆润。

那落在纸上的一笔一画，不仅在他的脑海中勾勒出了她那时候的模样，他仿佛还能感同身受她在写这些文字时的心情。

这一篇日记和之前那些好笑又逗趣的日记风格全然不同。

"我听到他和他的女同学打电话，他很坚决地拒绝了那个女孩子的告白，并说现在乃至今后的很长一段时间都不会想谈恋爱。

我当面向他确认了，他也是这么对我说的，说他没有那个心思。"

这件事，他之前就从她的口中得知过。他知道这一直令她难以释怀，也是之后很长一段时间内，她心底的刺。

只是接下去的内容，却是他怎么也没有想到的。

"既然他会当着我的面这么说，那就说明，哪怕以后他想谈恋爱了，我应该也不会成为一个让他产生恋爱感觉的女生，而永远只是个发小妹妹吧。

祝沉吟，每次知道要和你见面，我都会想方设法把所有的事情推掉，从学校里飞奔回来，却对你说是提前放学了。

你应该也从来没有注意到过，我为了见你特意换了发型，每次见你之前会把衣服都熨得服服帖帖，穿能够显得我个子高、显得我腿长人好看的衣服。

285

其实我在微信上问你的那些题目,我都会做,我只是想借此机会和你聊天而已。

如果有一段时间没有碰面了,我总是会催促爸爸、妈妈喊你和龚姨、祝叔过来吃饭,因为我很想见到你。

你和我聊天时,会不自觉地揉我的头发,我知道你只是把我当妹妹看待,还是会因为你这个举动很心动。

这些事,你永远都不会知道。

我想我除了学习,做得最用心的一件事就是把在意你这件事藏起来。

我那么在意你——你永远不会知道。"

这篇日记的字迹有些潦草,笔画末端都有点儿打飘了……而且,在这一页的纸张上,还有一小块一小块干涸的水印,因为时间长了,这些湿痕也随着纸张一起泛黄,微微凸起。

那是她的眼泪。

"这么长时间以来,我都一直追在你的身后,可无论我跑得有多快,你还是看不到我。所以我决定了,我会去一个看不见你的地方,那样我就再也不会因为你而难过、悲伤,也不会牵肠挂肚。

我会努力考进你就读的那所学校,但不再是因为你曾经在那里,而是因为我想以最优秀的成绩考去外交学院。我想成为一名公关官。

我曾经的梦想是你,但是我现在不想再做有关于你的梦了。

梦境太美好,可醒来我会更难受。

所以祝沉吟,从今天起,我不会再喜欢你了。"

祝沉吟的手指在这一页停留了很久很久。

他轻轻地触碰着她写的那些字,还有那一个又一个微微凸起的痕迹。

他想起那天跨年夜在吴宾市,她在他的怀里仰着头,笑意盈盈地对他说,她是出于人道主义才答应他提出婚姻的请求,是因为他天天死缠烂打,厚脸皮地追她,她才会勉为其难地原谅他,和他确认恋爱关系。

仔细想想,这其实是一个相当拙劣的谎言。

如果不是因为喜欢,哪个女孩子愿意以自己婚姻为代价陪人做戏?

如果不是因为喜欢,她怎么会立刻放弃在海外轮值的工作,申请调职回国,只为了帮他?

如果不是因为喜欢,她怎么会在最开始像刺猬一样防备和抵触他,将他对她的好都归为协议和发小的情分?

如果不是因为喜欢,她怎么会在滨江边流露出那种要哭的神情,却还是坚持摘下那枚婚戒?

他明明都发现了这些破绽,却没有去深想其中的原因。

直到今天以前,他都还以为她那时对他的态度突然转变,只是因为她青春期叛逆。

可事实的真相是——她下定决心要放下她少女时期最刻骨铭心的梦想。因为她曾经满心满眼地期望过,因为她曾经竭尽全力地争取过,因为她曾以为他们之间会是"永远不可能",所以再次回到他身边的时候,她才会那么患得患失,那么犹豫反常。

原来在他喜欢上她之前,她就已经孤独地暗恋他那么久了,而他竟对此一无所知。

不知道过了多久,祝沉吟轻轻地合上了这本粉色的日记本。

他将日记本小心地放回纸箱里,然后直起身,两手撑着膝盖,低着头在原地缓了一会儿——长时间蹲在地上翻看纸箱,他的双腿有些发麻。

双腿恢复知觉的那一刻,他夺门而出。

顾宁和高鸿还在厨房里弄午饭,就看到祝沉吟像一阵风一样从客厅里刮过。

祝沉吟:"爸,妈,实在抱歉,我来不及吃午饭了。我先走了,过几天再来陪你们吃。"

顾宁惊讶地放下手里的菜,从厨房里走出来看他。

在他们的心目中,高嘉羡有这样的举动还算正常,可祝沉吟是绝对不会这样的。他永远镇定自若,永远胸有成竹,永远不慌不忙。

他们看着他长大,从没见过他这样过。他长大后,就算是处理祝家复杂纷乱的家事,他从头到尾也是泰然自若的。

看到此刻他在玄关一边飞快地点着手机屏幕,一边急匆匆地弯腰穿鞋的时候,她忽然意识到,这个年轻男人竟有这样不为人知的一面。

在某些特定的时刻,他也会像其他人一样,阵脚大乱,一改平日里的冷静自持,变得一点儿都不像他。

让他变成这样的人,应该就是他们的女儿。

为期两周的机密商业会议,终于圆满落幕。

与会期间,高嘉羡不仅向参加会议的前辈领导们学到了很多知识、经验,也结交了不少新朋友,可谓收获满满。

其实,除了长川,陆京市算是她最为熟悉的城市了,因为她大学四年就是在这里度过的。

刚来陆京市开会的那几天,她一直在惦记着祝沉吟和家里的事,除了开会就是给祝沉吟打电话。她以前的老同学有一些还留在陆京市发展,知道她来了之后一直喊她出来聚餐,她都没心思去。

等祝沉吟将家里的事处理得差不多了,不用那么辛苦了,她才在某一天开完会之后抽时间和老同学们吃了个饭。

这么多年过去,老同学们还是和从前一样亲切,一帮人又叫又闹,差点儿把包厢房的天花板都给掀了。

原本他们还想叫她一起回母校转转,看看老师,但因为她时间紧,整个白天都在开会,会议结束时老师们早就下班走了,所以只能就此作罢。

高嘉羡没想到最后一天的会议竟然会提早结束,下午两点左右就散了。

回到酒店,她犹豫着要不把航班改签到当晚,想打个电话给祝沉吟和他商量一下。结果打微信语音电话他那边一直没有接听,直接打电话过去,发现他的手机竟然还关机了。

她猜想,他或许是被医院叫回去做紧急手术,手机又碰巧没电了,便不再多想,在房间里休息了一会儿,决定,自己先独自回母校一趟。

毕业之后她直接进入S企业外联部工作,之后就一直在海外轮值,都没有时间回母校,还甚是想念。

陆京市很大,开会的酒店离学校有点儿远,不过她也没什么事,步行一会儿后又换乘公交。

等她到学校门口的时候,已近黄昏。好在快要入夏了,天色暗得晚,并不会影响她欣赏母校的风景。

学校的格局这么多年没有变过,从她踏进大门的那一刻,以前的记忆便如潮水般向她涌来。教学楼、食堂、澡堂、图书馆、篮球场……她曾在这里留下的足迹,仿佛都在地上逐一显现了出来——

澡堂的窗户旁,立着一排高大的梧桐树。那些宽阔的梧桐树枝叶里,藏着许多美妙动听的声音,记录路过的学生所说的话语。

西门正对着的教学楼前,有她当年最喜欢的银杏树,她时常会和同学在树下的阴影里坐着聊天、看书,度过没有课程的午后。

在踏入社会前,这里就是她的乐园,留下了她的青春回忆,她的欢声笑语,以及她的意气风发。正是因为在这里积累了足够多的知识与勇气,她才能在后来的工作中充满底气和自信。

她进学校大门时,拍了一张梧桐树的照片发给祝沉吟,给他留言说她正在母校闲逛。她做梦也没有想到的是,当她逛到学校平星湖旁边的小亭子时,竟然会看到一道无比熟悉的身影出现在不远处。

高嘉羡完全愣住了。她揉了揉眼睛,怎么都不敢相信那个正在朝她大步走过来的人居然是祝沉吟。

他穿了一件淡蓝色的衬衣,搭配着黑色长裤,衬得他挺拔帅气、卓尔不凡。他一路走过来,女孩子都纷纷回头看他。

等他站定在她的面前时,她仍是目瞪口呆。她张了张嘴,刚想问他怎么突然就来了陆京市,话还没说出口,就被他重重地拥进了怀里,仿佛要把她整个人都揉进他的身体里一般。

过了一会儿,她实在是憋不住了,嗓音闷闷地从他的胸口传出:"你先松开点儿,我快喘不过气来了。"

他这才稍稍松开了自己的手,垂眸去看她。

她仰头望向着他,发现他的眼尾竟然有些泛红,怔怔地问他:"你怎么了?"

他没有说话。清风吹过,将他们头发都吹得有些凌乱。祝沉吟抬起手将她被风吹乱的碎发小心地别到耳后,而后捧起她的脸颊,低下头轻轻地吻了她。

现在是晚饭时间,来平星湖附近闲逛的学生并不多,但还是有人往他们这儿看。

高嘉羡被看得脸颊有些泛红,她拽了拽他的衣角,示意他往亭子旁边的那条林荫路走。

这条林荫路通往一座小花园。花园环境比较幽静,被同学们称作"秘密后花园",同学们经常在下课后跑过来讲悄悄话。

她凭着记忆,拉着他一路走到了花园的深处。

这下终于四处无人,耳边尽是鸟语花香,她才放松下来,拉着他的手问他:"你怎么突然来了?"

没有一点儿征兆,没有一点儿预告,甚至昨晚他们俩通电话的时候,她都没有一点感觉。

虽然家事已经处理得差不多了,但他医院那边还是有不少事情。照理来说,他应该是抽不开身的。

祝沉吟一动不动地注视着她,良久才哑声道:"想见你。"

她轻轻咬了一下唇:"明天不就能见到了吗?要是你先前接电话,我可能就改签今晚的航班回去了……"

他点了点头："但我等不到晚上，更等不到明天了。"

他忽然松开了她，然后从自己的裤子口袋里拿出了一个小小的锦盒。

日落时分，天地仿佛都被染成了金黄色。他们身后的树枝随着风轻摆，映衬着高远的天幕。

高嘉羡的呼吸凝滞了两秒，她眼看着面前的男人轻轻地打开了他手里的锦盒。那个锦盒里，静静地躺着一枚璀璨华美的钻戒。

"羡羡，"他的嘴角慢慢地绽开了一抹笑，"之前就说过，我们两个的故事，好像发展顺序和其他人不那么一样。虽然你已经是我法律意义上的妻子了，但我还是想在这里补上我们之间缺少的这一步。其实，这一幕我曾经在梦中想象过很多次。直到今天，我终于可以付诸实践。"

他的眼睛满含着温柔："我们从吴宾市跨年回来后我就开始定制它了，中间我提过几次修改意见，前些日子终于拿到了。原本我想等你明天回长川后再向你求婚，但我真的没有办法再等了。

"我们两个已经等了十多年。

"哪怕多一天，我都不想再等了。"

她起初是惊讶无措的。她做梦都没有想到过，他竟然会千里迢迢地从长川跑来陆京市，在她的大学校园里突然向她求婚。

可是，当他开口说出那些话后，她的惊讶无措，统统都转变成了汹涌的情愫。

祝沉吟："从你回到长川的这一天起，我总在对你说抱歉。

"我说抱歉，是因为觉得自己做得还不够好，让你伤心，让你难过，让你辛苦，让你委屈……今天，我想最后一次对你说声抱歉。

"我想说的是——抱歉，羡羡，让你等了这么多年，我才敢把我爱你这件事说出口。"

高嘉羡的眼眶已经湿润了。

她永远不会忘记她在卫生间借着水声失声痛哭的午后——那一天，她亲手藏起了她的梦想，想要忘记她满心满眼喜欢着的人。

只是谁能想到，十多年过去，她还是没有能够割舍下这份感情，他还是她这一生最爱的人。

爱他这件事，已经深深地刻进了她的骨髓里。

他望着她："这一生，除了你，我从来没有爱过别人。从很久以前的那一天开始，我的眼睛就只能看到你。

"我们的故事还没有走到最后,我们还没有变成宇宙中的星星,我没有办法让时光回溯,但是在我们离开人世之前,我会把我们曾经的遗憾、错过的那些时光,全部都补上,让它们变成我们余生中闪闪发亮的记忆。"

说到这里,他握着手里的锦盒,轻轻地往后退了一步,朝着她单膝跪地:"羡羡,从今往后,你只管继续大胆地往前跑,我会在你的身后保护你。

"你尽管去做你想要做的事,追逐你的事业梦想,不要有任何后顾之忧,因为我永远会守护好我们的小家。

"未来漫长的人生,我希望你能让我在你身边爱你、疼你、照顾你,圆我十几岁时就许下的这一辈子最重要的心愿。"

"羡羡,你愿意嫁给我吗?"祝沉吟郑重地举着手里的锦盒,脸上的笑容在落日的余晖下好看得有些不太真实。

她的眼眶满含着泪花,以至于他手里钻戒的光芒以及他眼角的微红看起来有一点儿模糊。但是这一幕已经深深地印在了她的脑海,刻在她的心底,永远都不会忘记。

高嘉羡笑着冲他用力点头,眼泪控制不住地落了下来。

今天,她终于可以对那个青涩稚嫩的少女说:你知道吗?你藏起来的梦想,被你最爱的人找到并点亮了。

你再也不用羡慕任何人,不用羡慕他们能够找到自己命中注定的爱人,不用羡慕他们在婚礼上交换誓言和戒指,不用羡慕他们能和自己的挚爱共度余生。

因为这些,你都会有。

你爱的这个人,是世界上最温柔、最强大、最耀眼的人。

他破除所有阴暗,将他的温柔全部给你。

无论今后会发生什么,他都会千万次地抱紧你,千万次地亲吻你……吻去你的犹疑、彷徨、胆怯和悲伤。

他的爱让你无坚不摧,也让你柔软明亮。

他是你永恒不朽的白矮星。

你很耀眼,如夜幕流星,如朝日初升。

让我怦然心动,让我沾沾自喜。

(正文完)

番外一
怀孕记

祝沉吟最近的心态已经崩了。

原因无他,自然是因为那颗名叫顾瀛的蛋。

他和高嘉羡的关系还是僵持不下的状态时,顾瀛就已经被刚认识没几天的苑星带领着弯道超车,先脱离了小白队伍。

那家伙在医院里晃了一个星期,生怕别人不知道他和苑辣妹爱得多么热烈。

他在祝沉吟的面前晃悠得最多,天天提醒着他——你看你兄弟那么蠢,老被你嫌弃,都已经成功上车了,但是你还没有。

后来,祝沉吟好不容易费尽心机把人吃下肚子,总算是摆脱了开手动挡的生活。可还没来得及回味,就和顾瀛一同前往闻兴支援了。

他们从闻兴回来的当天,顾瀛哭着给他打电话,说自己要当爹了。

祝沉吟觉得自己这一辈子都没有那么憋屈过。

他从来没有想到过,自己竟然在各方面,都被这蠢蛋给弯道超车了。

他都不禁怀疑,顾瀛这家伙其实并不是真的蠢,而是大智若愚,平时都在扮猪吃老虎!

这天苑星来医院产检,顾瀛围着嘘寒问暖,恨不得自己替老婆怀孕的样子,看得他又好笑又嫉妒。

不过,他真是打心眼儿里羡慕这傻瓜。

他确实有点儿想当爸爸了。在闻兴支援时,听到蔡医生说老婆怀孕七个月,他头一次动了这种心思。

而现在,这种心思越来越强烈了——他发自内心地希望自己也能够像顾瀛这样，成为一名准爸爸。

他一定会倾尽自己所有的耐心和温柔去对待他和高嘉羡的宝宝，无论是男孩儿还是女孩儿，他都会当心肝宝贝一样疼爱。

尽管心态崩了，日子还是得要照样过。

从陆京市回来之后，高嘉羡一直很忙，频繁出差，这一段时间好不容易空闲下来一些，祝沉吟便尽量合理安排自己的时间，争取每天早点儿回家陪她。

这天晚上，祝沉吟不需要值班，便提前从医院离开，去买了她爱吃的叉烧和卤味回来，想下厨给她做点儿好吃的。

一进门，家里的灯大开着，屋子里连一点儿声音都没有。

高嘉羡正斜靠在沙发上，歪着脑袋睡得不省人事，连手机掉落在地毯上都不知道。

虽是大夏天，但屋子里开着空调，不盖条毯子就睡容易着凉。

他放下手里的食材，去洗了个手，而后快速地去卧室给她拿了条毯子出来。

他将她的手机从地上捡起来，正轻轻地把毯子盖到她身上时，她的眼皮微微动了动，半睁开眼睛，迷迷糊糊地看着他说："你回来了。"

"嗯。"他低垂着眸子看着她，嗓音低柔，"羡羡，我抱你去卧室里睡，好不好？"

她看上去还是十分困倦，强打着精神揉了揉眼睛，卷着毯子从沙发上坐起身来："没事的，我刚刚就是在这儿玩手机等你呢。结果不知道怎么的，等着等着就睡着了。"

他摸了摸她毛茸茸的脑袋，低下头亲了一下她的嘴角："我现在先去给你做晚饭，晚饭没有那么快做好。你困的话，可以再去卧室里睡一会儿，我做好了再来叫你。"

她摆了摆手："不睡不睡，我肚子饿了，睡不着的。"

见她坚持，他便不再说什么，回卧室换上了家居服，然后去厨房给她弄晚饭去了。

高嘉羡洗完澡了也没别的事情可干，便放下手机来厨房监工。

之前因为工作忙碌，两人一直见不到面，她虽然嘴上不说，但这一阵在实际行动上黏他黏得厉害。

进了厨房后，最开始她还乖乖地靠在料理台边上看他切菜，看着看着，又悄悄摸到他的身后去抱着他的腰，贴在他的背上当一只树袋熊。

谁知道，她就用脸颊轻轻地蹭了两下他的背，被她抱着的祝沉吟就闷声笑了起来："咱们家小猫咪又开始撒娇了？"

高嘉羡对"小猫咪"这个词产生条件反射了，一听见就脸红："我呸。"

"听话，等吃过饭以后你再冲着哥哥撒娇。"他停下了切菜的动作，转过身看着她意味深长地说，"我怕你再撒几下娇，今晚就吃不上你爱吃的叉烧了。"

她脸颊泛红瞪着他："祝沉吟，你都是个三十岁的人了，能不能稍微节制点儿！"

自从那天她脑袋一热，穿上苑星她们寄来的小猫咪制服后，祝沉吟就再没做过人。

这人平时把她宠上了天，把她捧在手心里当宝，但一旦打开了欲望的开关，就像变了个人似的，她怎么求，怎么哄他都充耳不闻，一定要等到她哭得眼睛红红的时候才肯收手。

祝沉吟听罢弯着嘴角笑了起来，低头亲了亲她红红的鼻尖："夫人实在太可口，这真不能怪我。"

高嘉羡翻了个白眼，又忍不住捂着嘴打了个哈欠。

祝沉吟心下一动，用自己额头贴了贴她的额头："羡羡，我怎么觉得你最近犯困犯得有点儿厉害？"

早上他喊她起床，她拖拖拉拉不肯起来，要赖床；晚上回到家，有时候靠在沙发上看会儿平板电脑也能看睡着；周末更是喜欢睡懒觉，睡醒了吃个饭，下午还要接着睡午觉。

"你还好意思问我？"她瞪了他一眼，"这都是拜谁所赐啊？"

他的目光轻轻闪了闪："而且你最近是不是吃得也没以前多了，总是吃一点点儿就饱了？"

她想了想，点点头："可能因为是夏天太热了吧？总觉得没什么胃口，吃一点儿油腻的东西就想吐。"

祝沉吟沉默了一会儿，眼睛一眨不眨地盯着她，冷不丁道："你上次来例假是什么时候？"

高嘉羡和他大眼瞪小眼地对视了一会儿，张了张嘴："你让我想想……好像是六月，六月十几号吧。"

说完这句话，她自己也怔住了，心跳陡然加快了。

现在已经快到八月中旬了。

如此算来，她的月事已经推迟近一个月了。

因为前一阵工作实在太忙,她竟然把这件事忘在了脑后。

祝沉吟听到这话,立即将手里的食材放回了料理台,又关了燃气灶的火,拉着她的手就往厨房外走去。

走到客厅的柜子旁,他弯下腰,从药箱中翻出一支早就备着的验孕棒递给她:"羡羡,你去卫生间测一下。"

她看了他一眼,拿过验孕棒就往卫生间走。

五分钟后,高嘉羡满脸通红地拿着那支验孕棒从卫生间里走出来,说话的声音都有点儿打颤了:"祝、祝沉吟……"

他原本就等在卫生间门口,见状二话不说便拿过了她手里的验孕棒——深色双杠。

祝沉吟盯着那两条杠看了几秒,将验孕棒放在了一边,将她轻轻地拥进怀里:"羡羡,虽然现在还没有去医院,做正式的检查,但是照验孕棒看……你怀孕了。"

高嘉羡的脑袋里发出一声巨响。

他们最近有些时候确实没有做措施,但是也没有特意去推算她的最佳受孕时间,一切都是随缘。

看到苑星怀孕,她不是没有想过自己也要个孩子,最近这个念头更是变得越来越强烈了。

原本她还想这几天和祝沉吟正式聊聊要孩子的事,却没有想到,他们的宝宝已经悄然降临了。

一想到自己的身体里此时正在孕育着一条小小的生命,她就觉得手脚都有些不听使唤,只知道抱着他,结结巴巴地说:"祝沉吟,我,我们……"

"羡羡,"他抱着她,将脸颊紧紧地贴在她的脖颈旁,呼吸很重,很热,"我真的真的好高兴啊!"

他是个情绪相对内敛的人,很少这样直截了当地表达出自己的情感。

所以,听到他说出这句话的时候,高嘉羡的鼻子一下子就发酸了。

她的情感,总是和这个男人联系在一起。

他教她心动,教她喜欢,教她深爱……现在,又教会了她即将为人父母的喜悦和责任。

为她此生最爱的男人孕育一个孩子,这也将是她这一生中最重要最浓墨重彩的其中一笔。

她是那样地期待他们的孩子。

她从他的怀里退出一些,仰头望着他:"你希望是女孩还是男孩?"

祝沉吟的眼尾有些红，专注地看了她一会儿，才哑声说："都好。"

如果是个女孩，长得像高嘉羡，他一定会把她宠上天，让她当全世界除了妈妈之外，最幸福的小公主。

如果是个男孩，他希望他的儿子能够和他一起保护好高嘉羡，成为一个顶天立地的男子汉。

"羡羡，"他低下头轻轻地吻了一下她的额头，"接下来的几个月，真的要辛苦你了。"

"我随时随地听凭你使唤。"

祝沉吟面上表现得还算淡定沉着，但实际上，和顾瀛有得一拼。

自从带高嘉羡去医院做过B超，确定了怀孕后，他有空就扎根在妇产科里。妇产科的金牌医师杨医生和他的关系很好，这段时间快被他给烦死了，一见到他过来就要绕道走。

之前就有个顾瀛天天守在这里，现在又来了个祝沉吟。

整天应付这两位准爸爸，他们妇产科的人还要不要过安生日子了？！

高嘉羡后面来做产检的时候，杨医生每回看到她，都要大倒苦水。

"高部长，不是我说，"杨医生拿着她的报告单，一脸苦大仇深的样子瞅着她，"你老公，可真是太可怕了。"

高嘉羡忍不住发笑："他又怎么了？"

"你算得上是怀孕期间身体情况相当稳定的孕妇了，妊娠反应不严重，精气神也好，每次孕检的各项指标都达标。"杨医生摘下眼镜，揉了揉眉心，"大概就前两天吧，你应该是在家里和祝沉吟提了一句你的腰有点儿酸。"

她想了想："对，那晚确实觉得腰有点儿酸，不过一会儿就好了。"

"孕妇怀孕中后期，随着胎儿的不断发育，身体承重加剧，觉得腰酸是很正常的事啊！"杨医生不满道，"但祝沉吟把我堵在科室里，一定要让我找出个方法来缓解你的腰酸，不然就不让我去吃饭。"

高嘉羡没忍住，扑哧笑出了声。

"我可真被他整得无语了。"杨医生想起来仍又好笑又好气，"我认识他那么久，一直都觉得他是那种天塌下来都不会皱一下眉头的人，是我心目中完美无缺的男神。可谁知道，他当了准爸爸之后，简直颠覆了我的想象。难怪现在大家都开始把他和顾蛋归为一类了！"

"杨医生，我代他向你赔个不是。"她捂着嘴，忍俊不禁，"他可能是太担心我了，所以有时候会忍不住跟你急。"

"我能理解他。"杨医生叹了口气，"我也是当爸爸的人……我都能想象出等你俩的宝宝出生后，他会是个多么夸张、离谱的女儿奴了。"

听到这话，她眨了眨眼睛："真是女儿吗？"

上一次过来产检，杨医生就暗示过她，肚子里的宝宝可能是个小姑娘。祝沉吟得知消息以后，开心得一整天嘴角都上翘着。

可能当爸爸的人潜意识里会更偏爱女儿一些——有个娇娇滴滴的小姑娘趴在肩头撒娇，再强硬的男人都会感到心软。

就好比瞿溪昂，这位仁兄以前心狠手辣，人尽皆知，但自从有了菱画和女儿之后，人前还是那副冷漠强硬的样子，人后却简直软得跟一块棉花糖似的，被女儿骑在头上为所欲为，还乐得合不拢嘴。

虽然祝沉吟一直都说男孩、女孩他都喜欢，但她隐约感觉到，他更希望有一个女儿。

等她离开杨医生的科室，祝沉吟立刻起身迎上来，小心翼翼地扶住了她的肩膀："羡羡，杨医生怎么说？"

"他说都挺好的。"她笑着将报告单递给他，"还说我是他见过的状态极好的孕妇。"

他每天无微不至地照顾着她，她皱一下眉头他都会担心，她的身体情况比她自己还要上心，她怎么可能状态不好？

顾宁、高鸿、龚莉以及温玉萍、卢主任他们……所有认识她的人都感叹，祝沉吟真的太疼爱她了。

有时候她半夜突然醒转，腰不舒服稍微动了动身体，祝沉吟立刻跟着醒过来，替她按摩、揉腰，直到她再次沉沉睡去。

有时候她突然会情绪低落，他二话不说就会停下手里所有的事情，陪她聊天，逗她开心，直到她重新笑起来，他才会放下心来。

她有次在书房看到他桌上放着一本小笔记本，里面认认真真地记录着大量孕期的注意事项以及她身体的细微变化。

自从她怀孕之后，他吃得少，睡得少，动得多，人都瘦了一大圈。

她无数次想，她究竟是何德何能，可以拥有一位如此温柔、如此宠爱她的丈夫。

所以，她坚信，他一定会是一位模范好爸爸。

祝沉吟看完手里的报告，松了一口气，柔声问她："杨医生还说别的了吗？"

她勾着嘴角笑："他说你以后一定会是一名不折不扣的女儿奴。"

他闻言，眼睛顿时一亮："他更加确认是女孩子了？"

她点点头,话题一转道:"祝沉吟,我突然有点儿羡慕星星了。"

他不解:"为什么?"

"因为以后不会有人跟星星争夺顾蛋的宠爱呀。"她说,"男孩子会跟着爸爸一起保护妈妈,星星不就会得到来自两个人双倍的爱吗?"

苑星马上就要生了。为此,顾瀛相当不满,怕这臭小子以后会跟自己抢老婆。

"但我们不一样,我们俩的宝宝是女儿。"说着说着,她有些不好意思起来,"有了她,到时候你一定会非常宠爱,甚至是偏爱她的吧……"

人人都说女儿是爸爸的前世情人,祝沉吟的脾气又那么好,怎么看,他都是会把女儿宠上天的类型。

她怀孕之前就听到菱画抱怨女儿太会向瞿溪昂撒娇,老扒着瞿溪昂不放,她当时还觉得好笑——跟自己的女儿有什么好吃醋的?

现在轮到了她自己,她才发现真是此一时,彼一时。她竟然真的会跟自己还未出生的女儿为了祝沉吟的宠爱争风吃醋,甚至是较劲。

祝沉吟的步伐一下子顿了下来。

他定定地看了她几秒,竟然用拳头抵着唇,偏过头笑了一声。

高嘉羡顿时有点儿羞恼:"你在笑什么啊?"

"我是在笑……"他转过脸,轻轻地用额头抵着她的额头贴了贴,"为什么我老婆这么可爱。"

她撇了撇嘴,红着脸哼了一声:"瞧把你得意得,是不是只要一想到以后自己会被我和女儿争来抢去就高兴?"

"不存在争抢。"他低声对她说,"羡羡,我永远都是你的。你不需要和任何人争抢,包括我们的女儿。"

他的嗓音本来就好听,这么压着嗓子在她耳边说话,惹得她一下子就浑身发热起来。

都已经快是孩子妈妈了,她竟然还会因为这个男人的这些言行脸红心跳。祝沉吟,真绝世妖孽也。

"我当然会非常宠爱我们的女儿,因为她是我最爱的人为我生的。"顿了顿,他又说,"但是我最爱的人永远只有一个,那就是你。"

"你记不记得我之前说过的话?等你有了孩子,我会给你作为妻子和孩子母亲双倍的宠爱,所以你不需要去羡慕苑星或者任何人。"

"我永远只属于你。"

"这一点,永远都不会改变。"

番外二
圆梦者

求婚后,祝沉吟和高嘉羡的婚礼定在了同年十月上旬。

十月的天气不会太热,也不会太冷,温度适宜。考虑到高嘉羡能够穿着最漂亮的婚纱舒舒服服地站在室外,祝沉吟很早就计划好婚礼要在这个时间举办了。

虽然他们俩工作忙碌是常态,但好在沟通上没有任何问题。但凡两个人有空,就会坐在一块儿落实婚礼的细节问题。

他们决定婚礼从简,所以流程也不必弄得太复杂。

祝沉吟在闻兴医疗支援的时候,高嘉羡就和他提过想要在芦岛的水晶教堂举办婚礼。于是他提早半年联系好了水晶教堂那边。等婚礼的日子一定下来,他立刻就付了定金。

婚礼邀请的宾客不多,算上双方家长,高嘉羡那边除了几个好闺密,还邀请了温玉萍、卢主任等几位关系非常亲近的同事及其家人;祝沉吟则请了主任、顾瀛、余扬等几个走得近的同事,还请了当时在闻兴支援时结识的蔡医生等人。

最后名单确定下来,出席的宾客林林总总有四十多个人。

鉴于菱沐是专业主持人,他们没有邀请婚庆司仪,直接让菱沐上岗担任他们的婚礼主持,场地布置、摄影摄像和化妆师则沿用了苑星、顾瀛举办婚礼时使用的团队。

一切安排得妥妥的,谁都没想到,八月份的时候高嘉羡忽然查出来怀孕了。

顾宁和龚莉既高兴又紧张。孕期前三个月胚胎尚不稳定,她们总担心十月份举办婚礼会让高嘉羡太过劳累,屡次提议延期。

祝沉吟当然也有这个顾虑。这天陪她产检完后,他握着她的手,温声问她:"羡羡,你想推迟婚礼吗?"

"我之前打电话问过芦岛那边,他们说可以改期,但是要在这几天内给他们答复。菱沐和其他团队的档期也可以进行调整,这些都不是问题。"

高嘉羡望着他,沉默了两秒才说:"我不想推迟。"

他们举办婚礼的时候她差不多怀孕三个月,应该稳定了,且那个时候小腹看着还不会明显,身材变化也不大,不需要修改婚纱和礼服。

如果将婚礼延期,她可能会因为胎儿发育而长胖,需要调整婚纱,还可能会因为肚子大了,婚纱穿着不好看,行动也不便。

要是推迟到生完宝宝后,就感觉太久远了。

她心里想的这些,祝沉吟怎么可能不知道?他垂眸看了她几秒,笑了笑:"好,那我们就不推迟。"

高嘉羡没想到他会答应得这么快,惊讶地说:"你不反对吗?"

按照他平时对她的保护程度,她以为他这回会和顾宁他们站在同一条战线上。

"从现在开始到婚礼,你都不要操心任何事情。爸妈那边我会去说服,婚礼的细节我也会按照时间推进,一步步去落实。"

他牵起她的手,递到自己的唇边亲了亲:"这些全部交给我就好,你只需要安安心心地休息,在那天做我最美丽的新娘。"

他有信心自己可以在她怀孕期间照顾好她,不让她劳累,还能满足她想要在婚礼上呈现最美的状态的心愿。

她仰头看着他自信温柔的模样,忍不住踮起脚,在他的脸颊上落下一吻:"谢谢你,无所不能的准爸爸。"

时间过得很快,夏天一过,很快就到了十月。

高嘉羡和祝沉吟是在婚礼前一天到达芦岛酒店的,安顿好之后就马不停蹄地去查看了婚礼场地,和工作人员再次核对了一遍婚礼的流程。

因为前期祝沉吟功课做得很周全,所以情况基本都在他的掌控之中——除了他的伴郎人选。

他们举办的是小型婚礼,伴郎、伴娘各两位即可。高嘉羡最好的姐妹有四位,其中菱沐担任他们的婚礼司仪,苑星怀孕晚期,行动不便,于是祝静和菱画顺理成章地上岗伴娘一职,全程毫无争议。

反观祝沉吟这边，情况就有些复杂。顾瀛、孟方言、瞿溪昂、沈嘉宁这四位都有空，且都有强烈意愿要做伴郎。

婚礼前的一段时间，顾瀛每天都抓着祝沉吟的手磨他："哥，咱们那么多年的兄弟感情，可是真金不换的啊！你是我的伴郎，我也得当你的伴郎！再说这回星星已经当不成伴娘了，咱们家总得派一个代表啊！"

孟方言则时不时给祝沉吟发来几条微信。

孟方言："我老婆是伴娘，我得跟她配对。"

孟方言："想不想让你的婚礼更加亮眼？那就让我当伴郎。"

孟方言："说真的，大舅子，你见过有谁结婚伴郎长成我这样的？"

孟方言："我一做伴郎，整个芦岛都亮了。"

瞿溪昂只让菱画转达了一句话："祝沉吟你扪心自问，另外三个看着像是做伴郎的样子吗？"

祝沉吟带着高嘉羡去沈嘉宁的餐厅吃饭，沈嘉宁忙里偷闲，过来和他们打了个招呼，意味深长地跟祝沉吟说："孟方言太奔放了，他会抢你的风头。"

祝沉吟看着他，心想：你难道不奔放？

结果这狗又给他来了一句："我虽然也奔放，但我那天一定克制自己，不抢你的风头。"

这几个男人一个比一个离谱，明里暗里较劲了个把月，最后祝沉吟还是听从了高嘉羡的建议定下了瞿溪昂和孟方言，和她的伴娘配了个对。

沈嘉宁对此表现得相当大度，说有菱沐做他家的代表就足够了。顾瀛"哭闹"着抗议了好几天，最后还是苑星出马，甩出一个"你这蠢样连我都怕你搞砸"的表情，直接把他的嘴给堵上了。

婚礼当天，芦岛晴空万里。

水晶教堂里外都装饰着粉白相间的花朵，一路走进去，花香沁人心脾。连教堂前的水池上也铺满了花朵，在阳光的照射下，波光粼粼的水面仿佛一幅绝美的画作。

高嘉羡这一阵容易犯困，等她睡醒之后，化妆师才过来帮她穿婚纱、化妆。

菱画和祝静身穿淡紫色的伴娘服，一左一右靠在梳妆台旁边，看着她吃着祝沉吟让酒店的厨师特意做的早餐。

祝静叹了一口气："我感觉我哥都快把我嫂子给宠傻了。"

菱画抱着手臂啧啧道:"饭来张口,衣来伸手。高嘉羡只要想走动一下,祝医生都能立刻趴在地上让她骑着自己走。"

顿了顿,菱画这女人又说:"此'骑'可双关。"

高嘉羡又好气又好笑:"菱画你真够了。"

"谁骑谁?"她话音刚落,门口就飘进来了一道性感的男性嗓音。

孟方言和瞿溪昂一前一后从门外走了进来,一看到他们,房间里的化妆师、婚礼管家和女性摄影师都忍不住红了脸。

她们以为新郎已经够帅的了,谁知道到了芦岛,又看到了两位帅得无法用言语形容的伴郎。

孟方言走过来,在祝静的耳边低语:"你老公是不是艳压群雄?"

祝静翻了个白眼:"你自己说你今天是当伴郎的,不能抢我哥的风头。"

"我现在想想,有点儿困难。"他指了指自己的脸,"长我这样,怎么可能低调得起来?"

旁边的瞿溪昂自然地搂住菱画亲了亲,而后转头对高嘉羡说:"我早就说了,除了我,另外三个都不行。"

高嘉羡笑了起来。

孟方言和瞿溪昂和她们闲聊了几句,便回教堂那边陪着祝沉吟招待宾客。等高嘉羡这边整装完毕,她拿出手机,发现祝沉吟给她发了条微信。

沉吟:"羡羡,准备好了告诉我一声。"

她回了句"我好了",没过两秒就收到了回信。

沉吟:"你先生已经等得望眼欲穿了。"

高嘉羡怀有孕,走路的速度比较慢,祝静和菱画也配合着她的步伐,一路小心地护着她。等她走出新娘休息室,就看到身穿黑色西装的祝沉吟正站在水晶教堂的入口注视着她。

日光下,他俊美的脸庞耀眼夺目。他看到她脸上就扬起了笑容。

"我从没见过我哥笑成这样。"祝静在旁边悄悄和她耳语,"我感觉他现在开心得都能原地起飞了。"

她听了祝静的话,也忍不住发笑。离他越来越近,她的心跳也愈来愈快。

等走到他的身边,祝沉吟朝她伸出了自己的手臂:"夫人请。"

她笑着轻轻地挽住了他。

前方响起了悠扬的音乐声,他的目光依然专注地落在她的身上,一动不动。

全场的宾客都在回头看着他们两个,她忍不住小声提醒他:"该走了,大家都在等我们。"

祝沉吟这才依依不舍地收回视线，哑声道："我实在看不够你。"

她今天穿的是一条纯白色的抹胸婚纱，从胸口往下，布满了闪闪的水钻。从她出现的那一刻起，他就觉得她美得像一个仙子，美到令他怀疑自己是否身处仙境。

因为他的话，她的耳根都红了："等会儿再看。"

祝沉吟带着她朝水晶教堂最前方走去，他目光一本正经地看着前方，嘴上却说："我想把你带回去，藏进房间里，不给任何人看。"

跟在他们后面的孟方言听力绝佳，低声说："大舅子，你晚点儿再兽性大发，这仪式都还没开始呢。"惹得他几个都忍不住笑了起来。

等上了舞台，高嘉羡看向宾客席，所有的宾客无一不在微笑，每个人的脸上的神情都传达着对他们最深切的祝福。

菱沐："作为羡羡和祝医生的朋友，能够担任他们婚礼的司仪是我的荣幸和骄傲。看着他们一路走来直到今天并肩站在这里，我想为他们送上最美好的祝福——希望他们两人能够幸福完满地共度一生，无论今后遇到多少困难，都绝对不会放开彼此的手，坚定地走到最后。"

菱沐做完开场白，便将话筒交给了他们两个。

祝沉吟拿着话筒看着高嘉羡，慢慢开口道："其实在上台前，我的脑子里已经堆积了很多想要对你说的话。但是到了这一刻才发现，我想说的，和我想好的又都不一样了。

"羡羡，我这一生曾经救过不少病人，但每一次我都会告诉他们，死亡终有一天会降临，但一定不是今天。今天我想要告诉你，这一生，我从来都没有爱过别人，自始至终，我的心里都只有你一个人。"

他的眼底闪着细碎的光亮："从年少到现在，我这一辈子最幸运的事便是能够遇见你，爱上你。

"你对我来说是永不会暗淡的光芒，过去是，现在是，未来也是。

"我希望你能给我一个机会，让我能够用一生的时光好好爱护你，直至我们生命的尽头。"

他说完这些，高嘉羡的眼眶已经红了。

她平时在外联部发言时总是从容不迫，自信坚定。但是在这一刻，她看着自己面前的男人眼里深切的爱意，早就已经打好的腹稿都要被忘光了。

"祝沉吟，"她握着话筒，抿了抿唇，尽力将嗓音里的泣音吞下去，"我一直都没有告诉过你，你是我年少时的全部梦想。"

"我一直喜欢着你。无论后来遇到多少人,我都没有改变过对你的这份喜欢。"

"我曾无数次想要放弃这个梦想,最后还是没能做到。

"但万幸,绕了一个圈,你最终帮我实现了我的梦想。"

祝沉吟深情地注视着她,眼睛也红了。

高嘉羡扬起唇:"除了我所从事的事业,我这一辈子最重要和最正确的决定,就是和你在一起。

"谢谢你,让我这么幸福。"

全场顿时响起了热烈的掌声和欢呼声,孟方言他们几个还吹起了口哨……菱画红着眼睛给他们递上了装着对戒的锦盒。

祝沉吟给她戴婚戒的时候,手几不可见地发颤。高嘉羡垂眸看着他的手,眼泪终究还是没忍住,从眼角慢慢地滚落下来。

"羡羡,我今天可能有点儿发挥失常。"她给他戴戒指的时候,他抵着她的额头轻声说,"我其实准备了很多话,但是看到你穿着婚纱站在我的面前,我就一下子不知道该说什么了。"

太多的心动,太多的感慨,太多的幸福……千言万语都无法表达。需要他用一辈子的时间去述说,去经历,去珍惜。

"没关系。"她将婚戒推上他的左手无名指,笑中带泪,"我们还有很多时间,你可以慢慢说。"

他帮她实现了她的梦想,她便再也不需要羡慕任何人。

她在美丽如仙境般的水晶教堂里举行婚礼,被自己的家人、朋友所簇拥,被爱所包围。

她穿着洁白的婚纱,站在她挚爱的人面前,与他交换誓言和对戒。

她在他满腔的爱意里,被他亲吻,成为他的结发妻子。

她听到了今后一生都会回荡的幸福的钟声。

今天,她梦境里的所有,都变成了现实。

他是她的造梦者,也是她的圆梦者。

番外三
小情歌

芦岛的婚礼结束后，宾客们相继返回了长川。

对于高嘉羡和祝沉吟来说，一年能请几天假已经算是极其奢侈了。因此这次两边均能批出十天的婚假来，他们两个都相当珍惜。

考虑到她怀着孕，最好避免路途奔波，祝沉吟和她商量过后，决定不再去其他地方，婚礼结束后继续留在芦岛度蜜月。

芦岛的气候属热带气候，一年四季基本都是大夏天，在外面没走几步路就得冒汗。人在这种情况下，极容易犯懒、犯困，就想原地躺下，一动不动。

婚礼结束之后，高嘉羡基本就在酒店前面的那片沙滩上躺着，连地方都不挪。祝沉吟服侍得面面俱到：遮阳伞选的是最大的，能将她整个人都遮挡在里头；脸上给她戴着墨镜；泳衣外头给她披着防晒服和薄方巾；还在这位祖宗手边放着一个新鲜的椭子。

吃过午饭，高嘉羡在遮阳伞下闭着眼睛眯了一会儿，醒过来发现身边没人。

她刚想摸出手机给祝沉吟发微信，就看到他一手拿着一个新鲜的椰子，另一只手端着水果盘从前面的餐厅朝她走过来。

祝沉吟穿着泳裤，外面套了件白色防晒服，脸上架着墨镜。

他光是这么随意地走着路，她就感觉自己仿佛看到了在T台上走秀的男模。不只是她，此刻沙滩上的其他女孩子，目光也不约而同地聚焦在了他的身上。可能是因为她在这里已经躺了两天，大家都知道这位英俊的男士已是有妇之夫，所以没人敢上前来找他搭讪，只敢时不时偷瞄几眼。

说来有点儿害羞，都结了婚，快要当孩子妈的人了，她看到这个男人还是会像第一次看到他时那样心动。

祝沉吟，男妖精，害人不浅！

祝沉吟弯下腰，将她手边喝完了的椰子放到地上，换上新鲜的椰子。而后又在她旁边坐下，无比自然地用叉子叉起水果盘上的一块火龙果递到她的嘴边。

高嘉羡红着脸望着他俊逸的脸庞，咬住了他递过来的火龙果。

他温柔地望着她："甜吗？"

她将果肉含在嘴里咀嚼了一会儿，咽下去："挺甜的，你也尝尝。"

他没说话，再次叉起了一块火龙果。

高嘉羡不疑有他，轻轻地咬下了他递过来的那块火龙果。可是下一秒，她就看到祝沉吟放下了手里的水果盘，脸颊凑近，然后他柔软的唇瓣贴上了自己的嘴唇。

祝沉吟用手轻轻地捧着她的后颈，偏过头去吻她的嘴唇，又趁她不注意，用舌头灵活地从她的嘴里将她咬了一半的火龙果勾出来。

这个吻持续了好一段时间，等他离开她的嘴唇时，她的脸颊红得仿佛能滴出血。

这片沙滩虽然不是人来人往的公共沙滩，但此刻也有酒店其他客人在。

原本内敛的祝医生，结了婚之后，就一点儿都不内敛了！

"嗯，"他淡定地端起水果盘，意味深长地说，"确实挺甜的。"

她望着他的脸庞，小声地骂了一句"流氓"。

他听了，脸上的笑意更甚："敢问夫人，我怎么就流氓了呢？"

"我只不过是……"他顿了顿，再次叉起了一块火龙果递到她的嘴边，"吃了块火龙果而已。"

见她虽然脸上表现得很是害羞，但是并没有要阻止他的意思，于是接下来的时间，祝医生继续旁若无人地用这种方式吃了好多块火龙果和芒果。

最后，高嘉羡实在是有点儿受不住了，通红着脸，没好气地跟他说："祝沉吟，我要回房间去了，我太热了。"

"好。"祝沉吟迅速地收拾好东西，将她小心地从椅子上扶起来，似笑非笑地来了一句，"我也正有此意。"

进了屋之后，高嘉羡径直走进了浴室，想要洗把脸，再冲个澡，然后去床上躺着好好睡一会儿。

谁知洗完脸一抬头，她就怔住了。

只见祝沉吟赤裸着上身，仅着一条泳裤，靠在浴室门边。

阳光从窗户投射进来，将他精壮的身躯凸显得尤为性感。

高嘉羡握着毛巾的手顿了一下,呼吸一下子乱了,嗓音也有点儿发紧:"怎么了?"

他抬步朝她走过来,从后面拥住她,偏过头亲了亲她的脸颊,没说话。

因为在日光下晒了一段时间,此刻又紧紧地贴在一起,两个人的身体都有些发烫。

他原本只是温柔地亲吻她的脸颊和耳垂,后来,他轻轻地将她的脸颊扳向自己,深深地吻住了她的唇。

如果只是这样,倒也就罢了。

亲着亲着,高嘉羡感觉到他的手伸到她的后背,慢慢拉开了她泳衣的绑带。

她手一松,手里的毛巾掉落到了洗手台上。

与此同时,她感觉到他身体的变化。她前面是洗手台,后面是他坚硬的身体,根本无处可逃。

"祝……"泳衣上装从身上滑落下来,她赤红着脸,轻声道,"你……"

"羡羡,我刚刚打电话问过杨医生了。"他哑声说,丝毫不遮掩自己的用意,"他说怀孕三个月后情况稳定一些,可以在你身体允许的情况下进行适当的夫妻生活。"

难怪他刚刚那样痛快地答应她回房间,原来是动了这种心思。

自从高嘉羡怀孕之后,他们已经整整三个月没有这样亲近过,每回抱在一起接吻,她都能感受到他的需求和克制。

"我一定会非常小心,不弄疼你,也不伤害到宝宝。"他将她转过身,轻轻地抱上了洗手台,眼眸幽深,"好不好?"

对着这双迷人的眼睛,她怎么可能说得出拒绝的话来。

别说是他,这三个月,她有时也会想要他。

高嘉羡轻咬着牙齿,红着脸,身体微微发颤。

"宝贝儿,"他深深地注视着她的眼眸,话语里带着诱惑,"相信我。"

之后的几天,但凡两个人待在房间里,祝沉吟就会用那种她根本无法拒绝的眼神盯着她看。

高嘉羡本来对他就心软,只要身体不是太累,便由着他去折腾了。

等他们回去之后,顾宁笑眯眯问他们:"芦岛的风景不错吧?蜜月度得开心不?"

高嘉羡一听这话,第一个想到的就是那几天的白日欢爱,立刻红着脸低头玩手机,假装自己听不到。

祝某人似笑非笑地看了她一眼,慢悠悠地回答顾宁:"景美,人更美。"

番外四
小恒星

来年四月份的某个夜晚,祝家的小公主——祝时幸小朋友呱呱落地。

高嘉羡被推进产房的那天,祝沉吟足足有二十四小时没合过眼。高嘉羡从产房一出来,就看到了他红得像兔子一样的眼睛。

他紧紧地抓着她的手,语无伦次、絮絮叨叨地向她表达自己对她的挚爱与感谢。

旁边的人都有些不忍直视,却十分理解,把想法默默地憋在心里。

只有顾瀛那货最没眼力见:"我怎么以前都没发现祝沉吟那么啰唆啊?像个老妈子一样!"

苑星用一脸嫌弃的表情看着他:"你以为你当爹的那天又比他好到哪里去?"

祝沉吟揉了揉眼眶,回过头看向顾瀛:"我手机里还有你在产房门口撒泼的视频,现在要给你公放一下吗?"

顾瀛:"你当我什么都没说!"

祝时幸小朋友完美地遗传了祝沉吟的眉眼,在万千宠爱之中长大。

小公主长得真好看,只要带出去,哪怕是不认识的路人,都忍不住凑上来夸一句,说这小姑娘可爱得跟个洋娃娃似的。

快三岁的时候,有天晚上睡觉前,祝时幸抓着祝沉吟的手,奶声奶气地问:"爸爸,我为什么叫祝时幸呀?"

祝时幸这个名字,是高嘉羡怀孕八个月的有天晚上,祝沉吟陪她在楼下散步时,两个人一起想出来的。

时，代表时间。

他们在年少时就刻印在彼此生命中，当一切归于尘土，时间回溯，生命重新计时，他们依然会选择深爱彼此。

幸，代表幸福。

她是他们爱情的延续，也是他们这个家的幸运与幸福。

祝沉吟耐心地将名字的由来说给小公主听，小公主年纪还小，似懂非懂，圆圆的大眼睛眨巴半天，又问："爸爸，那你和妈妈为什么还叫我小恒星呢？"

是的，小公主还有个小名，叫小恒星。

这一次，祝沉吟并没有用那么复杂的言语来解释，他微微低下头，亲了亲祝时幸的额头："因为爸爸妈妈除了彼此，最爱你。"

祝时幸歪了歪脑袋："那为什么爸爸最爱的人不是我，是妈妈呢？"

祝沉吟低声笑了："因为每个人的最爱都只有一个，爸爸的最爱是妈妈，就不能是小恒星了。等以后小恒星长大了，也会有一个人最爱你。"

祝时幸点了点头，装出小大人的模样大方地摆了摆手："那好吧，小恒星不跟妈妈抢爸爸。

"小恒星以后也会像妈妈一样勇敢坚强，然后就能遇到一个像爸爸这样的人啦！"

卧室的门没有关紧，高嘉羡从浴室洗完澡出来，手里拿着毛巾，靠在门背后，一边擦头发，一边垂着眸子笑。

白矮星是由恒星演变而成的。恒星是一切的初始，是他们爱情的溯源，也是永恒的开端。

祝时幸对她和祝沉吟来说，是他们留在这个世上最珍贵的宝贝。

祝时幸逐渐长大了，除了爸爸、妈妈、外公、外婆和奶奶，她最亲近的人就是苑星阿姨和顾瀛姨夫，还有她的顾辞哥哥了。

苑星和顾瀛家的孩子是个男孩子，名叫顾辞，比祝时幸年长半岁。

辞，代表着辞旧迎新，也代表着与过去道别以及迎接未来。

这个名字不仅寄托了对儿子的希望，也饱含了顾瀛对苑星的爱与包容。

令人感到十分意外的是，这个名字竟然还是顾瀛取的。

人人都说这颗蛋平时虽然不靠谱，但给儿子起了个好名字。

顾辞这孩子完全遗传了妈妈的长相，从小就长得十分亮眼。但他的性格既不像苑星，也不像顾瀛。他是个少言寡语却心思细腻的孩子。

苑星疼儿子疼得要命，说是儿子长得那么好，性格又踏实，跟他爸爸的傻样简直天差地别，完全是老天爷的恩赐。

被嫌弃的顾瀛因此没出息地哭了好多年。

祝沉吟一家跟苑星他们走得近，几乎每隔一周就会见面。有时候是苑星他们过来，有时候是祝沉吟他们带着祝时幸过去，或者是两家人一块儿开车带着小朋友出门玩。

这天祝沉吟他们又去苑星家，吃过午饭后，大人们在客厅里谈天说地，祝时幸坐在爸爸的腿上玩了一会儿平板觉得无聊了，发现顾辞不在，便跑去顾辞的小房间找人。

祝时幸进小房间的时候，顾辞正抱着一本书坐在沙发旁的地毯上认真地翻看。

小姑娘穿着粉色的小裙子和白色的连袜裤，头上扎着粉色的蝴蝶结，可爱得像个小洋娃娃。她慢吞吞地走到顾辞身边，然后一屁股坐下来，仰头盯着他看。

"小辞哥哥。"她眨巴着眼睛望着他，"你在看什么书呀？"

顾辞抬眼朝她看过来，脸庞上浮现温和的笑意："讲中国上下五千年历史的绘本。"

她随即将脑袋凑过来瞧："好看吗？"

顾辞的目光落在小姑娘瓷娃娃一样的脸庞上，伸出一只手，轻轻地揉了揉她毛茸茸的头顶："好玩，小辞哥哥讲给你听？"

"嗯嗯。"小公主坐在他的身侧，眼睛一眨不眨地看着他，"要听。"

顾辞平时话不多，不爱啰唆，但对祝时幸总是很有耐心。

"我现在看的这篇，讲的是春秋战国时期，越王勾践被吴军击败后卧薪尝胆的故事。"

怕她听不明白，顾辞讲得很慢："勾践吃尽苦头回到自己的国家后，重用范蠡、文种等良臣，使得自己国家的国力渐渐恢复，最终打败了其他国家，成为春秋时期的最后一位霸主。"

祝时幸毕竟是高嘉羡和祝沉吟的女儿，从小聪慧过人，琢磨了一会儿后奶声奶气地说："这个越王勾践，不害怕失败，意志坚定，所以才能重新带领自己的国家站起来。"

顾辞笑了："没错，我们小恒星真聪明。"

"小辞哥哥，"受到表扬的祝时幸忍不住骄傲地笑起来。她冷不丁道，"我和你说，我爸爸每天晚上都给我妈妈讲很好玩的晚安小故事噢！"

顾辞望着她："是吗？"

祝时幸用力地点了一下头，随即又噘了噘嘴："小恒星也想听，但是爸爸说那是只能讲给妈妈听的故事。"

屋外的阳光倾洒进来，像是给他们都镀上了一层金光。

许多年后，这幅画面依然定格在他们彼此的心目中，温暖又明亮，不会褪色，不会忘却。

顾辞放下了手里的书本，目光里含着笑："小恒星不用不开心。"

祝时幸望着他。

顾辞认真地对小公主说道："等小恒星长大以后，小辞哥哥会讲给你听的。"

番外五
圣诞节

长川,几年前的圣诞节。

祝沉吟做完手术,回到科室看了一眼时间,快到晚上六点了。隔着老远,他都能听到顾瀛说话的声音。

他揉了揉太阳穴,下一秒,科室门被打开,顾瀛看到他,指着他大喊:"你怎么还在这儿?!"

祝沉吟换下衣服,用看智障一样的眼神看着顾瀛:"我为什么不能在这儿?"

"祝沉吟,今天可是圣诞节啊!"顾瀛反手关上门,一副恨铁不成钢的样子看着他,"你就不能早点儿下班,去找一位漂亮姑娘约个会,吃个饭吗!"

祝沉吟在椅子上坐下,拿起之前没看完的医学资料,垂眼道:"不去。"

顾瀛走到桌边,在他旁边的椅子上大刺刺地坐下来:"你说说你,快三十岁的大男人了,长得那么好,脾气、性格又没得挑,怎么到现在还形影单只的?"

"我就先不说别的姑娘了,单单仁晨医院,对你有意思的姑娘,两只手都数不过来。"

见他不吭声,顾瀛越说越来劲:"沈晗、雯雯、李旸……这些都是你知道的,还有更多你不知道的。比如,昨天内科有个新来的护士托人过来问你有没有对象,想加你微信。还有,上周你去芮安医院开会,那边一个女医生拜托主任给你俩牵线、搭桥……"

祝沉吟看着手里的资料,头也不抬:"我看你要不别做医生了,干脆转行去做八卦周刊的记者吧。"

顾瀛拍了一下桌子,面红耳赤道:"祝沉吟,你这么多年身边没半个雌性生物,你难道不知道有人在怀疑我俩是断袖之交吗?!"

听到这话,祝沉吟这才施舍给了顾瀛一个眼神:"谁说的?"

顾瀛张了张嘴:"外科的老郑。"

"行。"他笑了笑,再次低下头去看资料,"我等会儿就把他以前追别的姑娘时写的肉麻微信转给他老婆。"

顾瀛叹了一口气,趴在桌上瞅他:"兄弟,我说句认真的,我这样的找不着姑娘也就罢了。就你这外形条件,我觉得你这么多年不谈恋爱,看上去像是在为哪个姑娘守身如玉。"

祝沉吟翻纸张的动作几不可见地顿了顿。

顾瀛:"我好像很早之前听你说起过,你以前有个关系不错的发小妹妹,现在人在国外工作,是不是?"

见祝沉吟手里的资料很长一段时间都没有翻动过,顾瀛试探性地问了一句:"你是不是喜欢那个发小妹妹啊?"

过了半晌,祝沉吟合上了手里的资料,用资料本轻轻敲了敲顾瀛的头,回了一句牛头不对马嘴的话:"别担心,傻人有傻福,你以后会找到好姑娘的。"

顾瀛愣愣地噢了一声:"那你呢?"

祝沉吟从椅子上起身,摸出手机来,点开了微信,心不在焉地回了一句:"我不找。"

他打开了微信的星标好友那一栏,然后轻轻地点开了一个名叫"羡羡"的头像。

他们的上一次对话,还停留在今年春节的时候。他给她发了"新年快乐",她回了同样的四个字。

祝沉吟低头看着高嘉羡的微信头像,那是她在吃饭时拍下的一张照片,她的手里拿着一只很大的螃蟹,笑得眉眼弯弯。

他思虑了两秒,小心翼翼地发了一条"圣诞快乐"过去。

盯着这四个字看了好一会儿,他才收起手机,对顾瀛说:"走,一起去吃个饭吧。"

此时,距离仁晨医院不远处的一家黑珍珠西餐厅,沈氏做东,请了不少长川有头有脸的人吃饭,为的是谈接下来一个大型合作项目。

席间，沈嘉宁起来去了趟洗手间，等他从洗手间出来，就看到门口站着个身材极好的姑娘。

身材好归好，但那张脸一看就是填充过度。他看了这姑娘两秒，才想起来，她好像是今晚哪个大企业家带过来的一个姑娘。

只见那姑娘冲着他笑了笑，伸出手勾住他的手臂，甜甜地叫他："沈总，等这一局结束，咱们去续摊吗？我听人说，你平时喜欢去一梦七年，我们可以带几瓶酒过去。"

这姑娘身上的香水味儿实在冲鼻，他几不可见地蹙了一下眉，桃花眼微微上挑，不动声色地将手臂抽出来："谢谢邀请，不过我今晚没有那个兴致。"

姑娘早就听闻他的花名在外，都说沈家这个公子哥爱玩，出手又阔绰。她当然知道自己没法攀上豪门，但就算只是随便陪沈嘉宁玩一段时间，能从他身上捞一点儿，也没什么不好。

姑娘以为他只是对去夜店没兴致，又暗示道："如果你想去别的地方，我也可以陪你噢！"

"我最近工作比较忙，想早点儿回家休息。"沈嘉宁勾起嘴角，礼貌地笑道，"而且我现在胃不太好，改吃素了，你可以找王总陪你去玩。"

说完，他不再看那姑娘，抬步离开了。

今晚该谈的事，他已经谈得差不多了，这会儿觉得有点儿累了，便回包厢和几个大人物打了个招呼，先行开车回家。

到家洗了个澡，他开了瓶酒，躺在沙发上打开投影，漫无目的地挑选着电视节目。

挑了一会儿，他忽然目光一顿，盯着投影屏幕上的一个女孩子看了几秒，拿出手机拍了一张照片，而后点开微信。

他把这张照片发给瞿溪昂："老瞿，我看着这个姑娘，怎么那么像你的幕僚菱画啊？她不会有个双胞胎妹妹吧？"

过了半个小时左右，瞿溪昂的消息才姗姗来迟："这是她堂妹，叫菱沐，是个很有名的节目主持人。"

沈嘉宁来了精神："还真的是亲戚啊？"

瞿溪昂："嗯。"

沈嘉宁支着下巴，又对着那个叫菱沐的姑娘看了一会儿，饶有兴味地回了句："还真是挺好看，很对我胃口。"

瞿溪昂："你想死？"

沈嘉宁："我又不是在说你的小花姑娘,你着什么急?我是说我对她堂妹有兴趣。"

瞿溪昂："就你这种狗男人,趁早死了这条心吧。"

沈嘉宁："瞿溪昂你有资格说我是狗?那你又算是个什么东西?"

瞿溪昂："比你好。"

沈嘉宁："你再好也不算是个人。下次有机会让小花姑娘给我介绍一下她堂妹啊!"

瞿溪昂："滚。"

彼时的瞿溪昂正靠坐在床头,冷着一张俊脸,一脸不耐烦地回着沈嘉宁的消息。

他刚回完最后一个字,就感觉自己盖着的被子轻轻地动了一下。

被子滑下去一些,睡在他身边的人露出纤细白皙的胳膊和漂亮的肩膀。

他将手机放到床头,提着她身上的被子往上拉。

菱画似乎是感觉不舒服,闭着眼睛微微蹙着眉头,再次扭动了一下,嘴里嘀咕:"我热……"

"会感冒的。"他低声说,"大冬天的,就算开着空调也得盖被子。"

她估计是热得不行了,挣扎着要从睡梦中醒过来,一巴掌甩在他手上。

啪。

瞿溪昂被打得愣了一下,一声不吭地垂眸看着她。

菱画被刚刚那清脆的一声吓清醒了,猛地睁开眼,神色惊慌地和他大眼瞪小眼。

她刚刚是不是打他了?

她竟然打他了!

她竟然敢打人人见着都会绕道走,还是她顶头上司的瞿溪昂!

菱画正思考着是不是应该闭上眼睛,等待他宣布死讯的时候,瞿溪昂终于说话了。

他轻轻挑了一下眉,语气淡淡地说:"你现在才冲我发脾气是不是有点儿晚了?"

她听得都愣住了:"啊?"

"你睡着之前……"他顿了顿,"不喜欢我送给你的圣诞礼物,竟然睡醒了才发脾气,你这反射弧也是挺长的。"

菱画更蒙了:"我睡着前你送我什么圣诞礼物了?"

瞿溪昂漂亮的眼眸里波光流转,他微微低下头,附在她的耳边哑声说:"牛奶。"

菱画隔了两秒才反应过来他说的牛奶指的是什么,脑袋都要爆炸了:"瞿溪昂!"

见她面红耳赤的样子,他的心情似乎很愉悦,毫不掩饰地笑了两声:"还挺有劲儿,想再喝两口?"

她脸颊通红,用力地瞪了他一眼,赶紧卷着被子滚到床的另一边去了。

瞿溪昂忍着笑看着那团小身影,眼眸里闪过了一丝连他自己也未曾察觉到的温柔和爱惜。

同一时间,英国爱丁堡。

孟方言动作迅猛地将犯罪组织的头目摁倒在地,没给人反击的机会,直接几拳将人打晕了过去。

"收队。"他对着通讯器道,然后伸手拎起那首领的后衣领,像拖麻袋一样把人拖到车旁,塞进了后备厢。

整个动作行云流水,不到半分钟。

"小蒲,"他看向蒲斯沉,"你把人捆起来,再用手铐把他铐上。"

沉默的英俊少年点了下头,动作利落地依言照做。

"这个绳结,"孟方言垂眸看着蒲斯沉,点了点他手上的绳结,"你得换个方向打,这个方向敌人如果用点儿力,会容易挣脱。"

蒲斯沉点了一下头,立刻转了个方向。

孟方言抱着手臂继续看着,乌黑的发下,透着点儿蓝的棕色眼眸闪动着淡淡的光泽:"你最近进步很大,回头我跟老L说,让他给你配上正式特工的所有行头,你记得去技术部领取。

"还有,你不是一直想要那个人工智能的跟踪器吗?我让他们给你留了一个。"

听到这话,蒲斯沉抬起头,脸上难得露出了点儿和他这个年纪相符的活泼神色:"真的?"

"我会骗你?"孟方言拍了拍少年的肩膀,看了一眼手表,立刻转身快步朝自己的车走去,"跟言锡他们说一声,我先走了,大后天再回基地。"

"谢谢方言哥。"蒲斯沉在他的身后说。孟方言上了车,伸出手朝车窗外摆了摆。

言锡清理完最后一个区域的敌人,带着小队的人往回走,刚回到集合点,就看到蒲斯沅独自一人冷着俊脸,坐在被五花大绑着的犯人旁边。

"怎么就你一个人?老孟呢?"言锡疑惑地问。

蒲斯沅:"先走了,说是大后天才回基地。"

言锡一怔,随后像是突然想到了什么:"今天几号?"

蒲斯沅面无表情:"12月25日。"

言锡拍了拍蒲斯沅的肩膀:"懂了!难怪他今天动手的速度这样快,给我们省了不少时间了。走,托他的福,咱们也早点儿回去吧。"

等车开出去一段路,蒲斯沅才冷冰冰地开口问道:"方言哥他今天是有什么重要的事情吗?"

"你这小孩儿还挺聪明。"言锡把着方向盘,吊儿郎当地说,"你今年刚进来,可能还不知道,每年的圣诞节,孟方言一定会回伦敦待满三天,再回来接任务。谁要是在这几天碍着他的路了,他见人杀人,见佛杀佛。"

蒲斯沅眯了眯眼:"为什么?"

言锡笑:"因为今天是他儿子的生日。"

因为是圣诞节,又是孟祁夕的生日,祝静这天从医院离开得特别早。

孟祁夕刚刚满两岁,平时她工作忙,不可能时时刻刻都在家陪着孩子,孟方言又常年不在家。所以在孩子出生之前,孟方言特意通过魅影组织找了一位非常靠谱的托管阿姨,在她白天工作的时候可以帮忙照顾小祁夕。

等到了托管阿姨家,门一打开,她发现屋子里没有孟祁夕的身影,顿时神色一紧。

"别担心。"托管阿姨笑盈盈地看着她,压低声音说,"刚刚祁夕爸爸过来把他接走了。"

她听到这话,顿时一愣:"祁夕爸爸?"

阿姨点了点头:"孟先生真的神出鬼没,我就下楼倒了个垃圾的工夫,等我回来,他就在屋里陪着祁夕玩了。门窗都锁着,也不知道他是怎么进屋的。"

祝静闻言,觉得好笑,眼眶又有点儿发胀:"好,那谢谢您了。"

回家的路上经过超市,她在心里盘算了一下,进超市又再多买了点儿孟方言爱吃的食材。

他无论多忙,每年圣诞都一定会回来见她和儿子,但他两周前和她提过这次的任务有些棘手,不一定能在圣诞节当天回来。

为此,她这几天一直都惴惴不安。

因为知道她会回家,所以孟方言没有锁门。她走到家门口,轻轻地推开门,就看到他正背对着门坐在沙发上逗孟祁夕玩。

孟祁夕和她长得比较像,但眉眼间的神态,尤其是笑起来的样子,又和他如出一辙。

此刻,小男孩笑得眉眼弯弯,在爸爸的托举下不断地发出咯咯的笑声。

她手里拎着超市的袋子,站在玄关,一动不动地看着他们父子两个,眼睛有些泛红。

她进来的那一刻,孟方言就已经感觉到了。他抱着孟祁夕从沙发上起身,抬步朝她走了过来。

一步一步,祝静眼看着他越走越近,眼前变得越来越模糊。

他注视着她,走到她的面前站定,微微低下头:"你回来了。"

祝静轻轻点了一下头,泪水随之滑落下来。

孟方言漂亮的眼眸微微闪烁了一下,他将儿子抱到自己的肩头趴着,而后伸手抬起祝静的脸颊,凑过去吻住了她湿润的眼角。

"静静,"他的声音很低,像是梦呓,"圣诞快乐!我在这里。"

我回来了。我就在你的面前。

闻言,祝静的眼泪流得更猛了。

"我们静静现在怎么越来越爱哭了?"他又温柔地亲了亲她的脸颊和嘴唇,"以前大家都叫你冰山美人的。"

她不说话,感受着他掌心的温度,只觉得四肢百骸都有暖流在流淌。

"哎,"他故意叹了一口气,用一只手虚张声势地掩住了儿子一边耳朵,附在她的唇边说,"宝贝儿,晚上等儿子睡着了,你到床上再哭,行不行?"

"咱们有两夜的时间,你可以慢慢哭。"

这人没说几句就开始不正经,她早就习惯了,又好气又好笑地抬手拍了他一下。

孟方言挑了挑眉,将乖乖趴在自己肩头的孟祁夕转了个身,冲着她晃了晃:"儿子,爸爸刚刚教你什么了?快跟妈妈说说。"

孟祁夕眨巴着圆溜溜的大眼睛,犹豫了两秒,奶声奶气地说:"妈妈,爸爸说他工作很辛苦,晚上想让你多亲亲他!"

她被逗得破涕为笑,冲孟方言翻了个白眼:"尽教些不成体统的。"

"这哪儿不成体统?"他笑盈盈地注视着她,"我这是言传身教,以后儿子长大了,也能像我这样疼爱老婆。"

时间如白驹过隙,一晃而过,又一年的圣诞节悄然而至。

早上孟方言先醒过来，他一睁开眼睛，便静静地看着躺在自己臂弯里熟睡的祝静。

兴许是他的眼神太炙热，没过一会儿祝静便困倦地睁开了眼。

看到他那张俊脸在眼前放大，她动了动酸软的腿，第一反应就是想从他的臂弯里逃出来。

孟方言哪儿能让她如愿，把手臂一收，将她紧紧地嵌在了自己的怀里。

祝静打了个哈欠，没好气地闭上眼："我还没睡醒。"

"嗯。"他漫不经心地低下头亲了亲她的额头，"我也没睡醒。"

下一秒，他紧紧地贴着她，动了一下自己的腿："但它醒了。"

"孟方言，你能不能收敛点儿？"她红了脸，"今天答应了祁夕要带他去圣诞集市玩的，我可不想走不动路。"

"没事儿。"他流连地亲吻着她，"走不动我背你。"

她忍无可忍："我现在真有点儿后悔了。"

孟方言："怎么？"

"我就不该盼着你这么早退役。"她面无表情地说，"你就该再多帮老L做几年的。"

怎么样都比现在天天在家折腾她强吧！

"那可不行。"他说着，直接将她抱到了自己的身上，"我呢，现在只想当个退休神棍，天天在家伺候我老婆。"

同一时刻，伦敦郊区的废弃工厂。

歌琰在转角解决了两个敌人，而后对着通讯器说："二十五。"

过了几秒，通讯器里传来了一道冷淡的声音："三十。"

歌琰用嘴咬住匕首，将一头火红色的头发扎起来，眯起了眼睛："还有五分钟，我就不信了。"

在她的强烈要求下，每回她和蒲斯沅出任务的时候都会进行比赛，看谁制服的敌人更多一些。

虽然蒲斯沅并不想玩这种小儿科的游戏，但因为要哄她开心，所以每次只能无奈奉陪。

现在整个魅影组织乃至特工界几乎无人不知，英明神武，不似凡人的前黑客之王死神，在他的爱妻火吻面前，就是个彻头彻尾的妻奴。

其实他每回都想让她赢，有时候还故意放水，但歌琰并不喜欢这样，屡次威胁他要他认真应战，结果，他但凡认真，她就得输。

"数量不重要。"蒲斯沅在工厂落了灰的遗弃设备旁边扭住一个敌人的胳膊,安慰她,"质量比较重要。"

歌琰总感觉他话里还有点儿别的意思。下一秒,通讯器里便传来了言锡憋着笑的声音:"小蒲,你是在说你自己吗?只有质量,次数不太行?"

蒲斯沅冷笑一声:"我两者兼备。"

言锡:"真的假的?"

歌琰听到这两人在通讯器里旁若无人地讨论他们夫妻的床事,一边拿着匕首往里走,一边红着脸骂他们:"言锡你给我闭嘴!还有蒲斯沅,你能不能也别说了!"

收队的时候,言锡、童佳他们清点"战俘",歌琰则拿着块干净的布靠在栏杆旁擦拭自己的匕首。

蒲斯沅跟徐晟交代完后续的行动计划,大步朝她走过来。

她抬眼看到他,想到自己今天又以两个敌人之差败给他,不满地冲他挥了挥手里的匕首:"今晚罚你睡客厅。"

只要看到她,他一向冷漠的脸庞上就会不自觉地带上一丝温柔。

他走到她面前,不费吹灰之力就从她的手里顺走了她的匕首,轻轻地塞回她的腰后。然后他低下头亲了亲她的嘴角,低笑着说:"今天是圣诞节,我可不愿意睡客厅。"

虽然他们俩离大部队有点儿远,但不代别人看不到他们在做什么。

歌琰脸皮薄,微红着脸瞪了他一眼:"蒲斯沅,作为魅影组织的副局长,你能不能有点儿认真工作的专业态度?"

"今天的工作已经结束了。"他垂眸看着她,认真地说,"现在是我的私人时间。"

她还没来得及说话,他就忽然拥住了她,而后,脖颈一凉。

等他松开她后,她发现自己的脖子上多了一条精美的项链。

项链上的吊坠是火焰形状的,正中间则刻着一个T字。

T是Thanatos(死神)的首字母,代表着他。

"圣诞快乐。"他的眼里是极致的温柔和热爱,"我的小火姑娘。"

接近傍晚的时候,孟方言和祝静带着孟祁夕出门去圣诞集市。

小祁夕虽然比同龄人成熟,但到底还是个孩子,到了这种人多热闹的地方,眼睛就亮闪闪的,看到什么有趣的都想凑上去看两眼,玩一玩,尝一尝,像匹脱缰的小野马,祝静根本拉不住他。

"让他玩去吧。"孟方言牵着她的手,目光落在离他们几步远,正在人堆里头目不转睛看人家玩玩偶射击的孟祁夕,"我看着他,不会走丢的。"

冬天天暗得比较早,很快,落日的余晖就已经笼罩了整个伦敦。

在圣诞集市里逛了一会儿后,祝静虽然什么话都没说,但孟方言从她的眼神就看出来她想尝尝前面一个铺子卖的棉花糖。于是他让她站在原地看着儿子,自己走过去帮她买。

孟祁夕此时在玩小型游艺设备,他坐着小火车,高兴得又叫又笑。

她笑着朝儿子招了招手,一回过头,就看到孟方言手里拿着一串粉色的棉花糖朝她走回来。

落日的余晖落在他的肩头,将他英俊的面容衬得愈加耀眼夺目,周围经过的人都不由自主地侧头去看他。

祝静看着他越走越近,恍惚想起了他们的过去。

他们的第一个圣诞节,他在纷飞的大雪中决绝地离开了她,告诉她,他不爱她。

她曾以为往后都不会再和他有交集,可两年后,他再次闯进了她的世界,这一次,他义无反顾地拥抱住了她。

明知道他们的爱情会排在他守护这个世界之后,她依然坚定地选择了这样的人生。

此后的五年,她一直都在盼望着他的归来。

那几年,她过得确实很辛苦,不仅要一个人照顾孟祁夕,每天还要为在外面出外勤的他而担惊受怕。只有每年的圣诞节,也就是孟祁夕的生日,他才会排除万难,回到家里见她。

她从没有抱怨。因为这个男人,是替她以及其他普通人抵御黑暗的英雄,也是她这一生收获的最大的荣耀。

他走到她面前时,她才恍然回过神。

孟方言转了转手里的棉花糖,笑道:"你老公也不是第一天那么帅,你再这么看,我可要害羞了。"

祝静忍俊不禁,伸手去接他手里的棉花糖。

"等一下。"他的手往后缩了一下。他微躬着身子,将脸朝她凑过去。

她微微一笑,亲了亲他的嘴角:"圣诞快乐。"

所幸现在,他终于回到了她的身边。

她再也不用坐在沙发上等待着大门被推开,期待着他的出现,再也不用隔着手机去看他的脸,去听他的声音。

他就在她触手可及的地方。

"圣诞快乐。"孟方言似是猜到了她刚刚在想什么,抬手温柔地揉了揉她的发顶,低声说,"静静,我回来了。"

我已经回来了。

从此以后,我都会在你的身旁。

直到我生命落幕的那一天,我都会坚定地热爱你。

我就是你生命里的永远。

长川。

今年的圣诞节,对于祝家小公主来说,和往年的过法有些不相同。

往年的圣诞节,她都会和爸爸妈妈三个人一起在家度过,爸爸妈妈会给她买她爱吃的果冻、布丁、蛋糕以及意面、火鸡,还会在圣诞树下给她藏圣诞礼物。

这一次,高嘉羡和祝沉吟提前告诉她——今年情况有些特殊,她的姑姑、姑父和另外一对她也叫姑姑、姑父的人要从伦敦来长川,爸爸妈妈得去和他们聚会。

因此,小恒星今年得去苑星和顾瀛家过圣诞节。

一听这话,小恒星立刻抱着自己的毛绒玩具,气鼓鼓地说:"爸爸,妈妈,我想和姑父玩!姑父长得好看,还对小恒星好!"

这位姑父指的自然就是孟方言。

祝沉吟作为小恒星的亲爸,平时被女儿缠得很紧。可孟方言此人实在是破坏别人家庭的好手,不仅高嘉羡对这个妹夫颇为赞赏,连他的宝贝女儿每次看到孟方言都眼睛发亮,直扑过去。

孟方言,偷心贼,人人诛之!

祝时幸大多数时候都很懂事,但是对于爸爸妈妈要取聚会,圣诞节将自己"排挤"在外这件事相当不满,以至于平安夜一晚上都在闹。

祝沉吟实在没办法,抱着她诱哄道:"小恒星,爸爸妈妈也很想和你一起过圣诞节。不过今年爸爸妈妈想和姑姑、姑父他们好好聚一聚,聊聊天,小恒星就准个假,好不好?"

祝时幸噘着嘴:"不好。"

祝沉吟闹钟灵光一闪:"星星阿姨和顾蛋姨夫已经跟爸爸说了,会给小恒星准备布丁、果冻和小恒星一直很想吃的那款米奇冰激淋蛋糕。"

听到有米奇冰激凌蛋糕,祝时幸的神情开始松动。

祝沉吟:"他们也会准备火鸡、意面和比萨。"

祝时幸目光游移。

祝沉吟:"你难道不想去星星阿姨家,和小辞哥哥玩吗?"

小公主平时有自己的傲气,但确实很爱缠着顾辞,顾辞也很宝贝这个发小妹妹。苑星和高嘉羡时常开玩笑,说是想给这俩孩子定个娃娃亲来着。

听到顾辞的名字,祝时幸脸上的表情彻底松了下来。小公主犹犹豫豫地咬着嘴唇,过了半晌,终于松了口:"那好吧。"

蒲斯沅和歌琰这次要来长川执行秘密任务,孟方言和祝静得知消息后,立刻说要和他们一起过来,顺便跟大家聚一聚。

孟祁夕和蒲氏双胞胎被留在了伦敦,交由言锡、童佳他们看管。

瞿溪昂这两年在培养下一任接班人,所以工作没有以前那么忙碌了。为了跟菱画过二人世界,他这次也将宝贝女儿托付给了父母,带着菱画飞来了长川。

这一次的团聚,是难得没有孩子在场的成人局。

聚餐的地点自然被定在了沈嘉宁的思沐餐厅。沈老板这些年在餐饮业发展得如鱼得水,先后在国内开了多家连锁餐厅,最近还在其他国家试点了两家新店,生意那是相当兴隆红火。

知道他们几个要过来,圣诞节这天长川的思沐餐厅暂停对外营业,直接为他们十个人的聚会包场。

圣诞节一大早,孟方言他们就按响了祝沉吟家的门铃。

没等祝沉吟过去开门,小公主一路从自己的小房间飞奔出来,跑到玄关,抓住门把手猛地往下按。

门一打开,祝时幸就扑倒了孟方言身上,抱住他的腿:"姑父!"

孟方言笑眯眯地将小人儿抱起来:"幸幸。"

祝沉吟从大卧室走出来,看到这个场景,心里颇为吃味,但面上还是神色如常:"你们来了。"

"一来长川就能受到幸幸热烈的欢迎,我真是好幸福。"

孟方言抱着祝时幸走进屋,得意地朝祝沉吟抬了抬下巴:"小公主对着你这个亲爹时不时也没对着我这么热情?"

祝沉吟望着他,淡淡一笑:"毕竟难得见一次,热情也是正常的。谁叫她姑父没有女儿,只有儿子呢?"

潜台词是我有女儿,你没有!你嘚瑟个屁!

祝静在旁边忍不住发笑,问道:"哥,嫂子呢?"

祝沉吟:"她还在睡,再过一会儿我去叫她。"

听到这话,孟方言立刻没个正形地笑道:"大舅子,昨晚又开夜间诊所了吧?你每天这么搞,嫂子她怎么受得了?"

祝沉吟去厨房给他们倒水,回来的时候在孟方言的头上轻轻敲了一下,去招呼蒲斯沅和歌琰:"小蒲,歌琰,好久不见。"

歌琰火红的长发剪短了,刚到肩头,笑起来明媚如春:"祝医生,好久不见。"

祝时幸在旁边和孟方言玩了一会儿,目光又悄悄转到了蒲斯沅身上。

蒲斯沅常年在外出任务,很少来长川,上一次来的时候祝时幸才一岁,所以祝时幸记不太清了。

但是这不重要,女孩子对于帅哥的好感不分年龄,不分生疏抑或是熟悉。

小公主从堂姑父的身上爬下来,走到坐在沙发上的蒲斯沅身边,眨巴着大眼睛认真地看着蒲斯沅。

蒲斯沅长相没得说,但除了对着歌琰的时候,其他时候脸上基本没表情,一般人看着他都有点儿怕。

不过祝时幸天不怕地不怕,她试探性地把手放在了蒲斯沅的膝盖上,奶声奶气地喊他:"姑父,你能陪我玩吗?"

歌琰笑着拍了拍蒲斯沅的肩膀:"快陪咱们小公主玩会儿。"

要是在从前,蒲斯沅可能真不太会应付这种场面,但现在他有了歌琰,还有了一对双胞胎孩子,平时也是极宠女儿的。

他沉默了两秒,伸出手将祝时幸抱到了自己的腿上,低声说:"好,姑父陪你玩。"

祝时幸刚被孟方言抱过,这会儿又坐到了蒲斯沅的腿上。接连亲近特工界的两大传说级男神,小公主激动得满脸通红,抱住蒲斯沅的脖子不肯撒手。

高嘉羡睡眼惺忪地被祝沉吟从卧室里带出来,抬眼看到沙发上的场景,顿时十分无语:"幸幸这样子到底像谁啊……"

只要面对帅哥,立刻兴奋得找不着北,嘴都笑到了耳朵根。

祝沉吟似笑非笑道:"像妈妈?毕竟她妈妈也喜欢长得好看的。"

歌琰在旁边说:"别提了,我们家辰辰也是,拉着战神家的小祁夕就不肯撒手。"

孟方言装模作样地叹了一口气:"哎,都怪我,谁叫我是芳心纵火犯?儿子传承了我的衣钵,从小就开始招人,真令人头大。"

蒲斯沅手里抱着祝时幸,面无表情地伸出长腿,踹了一下孟方言:"你可拉倒吧!"

大家顿时笑作一团。

苑星和顾瀛按照约定的时间过来接祝时幸,小公主依依不舍地和两位帅姑父道了别,转眼就去牵顾辞的手,一点儿也不惦记自己的亲爸、亲妈。

高嘉羡又好气又好笑:"得,祝沉吟,你女儿可真棒。"

沈嘉宁安排了餐厅正中央,景观最好的一张圆桌作为今晚的餐桌,祝沉吟他们到了餐厅,一进门就看到瞿溪昂、菱画、沈嘉宁和菱沐正坐在餐桌边等着。

接着,偌大的餐厅里便响起了瞿溪昂又冷又欠揍的声音:"沈嘉宁你这条狗。"

沈嘉宁一手揽着菱沐,桃花眼微微上翘,似是毫不在意:"你以为你这么多年来就做过人?"

高嘉羡在菱画身边落了座,忍着笑问她:"老瞿和沈老板怎么一见面总能立刻吵起来?"

菱画翻了个白眼:"两个都三十好几的人了,还跟幼儿园的小朋友一样幼稚。"

菱沐在旁边补充背景信息:"沈嘉宁在A国新开了一家餐厅,我姐和姐夫去捧场,吃完之后结账,我姐夫以为沈嘉宁会给他打个五折,结果沈嘉宁给他打了九五折。"

"九五折。"瞿溪昂俊脸臭得没眼看,"奸商,你怎么不干脆收我两倍的价格?"

"你以为我不想吗?"沈嘉宁笑眯眯地说,"这不是我刚正不阿的人品不允许我干这种缺德事吗?"

这时,孟方言指了指自己的脸,问沈嘉宁:"我这张脸,去你开在伦敦的新餐厅你给我打几折?"

沈嘉宁微微一笑:"七折不能再多。"

孟方言又指了指蒲斯沅:"那他呢?"

沈嘉宁:"小蒲比你长得好,五折吧。"

孟方言不干了:"沈嘉宁你这条狗,当年我是怎么帮你把小沐追到手的？你现在就这样对我？"

"而且！"孟方言指了指蒲斯沉，一脸的不可置信，"你竟然说小蒲比我长得好？你是在跟我开玩笑吧？！"

瞿溪昂发话："小蒲确实长得好。"

祝沉吟微微一笑："我们家小公主都觉得小蒲比她堂姑父更好看。"

心态崩盘的战神立刻转向祝静："静静，你是我最后的希望了！"

祝静看了他一眼，再看看蒲斯沉，勉为其难："那就……五五开？"

孟方言眼前一黑："这顿饭我不吃了还不行吗？！"

……

等他们闹腾完，服务生开始上菜。

今天的圣诞菜单是沈嘉宁和大厨提前设计的，用的食材也是最上等的，所以这一桌饭菜绝对是在外面吃不到的绝美佳肴。

大家边吃边聊，气氛很是融洽、热闹。酒过三巡，孟方言举起酒杯，俊逸的脸庞上因为酒意更是透着几分诱人的性感："圣诞快乐！今晚一醉方休。"

今晚大家都喝得有些多，连一向不碰酒的祝沉吟也因为高兴，难得喝了两杯。

十个杯子撞在一块儿，发出清脆的声响。

沈嘉宁放下酒杯，支着下巴叹息了一声："下一次这样聚也不知道要什么时候了。"

菱沐转过头望着他笑道："沈嘉宁，你怎么开始走煽情路线了？"

"他说得没错。"瞿溪昂抿了一口酒，一向冷厉的脸庞此刻在灯光下看上去很柔和，"能这样聚一次很难。"

他们相距甚远，且各自的事业都很忙碌，蒲斯沉和歌琰几乎每天都在出生入死，能够平安归来已经是极大的幸事。

因此，这样的相聚，对他们来说很是奢侈。

"那就……"祝沉吟淡淡地笑着说，"抓紧时间说说想对其他人说的话吧。"

此话一出，高嘉羡率先发言："见不到面的日子，希望大家都能身体健康，身体可是革命的本钱。"

祝静："每天都要过得开心。"

菱画："要平安，尤其是小蒲和歌琰。"

歌琰和蒲斯沉对视一眼："如果遇到烦恼和困难，也要坚强地走过去，因为一切都会好起来的。"

菱沐巧笑嫣然："还有，祝我们每一对都能永远幸福。"

沈嘉宁侧过头亲了亲她的脸颊："那是必须的。"

瞿溪昂对沈嘉宁提议道："能请你的服务生帮我们照张合影吗？"

沈嘉宁朝一直等候在一旁的服务生举了举手，将自己的手机递给服务生："小周，一定要把我照帅点儿。"

小周挠了挠头："老板，您本来就很帅了。"

大家笑着从座位上起身，菱画她们几位女士并排坐在前面的椅子上，几位男士则站在各自的爱人身后。

小周举起手机道："我感觉我像在颁奖典礼上拍明星大合照。"

这些人的长相本身就是一等一地好，全部聚在一块儿，简直能把人的眼睛都给亮瞎了。

"那我拍了啊！"小周大声说道，"三，二，一！"

"咔嚓"一声，这一幕被永久地定格了下来。

照片上的人嘴角都挂着笑，包括神情一向平淡如水的蒲斯沅。

这些人之中，有带给我们美食和温暖的餐厅老板，有在电视节目上传达正能量的主持人，有代表企业发声的公关官，也有每天从死神手中抢夺病人，救死扶伤的医生，更有管理着一个国家让其良好运转的首席和幕僚，还有一直默默地守护着我们平安和幸福的无名英雄。

他们每个人都在这个世界上的某个地方生活着——为了他们的爱情奋斗，为了他们的人生奋斗，为了他们的梦想奋斗。

他们都是鲜活的，明亮的，耀眼的，像光一样的人。

人生总有悲欢离合，天下没有不散的宴席。

今天，我们要与他们就此别过。

他们已经陪我们走过了那么长一段的人生旅途，我们定然会舍不得他们，但只要回过头，他们就一直都在那里。

他们不会被遗忘。

我们也会记得当初看到他们故事时候的我们。

爱从未停止，一如当初，直到永远。

后记

二〇一六年,我写下了超现实题材《从拂晓而至的你》,从此以后有了被很多人爱着的战神孟方言,也有了"献世"系列。

到二〇二一年,五年过去了,我用《你很耀眼》给"献世"系列划上了一个圆满的句号。

"献世"系列和我所写的其他系列故事都不一样。

因为在这个系列里,有我的英雄梦,有我想述说的、不那么平常的故事,也有我最热爱的这些主角。我对他们是明目张胆的偏爱。我曾写过那么多系列,可直到现在,我最热爱的依然是"献世",或许今后也会一直如此。

这五个截然不同的故事里,有替我们将黑暗挡在身后的特工战神孟方言和死神蒲斯沉;有杀伐果决,却把柔软留给了小花的大帝瞿溪昂;有倾尽所有也要爱小沐的沈嘉宁;还有忠诚地爱护着羡羡,温柔明亮的祝医生祝沉吟。

我深爱着他们每一个人。

或许正是因为他们"不平凡",我才那么深爱他们——这是我作为一位有点儿男孩子气的创造者,可以在我的笔下实现的"超级英雄"。

现在,来说说这本《你很耀眼》的主角。祝医生比起战神、大帝他们,毋庸置疑是这个系列里最温和、最接地气的男主角。

有一位读者告诉我,她觉得祝医生是唯一一位会对自己爱的人"示弱"的男主角。他在适当的时候刚强,在适当的时候柔软,他对羡羡的爱里饱含着平等和尊重,那是他与他父亲祝文军完全不同的地方。

正是因为他这样刚柔并济的爱,羡羡才能更好地追逐自己的梦想,虽然被他妥帖保护着,却依然保留着完整的自我,慢慢地成为更好的自己。没有他,羡羡也无法这样心无旁骛地向前奔跑。

羡羡是一位相当飒爽刚强的女主角,也是我很欣赏的一类女性。她虽然在前期有些傲娇、犹豫,但确定了自己心意之后,她便无所畏惧。

说起故事,这一本应该是"献世"系列里最贴近现实题材的一本,也是全文无虐的大甜文。对看过《拂晓》和《命中》的读者来说,这本简直是甜到可以哭出来。

我很高兴我能把在现实中看到的感人场景,把一直以来非常崇拜的发言人写进故事里,这让我感到非常骄傲。

羡羡和祝医生两个是那么好的人,他们以国家和集体利益为重,愿意为自己的国家、集体奉献自己的一切。

在现实生活中有很多像他们这样的人,正是因为有这些人在,我们才能永远站在光明里,无惧黑暗。

这是一个很有力量、很温暖的故事。我希望你们以后想到《你很耀眼》,能够让你们在难过的时候变得开心,在犹豫的时候变得坚定。

今后的路还很长,我还会写很多新系列和新主角,我希望他们也都有自己的耀眼之处,被你们铭记、喜爱。

或许以后还会有第二个"献世"系列,也会承载着我的英雄梦。毕竟在《火吻》里,我还留下了雅典娜这个可爱的姑娘作为死神的继任。未来的某一天,她或许还会与你们相见。

但那都是后话了。

我想,无论过去多久,"献世"系列都会一直留在我的心里。因为他们代表着我们一起走过的这五年,代表着我们独一无二的青春和回忆。

我会永远记得二〇二一年的夏天,我和书里的每一个人好好地道过别。

我的好几位读者和我说过,他们在收到实体书的时候,最想看的就是我的后记。

写后记于我而言,是每一本书交稿前的最后一步,也是很重要的一步。

一个故事结束,我写下后记,告诉你们我在写这个故事的时候的心路历程,也借此向这个故事和书里的主角进行一场郑重的告别。

今天,应该是我写书九年以来最不舍得的一次告别了。

再见了,孟方言、祝静、瞿溪昂、菱画、沈嘉宁、菱沐、蒲斯沅、歌琰。

再见了，祝沉吟、高嘉羡。

我相信今天的告别，是为了未来更好的重逢。

无论是我的老朋友，还是刚认识我的新朋友，谢谢你们阅读这本《你很耀眼》，谢谢你们看过"献世"系列的其他故事，也谢谢你们愿意喜爱我的桑玠式浪漫，更谢谢你们愿意陪我一起做这个没有尽头的英雄梦。

那我们下一个故事，不见不散。

桑玠

2021年7月27日于上海